CENT ANS DE LAURELFIELD

DE LA MÊME AUTRICE

Les Optimistes, Les Escales, 2020 ; 10/18, 2021.

Rebecca Makkai

CENT ANS DE LAURELFIELD

Traduit de l'anglais (États-Unis)
par Caroline Bouet

LES ESCALES

Titre original : *The Hundred-Year House*

Édition française publiée par :

92, avenue de France
75013 Paris – France
Courriel : contact@lesescales.fr

ISBN : 978-2-36569-557-2
Dépôt légal : janvier 2021
Imprimé en France

Couverture : Hokus Pokus créations

Mise en pages : Nord Compo

Mon infinie gratitude à Ragdale et Yaddo,
dont il n'est pas question ici.

« Il ne reste plus d'elle-même que sa beauté éclatante. »

OVIDE, *Les Métamorphoses,*
« La Transformation de Daphné »

Sommaire

Première partie

1999

1

Pour une histoire de fantômes, la légende de Violet Saville Devohr était vague et pour le moins décevante. Elle vécut, fut malheureuse et mourut de sa propre main quelque part dans cette vaste demeure. Si la maison n'avait pas été un manoir, si cette mort n'avait pas été un suicide, si la beauté sombre et raffinée de Violet ne continuait pas d'émaner, incandescente, de ce monumental portrait à l'huile, cela n'aurait absolument pas été une histoire de fantômes. Dans l'au-delà comme ici-bas, semble-t-il, être beau et riche, ça aide. Tout le monde n'a pas les moyens d'être un fantôme.

En avril, tandis qu'ils repeignaient la cuisine de la remise à voitures, Zee en raconta plus à Doug sur ses années dans la grande maison qu'elle ne l'avait jamais fait : elle lui confia avoir passé toute son ignorante jeunesse là-bas sans se sentir hantée le moins du monde – jusqu'à ce qu'un été, alors que Zee était rentrée de pension, sa mère lève les yeux de sa liste de courses et lui lance : « Tu es pâle. Tu n'es pas déprimée, au moins ? Il n'y a aucune raison de succomber à cela. Tu sais que ton arrière-grand-mère s'est suicidée dans cette maison. J'ai cru comprendre qu'elle était franchement égocentrique. » Après quoi, Zee, telle l'héroïne de l'un des romans gothiques qu'elle affectionnait tant, avait passé ses nuits à écouter les craquements de la demeure sur ses fondations, le tambourinement dont elle était jadis convaincue qu'il s'agissait du bruit des branches contre les fenêtres.

— J'ai du mal à t'imaginer superstitieuse, dit Doug.

— Les gens changent.

Ils badigeonnaient le jaune écaillé de peinture bleu pâle. Ils avaient écarté les appareils électroménagers du mur, avaient protégé le sol avec du plastique. Il y avait un interrupteur hors d'usage, et près du réfrigérateur, le mur avait été rafistolé des années auparavant à l'aide d'une grosse planche carrée. Ils étaient tous deux recouverts d'épaisses couches de peinture, auxquelles Doug se contenta d'ajouter la sienne.

— Tu te rends compte qu'on est en train de rapetisser la pièce. Chaque nouvelle couche rétrécit l'espace, fit-il remarquer.

Des éclaboussures bleues parsemaient ses cheveux.

C'était dans ces instants-là que Zee se rappelait d'être heureuse : elle le regardait, songeait à ce qu'elle avait. Un travail, une maison, et un homme de belle carrure. Dans sa main gauche, un verre de vin blanc.

Cette maison, ils l'empruntaient, mais l'arrangement leur convenait. Lorsque Zee et Doug étaient revenus en ville deux ans auparavant, ils avaient trouvé un appartement étriqué et tapissé de moisissures au-dessus d'une épicerie fine. À trois occasions distinctes, Zee s'était pris un petit coup de jus en branchant son sèche-cheveux. Et puis, l'été dernier, sa mère leur avait proposé d'emménager dans la remise, et Zee avait accepté, ce qui ne manqua pas de la surprendre elle-même.

Elle n'avait consenti à ce retour aux sources que parce qu'elle avait dépassé depuis bien longtemps sa phase irrationnelle. Elle pouvait mesurer à quel point elle était devenue adulte à l'aune de l'enfant qu'elle avait été la dernière fois qu'elle avait habité ici. Tandis qu'elle décollait le scotch autour de la fenêtre au-dessus de l'évier et regardait les lumières de la grande maison, elle imaginait sa mère et Bruce en train de boire du rhum devant le journal télévisé, Sofia qui prenait les emballages à recycler en sortant, et ce chien abominable vautré sur le dos. Quinze ans auparavant, quand elle regardait ces fenêtres, elle imaginait Violet Devohr secouant les rideaux avec l'énergie accumulée pendant un siècle. Quand les chênes se penchaient contre la maison et recouvraient les fenêtres de leurs feuilles mouillées, Zee imaginait qu'il ne s'agissait ni de la pluie ni du vent mais de Violet, qui, toujours à l'intérieur, aspirait tout à elle, prisonnière à jamais de son ultime parcours désespéré dans les couloirs.

Ils finirent de peindre à deux heures du matin et, assis par terre au milieu de la pièce, mangèrent de la pizza.

— On se sent plus chez nous maintenant ? demanda Doug.

Et Zee répondit que oui.

Cette même semaine, à l'université, lors d'une réunion de son département, Zee accepta à contrecœur de prendre la barre d'un cours d'automne populaire. Le TD « Lettres 372 » (L'esprit dans la maison : les fantômes dans les traditions britanniques et américaines) était consacré aux histoires de revenants dans la littérature orale et écrite. Ce n'était pas le genre de cours de Zee – elle préférait analyser les structures de pouvoir, les luttes de classes et l'impérialisme plutôt que les bruits sourds dans la nuit –, mais elle n'était pas en position de refuser. Doug rirait quand elle lui raconterait.

Si elle voulait voir le bon côté des choses, c'était le cours qu'elle aurait aimé pouvoir suivre à une autre époque. Parce que s'il existait bien une façon de tuer une histoire de fantômes, c'était celle-là. Ce que le pieu infligeait au cœur du vampire, l'analyse littéraire pouvait certainement le faire à la légende de Violet Devohr.

2

Doug travaillait en secret chaque fois que Zee s'absentait de la maison.

Sur son bureau, les chemises contenaient toujours, de façon optimiste, des photocopies d'articles consacrés à Edwin Parfitt. Et Doug écrivait *toujours* un livre sur le poète, étant donné que l'ossature de l'ouvrage continuait à exister, sur quarante pages imprimées et deux disquettes distinctes. Le fond d'écran sur son ordinateur (installé par Zee) était la célèbre photo de Parfitt embrassant Edna St. Vincent Millay sur la joue.

Mais ce que Doug, assis derrière son bureau, s'apprêtait en réalité à écrire après avoir observé un silence respectueux en mémoire de sa carrière et de son dernier fragment de virilité, était le livre numéro 118 de la série *Amies pour la vie*, intitulé *Melissa dicte sa loi*. Il cachait le document sur son disque dur dans le dossier « Système d'exploitation fichier 30 ». Ce livre, contrairement à la monographie consacrée à Parfitt, avait même une véritable éditrice, une certaine Frieda, qui lui téléphonait une fois par semaine pour s'assurer qu'il avançait bien.

L'incursion de Doug au pays de la littérature pour pré-ados n'était que le dernier épisode en date d'un enchaînement malheureux d'événements – l'argent qui manquait, sa monographie, toujours au point mort, sa recherche d'emploi infructueuse, l'ignominie surréaliste de leur installation dans la remise au cœur du domaine de la mère de Zee. Mais il n'y en aurait pas d'autres. Il allait terminer ce livre et être payé, et ensuite, parce qu'il serait dans une période faste, il accomplirait d'autres choses encore. Il publierait le livre sur Parfitt, dégotterait un poste de titulaire à la fac, et entre-temps, ses cheveux gagneraient miraculeusement en épaisseur.

Il avait trouvé Frieda par l'intermédiaire de son ami Leland, un poète infortuné qui écrivait des livres d'aventures en pleine nature sauvage chez le même éditeur « pour deux mille dollars pièce ». Leland s'exprimait de la sorte, et buvait du whiskey pour faire comme Faulkner. « Ils te fournissent toute l'intrigue, lui avait-il expliqué, et il te suffit de coller au style. À vrai dire, il n'y a pas de style. C'est rafraîchissant. » Leland prétendait qu'il fallait une semaine pour écrire un ouvrage, et l'idée de pondre un livre complet comme une chouette expulserait une pelote de réjection enchantait Doug. Il n'avait pas écrit de fiction depuis l'université, depuis les quelques histoires expérimentales (arbres qui parlaient, villes submergées par l'amour) qui le mortifiaient aujourd'hui, mais que Zee adorait toujours. Cependant, la mention de ces publications sur son CV et l'appui de Leland lui valurent de décrocher un contrat. Il ne connaissait rien à l'aventure dans le monde sauvage, mais soudain, il manquait une plume pour la série s'adressant aux collégiennes – et la maison d'édition était assez désespérée pour faire appel aux services d'un homme. Et donc. Voilà.

Cette rentrée d'argent ne leur ferait pas de mal. Ils logeaient à titre gracieux dans la remise, mais la nourriture n'était pas gratuite, pas plus que le crédit auto ni le chiropracteur. Et celui-ci n'était pas optionnel : si le Dr Morsi ne remettait pas son dos en place deux fois par semaine, Doug ne serait pas en mesure de s'asseoir pour travailler sur quoi que ce soit. Frieda lui avait envoyé quatre livres de la série, ainsi qu'un classeur vert qui portait la mention « La bible APLV », qui contenait des informations sur chaque personnage. « Melissa déteste le chocolat noir ! » apparaissait bien plus tôt dans la liste que « Le grand-père de Melissa, Boppy, est mort d'un cancer dans le n° 103. »

« Le premier chapitre, lui avait expliqué Frieda au téléphone, introduit le conflit : qui sont les Populaires dans l'équipe, Melissa sera-t-elle un jour gardienne de but, et cætera. » Il n'avait jamais rencontré Frieda, mais imaginait qu'elle portait des blazers couleur pastel. « Dans le deuxième chapitre, on fait un récap sur la fondation du club. Nos lecteurs réguliers sautent ce passage, alors vous pouvez plagier des extraits trouvés dans d'autres volumes. Le reste vous paraîtra clair grâce au plan fourni. À la fin, tout se résout, mais certains fils restent en suspens. "Qu'a donc Candy ?" est le point de départ du numéro 119, qui est en cours de rédaction, et donc, nous le disons à tous nos auteurs, il est important de ne pas changer de façon intempestive le monde de la série. » Il s'agissait de toute évidence d'un discours bien rodé, inclus dans la recette, ce qui rassura Doug.

Il déposa les livres à la boutique solidaire, cacha les pages de la « bible » au milieu de vieux formulaires fiscaux, puis se rendit à la bibliothèque chaque jour pendant une semaine pour parcourir la série.

Et pendant ce temps-là, la petite maison l'étranglait, resserrait ses vis et ses gonds. Il y eut une invasion de coccinelles ce printemps-là, une plaie tout droit sortie de l'Exode. Même pas de vraies coccinelles, mais des imposteurs de scarabées japonais dotés de ternes carapaces cuivrées et de vilaines ailes postérieures saillantes en dessous. Deux fois par jour, Doug passait l'embout de l'aspirateur sur les moustiquaires, et écoutait le « tac » satisfaisant des insectes percutant le sac. Les scarabées vivants dégageaient une odeur de cheveux roussis – était-ce parce qu'ils s'étaient trop approchés des ampoules ou à cause de quelque infâme sécrétion, personne ne le savait vraiment. Parfois, Doug buvait une gorgée d'eau, et celle-ci avait un goût de brûlé. Il savait alors qu'il y avait eu un insecte dans le verre, qu'il avait nagé pour survivre et y était parvenu.

Un matin de mai – qui n'avait rien de notable si ce n'est que Zee, en retard pour la cérémonie de remise des diplômes, avait rageusement arpenté la maison en tenue universitaire complète –, Doug, toujours au lit, avait bien failli cracher le morceau. N'était-ce pas l'un des dogmes d'un bon mariage de ne garder aucun secret hormis ceux relatifs à la sphère gastro-intestinale ? C'était ce que lui avaient dit des centaines de films et un inconnu ivre dans un bar. Et donc, il avait failli tout révéler, l'air de rien, tandis qu'elle balançait des chaussures hors du placard. « Hé, aurait-il pu lancer, j'ai ce projet secret ! » Mais il savait quel regard Zee lui adresserait : l'inquiétude l'empêcherait de justesse de lever les yeux au ciel. Il y aurait un long silence, puis elle déposerait un baiser sur son front. Il ne lui jetait pas la pierre. Elle avait épousé un mec avec une bourse de recherche, un avenir radieux et une flopée d'ex au cœur brisé dans son sillage, pas cet empoté qui avait besoin qu'on soit sympa avec lui et qu'on l'encourage. Lorsqu'elle avait déversé l'intégralité de son sac sur le lit et n'avait remis à l'intérieur que ses clés et son portefeuille, il avait interprété cela comme un signe qui l'arrangeait bien : *La ferme, Doug.* Un jour, il se ferait peut-être tatouer cette phrase sur le bras.

La mère de Zee, Gracie, les invitait parfois tous les deux à ses fêtes. Elle guidait alors Doug parmi ses convives en le tenant par le coude : « Mon gendre, Douglas Herriot, qui est un poète merveilleux, et, vous savez, je trouve ça formidable. Ils séjournent dans la remise à voitures le temps qu'il ait terminé d'écrire. C'est ma façon à moi de faire du mécénat ! » Doug marmonnait qu'il n'était absolument pas poète, mais un « doctorant freelance » qui écrivait sur un poète. Sauf que personne ne semblait l'entendre.

Cette monographie était sa tentative anémique de transformer sa thèse sur Edwin Parfitt en quelque chose de publiable. Parfitt revenait à la mode, autant que faire se peut pour un moderniste marginal mort, et si Doug terminait bientôt ce machin, il pourrait prendre part à la première vague de ce qu'il prévoyait de désigner, dans ses entretiens d'embauche, comme la « Renaissance de Parfitt ». Sa thèse avait été purement analytique, et Doug souhaitait intégrer des éléments d'archives, être le premier à assembler une chronologie de la vie turbulente du poète. Quand elle perdait patience, Zee l'accusait d'essayer d'écrire une biographie – un ouvrage grossier d'un point de vue universitaire et qui n'aiderait en rien sa carrière –, mais Doug ne voyait pas quel mal il pouvait y avoir à contextualiser un peu les choses. Et l'histoire de la vie de cet homme avait de quoi intriguer : Eddie Parfitt (dans sa tête, Doug ne pouvait s'empêcher d'employer son petit nom – après neuf années de recherches, il avait l'impression de connaître le bonhomme) était riche, ironique, gay et malheureux, un prodige qui eut bien du mal à se montrer à la hauteur de ses débuts prometteurs.

Il s'était suicidé à l'âge de trente-sept ans, après la mort de son amant pendant la Seconde Guerre mondiale. Parfitt n'avait cependant pas laissé beaucoup de traces personnelles derrière lui. Il n'avait pas non plus gravité autour de l'Algonquin Round Table, pas plus qu'il n'avait légué d'aphorismes savoureux à la postérité. Des périodes entières – par exemple le vide éditorial entre 1929 et la fin des années 1930, après lequel ses écrits étaient devenus étonnamment plats – n'étaient absolument pas documentées.

Non pas que cela ait la moindre importance désormais.

Chaque matin, tandis que Doug éteignait son âme et s'installait pour écrire (« Pour Melissa Hopper, douze ans, "non" n'était pas une réponse acceptable », ainsi commençait le machin), il imaginait le petit Parfitt, assoiffé, fourré dans le tiroir du bas de son bureau sur les disquettes, attendant son heure entre les agrafeuses. Les coccinelles se jetaient sur la lampe de bureau de Doug, et c'était comme si on frappait – comme si le fantôme de Parfitt cognait éperdument contre le bois.

Dans le petit créneau entre la remise des diplômes et le début des cours d'été que dispensait Zee, Gracie les invita pour un brunch dans la grande maison. Ils mangèrent sur la terrasse de derrière qui donnait sur le domaine – les sentiers, la fontaine, les bassins aux poissons. On aurait dit un jardin derrière un musée, un endroit où des étudiants en Art auraient pu pique-niquer à l'heure du déjeuner. Bruce, le deuxième mari de Gracie, prétextant une partie de golf, prit comme par hasard congé au moment où Gracie annonça qu'elle avait invité le fils de Bruce et la bru de ce dernier à venir également s'installer dans la remise.

— À vrai dire, cette maison est faite pour deux familles, et jadis, elle accueillait celle du jardinier et celle du chauffeur. La cuisine était une pièce commune. Vous imaginez, tous ces domestiques ? Ce serait trop pour moi.

Zee ne reposa pas le beurrier.

— Maman, je n'ai rencontré Case que deux fois. Nous ne nous connaissons pas du tout.

Les enfants de Bruce avaient toujours vécu au Texas.

— Certes, répondit Gracie, et c'est bien dommage. N'as-tu pas dansé avec lui à ton mariage, Zilla ? Vous avez tous les deux étudié à l'université. Il est très athlétique.

— Non.

— Eh bien, il est au chômage. Il a perdu cinq millions de dollars et a été viré. Miriam est une artiste formidable, mais cela ne les nourrit pas, tu sais comment c'est, alors ils ont autant besoin de cet espace que vous deux.

Doug parvint à hocher la tête en espérant que Zee ne lui en tiendrait pas rigueur.

— Donc ils traîneront dans la maison toute la journée, déclara Zee.

— Eh bien, oui, mais cela ne devrait pas t'embêter car tu seras au travail. Cela ne concerne que Douglas. Il pourrait même écrire sur eux !

Gracie frotta la trace de rouge à lèvres corail sur sa tasse et lissa ses cheveux – toujours blonds, toujours parfaits.

— Et quelque chose va se présenter pour Douglas à l'université, j'en suis convaincue. Est-ce que tu te renseignes pour lui ?

— Vraiment, dit Doug, cela ne me dérange pas. Je peux m'habituer à tout.

Cette après-midi-là, Doug observa sa femme depuis la fenêtre au-dessus de son bureau. Elle était debout sur la pelouse entre la grande maison et la remise. Quelqu'un d'autre aurait fait les cent pas. Chez Zee, l'immobilité était un signe irréfutable de stress. Elle regardait la remise comme pour la réduire en cendres. Comme si la remise allait la réduire elle en cendres.

Elle ne s'autoriserait pas à piquer une crise. À un moment donné, elle et Gracie avaient conclu un accord tacite : aucune somme d'argent ni propriété ne circulerait entre elles. C'était le comble de ce credo des vieilles fortunes selon lequel on ne devait jamais discuter d'argent – dans cette famille, on ne pouvait même pas s'en servir. Doug doutait même que, le moment venu, Zee accepte son héritage, et il se demandait si elle n'en ferait pas directement don à une organisation caritative honnie de Gracie. Zee était une chercheuse marxiste en Lettres – elle se présentait réellement sous cette appellation lors de réceptions, devant des buffets de vin et de fromage, laissant à Doug le soin d'expliquer au professeur de Physique perplexe ou à la secrétaire du département de Musique qu'il s'agissait là davantage d'une distinction théorique que politique –, et le fait d'avoir de l'argent n'aidait en rien sa crédibilité. Mais elle avait accepté la maison.

Et à présent, cela.

Un jeudi de juin, quand Doug rentra du sport, les Texans étaient tout bonnement là. Il prit un carton sur le hayon du camion de déménagement et le transporta jusqu'à la cuisine, qui se trouvait entre les deux appartements au premier. Doug adorait avoir une cuisine à l'étage, pouvoir regarder l'allée par la fenêtre tout en faisant sauter des crêpes.

Une femme aux cheveux châtains bouclés était debout sur le plan de travail. Vêtue d'un short en jean et d'un débardeur, elle rangeait des assiettes dans un placard en hauteur. Doug posa doucement le carton, car il craignait que, surprise par sa présence, elle ne tombe. Il attendit et la regarda, ce qui, curieusement, lui parut inconvenant, et il était sur le point de se racler la gorge quand elle se retourna.

— Oh ! s'exclama-t-elle. Vous êtes... Salut !

Il lui tendit la main, qu'elle serra avant de comprendre qu'il voulait en fait l'aider à descendre. Elle s'y agrippa alors fermement et sauta par terre. Elle était un peu plus jeune que Doug et Zee, vingt-huit ans peut-être. Et elle était minuscule. Elle lui arrivait au niveau des aisselles.

— Miriam, vous l'aurez deviné. J'espère que nous ne vous importunons pas. J'ai dû déplacer quelques verres.

— Doug Herriot, se présenta-t-il en s'étonnant de sa propre solennité. Je peux libérer les placards du bas. Vous n'arriverez jamais à atteindre celui-là.

— Je ne suis pas très grande, c'est vrai ! Mais Case, si. Ça ira très bien.

Elle ouvrit le carton sur la table, vit qu'il contenait des vêtements et le referma.

— C'est impressionnant ! lança-t-elle.

Doug regarda par la fenêtre et rit.

— Ouais, c'est plus somptueux que subtil.

— Oh, je voulais parler de ça !

Elle tapota sur la porte ouverte du placard.

— C'est du chêne, débit hollandais !

Doug ne savait absolument pas de quoi elle parlait, mais hocha la tête. Il n'était pas étonné que la cuisine soit bien bâtie. Les deux maisons avaient été conçues par le même architecte, et elles avaient vraisemblablement été construites par les mêmes charpentiers et maçons. Le mur de pierre qui délimitait le domaine servait de mur à la remise côté est, du moins au rez-de-chaussée. Le premier étage s'élevait sur ce mur, ce qui, depuis la route, donnait l'impression qu'une cabane pour enfants était posée dessus. La remise était vraiment spacieuse. Le rez-de-chaussée était initialement un espace ouvert faisant office de garage, avec deux arches sous lesquelles passaient les voitures. Gracie et son premier mari, le père de Zee, avaient comblé ces voûtes avec des panneaux vitrés, et accolé une véranda à l'arrière. On ne savait pas trop pourquoi ils s'étaient donné autant de mal, si ce n'est que dans les années 1960, lorsque l'époque ne fut plus aux chauffeurs, ils avaient préféré un garage relié à la grande maison, et avaient eu le sentiment qu'il fallait transformer l'ancienne remise en quelque chose d'utile et de rentable.

Le domaine appartenait depuis toujours aux Devohr, la famille de Gracie, même si celle-ci n'avait jamais recours à son nom de jeune fille. Les Devohr siégeaient en bonne place parmi les grandes familles de second plan du siècle passé – pas aux côtés des Rockefeller et Vanderbilt, mais certainement au coude à coude avec les Astor et les Frick. Ils étaient moins connus que ces derniers de ce côté-ci de la frontière en vertu de leurs racines canadiennes. Toronto n'était pas vraiment Tuxedo Park. Néanmoins, parmi ces familles, seuls les Devohr étaient continuellement sujets au scandale, à la tragédie et à la rumeur. L'un des gros titres d'un tabloïd peu aimable des années 1920 avait été : « Les Devohr, rois du Devohrce ». Le surnom était resté. Tout comme le comportement qui l'avait inspiré.

Avant cette infamie, en 1900, Augustus Devohr (fils dissipé du patriarche autodidacte), parce qu'il souhaitait surveiller de plus près ses investissements dans les céréales, avait bâti ce château à proximité du lac Michigan, à quarante-huit kilomètres au nord de Chicago. En 1906, après le suicide de sa femme dans la maison – le fameux suicide qui avait tant tourmenté Zee à l'adolescence –, il ne voulut plus entendre parler du Midwest ni de ses moissons. Accès de charité ou habile combine fiscale, Augustus consentit à ce que la demeure serve de colonie pour artistes pendant plusieurs années. Auteurs, peintres et musiciens y séjournaient, tous frais payés, pour une durée d'un à six mois. Et – coup de poignard dans le cœur de Doug –, Edwin Parfitt lui-même avait fréquenté la colonie, avait travaillé et vécu juste derrière l'une de ces fenêtres, même si Doug ne saurait jamais laquelle. C'était la véritable raison pour laquelle il avait accepté d'emménager dans la remise : comme si, par quelque osmose magique, cette proximité l'aiderait dans ses recherches.

Miriam grimpa de nouveau sur le plan de travail, ses petites jambes se pliant et se dépliant comme celles d'un insecte agile. Elle refit sa queue-de-cheval. Elle n'était pas vraiment attirante, trancha Doug (il avait délibéré malgré lui), mais son visage était intéressant, avec son menton pointu, ses yeux brillants comme ceux d'un chien. Et dès que cette pensée lui vint, il la reconnut : c'était le début d'un millier d'histoires d'amour. (« Elle n'était pas belle, mais avait un visage intéressant, le genre de visage que les artistes demandaient à peindre. ») Et, sans avoir été conviée, la pensée suivante s'imposa : il était censé tomber amoureux. Ce n'était pas vrai, et cela n'arriverait pas, mais une fois là, l'idée demeura. Quiconque le regarderait dans un film s'attendrait à ce qu'il tombe amoureux, et patienterait en vidant consciencieusement le sachet de pop-corn. Il essaya de repousser cette pensée avant que Miriam ne se tourne de nouveau vers lui et la lise sur son visage. Il prit congé et sortit de la pièce.

3

Doug lisait au lit quand Zee rentra à la maison. Elle referma la porte derrière elle.

— Tu les as vus ?

— Elle, oui. Miriam. Et ça va. Elle est petite. Mais ensuite, je suis resté ici pour travailler. Je suis sûr qu'on n'est pas obligés de chuchoter.

C'était probablement vrai – les deux chambres étaient situées aux extrémités opposées du premier étage. Chaque appartement avait un vaste vestibule, qui jadis, faisait sûrement office de séjour, mais qui servait de bureau à Doug et Zee. Il y avait une table sous chacune des deux fenêtres. Avant l'arrivée des Texans, ils allaient dans l'autre appartement pour plier le linge, faire de l'exercice ou l'amour.

— Tu es resté planqué ici ? Tu as rencontré Case ?

— Je ne voulais pas leur donner l'impression qu'ils nous envahissaient, genre en restant à les observer pendant qu'ils déballaient leurs affaires. Tu vois ?

Elle était déçue. Elle aurait voulu avoir toute l'histoire, les détails sordides. Avoir un élément concret contre lequel braquer sa colère.

Elle avait réussi à rester calme et affable toute la journée. Elle s'était obligée à sourire lorsque Sid Cole, à l'autre bout de la pelouse, lui avait lancé devant les étudiants : « Les Marxistes ne boivent pas de cappuccino ! » Elle avait même levé son gobelet de café en l'air. Ri tout haut – Ha !

Zee avait bien conscience de l'ironie de la situation : elle, que ses collègues les plus odieux prenaient à tort et de façon délibérée pour une communiste, était allergique à la vie en communauté.

— Est-ce qu'elle a l'accent texan ?

— En fait, non. Je ne trouve pas. Pas vraiment, c'est plus que… je ne sais pas.

Mais qu'est-ce qui lui arrivait ?

— Elle a pris le nom de famille de Case ?

— Je n'en ai pas la moindre idée.

— Ça sonnerait trop mal. Miriam Breen. C'est archi-laid.

— Oui, c'est laid.

Zee se changea, trouva ses lunettes et s'allongea sur les couvertures. Elle soulignait des passages dans un article de la *New York Review of Books*.

— Leur présence te donnera sans doute une impulsion pour écrire, dit-elle. Plus ces gens sont pénibles, mieux c'est.

— J'écris tous les jours.

Zee espérait qu'il disait vrai. La pire part d'elle-même avait envie de rester debout derrière son épaule pendant qu'il écrivait, de lui suggérer où placer les virgules. Une fois, au tout début de leur troisième cycle universitaire, elle avait profité qu'il soit sorti pour la nuit pour remanier l'une de ses dissertations. Il ne l'avait jamais remarqué.

Doug se plaça tête-bêche dans le lit et commença à lui frotter les pieds.

— Doug, protesta-t-elle. Arrête.

— Je ne t'entends pas !

— J'ai des trucs à faire.

— Désolé, je suis tout au bout, à tes pieds, et je ne t'entends pas.

À la manière d'une marmotte, il jeta un coup d'œil par-dessus le genou de Zee avant de se baisser rapidement. Il renouvela l'opération jusqu'à ce qu'elle se mette à rire. Elle reposa sa revue et Doug remonta vers elle.

4

Case, Miriam et Zee étaient à table lorsque Doug se montra le lendemain matin. Heureusement, il avait pensé à enfiler un pantalon. Conformément à la description de Miriam, Case était grand. Il était très bronzé, et doté de grandes dents bien droites. Portait un polo et des tongs. Dans un film, songea Doug, il serait le type qui met la pâtée à John Cusack. Les deux hommes se serrèrent la main, et Doug se surprit à adresser un petit salut ridicule à Miriam. Il commença à préparer des œufs, histoire d'occuper ses mains.

Zee était habillée pour son cours d'été. Son chemisier en soie était rentré de façon tellement impeccable dans sa jupe que si Doug ne la connaissait pas, il aurait pu imaginer que le chatterton faisait partie de sa routine matinale.

— Alors, Case, lança-t-elle. J'ai appris que tu cherchais du travail.

Celui-ci leva le nez de ses céréales, s'adossa à sa chaise et considéra Zee comme si elle avait gâché ses vacances d'été en lui demandant où il comptait être dans cinq ans à compter de jeudi prochain.

— Je ne suis pas pressé, répondit-il.

Et puis il se mit à rire, les libérant tous abruptement du dédain qu'il avait pour eux. À cet instant précis, Doug décréta qu'il méprisait Case Breen.

— Il a besoin de quelques semaines pour se refaire, dit Miriam. Nous visons septembre.

— Je vais faire du sport. Peut-être m'acheter une nouvelle voiture.

— Un souci avec l'ancienne ? demanda Zee.

Miriam posa une main sur l'épaule de Case et dit :

— Nous espérons ne pas vous déranger. Je sais que cela représente un sacrifice pour vous. Je pensais m'installer dans la véranda pour travailler, mais seulement si cela vous convient.

Doug esquissa un geste en direction de la constellation de coccinelles au plafond.

— Vous ne nous dérangerez pas plus que nos autres invités.

Personne ne rit.

— Ou que le fantôme, ajouta Zee.

Elle sourit comme si elle venait juste de dégainer une espèce de carte maîtresse, comme si Case et Miriam allaient maintenant se lever et s'enfuir.

— Violet se cantonne principalement à la grande maison, mais certaines nuits, vous l'entendrez frapper aux fenêtres. Vous vous y habituerez.

— Oh, j'adore les histoires de fantômes, vraiment, dit Miriam.

Zee prit ses clés.

— Je plaisante, bien sûr.

Elle partit, et Doug mangea ses œufs debout. Case lui demanda s'il voulait venir courir avec lui, et il parvint à esquiver son invitation en prétextant des problèmes de genoux.

— C'est toi qui vois ! répondit Case, qui – Doug l'aurait juré – jeta un coup d'œil à sa bedaine avant de quitter la pièce.

Doug commença à récurer la vaisselle, et une minute plus tard, Case apparut en bas dans l'allée, en tenue. Il s'étira les mollets. Miriam rejoignit Doug devant l'évier pour rincer et essuyer la vaisselle, et ils discutèrent par-dessus le bruit de l'eau. Il apprit que la spécialité artistique de Miriam était la mosaïque composée à partir de matériaux hétéroclites.

— La plupart des gens appelleraient ça du collage de détritus. Mais j'utilise des techniques issues de la mosaïque traditionnelle. Je n'ai recours qu'à des fragments récupérés. Je passe mon temps à découper des vêtements de Case.

Avec sa main mouillée, elle écarta les boucles qui lui tombaient sur le visage.

— Parle-moi de ta poésie.

— Non ! répondit-il, sur un ton qu'elle ne méritait pas. Désolé, je ne suis pas poète. J'écris sur un poète. Gracie a mal compris. Je ne voulais pas te crier dessus.

Elle sourit, comme s'il était normal et amusant que les gens se ridiculisent devant elle.

— Quel poète ?

— Oh, Edwin Parfitt. C'était un moderniste.

— Ah oui, je vois, ce poème ! Celui qu'on apprend au lycée ! Je veux dire, pas...

— « Apollon sur le Mississippi ».

— Oui ! « Apollon, dont les yeux de braise brillent. » Celui-là !

— Il a écrit un tube sans lendemain. Ce poème est son plus mauvais, mais c'est tout ce que les gens connaissent. Ça, et sa lettre de suicide. Il s'est noyé dans un lac, et dans le mot qu'il a laissé derrière lui, il demandait à ses amis de brûler son corps sur la plage, comme Shelley. Ce qu'ils ont fait.

Il ouvrit la bonde pour évacuer l'eau savonneuse et rinça le bac. À cause de la pensée inepte de la veille, il était conscient de la distance entre leurs corps.

— J'adorerais lire ça, dit-elle. Ton texte, pas la lettre de suicide.

Elle essuya ses petites mains rouges.

— Enfin, les deux.

5

Zee prit deux aspirines, oubliant que les cachets ne feraient qu'aggraver ses maux de ventre. Les crampes abdominales étaient peut-être dues à la déshydratation, ou bien à l'enfer que c'était de dispenser des cours de Lettres en été à des adolescents de dix-sept ans censés suivre un enseignement de niveau universitaire, mais qui s'intéressaient bien plus à la consommation d'alcool de niveau universitaire. En revanche, sa migraine était clairement une conséquence de l'invasion de sa maison.

Elle laissa tomber ses corrections (« La plupart des gens, commençait une dissertation sur *Au cœur des ténèbres*, seront confrontés à l'eau à un moment ou un autre de leur existence. »), et rassembla proprement les copies au coin de son bureau, afin que cette disposition semble planifiée plutôt que le fruit d'un abandon. Elle plaça sur le tas l'étrange objet en métal qu'elle avait trouvé dans les bois derrière la grande maison au printemps dernier. Il s'agissait probablement d'une pièce ayant appartenu à une machine, mais Zee aimait son design, sa rondeur gaufrée, et adorait la rouille épaisse et antique qui la recouvrait. L'objet lui évoquait le dessus métallique d'une marguerite : six pétales creux autour d'un centre également creux. Elle planta un crayon dans l'un des trous. Voilà, la pile semblait parfaite maintenant.

Elle alla voir si elle avait du courrier, puis se servit un café dans la salle du département de Lettres. Chantal, la secrétaire, était au téléphone, alors Zee s'attarda devant un avis de congé sabbatique sur le tableau d'affichage.

Zee était obsédée par le tableau d'affichage, par les journaux du campus et le calendrier du département. À ses yeux, son poste comprenait deux volets : il y avait ce qui concernait son travail à proprement parler, et ce qui concernait sa carrière. Son travail, en ce moment, consistait à enseigner, publier, prendre l'avion pour assister à des conférences minables dans des villes universitaires déprimantes. Pour la carrière, il fallait se montrer à des concerts en prenant soin de s'asseoir derrière le président de l'université, rester en contact avec tous les gens qu'elle avait rencontrés au cours de son troisième cycle. Si elle avait pu, elle aurait organisé des dîners chez elle. Raconter à ses collègues qu'elle et Doug louaient une maison dans le coin était chose aisée, mais il serait bien trop risqué de les faire venir aussi près de l'histoire de la famille Devohr. Elle n'osait imaginer les blagues que lui balancerait Sid Cole s'il apprenait qu'elle était native du manoir.

Dieu merci, le « Devohr » était enseveli sous son patronyme, Grant. Zee avait été tentée de prendre le nom de Doug pour enterrer les Devohr sous une couche supplémentaire, mais elle refusait de se séparer de cette dernière bribe de son père. Quand on lui posait la question, elle racontait à ses collègues que sa mère avait été femme au foyer, et que son père, journaliste, avait été un alcoolique « en rémission » – ce qui était entièrement vrai. En réalité, elle se sentait en droit de dire à présent qu'il avait guéri de son alcoolisme, au mépris du jargon prudent des alcooliques anonymes, car il n'aurait plus jamais l'occasion de replonger, et n'avait jamais fait de rechute au cours des douze années où elle l'avait connu, même pas le soir de la réélection de Nixon, quand il avait été le seul homme des environs à balancer des livres sur le téléviseur. Toute sa vie, il avait suçoté de la monnaie – il jetait une pièce dans sa bouche et la retournait avec sa langue lorsqu'il écrivait ou réfléchissait –, ce que Zee voyait comme une sorte de béquille. Quelque chose qui lui rappelait de ne pas boire, peut-être.

Chantal raccrocha et posa les yeux sur Zee.

— C'est l'heure du sport ? demanda-t-elle.

— J'ai besoin de cogner quelqu'un. Mais va pour le sport, répondit Zee.

Chantal avait un millier de petites tresses, et jamais une seule de travers. Elle était la personne la plus compétente que connaissait Zee – son système de classement aurait pu rivaliser avec celui du FBI –, et sa collègue préférée de tout le département. Elles firent du vélo elliptique côte à côte. Zee parla à Chantal de l'arrivée des Texans.

— Je ne m'entends jamais avec les femmes du Sud. Je les vexe systématiquement. Ce que je considère comme un débat, elles l'interprètent comme une agression. Le pire là-dedans, c'est que Doug va tomber amoureux d'elle.

Elle chuchotait. L'endroit grouillait d'étudiants.

— Elle est jolie ?

— Le problème, c'est qu'elle est là !

Chantal trichait, elle avait lâché les poignées.

— Mais il n'est pas comme ça, pas vrai ? Ton mari ?

— Il cherche tellement désespérément à ne pas travailler à son bouquin sur Parfitt qu'il pourrait tomber amoureux d'un zèbre. Il ne fera peut-être rien, mais il tombera amoureux.

Une femme comme Miriam, avec ses yeux hagards et ses ongles rongés, craquerait pour la première personne venue prête à l'écouter parler de ses émotions – en particulier pour Doug, dont le petit sourire agissait comme un sortilège. Ce sourire était même parvenu à désarmer Zee. Mais Doug confondrait amour et diversion, et, sous prétexte qu'il n'avait jamais été distrait de la sorte auparavant, penserait que le destin y était pour quelque chose.

— Tu sais quel était son surnom, à l'école ? Dough[1]. Parce qu'il s'appelle Doug H., mais aussi parce qu'il est carrément… parce qu'il est malléable. Il est influençable.

Chantal appuya sur le bouton pour augmenter sa vitesse.

— Maintiens-le sur la brèche. Je ne vais pas t'expliquer comment agir. Mais un homme qui s'ennuie, ce n'est… comment dire… Y a pas une expression pour ça ?

Elle se mit à rire.

— Un homme qui s'ennuie, ce n'est pas une bonne chose.

1. *Dough* signifie « pâte ». *(Toutes les notes sont de la traductrice.)*

6

Doug se rendit à pied à la bibliothèque, même s'il avait plus envie de regarder les programmes télévisés du matin et de faire mollement du yoga. Les Texans ne l'agaceraient peut-être pas au point de le pousser à travailler plus, mais devant eux, il serait gêné de faire autre chose que travailler. Il resta même debout dans la section adulte, ce qui ne lui était pas arrivé depuis qu'il avait commencé le livre de la série *Amies*.

— Je me demandais si vous aviez quelque chose sur Laurelfield, demanda-t-il à la documentaliste. L'ancienne colonie d'artistes.

Il avait déjà posé cette même question quelques mois auparavant à peine, mais une nouveauté était peut-être apparue depuis.

Laurelfield était toujours, techniquement parlant, le nom de la maison. Les Devohr de jadis baptisaient leurs demeures comme s'il s'agissait d'animaux de compagnie. Quand Zee et Doug avaient commencé à se fréquenter, Gracie avait envoyé des cartes de vœux avec au recto une représentation du domaine qui était l'œuvre d'un artiste, et en dessous, la légende *Laurelfield* écrite en script.

— On dirait le logo d'une boîte qui vend de la charcuterie, avait ironisé Zee. Merci d'avoir acheté des saucisses fumées Laurelfield.

Pour la première fois, Doug avait pris le temps de réfléchir vraiment au fait que la famille de sa petite amie avait donné naissance à cinq parlementaires canadiens, et qu'ils avaient des immeubles et des fondations à leur nom dans tout l'Ontario.

La bibliothécaire le guida jusqu'à la vitrine et en sortit quatre livres consacrés à l'histoire locale. Le seul ouvrage présentant un réel intérêt était l'album dédié aux propriétés des environs que Doug connaissait déjà, mais il s'installa néanmoins sur une chaise de bureau et regarda la photo granuleuse datée de 1929.

> Conçue en 1900 dans le style champêtre anglais par Adler Ross pour la famille Devohr de Toronto, la demeure a accueilli de 1912 à 1954 la Colonie pour artistes de Laurelfield. Parmi les hôtes notables, citons les peintres Charles Demuth, Grant Wood et Emil Armin, le compositeur Charles Ives, les poètes Marianne Moore, Lola Ridge et Edwin Parfitt. Aujourd'hui, Laurelfield est redevenue une propriété privée.

Ces sept artistes, certes impressionnants, étaient les seuls que Doug ait jamais vus listés – en d'autres termes, ils étaient les seules personnalités de renom. Peut-être était-ce la raison pour laquelle il n'existait ni archives, ni beau livre de photos et de souvenirs sur Laurelfield.

La photo était prise d'en haut. Elle montrait l'extrémité nord de la grande maison, ainsi que l'espace entre les deux bâtiments, occupé par un chêne monumental disparu depuis longtemps. Doug observa les fenêtres en plissant les yeux, dans l'espoir de trouver Dieu sait quoi. Parfitt roulant des pelles à Charles Demuth, peut-être. Là, dans le coin en bas à droite, on voyait la remise. Deux voitures étaient garées dans l'allée gravillonnée devant la bâtisse, dont le rez-de-chaussée était à l'époque encore ouvert au passage automobile. Un homme en knickerbockers était appuyé contre le mur est à côté des voitures, la main devant la bouche. Il fumait. À ses pieds, un chien, flou. Doug savait qu'il ne s'agissait pas de Parfitt, sans cependant pouvoir expliquer exactement pourquoi. Le chapeau trivial, peut-être, ou l'angle de ses hanches, qui dégageait quelque chose d'indéfinissablement hétérosexuel. Ou bien parce que sur le cliché, l'homme se tenait près des voitures, alors que Parfitt aurait été à l'étage sur son lit, chevilles croisées, un verre de gin dans la main gauche, un stylo-plume noir dans la main droite.

Doug ignorait quand Parfitt avait séjourné ici. Le poète avait été en résidence à Laurelfield et à MacDowell dans le New Hampshire dans les années 1920 et 1930, mais il n'existait qu'une seule mention de Laurelfield dans les archives Parfitt de Princeton, dans une lettre de 1942 : « Je n'ai jamais été aussi malade depuis un été à Laurelfield, écrivait-il à sa nièce, et cette fois-ci, c'est pire, parce que je me fais vieux, Annette, vraiment. » Lorsque Doug avait trouvé cette allusion, il sortait déjà avec Zee, avait déjà vu la carte de vœux. Il vérifia l'information auprès d'elle avec autant de désinvolture que possible – « Tu n'as pas dit que ta maison avait un jour été une colonie pour artistes ? À un moment donné ? » –, et quand Zee confirma, il ne vit pas en elle un ticket pour Laurelfield, mais prit ce lien pour un signe. La chambre d'enfant de cette femme avait peut-être été la pièce dans laquelle Parfitt avait écrit ! Les étoiles étaient alignées, il fallait qu'il l'épouse. Zee, qui n'admirait pas spécialement Parfitt, fut pour sa part moins impressionnée par cette coïncidence. « Beaucoup de gens ont séjourné ici. Il est sûrement passé par Grand Central Station à un moment ou un autre. Cela ne fait pas de cette gare une terre sainte. »

Doug photocopia le cliché de Laurelfield et prit le chemin de la maison. Il faisait une chaleur du diable en cette heure où des nations plus avisées s'adonnaient à la sieste. Pendant un bref instant, la photocopie pliée dans sa poche, il se sentit productif, jusqu'à ce qu'il soit frappé par le fait que là où il aurait dû se livrer à de l'analyse textuelle rigoureuse, sa façon à lui de « plancher » consistait à photocopier la photo d'une maison qu'il voyait déjà depuis la fenêtre de sa chambre.

Alors qu'il se trouvait à mi-parcours, il vit Case passer en courant sur le trottoir d'en face. Resplendissant au soleil. Il avait l'air chez lui dans cette ville, d'une façon que Doug n'égalerait jamais.

7

Zee décida de ne pas boire au déjeuner.

Les huit membres du département encore en ville à cette période étaient agglutinés dans l'arrière-salle du restaurant Pasquali avec leur conjoint. Zee n'invitait pas Doug à ces événements, et préférait profiter de son absence pour le présenter sous un jour flatteur. Elle avait créé au cours de l'année dernière un Doug mythique dont le livre révolutionnaire serait publié prochainement, et dont le directeur de thèse souhaitait qu'il revienne enseigner à Madison.

La célébration de la vingtième année de Sid Cole à l'université (sa trente-cinquième année d'enseignement en tout) avait été reportée de quelques semaines car il avait dû subir une ablation de la vésicule biliaire. Mais voilà qu'il était là, avec ses sourcils aux allures de chenilles et sa façon obsessionnelle de s'humecter les lèvres, plus sémillant et malveillant que jamais. La vieillesse a le don de transformer les individus les plus horribles en « personnages », et de faire passer leur misanthropie pour l'expression d'un caractère bourru. On racontait que Sid proposait à ses étudiants une pause de cinq minutes au milieu de ses longs cours de l'après-midi, et tournait ensuite en dérision tous ceux qui avaient eu le toupet de partir. Ses fervents fidèles, eux, restaient, et notaient avec jubilation des « Coléismes » dans leur cahier.

Aux yeux de Zee, Cole était responsable du chômage de Doug. Deux ans auparavant, juste après qu'elle avait été embauchée à l'université, on avait proposé le poste de Sid à Doug. Cole avait annoncé prendre sa retraite, et Doug était le parfait candidat. Et puis, la veille de son entretien avec le doyen pour parler salaire, douze étudiants de Cole s'étaient présentés au domicile du vieil homme avec un sac rempli de lettres. Ils avaient cité Milton, Frost et Thoreau. Ils l'avaient convaincu de rester. Le contrat de Zee était déjà signé, et les seules autres pistes de Doug se trouvaient sur la côte est. À présent, même si Cole prenait sa retraite, Doug – deux ans et zéro publication plus tard –, était significativement moins qualifié pour ce poste qu'à l'époque.

Deux conditions devaient être réunies : un trou ayant vaguement la forme de Doug, et un Doug capable de présenter les deux dernières années écoulées sous un jour saisissant. Zee n'était pas totalement impuissante sur ce point : Doug terminerait son livre cet été, même si, pour cela, il fallait qu'elle écrive le satané bouquin à sa place. La première condition était plus difficile à remplir. Il y avait cependant deux autres petites universités rien que dans cette ville et une dizaine de plus à Chicago, qui toutes pouvaient devenir une possibilité. Sauf que, manifestement, même les attachés temporaires d'enseignement se cramponnaient à leur poste et ne bougeaient pas.

De plus, Cole annonçait régulièrement que désormais, il était là à vie. « On devra me faire sortir d'ici sur ma chaise de bureau, tandis que, figé par la *rigor mortis*, je tiendrai fermement mes copies d'examen contre ma poitrine. »

Zee était assise entre Ida Hayes et Jerry Keaton, et se satisfaisait, au moins, de manger des pâtes gratis. Golda Blum, la présidente suppléante, leva son verre en l'honneur des « illustres décennies que Sid avait passées à terroriser ses étudiants et à dérouter ses collègues ». Il existait une règle tacite selon laquelle tout toast porté à Sid impliquait de mettre en boîte ce dernier, qui, en retour, grognait et jurait comme l'ivrogne du village. Hoffman et Grasso se levèrent pour lire un poème qu'ils avaient écrit dans une fulgurance imputable au chianti : « Le Vieux Roi Cole était voué à Derrida, à Derrida voué il était ! Il réclamait son Yeats, il réclamait son Poe, il réclamait ses pépées en trio ! »

Cole se leva à son tour pour prononcer un discours. Il déclara que pour sa vingt et unième année d'université, il avait l'intention d'effrayer ses étudiants afin de les faire fuir absolument tous à l'exception « d'un seul spécimen séduisant et intelligent capable de noter tout seul ses propres dissertations et de me masser le cou. » Lorsque même Golda riait, Zee feignait de rire aussi. Cole avait certainement l'impression que son âge le préservait des rumeurs d'inconvenance. Pourtant, Zee avait appris que dans les années 1980, de nombreux bruits avaient couru à son sujet. Elle avait entendu un étudiant en quatrième année affirmer qu'il savait « de source sûre » que l'obligation de laisser les portes entrouvertes pendant les entretiens avec les élèves remontait aux écarts de conduite de Cole une quinzaine d'années auparavant. Il avait été marié jadis, mais à son arrivée sur le campus, il était depuis longtemps un célibataire désinhibé – et de surcroît un bel homme, à cette époque-là –, si bien que les rumeurs l'avaient suivi, inévitablement. Cependant, la persistance de ces rumeurs témoignait aujourd'hui de son comportement, pas de sa beauté passée. Jerry Keaton, par exemple, avec ses yeux gentils, sa voix douce et les photos de son bébé placardées partout dans son bureau, ne ferait jamais l'objet de tels cancans.

Zee survécut au repas en imaginant qu'on fêtait le départ à la retraite de Cole. Et lorsque ce fantasme échoua, elle imagina raconter l'une de ses anecdotes à elle sur Cole, moins amusantes. Elle pourrait évoquer l'étudiante de deuxième année dont il était le tuteur, qui était venue la voir en pleurant après avoir montré à Cole une liste de cours incluant « Le maquillage scénique » pour son double cursus Théâtre. « Alors comme ça, vous apprenez à vous maquiller ? » avait-il demandé. La fille avait haussé les épaules et répondu : « Grosso modo. » Il avait pris son visage dans sa main, l'avait tourné sur le côté et s'était exclamé : « Bon sang, il était temps ! » Mais à supposer que Zee ait trouvé le courage de raconter cette histoire et de lancer : « Levons notre verre à l'homme le plus indélicat de tout l'Illinois », les autres auraient gloussé et attendu, en retenant leur souffle, la réplique du vieillard.

Cole, se rendit-elle compte, s'adressait à elle depuis l'autre bout de la table, pointait sa fourchette vide vers sa poitrine.

— La camarade Grant est étonnamment en retrait aujourd'hui. Je la soupçonne de préparer sa révolution marxiste !

Avant que l'hilarité ne se dissipe, il poursuivit :

— C'est la raison pour laquelle je ne partirai jamais. Elle me remplacerait par ses sbires, et tous les étudiants en quatrième année choisiraient le cours « Pourquoi Dickens était-il staliniste ».

Zee avait l'impression, comme souvent en présence de Cole, d'être une enfant raillée par un oncle malicieux qui cherchait à amuser la galerie. Bien heureusement, la conversation repartit, et on leur apporta le café. Zee aurait aimé que le serveur la récupère en même temps que les verres de vin vides, l'emmène en cuisine et la plonge dans l'évier où elle pourrait rester jusqu'à la fin du repas.

L'autre jour, sa mère lui avait téléphoné sur sa ligne professionnelle.

— Je me demandais… pourquoi Douglas ne travaillerait-il pas au Bureau des Inscriptions ? Inutile d'avoir publié pour cela, n'est-ce pas ?

— Les inscriptions, c'est pour les jeunes de vingt-quatre ans pétillants issus de la diversité.

— Eh bien, il est issu de la diversité. Il n'a certainement pas grandi dans le coin.

Zee avait prétendu devoir raccrocher, et sa mère avait ajouté :

— Cela ne va pas lui tomber dessus comme ça, ma chérie. En toute franchise, je ne sais pas ce que va lui apporter cette biographie. Les bons livres ne manquent pas, de nos jours ! Mais nous trouverons une solution.

Tandis que, sobre, elle était assise aux côtés de ses collègues ivres, Zee trouva une solution. Doug était un homme qui avait besoin d'un emploi. Cole était un homme qui ne méritait pas le sien. Et elle espérait passivement que quelque chose se produise. Et laissait Doug à la maison toute la journée en compagnie de cette femme. Quand Chantal avait parlé de le maintenir sur la brèche, elle sous-entendait probablement quelque chose comme lui ouvrir la porte en petite tenue. Mais Zee avait d'autres cordes à son arc que la lingerie. Et n'était pas bonne qu'à corriger des copies en attendant que les choses se fassent.

Elle tourna sa tranche de tiramisu sur le côté pour mieux la découper. Elle avait bien failli oublier qui elle était.

8

Ils étaient tous attendus dans la grande maison à dix-huit heures pour des cocktails et un dîner afin de souhaiter officiellement la bienvenue aux Texans. Doug s'efforçait de les appeler les Breen dans sa tête, mais pour lui, les Breen, c'étaient Gracie et Bruce – d'où ce surnom. Peut-être que s'il se mettait à appeler Case « Tex », ce dernier lui serait plus sympathique.

Au cours de ces deux semaines de cohabitation, les couples s'étaient installés dans une routine : ils ne préparaient pas leurs repas en même temps, et se croisaient dans la cuisine pendant peut-être cinq ou dix minutes de sociabilité maladroite. De plus en plus fréquemment, Doug et Zee mangeaient des plats à emporter au rez-de-chaussée.

Zee entra dans la salle de bains alors que Doug se brossait les dents.

— J'ai quelque chose qui va te motiver. Je crois qu'il se passe un truc avec Cole. C'est peut-être bien sa dernière année.

La bouche obstruée par sa brosse à dents, Doug émit une espèce de gargouillement. Zee n'était pas du genre à prendre ses désirs pour des réalités, mais Doug en savait suffisamment au sujet de Cole pour ne pas trop s'emballer.

Ils remontèrent l'allée tous ensemble. Doug avait dans les mains une bouteille de vin trop bon marché pour être bue par Gracie et Bruce. Ils passèrent devant la nouvelle voiture de Case : une BMW série 2000 Cabriolet noire rutilante, qui était garée à côté de leur Subaru érodée. Doug se joignit de bon cœur au roulement d'yeux de Zee, et se demanda ce qui poussait Case à penser qu'il pouvait dilapider ses économies, pourquoi il était si bizarrement convaincu de retrouver un emploi dès qu'il se mettrait à en chercher un. Comment il comptait traverser l'hiver de Chicago en cabriolet. Mais en secret, Doug ne rêvait que d'une chose : lécher les jantes de cette voiture.

Il s'émerveilla une fois de plus devant le lierre épais qui transformait la grande maison en une entité organique. À chaque automne, la maison brunissait, à chaque hiver, elle mourait, et à la fin du printemps, elle était entièrement recouverte d'un feuillage luxuriant.

La porte d'entrée était verrouillée, alors ils attendirent. Hidalgo, le caniche standard de Gracie (« Y en a des plus grands que standard ? avait déjà demandé plusieurs fois Doug à Zee. Parce que ce chien n'a rien de normal. ») se précipitait encore et encore contre la fenêtre en grattant la vitre avec ses griffes.

— Oh mon Dieu, s'exclama Miriam, je déteste les caniches.

— Et encore, tu n'as rien vu ! plaisanta Doug.

Ce fut Bruce en personne qui leur ouvrit. Il balança des cacahuètes à Hidalgo pour le tenir à distance.

— Bienvenue !

Il déposa sur le poignet de chaque femme un long baiser à la manière d'un prince autrichien lubrique, serra vigoureusement la main de Doug et passa virilement son bras autour de Case.

— Fiston ! cria-t-il, comme s'il n'avait jamais parlé à son fils de sa vie.

Bruce était rougeaud, avait de grosses joues, une couronne de cheveux blancs et un ventre de graisse endurcie. Plus tard, il harcèlerait Doug pour que celui-ci vienne fumer un cigare avec lui à l'arrière de la maison. Mais Bruce était un type bien, et Doug n'avait jamais vraiment eu de père, alors les poignées de mains, le cigare, l'entendre raconter sa rencontre inopinée avec les Clinton sur l'île de Martha's Vineyard – Doug trouvait tout cela étrangement excitant.

Doug vit Hidalgo avancer vers lui et lui donna un coup de genou dans la poitrine avant que ses griffes puissent entrer en contact avec ses épaules, avant que la bête puisse laisser, une fois de plus, des marques sur ses bras. Hidalgo n'était pas l'un de ces caniches qui vont chez le coiffeur. Son poil était hirsute, couleur pêche pourrie, et son haleine avait l'odeur du compost chaud. Bruce lui balança une autre cacahuète.

Gracie les attendait debout dans la bibliothèque, vêtue d'un long machin vert transparent que la mère de Doug aurait qualifié de *robe de Réception*. Zee déposa un baiser sur sa joue.

— Alors comme ça, maintenant, tu nous enfermes à l'extérieur ? lui lança-t-elle.

— Bruce ? demanda Gracie. C'est toi qui as fermé la porte ? C'est sûrement un coup du fantôme.

— Le fantôme n'accomplit jamais que trois actions, murmura Doug à Miriam. Fermer les portes, cogner dans des objets et tirer la chasse d'eau.

— Ce fantôme est peut-être mort parce qu'on l'a privé d'un accès aux toilettes, répondit-elle en chuchotant elle aussi.

Bruce prépara des gin tonic pour tout le monde sans demander l'avis de quiconque, et se servit son traditionnel verre de rhum Mount Gay.

— Permettez-moi tout de même de vous dire quelque chose, lança-t-il d'une voix qui ne demandait absolument pas la permission de parler. Il va de toute façon nous falloir de nouvelles serrures. Avec le bug de l'an 2000, le 31 décembre, ces systèmes de sécurité sophistiqués ne serviront à rien. La criminalité va exploser, les cartes de crédit ne fonctionneront pas, et est-ce que vous vous rendez compte que même votre voiture, votre *voiture*, est dotée d'un ordinateur. Je vais acheter une Chevrolet 57. Elle n'a pas d'ordinateur, et puis j'ai toujours voulu en avoir une. Mais je vais vous dire un truc : personne ne devrait sortir faire la fête ce soir-là. Les centrales nucléaires… vous imaginez ? Le mieux que nous puissions faire, c'est nous barricader dans nos maisons avec nos boîtes de conserve.

— Comme c'est festif ! s'exclama Gracie.

Voilà un an que Bruce sortait le même discours à la moindre occasion. Mais c'était la première fois qu'il mentionnait les centrales nucléaires.

— Et si nous changions de sujet ? Parlons de quelque chose de moins apocalyptique. Case, comment se passe votre recherche d'emploi ?

Case, étalé sur le canapé, étendit ses jambes.

— J'ai quelque chose sur le feu, répondit-il.

— Ça sent bon ? demanda Zee.

— On pourrait dire ça, Zee. On pourrait dire ça.

— Je vais lui présenter Clarence Mahoney, expliqua Bruce. Un gros bonnet de Chicago. Des tas de projets, et rien en lien avec ces sottises d'Internet. Vous allez voir ce qui va arriver à tous ces gens de la bulle Internet, le 1er janvier.

Case se tourna vers Doug.

— Dis-nous de quoi parlent tes poèmes. De nature ou autre ?

Doug tâcha de cacher le glaçon qu'il tenait sous sa langue tout en parlant.

— À vrai dire, j'écris une monographie. Un livre. Sur un poète qui s'appelle Edwin Parfitt. Il a séjourné ici à plusieurs reprises, au sein de la colonie d'artistes.

— Vous imaginez, lança Gracie en balayant la pièce d'un grand geste de la main. Cet endroit rempli de peintres et de musiciens !

— Je voulais vous demander, poursuivit Doug en s'efforçant de ne pas regarder Zee. Et à Toronto ? N'y aurait-il rien là-bas relatif à la colonie ? Des archives ou des photos ? Qu'on aurait ramenées là-bas ?

Ce n'était pas la première fois qu'il posait cette question, mais les réponses de Gracie étaient toujours si évasives que Doug entretenait l'espoir qu'elle tiendrait un tout autre discours si elle était bien disposée, si le temps était clément, si elle avait suffisamment bu. (Un jour, après quelques coupes de champagne, elle leur avait livré le récit de la naissance de Zee en fournissant des détails assez explicites.) De plus, elle semblait ne jamais se souvenir qu'elle avait déjà rejeté sa demande.

— Oh, doux Jésus, non. La colonie était un tel fardeau pour mon père qu'il a probablement détruit tous les documents. La femme qui gérait l'endroit s'est avérée, vous savez, communiste. Et l'alcool ! Les journaux en parlaient tout le temps, il y avait toujours quelqu'un dont la voiture se retrouvait dans une clôture. Ce fut un soulagement pour lui d'être débarrassé de tout ce bazar.

Une fois de retour chez eux, Zee lui braillerait dessus. Pas seulement parce qu'il avait importuné sa mère, mais parce qu'il se raccrochait à la moindre bribe d'espoir. Zee devait si souvent défendre auprès de gens comme Sid Cole son intérêt pour l'historicité et le contexte que la quête d'archives de Doug aurait dû trouver un écho en elle. Mais elle ne voyait pas le rapport.

— Donc, c'est à ce moment-là que vous vous êtes installée ici ? demanda Miriam. Après la fermeture de la colonie ?

— Plus ou moins.

Dans les années 1950, la communauté artistique en avait énormément voulu à son père de récupérer la maison pour y installer Gracie et son nouvel époux, George, le père de Zee. Quand Doug s'était fiancé à celle-ci, il s'était, en secret, procuré une histoire de la famille Devohr via un prêt interbibliothèques. Il y avait trouvé la seule allusion à Gracie de toutes ses recherches – le sous-entendu que son père avait fermé Laurelfield pour chasser du Canada George Grant, alcoolique et coureur de jupons.

— Donc, ton boulot, c'est d'écrire l'histoire de la vie de ce type ?

Case semblait trouver cela hilarant.

— À vrai dire, c'est plutôt une analyse de ses poèmes. De la façon dont sa vie a influencé son œuvre.

— Comme une dissertation, s'aventura Gracie.

— Oui, répondit Doug après avoir descendu son verre. Comme une très, très longue dissertation de littérature au lycée.

À son grand soulagement, Zee, assise sur l'autre canapé, lui adressa un sourire compatissant. Elle était magnifique dans sa robe bleue. Ses clavicules étaient de véritables chefs-d'œuvre.

— Ravitaillement ? Qui me suit sur le Mount Gay ?

Doug s'était préparé à cette réplique, y était toujours préparé, mais ne pas perdre ses moyens lui demandait chaque fois un effort considérable. Et il dut déployer un autre effort considérable pour ne pas regarder le visage de Miriam, devenu un point rouge ardent qui tremblait à côté de lui.

Pendant le repas, Doug ne parla pas. Sofia, la gouvernante, faisait des allées et venues avec des assiettes d'espadon et d'asperges, de sorbet au citron, de gâteau à l'ananas.

Tandis que Case leur racontait une histoire de voile, celle d'un copain à lui qui s'était égaré dans le Golfe, il bascula complètement sa chaise en arrière, laquelle heurta le buffet derrière lui. Le vase en porcelaine verte qui s'y trouvait se renversa et se fracassa sur le sol.

— Je... Oh, bon sang... Je... Hé, je payerai la casse !

— Avec quoi ? marmonna Gracie.

Miriam convainquit Sofia de lui céder sa pelle et sa balayette afin de pouvoir ramasser elle-même les morceaux.

— Ce manque de coordination, il le tient de moi ! cria Bruce. Voilà pourquoi il a été viré de l'équipe de football !

Case ne paraissait pas savoir quoi faire de ses mains, ni de sa bouche.

Doug cherchait à changer de sujet, mais Zee le devança.

— Tu te rends compte que le fantôme se trouve derrière toi, lança-t-elle à Miriam. Le tableau, je veux dire.

Bruce jeta à l'ancêtre un regard que la plupart des hommes réservent d'ordinaire aux pin-up de magazines.

— Une vraie beauté, pas vraie ? Une beauté naturelle. Rien d'artificiel, à l'époque.

— Hormis la peinture, souligna Zee.

Doug ne connaissait pas grand-chose à l'art, mais discernait sans peine que le portrait était remarquable. S'il croisait un jour dans la rue cette femme en tenue moderne, il la reconnaîtrait instantanément. Magnifique, assurément, en tous points. Des cheveux et des yeux noirs, comme ceux de Zee, auxquels les épaules de sa robe, noire également, offraient un contrepoint. Pourtant, étrangement, elle avait quelque chose de profondément fuyant. Certains tableaux semblent vous suivre des yeux, mais ici, c'était tout l'inverse : où que vous soyez, Violet évitait votre regard. Doug ne comprenait pas pourquoi, mais il savait qu'il ne voulait pas se retrouver seul dans cette pièce la nuit.

— Puis-je vous demander comment elle s'y est pris ? Comment elle est morte ? demanda Miriam.

Elle était toujours par terre, en train de balayer, une voix désincarnée.

— J'ai toujours imaginé la pendaison, répondit Gracie. Mais ma famille n'en parlait jamais.

— C'est peut-être pour cette raison que je perçois des ondes dans la cage d'escalier ! Elle a pu le faire depuis une rambarde.

Doug n'y avait jamais réfléchi précisément jusqu'à présent. Il s'était toujours dit qu'elle avait ingéré du poison, tranquillement, dans son lit.

— Elle s'est peut-être défenestrée, suggéra-t-il.

— Elle ferait un fantôme plus crédible si elle portait du blanc, argua Case.

Miriam se leva avec la pelle et regarda le tableau.

— Moi, je la trouve parfaitement convaincante.

9

Ils étaient tous dans le jardin d'hiver avec leur café. Les fenêtres ouvertes laissaient entrer l'air chaud de la nuit. Hidalgo était assoupi sur le dos. Zee avait envie d'être chez elle, en train de dormir, mais elle s'efforçait de sourire à Miriam.

— J'ai jeté un œil à ton nouveau projet, dit-elle. J'espère que tu accrocheras certaines de tes œuvres dans la remise.

— Tout ce qui ne se vend pas.

Zee se demanda si Miriam avait jamais vendu une œuvre de sa vie. Sa dernière création en date était un atroce tourbillon orange dont ressortaient des bidules bleu et marron.

— Dis-moi, qu'est-ce qui t'a inspiré cette œuvre orange ?

— Oh, c'est une fractale ! En gros, c'est des maths, alors ne me demande pas d'expliquer ! On *voit* bien qu'elles sont incroyables, les couleurs, la symétrie.

Zee avait envie de la secouer. Sa plus grande crainte pour ses étudiantes était qu'elles deviennent des femmes qui gloussent et s'excusent de tout.

Case affichait un large sourire.

— Vous savez comment je les surnomme ? Les dégueulis. C'est la série des dégueulis.

Voilà un moment qu'il était ivre.

— Mais je me lance dans quelque chose de nouveau. Les robes mal aimées. Je les saccage avant de réaliser un pavage autour de leurs contours. Si tu as une vieille robe de bal de fin d'année ou autre qui traîne… Et je dois dire que je n'ai jamais aussi bien travaillé que ces derniers jours. Il doit y avoir une source magique sous la maison.

Gracie lui tapota le genou et se pencha en avant.

— Miriam, nous avons une petite mission de conseil taillée pour vous. Il y a un tableau remisé que j'aimerais accrocher dans la maison, et que Bruce déteste. La signature est illisible, alors nous ignorons à qui nous le devons. Il est brut, mais je le trouve charmant.

Bruce se précipita derrière le canapé le plus éloigné, et revint avec un cadre doré. La ferme et le pré qui s'y trouvaient étaient tout en angles maladroits et rayons de soleil illogiques. On aurait dit le résultat d'une séance d'art-thérapie en maison de retraite.

— Nous devrions la rémunérer pour son avis, fit remarquer Bruce. C'est une experte, tu sais.

— Nous la payerons avec de vieilles robes ! répondit Gracie. Elle peut prendre celle que Zee a portée au bal des débutantes. Elle est toujours là-haut, dans le placard. Tu te souviens de cette robe jaune, avec les épaulettes ? Oh, elle était abominable ! Je te l'avais dit à l'époque.

Quelque chose se mit à bouillir dans la tête de Zee, une forme de jalousie irrationnelle qu'on éprouverait envers un frère ou une sœur, et avec laquelle elle n'avait jamais dû apprendre à composer. Elle n'avait que faire d'une robe jaune issue d'un rituel ésotérique qu'on lui avait imposé à quinze ans, même si c'était dans cette tenue qu'elle avait reçu le baiser de Greg Stiefler sur la pelouse du Chippeway Club.

— Tu ne peux pas donner ma robe ! protesta-t-elle.

— Je croyais que tu étais pour la redistribution des biens au prolétariat !

— Où avez-vous eu ce tableau ? demanda Miriam.

Elle posa le cadre sur ses genoux, plissa les yeux pour observer le coin en passant un doigt sur la peinture. Elle ramena ses boucles en arrière.

— Il me semble que c'est une relique de la colonie. Eh bien voilà, Doug ! Quelque chose qui vient de la colonie !

— Il s'agit peut-être…

De toute évidence, il coûtait à Miriam de se montrer critique.

— Cette personne était peut-être naturellement douée, mais n'avait pas de formation. Il y a un problème de perspective.

Case plissait les yeux par-dessus son épaule.

— Ce n'est pas ce que faisaient les modernistes ? demanda-t-il.

— Eh bien, pas comme cela. Je dis juste qu'il est peu probable que ce tableau vienne de la colonie.

Gracie s'empourpra et récupéra le tableau sur les genoux de Miriam.

— Oh, ce n'est rien, très chère. Votre opinion compte à nos yeux. Mais c'est tout de même drôle. George, le père de Zee, semblait apprécier terriblement cette toile. Et il était critique d'art ! Il avait dû y voir quelque chose. Moi, je n'y connais rien. Sofia !

Sofia débarrassait le sucre et la crème.

— Pourriez-vous vous rendre de ce pas dans la chambre nord-ouest, la chambre à fleurs, et regarder si la vieille robe de bal jaune de Zilla se trouve dans le placard ?

— Oh, je vous en prie, inutile de..., commença Miriam avant de ravaler ses mots.

Sofia était déjà partie.

10

(La peau blanche
Au creux de son bras

Sa nuque, là où
Ses cheveux frottent son col

Les os de ses hanches

Je pourrais l'attirer à moi
Par les passants de sa ceinture)

11

La maison avait trouvé un rythme paisible – ils s'ignoraient allègrement les uns les autres. (Sofia, heureusement pour tout le monde, n'avait pas trouvé la robe jaune ce soir-là. Elle était redescendue avec de la poussière dans les cheveux et un filet de sueur sur la lèvre supérieure. « J'ai même regardé les vieux machins d'il y a quarante ans, toutes les longues robes ! » Quelque part, Doug était déçu. Il aurait payé pour apercevoir cette vilaine toilette.)

Et puis, un samedi, alors que Case faisait un long jogging, Doug et Zee, tous deux assis à table, l'entendirent crier si fort d'en bas qu'ils se levèrent d'un bond. Ils le retrouvèrent recroquevillé par terre, dans l'embrasure de la porte. Il avait tout bonnement raté la marche qui menait à la maison, s'était très mal réceptionné. Son tendon d'Achille avait claqué et, d'après le médecin, s'était « enroulé comme un store ».

Doug était dans la cuisine un matin quelques jours plus tard quand Miriam entra dans la pièce, versa du whisky dans un verre, ajouta des glaçons, puis redescendit. Doug ne tarda pas à la suivre (victime d'un puissant mélange de curiosité et de procrastination), et trouva Case, la jambe dans sa botte médicale bleue surélevée sur l'ottomane, le verre à moitié sifflé. Miriam était assise en tailleur par terre, et ils regardaient un film en noir et blanc. Doug savait que Miriam en avait loué tout l'été – *Sunset Boulevard, Le Danseur du Dessus* et *Le Grand*

Sommeil –, mais c'était la première fois qu'il voyait Case se joindre à elle.

— Ça vous embête si je fais une pause ici avec vous ?

Case haussa les épaules.

— Je t'en prie, répondit Miriam.

Il s'assit sur le bras du canapé, en face du fauteuil Morris que Case s'était attribué – celui-là même que Doug en était venu à considérer comme le sien. Doug pensait que ce fauteuil avait toujours été dans la remise. Une barre en laiton permettait de régler son dossier articulé. Le cuir était usé, craquelé. Il se représentait sans problème le chauffeur débordé qui s'était assis ici un jour pour lire son journal et rêver de voguer vers le Siam.

— Que regardons-nous ? demanda Doug.

C'était *Barbe-Bleue*, expliqua Miriam, la version MGM de 1930.

— Un film maudit, ajouta-t-elle quelques minutes plus tard.

Cela ne sembla pas déranger Case qu'elle baisse le volume. Il regardait son verre, de toute façon, pas l'écran. Cela ne gênait pas non plus Doug, car son récit était bien plus intéressant que le film.

— Absolument tous ceux qui jouent dedans ont perdu la vie dans les sept années qui ont suivi. Là, c'est Renée Adorée, la Française, qui est morte de causes naturelles. Mais l'autre, celle qui joue sa sœur, c'est Marie Prevost. Elle est morte seule dans son appartement. Son teckel avait commencé à la manger.

— Mon Dieu !

— Et John Gilbert, Barbe-Bleue, était marié à Greta Garbo, mais buvait tellement que ça l'a tué. Et puis la servante allemande, celle qui jette des regards mauvais ?

D'ordinaire, Miriam parlait avec les mains, mais là, elle les gardait autour de la télécommande, comme si les acteurs à l'écran se chargeaient à sa place de la gestuelle.

— C'est Marceline Horn. Elle est morte le lendemain de la fin du tournage. On s'est aperçu qu'il y avait du maquillage empoisonné dans sa loge. Quelqu'un avait mis de l'arsenic dans son rouge à lèvres. Plus elle était malade, plus elle avait mauvaise mine, et plus on la fardait pour cacher la misère.

— Sérieux ?

— Il y a une scène… Je vais vous montrer… Dans l'une des scènes, on voit qu'elle est malade. Elle était censée manger de la nourriture, mais elle en était incapable.

Case s'éclaircit la voix.

— T'as fini, chérie ?

Miriam se leva. Elle prit quelques instants pour se redresser, composer un sourire. Elle donna la télécommande à Case et alla dans la véranda. Case changea et mit CNN. Les informations parlaient de gens qui bâtissaient des abris dans le Colorado, poussant leurs craintes du nouveau millénaire un peu plus loin que Bruce.

— Écoute, dit Doug. Je me suis fait opérer du genou il y a un moment. Je sais que c'est… qu'on se sent piégé, en quelque sorte. Je sais.

Case ne répondit pas.

12

Si elle n'avait pas déjà décidé de passer à l'action, deux choses auraient convaincu Zee de le faire. La première : Sid Cole qui frappait à la porte de son bureau. Il avait gravi toutes ces marches uniquement pour lui demander si elle avait remarqué que Jerry Keaton avait intitulé son séminaire « Le Canon Gay ».

— Vous étiez à cette réunion, n'est-ce pas ? répondit-elle.

— Je vais donner un cours qui s'intitule « Milton, le marginalisé ». Et que pensez-vous de « Chaucer, le poète oublié » ?

Zee savait qu'il valait mieux ne pas entamer une dispute, même au nom de quelqu'un d'autre.

— Si cela peut vous rassurer, je crois qu'il a inscrit certains poèmes de Shakespeare au programme.

— Ha !

Cole s'effondra très dramatiquement contre le mur.

— Shakespeare, le célèbre homo. La Tapette de Stratford-on-Avon.

La deuxième chose était que Doug s'était vraiment mis à travailler sur la monographie. Le jour où elle lui avait appris que Cole avait peut-être des ennuis, lorsqu'elle était rentrée à la maison, Doug était toujours derrière son ordinateur à dix-sept heures trente, vêtu du boxer et du maillot de corps dans lesquels il avait dormi. Il avait oublié de déjeuner. Le voir travailler autant sur quelque chose dont tout le monde se contrefichait, quelque chose que personne à part elle-même n'attendait, lui brisa presque le cœur. (Le livre ne s'adressait pas aux masses, mais aux quinze personnes au monde qui savaient déjà tout au sujet de Parfitt, et aux commissions chargées du recrutement à l'université qui ne liraient jamais son texte, mais jugeraient important qu'il l'ait écrit.) Elle ne supporterait pas que les efforts de Doug aient été vains.

C'était drôle – elle avait détesté Doug quand elle l'avait rencontré à la fac. Il avait ce perpétuel petit sourire en coin qui augurait si souvent les ennuis. Il était ce genre d'homme qui vous donnait l'impression d'être le centre de l'univers, mais une fois attachée désespérément à lui, vous compreniez qu'il regardait toutes les femmes de la même façon. De plus, il avait des goûts douteux en matière de chemises et de poésie (Edwin Parfitt était un poète que le père de Zee avait qualifié à juste titre de « minuscule »), et il était parvenu, on ne sait trop comment, à faire croire à tous les professeurs qu'il était le meilleur étudiant que la fac ait jamais connu. Elle l'avait invité à sa *spaghettis party* de février avec tout le groupe, mais elle s'était montrée tellement peu avenante à son égard au cours des six derniers mois qu'elle éprouva un choc quand elle le vit à sa porte. Il lui avait tendu une bouteille de saké, choisie précisément parce qu'il savait qu'elle ne pouvait pas la servir avec des spaghettis, lui avait-il dit.

— Tu vas devoir la garder pour toi.

Bien plus tard, tandis que les derniers invités aidaient à ranger, le coude imprévisible de Doug avait renversé un cadre photo posé sur sa table d'appoint. La vitre était demeurée intacte, mais la bordure en porcelaine s'était fendue en plusieurs quartiers. C'était la photo d'elle à cinq ans où on la voyait lire à son père *Les Œufs verts au jambon*. Zee ne voulait pas que Doug répare ce cadre.

— Je sais que tu as de la super glu. Ne me mens pas ! avait-il insisté.

Et longtemps après le départ de tout le monde, il était resté assis sur le canapé à tenir les morceaux ensemble jusqu'à ce que la colle ait pris et que le cadre forme à nouveau un tout aux allures de toile d'araignée à cause des fêlures.

— Pas sûr qu'il puisse naviguer à nouveau un jour, avait-il dit.

Il avait posé le cadre au centre de la table, comme s'il s'agissait d'une offrande.

Ce ne fut certainement pas son insistance macho à vouloir résoudre ses problèmes qui l'avait conquise – elle ne se considérait pas comme une chose fragile qui avait besoin qu'on la répare –, mais le fait qu'il semblait si déterminé à ce qu'elle ne le déteste pas. Il devint difficile de ne pas l'encourager. Il leur fallut encore six mois avant d'entamer une relation amoureuse, mais relier les points entre eux s'avéra aisé. Encourager quelqu'un et l'aimer – était-ce si éloigné ? Existait-il la moindre différence, même à présent ?

13

Au bout de cinq semaines (dont une de retard), Doug était toujours coincé aux épreuves de sélection de l'équipe de foot, alors il retourna au deuxième chapitre, qu'il s'était réservé pour plus tard en raison de sa simplicité. C'était celui où l'on pouvait plagier, le passage qui nécessitait d'avoir sous la main les vrais livres de la série *Amies pour la vie.* Il en avait emprunté plusieurs à la bibliothèque, et plaça des stylos sur les pages de chaque tome pour les maintenir ouverts.

La première phrase du deuxième chapitre donnait toujours quelque chose comme : « On aurait dit que le club existait depuis toujours, pensa Candy [ou Molly, ou Melissa] en regardant le visage de ses cinq amies. » Doug commença de la manière suivante : « Elles avaient tant de souvenirs en commun, ces six amies-là. Alors que Melissa étudiait leur visage, elle se retrouva transportée dans le passé. Elle revit le jour où elles avaient fondé leur club. »

Ensuite, il passa aux descriptions de chacune des filles. Lorsqu'il arriva à Cece (« C'était la déjantée du groupe », décrivaient en chœur les autres livres. « Un jour, elle alla même en cours avec la veste militaire de son frère en guise de jupe ! »), Doug, qui se sentait en verve, s'aventura en terre inconnue. « Sacrée Cece ! Cette foldingue avait monté son affaire : elle écrivait des poèmes pour le compte de ses amis. Elle facturait dix cents le vers, et avait déjà gagné de quoi se payer une nouvelle paire de boucles d'oreilles ! »

Et bien entendu, ce fut ce jour-là précisément que Miriam choisit de toquer doucement à la porte derrière lui. Il eut le temps de fermer sa fenêtre d'ordinateur, mais pas les livres. Il pivota, cognant son genou au passage dans un tiroir ouvert.

— Je suis en quête, lança-t-elle.

Elle lui tendit un petit morceau de verre rouge orangé.

— Je cherche quelque chose, n'importe quoi, dans cette couleur.

— Voyons voir.

Doug s'empressa de l'emmener dans la chambre à coucher. Bien sûr, il n'y avait rien d'orange, et voilà qu'il regardait le lit défait. Il s'agenouilla pour examiner la pile de livres sous sa table de chevet. Il farfouilla dans son panier de linge, en espérant ne pas être confronté au dilemme d'un boxer sale qui aurait exactement la bonne teinte. Il alla ensuite jeter un coup d'œil dans la commode de Zee – comme si celle-ci laisserait un jour cette femme utiliser ses bijoux –, mais Miriam avait disparu. Doug la retrouva dans le bureau, assise sur sa chaise.

— J'adorais ces bouquins ! s'exclama-t-elle.

Elle avait dans les mains un exemplaire de *Candy rafle tout*.

— La vache, ces bouquins existent depuis toujours !

Doug se laissa tomber sur le sol, d'où il ne put que rire.

— Tu ne veux pas savoir pourquoi je les ai ?

— Je me suis dit que cela ne me regardait pas. Je cherchais des couvertures de livre orange, mais je vois qu'ils viennent de la bibliothèque. Ça fait partie de tes... recherches pour la monographie ?

— La vache ! Ouais... Bon. Il semblerait que cette monographie s'intitule *Melissa dicte sa loi*. Numéro 118. Je n'ai jamais fait ça de ma vie. C'est juste pour l'argent.

— J'espère bien.

— Tu es la seule à être au courant. Zee me tuerait si elle apprenait que je ne travaille pas sur Parfitt. Je néglige un vrai livre. Un livre sérieux.

— Tu ne trouves pas que ça, c'est sérieux ? Écoute : « Lauren avait peut-être oublié pas mal de choses en maths cet été, mais avait appris une chose : plus jamais elle n'emmènerait camper les Terribles Triplées. » C'est de la poésie !

Doug se leva et essaya de récupérer le livre, mais Miriam le tint hors de sa portée.

— Je t'en prie, garde ça pour toi !

— Je te propose un accord. Trouve-moi quelque chose d'orange, promets-moi de me laisser lire ton bouquin sur Parfitt, et celui-ci aussi. Difficile de s'arrêter sur un potin aussi croustillant.

Doug lui dégota un stylo orange avec le logo d'une banque, une page publicitaire orange dans le *New Yorker*, et lui suggéra d'aller jeter un coup d'œil dans le débarras au rez-de-chaussée, qui recelait peut-être du mobilier des années 1970 au rembourrage vintage.

Ensuite, il fut incapable de se concentrer. Il passa le restant de la matinée à aspirer des carcasses de coccinelles derrière les meubles.

14

Zee savait que Cole sortait dîner avec le secrétaire général. Et elle avait vu juste en pensant qu'il emploierait le temps entre son séminaire de fin de journée et sa réservation de dix-neuf heures en s'astreignant à la permanence dont il déplorait sans cesse le caractère inutile pour les cours d'été. Assis dans son bureau, il grignotait, corrigeait des copies et grognait contre tout adolescent malheureux osant troubler sa tranquillité. Zee passa une tête pour lui demander s'il avait du papier à recycler à lui donner. Il était de notoriété publique que Cole avait refusé la corbeille fournie à cet effet par l'université. Il balançait tout dans la poubelle noire sous sa table, de ses bouteilles de soda à ses vieux numéros de la revue *PMLA*. Il leva la tête et lui sourit, la bouche remplie de bretzels.

— Vous êtes un œuf dur, Zsa-Zsa. Un œuf dur.

Depuis le printemps dernier, Cole s'amusait à ajouter des terminaisons ridicules à ses initiales, comme s'il n'avait jamais vu son nom complet dans des articles ou dans les annuaires du campus.

Zee fit trois autres voyages depuis son bureau. Elle passa devant celui de Cole au premier étage en rentrant du kiosque étudiant, d'abord avec un journal, puis avec un café, et enfin avec un brownie. À dix-huit heures quarante-cinq, son bureau était le seul à être encore éclairé, et à dix-huit heures cinquante, Cole était parti, après avoir fermé sa porte sans la verrouiller. Zee avait de la chance, mais cela signifiait aussi qu'il reviendrait : voilà des années qu'il produisait tous ses travaux d'écriture dans son bureau la nuit. Cela lui laissait cependant une bonne heure, au moins.

Son ordinateur était allumé, comme Zee l'avait espéré. L'air conditionné fonctionnait à plein bloc. La rumeur, d'après Chantal, était qu'il maintenait la pièce fraîche afin de pouvoir voir les tétons des filles pointer à travers leur chemise.

— Quelqu'un l'a déjà signalé ? avait demandé Zee.

— Oh, c'est juste ce que racontent les jeunes. Comment prouver une chose pareille ?

Zee agita la souris pour sortir l'ordinateur de sa veille et alla sur le web, soulagée qu'Internet soit déjà connecté. Cole était quasiment ignare en informatique, et se servait du nouvel iMac que lui avait fourni le département uniquement pour le traitement de texte.

Elle passa l'heure qui suivit à télécharger les images pornographiques gratuites les plus explicites qu'elle put dégoter. Elle prit bien soin d'éviter tout ce qui était potentiellement illégal – elle avait beau avoir Cole en horreur, elle ne souhaitait pas son arrestation –, se concentrant sur des filles en âge d'être étudiantes, sur des sites certifiant : « Elle vient juste d'avoir dix-huit ans et elle mouille pour toi ! » Le téléchargement était d'une lenteur pénible, mais elle parvint à sauvegarder trente clichés dans un fichier intitulé « Photo Editing » – suffisamment simple à trouver pour quelqu'un qui cherchait, et que Cole, en revanche, ne remarquerait pas.

Fait étrange : en se glissant discrètement hors du bureau, Zee éprouva une pointe de culpabilité féministe à cause de la pornographie, en pensant à ces filles qui n'avaient probablement pas du tout dix-huit ans mais seize et avaient sûrement des problèmes de drogue, mais ne ressentit pas la moindre culpabilité morale en commettant un acte de sabotage ni en aidant la carrière de son mari via des moyens tout sauf légitimes. Elle n'avait pas tant l'impression d'être Machiavel que Robin des bois, prenant aux riches pour donner aux pauvres. Et rendant service au département, aussi, et aux étudiants. Cole était un parasite, une toxine, une cellule cancéreuse. Zee ne bouleversait pas l'univers – elle rétablissait son équilibre.

Elle réitéra son geste le jeudi, lorsque Cole omit tout bonnement de verrouiller son bureau pour la nuit, et encore une fois le mercredi suivant. Si les images étaient téléchargées à plus d'une occasion, l'impression ne serait que meilleure – cela ressemblerait moins à du sabotage qu'à une dépendance au porno.

Entre-temps, elle raconta à ses élèves, à Chantal, à trois collègues différents, à tous les étudiants restés en ville pendant les vacances pour travailler en tant que laborantin ou nounou, l'histoire suivante : « Vous n'allez pas me croire : il paraît que l'une des étudiantes des cours d'été a montré à Cole comment se servir d'Internet ! Il avait besoin d'un pantalon, mais comme il déteste tomber sur des élèves dans les magasins, apparemment, une adorable jeune femme lui a expliqué comment faire son shopping sur le site de LL Bean. À vrai dire, elle l'a fait à sa place, mais il a assisté à toute l'opération. Comme il avait peur de se perdre sur Internet, elle lui a montré le bouton d'accueil. Il lui a sorti : "Alors il suffit que je fasse claquer mes talons trois fois ?" A priori, il voulait regarder les scores des matchs des White Sox. Je crois bien qu'il devient accro ! »

Ses collègues la crurent, même Chantal, parce que malgré la haine irréductible que Zee nourrissait envers cet homme, elle avait toujours pris soin de ne jamais rien dire de notable contre lui, de ne jamais lui lancer de pique en passant devant son bureau.

Si quelqu'un taquinait Cole sur ses achats en ligne, il répondrait n'avoir jamais utilisé Internet – mais on prendrait cela comme une autre de ses blagues, comme une couche bourrue de plus sur sa carapace bourrue de Cole.

Sur Sheridan Road, la circulation était à l'arrêt. Impossible pour Zee de faire demi-tour. Elle patienta dans sa Subaru, maudit sa malchance et essaya d'identifier à quel type de véhicule appartenaient les gyrophares, là-bas, tout devant.

Quand enfin les voitures purent avancer lentement, elle fit la curieuse, comme tout le monde. Un camion de pompiers, et, devant, une petite BMW noire, dont le capot était calciné et fumant. Pas de collision, pas d'accroc. Simplement l'un de ces scénarios dans lesquels une voiture prend feu spontanément.

Elle n'aurait pas reconnu l'homme qui était assis tout recroquevillé sur le bord du trottoir, la tête entre les mains, sans la botte médicale bleue qu'il avait au pied ni les béquilles soigneusement empilées à côté de lui.

15

Doug remit *Melissa dicte sa loi* avec seulement douze jours de retard, et après avoir effectué quelques révisions rapides demandées par Frieda, il reçut par la poste un chèque d'un montant de deux mille dollars, suivi d'un contrat pour deux autres romans à rendre avant la fin de l'été. Le premier était un nouveau livre consacré à Melissa, qui racontait cette fois-ci son travail dans les coulisses de la pièce de théâtre de l'école. Le second avait pour héroïne Cece. « J'ai adoré cette histoire de trafic de poèmes. Je crois que vous avez bien cerné le personnage », l'avait félicité Frieda.

Ils avaient souffert de la chaleur toute la semaine, mais Doug s'obligea tout de même à bouger – à faire des tours de domaine et des étirements. Derrière la grande maison, il s'arrêta pour détendre son dos comme le Dr Morsi le lui avait montré, avant de monter sur le rebord de la fontaine pour étirer ses ischio-jambiers.

Miriam avait creusé derrière la fontaine, et il tomba presque dans le trou. Apparemment, elle était dans le coin en train de casser de vieilles assiettes quand elle avait remarqué un tesson différent, rouge et blanc, qui dépassait du sol. Elle l'avait déterré, avait creusé autour et en avait trouvé d'autres. Pas seulement avec ce motif : il y avait de la porcelaine, du verre et de la terre cuite dans des dizaines de coloris différents. Elle avait exhumé environ deux mètres cubes. Son chantier archéologique à elle. « C'est comme si la maison me donnait des morceaux. Comme s'ils poussaient dans le sol », avait-elle dit. (« Ou comme si quelqu'un avait eu un accès de colère un jour, et avait cassé toute la vaisselle dans la baraque », avait ironisé Zee.)

Doug avait pensé à ramener du pain rassis, qu'il jeta dans les trois bassins aux carpes koï. Combien de temps vivaient ces poissons ? Quatre-vingts ans ? Celles-ci étaient énormes, tachetées et somnolentes, et il se plaisait à imaginer Edwin Parfitt les nourrissant des restes de son petit-déjeuner.

À l'extrémité sud de la propriété, il donna des petits coups de pied impuissants dans les fondations des ateliers que Gracie avait démolis dans les années 1970, quand ils étaient trop délabrés pour qu'on puisse les rénover – celui tout en longueur qui avait probablement accueilli plusieurs artistes, et le petit, derrière. Les deux bâtiments se trouvaient suffisamment à l'écart pour que les vestiges ne gâchent pas le paysage, et Gracie semblait se satisfaire d'attendre que l'érosion et la végétation les engloutissent. Un peu plus loin dans les bois se dressait une statue d'ours accroupi en granit, qui mesurait un peu moins d'un mètre, et dont le flanc droit était recouvert de mousse. Parfois, Doug lui caressait la tête pour que cela lui porte chance. À quoi d'autre servaient les statues ? Le seul atelier qui existait encore, à l'autre bout du domaine derrière le potager, avait été converti depuis bien longtemps en cabane de jardinier, mais Zee se souvenait que son père le désignait sous le nom de maisonnette du compositeur – seule raison pour laquelle Doug n'avait pas sectionné le cadenas et passé les murs au peigne fin en quête de graffiti datant de l'ère Parfitt.

Tandis qu'il contournait la grande maison, il vit Sofia sortir du coffre de son van des sacs de courses en papier qu'elle posait ensuite sur le sol du garage. L'allée était étrangement déserte : Gracie et Bruce étaient partis jouer au golf chacun de leur côté, Zee était en ville avec la Subaru, et la BMW de Case avait été anéantie par les dieux grecs. Doug proposa un coup de main à Sofia, mais celle-ci secoua la tête.

— C'est ridicule, ce qu'il veut, M. Breen.

Il y avait une vingtaine de sacs qui provenaient d'enseignes différentes – Jewel, Dominick's, Sunset, Don's. Il redressa un sac de chez Jewel qui s'était renversé, et vit qu'il était rempli de cylindres bleus de sel de table Morton. Même chose dans le sac d'à côté, et dans le suivant.

— Il est pour la fin du monde, expliqua Sofia. Le jour de l'An.

— Il… fait des réserves de sel en vue de la fin du monde ?

— C'est pour enlever l'eau des aliments.

— Ouah.

— Oui, ouah.

Doug leva les mains en l'air comme pour signifier : Hé, c'est votre employeur, pas le mien ! Alors que Sofia les considérait probablement tous comme une seule et même famille, considérait Doug comme un membre à part entière de ce clan qui se croyait tout permis. Qui pensait-il leurrer ? Pourtant, tandis qu'il se dirigeait vers la remise pour rentrer chez lui, il éprouva le besoin de crier par-dessus son épaule qu'il était allé dans une école publique pourrie, qu'il n'avait jamais eu de vélo digne de ce nom, et que pendant toute son enfance, il avait mangé des plateaux-repas tout faits devant la télé.

Une fois dans la cuisine à l'étage, il ouvrit une bière et observa Sofia depuis la fenêtre. De là où il était, il l'entendait grogner. Non, ce n'était pas possible. Elle était trop loin, et le son venait du rez-de-chaussée.

Il descendit et trouva Miriam qui sanglotait dans la véranda, le visage enfoui au creux de ses bras sur sa table pliante. Il essaya vraiment de tourner les talons.

— Hé, dit-il. Hé…

— Désolée, s'excusa Miriam. C'est tellement gênant.

Elle se redressa, sans cesser de sangloter, et s'essuya le visage avec le bas de son tee-shirt. Il fut étonné qu'elle ne laisse aucune trace sur son vêtement – on lui avait raconté que les Texanes étaient tout le temps maquillées.

— C'est tellement bête.

— Je peux m'en aller, dit Doug.

— C'est… Tu as entendu la nouvelle ?

— La voiture de Case ? Ouais, on est tous au courant.

— Oh. Non, pas ça. John F. Kennedy Jr. Il pilotait son avion la nuit dernière, avec sa femme, et il s'est écrasé dans l'océan.

— Ils sont morts ?

— Y a pas plus débile que de pleurer pour ça. Je crois que j'étais un peu amoureuse de lui. Comme tout le monde, n'est-ce pas ? Je veux dire, j'ai toujours cru qu'un jour, j'aurais au moins l'occasion de le rencontrer, et que nous aurions une conversation passionnante.

Une part de Doug pensait aux Kennedy, au petit John-John saluant le cercueil de son père. Une autre part de lui, bien plus bruyante, lui soufflait cette révélation : Miriam est folle. Miriam est folle comme un lapin.

Il aurait dû s'en rendre compte avant, en voyant les mosaïques bizarres et discordantes qui recouvraient le sol de la véranda, les bouts de carton qu'elle découpait dans des boîtes de biscuits salés, les bouteilles de vin vides qu'elle fracassait et les tiges de raisin qu'elle conservait. Il observa attentivement les deux grandes pièces posées au sol. Celle qui était pratiquement achevée était centrée autour d'une robe d'été bleue presque intégralement recouverte de choses minuscules – papier, bois, jouets en plastique cassés, trombones –, et l'ensemble constituait une nouvelle robe, une belle robe, avec des lignes dansantes et des arcs lumineux. Mais il y avait quelque chose de fou dans cette mosaïque, quelque chose qui criait « Art brut ». C'était le genre d'œuvre créée par une personne qui vivait dans une cabane et produisait ses meilleures compositions quand elle arrêtait de prendre ses médocs.

— Tu dois penser que je suis folle, dit-elle.

— Non, non, pas du tout ! C'est triste. C'est horrible, toute cette famille. Il y a eu celui qui est mort dans un accident de ski, pas vrai ? Et maintenant, ça ? Et lui, c'était le meilleur.

Elle renifla humidement. Doug avait envie de partir, mais elle serait vexée. Alors il lança :

— T'as vu ce que Bruce oblige Sofia à faire ?

Et lui parla du sel pour la fin du monde.

— Ah, Bruce nous a demandé de stocker les conserves ici ! Tu étais au courant ? Il nous a sorti : « Vous avez toute cette place au rez-de-chaussée, et si on l'occupait ? » Il a peur qu'il y ait des souris au sous-sol de la grande maison.

— Des souris qui grignotent des boîtes de conserve ? se moqua Doug.

Miriam souriait un peu, ce qui était un soulagement.

— Apparemment. Enfin, j'imagine qu'il y a des paquets de pâtes et autres. En plus, leurs placards débordent déjà, et Bruce a dit que le grenier était rempli de vieux meubles et de classeurs à tiroirs avec des dossiers que Gracie refuse de jeter.

Doug rit, pour l'encourager à rire aussi.

— De quel dossier Gracie pourrait-elle avoir besoin ? Je n'ai jamais vu cette femme toucher le moindre bout de papier hormis pour laisser des messages à ses employés de maison.

— Peut-être qu'ils ont un rapport avec cette colonie de vacances artistique ? Bruce a dit que les meubles venaient de là. Il a dit qu'il y avait une bonne vingtaine de matelas là-haut, des têtes de lit et des commodes.

— Vraiment ?

Doug, qui était jusque-là appuyé contre le cadre de la porte, s'assit par terre, parmi les tas de vêtements et de magazines déchirés.

La vague promesse d'une relique ayant appartenu à Edwin Parfitt le frappa en plein plexus solaire, et il eut la sensation d'être un homme qui croise dans la rue un ancien amour, une femme qu'il croyait avoir oubliée mais dont l'effet qu'elle produit sur lui tend à prouver le contraire.

— Bon sang, s'écria Doug. La vieille carne ! Écoute, tu sais, tout d'abord, ce n'était pas une colonie de vacances artistique, mais une colonie d'artistes majeure. Ok, bon, non, mineure, mais très importante, au moins dans les années 1920. Je veux dire, tu es artiste. Charles Demuth ? Grant Wood ? Il pourrait y avoir… Imagine ce qu'il pourrait y avoir là-haut !

— Comment ça, Charles Demuth ? Il a vécu ici ? Je l'adore !

— Eh bien, voilà, il y a des trucs à lui dans le grenier.

On aurait dit qu'il venait de lui apprendre que JFK Jr venait juste de rejoindre le rivage à la nage, secoué mais toujours aussi sublime.

— Potentiellement, précisa-t-il. Ça n'arrivait pas aux artistes, parfois, de payer en laissant des toiles ?

Elle enfouit de nouveau sa tête entre ses bras.

— Je n'en sais rien, Doug. Ce n'est pas l'impression que m'a donnée Bruce. Il a juste dit qu'il y avait des classeurs à tiroirs crasseux et des meubles. S'il y avait le moindre objet de valeur, il serait au courant.

— Mais si quelqu'un comme Demuth s'était contenté de griffonner sur une enveloppe ! Bruce ne se rendrait même pas compte de ce qu'il a sous les yeux !

Doug ignorait pourquoi il essayait d'éveiller l'intérêt de Miriam, puisqu'il ne voulait pas qu'elle gâche tout. Peut-être était-il juste irrationnellement vexé qu'elle ne partage pas son enthousiasme.

Il s'abstint de mentionner Parfitt. Si elle avait un tant soit peu écouté l'autre ce soir dans la grande maison, elle l'aurait entendu dire que Parfitt avait séjourné ici. Mais elle n'avait même pas semblé comprendre qu'il s'agissait d'une réelle colonie d'artistes. Certes, elle n'était pas là depuis très longtemps, mais elle ne lui avait pas donné l'impression de s'intéresser à grand-chose d'autre qu'à sa jungle de perles et de rogatons. Elle n'était pas sortie explorer la ville, et elle ne parlait jamais au téléphone. Tout cela avait paru vaguement charmant jusqu'à présent, mais voilà que, bizarrement, cela le contrariait.

Il la laissa à ses collages et à ses larmes, et lui demanda de ne rien dire au sujet des dossiers.

— Encore des secrets ! s'exclama-t-elle.

Doug était incapable de déchiffrer son ton.

— Comme c'est amusant, ajouta-t-elle.

16

(Il était un homme
Que je voulais embrasser
Sur les yeux
Et il était un homme
Qu'il fallait que je coince.
Il était un homme
Que je voulais écraser
Dans mes seins et il était un homme
Dont les lèvres étaient des coussins. Voilà
Ce que j'ai envie de te
Faire : te jeter par terre et lécher
Le sillon derrière ton oreille.
C'est une part de toi
Que tu n'as jamais vue.
Je la vois tous les jours.
Je veux que tu en sortes
Diminué.)

17

Il fallait que Zee quitte le campus afin de ne pas devenir folle, et c'était la seule raison qui l'avait poussée à accepter de retrouver Gracie au Chippeway Club. Il s'agissait du genre d'endroits où, par principe, elle aurait préféré ne pas être vue par un enseignant qui serait parvenu à obtenir une invitation.

Gracie était allongée au bord de la piscine. Elle portait un maillot de bain une pièce rose, et ses bras et ses jambes étaient bronzés et minces. Zee la rejoignit et contempla le calme qui régnait en cette heure de déjeuner dans la zone réservée aux petits, où les enfants étaient assis à côté de leur nounou le temps de digérer leur sandwich au fromage. Entre le bassin et le terrain de golf, une étendue d'herbe roussie était ornée de trois tipis blancs, sorte d'hommage douteux et approximatif aux Chippewa, un peuple qui de toute façon n'avait pas vraiment vécu ici. Zee n'avait mis les pieds au club qu'après la mort de son père, quand elle avait appris avec stupéfaction de la bouche de sa mère qu'ils étaient membres depuis toujours. Maintenant que son mari ne pouvait plus s'y opposer, elles étaient libres de s'y rendre – Zee n'aimerait-elle pas apprendre le golf ? En tant qu'adolescente, elle savait que pendant les mariages et les fêtes de fin d'études, les autres jeunes, ceux qui étaient cools, se faufilaient à l'extérieur et allaient dans les tipis pour se déflorer mutuellement et finir le vin qu'ils avaient dérobé.

Zee commanda un Long Island glacé. Ceux du club avaient la réputation d'être bien corsés.

— Maman, il faut que Miriam et Case quittent cette maison. Leur présence empêche Doug de se concentrer.

L'expression de sa mère derrière ses grandes lunettes n'était pas claire, mais Zee poursuivit.

— Ce qui nous intéressait dans la remise, c'était le calme et le silence.

Elle n'avait pas prévu d'aborder le sujet aujourd'hui, mais ce matin, au petit-déjeuner, Doug avait demandé à Miriam si elle voulait utiliser le filtre à café pour son « art », et elle l'avait plié en quatre et fourré dans la poche de son short.

— Ils sont bruyants ? J'imagine que c'est culturel.

— Miriam a étalé dans la véranda toutes les saletés qu'elle utilise pour ses collages. Et quand je dis saletés, c'est littéral : ce sont des ordures.

Gracie secoua la tête.

— Bruce est convaincu de ce fiasco du bug de l'an 2000, et il ne jettera pas son fils à la rue alors que la fin du monde est proche. Et le pauvre petit. Son tendon ! Sans compter que maintenant, ils n'ont plus de voiture. Comment veux-tu qu'ils partent ? À cheval ?

Le serveur tendit sa boisson à Zee, dans un verre givré. Elle détestait qu'il soit si agréable qu'on s'occupe de vous. Elle descendit son cocktail comme si on la chronométrait, puis s'allongea pour sentir le soleil raffermir sa peau. Elle se souvenait que le nom du club horripilait son père : « Chippeway, disait-il chaque fois qu'ils passaient devant le panneau. Dans ce contexte, ce nom n'évoque qu'une chose : des golfeurs médiocres. »

Zee garda les yeux fermés et dit :

— Je te propose un marché. Après le Nouvel An, si la fin du monde n'a pas eu lieu, Case et Miriam devront s'en aller. Sa cheville sera remise. Si tu parviens à les faire partir, je promets que le livre de Doug sera terminé et qu'il aura intégré l'université d'ici l'automne prochain. S'ils restent… je ne sais pas.

— Bruce, j'en fais mon affaire, mais je ne vois pas comment toi, tu peux garantir quoi que ce soit concernant ce pauvre Doug.

— J'ai toujours eu de la chance.

18

Il n'y avait plus aucune voiture, et Doug s'introduisit dans la grande maison en passant par le garage grâce à la clé de secours.

Il était souvent venu au rez-de-chaussée, mais ne s'était pas aventuré à l'étage depuis l'époque où il avait commencé à sortir avec Zee et qu'elle l'invitait pour Thanksgiving, l'installant dans la chambre d'amis avec un jeu de serviettes duveteuses. Il fit glisser sa main le long de la rampe d'escalier en montant. Voilà certainement ce que les gens sous-entendaient quand ils parlaient de patine, cette douceur évoquant le beurre. La maison semblait tout aussi vivante à l'intérieur que sur sa façade feuillue – les cadres de porte en bois qui se contractaient en hiver et se détendaient en été, les vitres des fenêtres de l'escalier, plus épaisses en bas qu'en haut sous la lente pression liquide d'un siècle.

Hidalgo n'était pas venu l'accueillir à la porte, et Doug supposa que la bête était dans sa niche. Il y avait cependant des petits bruits secs et des craquements tout autour de lui dans le couloir, et il tâcha de ne pas oublier que dans une maison, le bois travaille. Il s'efforça de se rappeler quelle porte donnait accès à l'escalier du grenier. C'était certainement celle-ci, à l'extrémité nord : à côté d'un placard, sans en être un elle-même, dotée d'un trou de serrure en cuivre fait pour l'une de ces vieilles clés dentelées avec une anse tout en arabesques. Il actionna le petit bouton de porte ovale, qui se contenta de cliqueter d'un côté comme de l'autre. Il s'agenouilla, et regarda par l'interstice de deux centimètres en bas de la porte. Il ne faisait pas sombre de l'autre côté – il se rappela les lucarnes à l'avant et à l'arrière de la maison. Mais tout ce qu'il voyait était fauve. La première contremarche.

Quelque chose craqua derrière lui. Doug tournait le dos au couloir depuis un bon moment, comme s'il n'avait jamais vu de film d'espion de sa vie. Il se leva et se retourna, convaincu de se retrouver face à un Bruce furieux ou à une Sofia apeurée. Mais il n'y avait que la lumière de l'après-midi qui filtrait par une fenêtre haute, grossissant un million de grains de poussière en suspension. Maintenant qu'il avait pris conscience de ce qui se passait dans son dos, du fait qu'il ne pouvait pas tourner la tête comme une chouette, il n'était pas à l'aise, quelle que soit la direction dans laquelle il regardait. Il aurait aimé pouvoir s'aplatir contre un mur. Au lieu de quoi, il descendit calmement les escaliers et sortit par la porte du garage.

19

Après avoir bu un Long Island de plus, Zee laissa sa voiture au club, et Gracie la ramena à la maison, vitres baissées, au son d'un CD de Bobby Darin.

— C'est pas la belle vie, ça ? lança sa mère.

Sofia sortait de son van des vêtements qu'elle avait récupérés au pressing. Miriam, nus pieds, et un livre sur les genoux, était assise sur le banc qui se trouvait devant la remise. Et, bizarrement, Doug émergeait du garage de la grande maison, et regardait tout le monde. Quand Gracie descendit de voiture, Miriam se leva et traversa les gravillons chauds en sautillant. Ils formaient un petit groupe de quatre dans l'allée, que Zee observa depuis le véhicule pendant une longue seconde floue. Quelque chose clochait. Les pièces qui composaient le monde n'étaient pas à l'endroit où elle les avait laissées.

Sa mère lui fit signe de sortir de la voiture, et le temps que la tête de Zee émerge dans la chaleur, Sofia se dirigeait vers la grande maison. « Vous voyez ! Je vais chercher, je vais chercher ! » Zee souhaitait formuler une question mais était incapable de décider laquelle, et ses lèvres étaient engourdies.

— J'ai cru entendre Hidalgo en panique là-dedans, disait Doug, et j'ai voulu m'assurer qu'il allait bien.

Mais Gracie ne l'écoutait pas.

Sofia revint, ses bras dodus chargés de tissu jaune comme du beurre.

— C'est celle-ci ? Je l'ai trouvée par terre dans la chambre à fleurs, derrière le lit. C'est à qui ?

Zee regarda la chose en clignant des yeux. C'était sa robe du bal des débutantes, avec ses épaulettes et sa taille froncée, mais elle était en boule et chiffonnée.

— Je ne l'avais pas vue depuis dix-neuf ans, parvint à dire Zee.

Et pourtant, elle avait l'impression que si – mais non, c'était juste qu'ils en avaient parlé très récemment.

Gracie frappa dans ses mains, comme si de gros morceaux de l'univers ne tombaient pas du ciel pour atterrir dans des chambres d'amis.

— Eh bien, la chance de Laurelfield a encore frappé ! Miriam, il faut que vous sachiez qu'il s'agit là de l'héritage caractéristique de la maison : une chance – ou une malchance – absurde. Nous avons eu notre lot de tragédies ici, mais bon, des choses magiques comme celle-ci se produisent aussi ! Maintenant, vous allez devoir vous en servir pour réaliser une merveilleuse mosaïque !

Sofia tendit la robe à Miriam, mais celle-ci la considérait comme si elle était souillée.

— Je ne comprends pas, dit-elle.

— Peut-être le fantôme, suggéra Sofia en haussant les épaules.

Zee prit le vêtement. Il n'était pas sale, simplement bouchonné de milliers de faux plis. Le soleil chauffait trop, même la robe était chaude, et Zee eut l'impression qu'elle allait se fondre dans l'étoffe.

— C'était peut-être Doug, suggéra-t-elle sans le regarder. Peut-être aidait-il Miriam à la retrouver.

Doug émit un bruit sourd d'étonnement, qui était à la fois une réfutation et un rire.

— Pourquoi diable ferait-il une chose pareille ? demanda Gracie. Et la laisser par terre ? Doug n'est pas un raton laveur, ma chérie.

Zee posa la robe sur le bras de Miriam.

— Tiens. De toute évidence, c'était écrit.

Elle se demanda si tout cela ferait sens une fois qu'elle serait sobre, mais elle en doutait. Elle voulait s'en aller à pas lourds, hurler, demander pourquoi les choses se réorganisaient juste au moment où elle avait trouvé des solutions. Au lieu de quoi, elle regagna la remise en s'efforçant de marcher droit. Doug la rattrapa.

— C'était quoi, ça ? murmura-t-il. Une blague ?

— Je couvrais Sofia. Elle a dû aller chercher la robe dans la maison et la trouver par terre dans le placard. Ma mère lui aurait reproché de ne pas avoir choisi les bons cintres ou autre.

Elle n'était pas sûre que son explication tienne debout, mais elle n'avait pas buté sur les mots. Doug la dépassa d'un pas raide et alluma la télévision.

Était-ce une explication possible ? Ou bien Doug s'était-il réellement faufilé dans la maison des jours auparavant pour trouver la chose, pour la présenter à Miriam comme un toutou ramène un os ? Et quand il avait entendu des pas, il avait fourré la robe derrière le lit. Et puis il était allé la récupérer aujourd'hui, sauf qu'elle n'était pas à l'endroit où il pensait la trouver.

Quand Zee vit depuis la fenêtre de l'étage que Miriam avait regagné son banc, la robe bien pliée à côté d'elle, elle alla rejoindre Doug sur le canapé. Elle le chevaucha et déboutonna sa chemise, puis lui attrapa les cheveux et tira sa tête vers l'arrière. Elle savait qu'il voulait être très en colère contre elle, et elle savait qu'il voulait tomber amoureux de Miriam, mais pendant les dix prochaines minutes, il ne pourrait faire aucune de ces deux choses.

20

Par la plus chaude journée du mois d'août, Doug avait rendez-vous avec l'ami qui lui avait mis le pied à l'étrier pour la série *Amies pour la vie,* et introduit à l'univers de la lucrative mais abrutissante Melissa Hopper. Doug et Leland avaient enseigné dans le même lycée de l'Ohio pendant quelques années démentes et brumeuses, entre le début de la fac et le troisième cycle universitaire – ces mêmes années au cours desquelles Zee était à l'étranger grâce à sa bourse Fullbright et sauvait le monde. Leland s'était mis il y a peu à porter des chemises noires largement ouvertes sur son torse, et Doug craignait par conséquent un peu qu'en le retrouvant dans un bar de Highwood, on les prenne pour un couple gay. Leland enseignait la poésie dans plusieurs écoles de banlieue, et gagnait sa vie non pas grâce au salaire qu'il recevait pour son travail, mais grâce aux femmes fortunées qui le préféraient à leur époux P.-D.G.

— C'est moi qui régale aujourd'hui, annonça Doug. Tu m'as sauvé la mise. Tu as sauvé mon portefeuille.

— Et les bouquins sont marrants, non ? Ils t'offrent la possibilité d'être l'adolescente que tu n'as jamais été.

— Jamais je n'avouerai un truc pareil.

Un bol de cacahuètes était posé sur le bar. Cela faisait du bien de ne pas être à la maison, de manger des cacahuètes et de regarder un match des Cubs en buvant des bières. Arrivés à leur quatrième, Doug mit Leland au parfum au sujet de Case et de Miriam. Il décrivit le scooter dont Case se servait désormais pour se déplacer en ville – raconta qu'il calait sa jambe handicapée sur une petite plateforme et poussait avec l'autre pour démarrer. Il avait eu quelques entretiens d'embauche en ville mais les avait annulés, de peur de se présenter au rendez-vous non seulement infirme, mais en nage après son trajet en train et en taxi.

— Tex et la Folle, dit Leland. Tex et l'Épave. On tient une chanson de country, là. Cette femme, est-elle du genre séduisante ?

— Par chance, non. Enfin, je lui mettrais peut-être six sur dix. La folie n'aide pas. Six et demi.

— Ce gosse est un enfoiré, s'écria Leland.

Il parlait des Cubs.

— Mais bon, à côté de ta femme, tout le monde a l'air à chier, pas vrai ? Je voulais te demander : quand tu reçois le catalogue de Victoria's Secret, est-ce que tu prends la peine de le regarder ? Ou bien tu te dis : hé, j'ai mieux dans mon pieu ?

Doug était bien content que la question soit avant tout rhétorique. Leland n'avait rencontré Zee qu'à une ou deux reprises, et ne l'avait pas regardée avec plus d'intérêt que la plupart des hommes. Doug savait ce qu'il sous-entendait vraiment, ce que tout le monde sous-entendait en soulignant la beauté de Zee : comment une femme pareille s'était-elle retrouvée en couple avec un gars comme lui ? Il n'était ni plus petit qu'elle, ni laid. Il avait toujours eu du succès auprès des filles. C'était plutôt ce que les gens présumaient au sujet de femmes aussi intenses que Zee, au sujet de ce qu'elles recherchaient et de ce qu'elles étaient capables d'obtenir. Les femmes comme Zee ne choisissaient pas des types gentils moyens au golf qui oubliaient parfois de se brosser les dents. Elles choisissaient des crétins à la tête de maisons d'édition qui avaient des ex-épouses célèbres et des chalets à la montagne.

— On s'active, là, du côté des lanceurs de relève ? s'énerva Leland.

En partie pour empêcher Leland de parler baseball – lui-même en savait relativement peu sur les Cubs –, en partie parce qu'il avait appelé son ami pour cette raison, Doug évoqua les dossiers qui se trouvaient au grenier. Il lui raconta aussi son dernier mois de pêche infructueuse. Quelques jours après avoir tenté d'ouvrir la porte du grenier, il avait essayé de soutirer une clé à Sofia, qui apparemment n'en avait pas, et à Bruce, qui avait ri et répondu :

— Vous voulez ma mort ? Je ne suis monté là-haut qu'une seule fois pour attraper un écureuil. Écoutez, je n'ouvre même pas le bac à légumes sans l'aval de Gracie. Vous voyez ? C'est ce qu'on appelle la paix des ménages.

— Mais est-ce que vous *avez* une clé ? avait demandé Doug, et Bruce lui avait donné une claque dans le dos.

— Ce n'est pas vraiment ma maison, ok ? Et… Doug, mon ami… ce n'est clairement pas la vôtre.

Bruce avait tourné les talons et avait commencé à s'éloigner, avant de faire demi-tour et de revenir vers Doug.

— Dites… Je ne veux pas apprendre que vous avez enquiquiné Gracie avec cette histoire. Elle a déjà eu bien assez de stress comme ça avec les paysagistes.

Et avant tout cela, Doug avait demandé à Zee – alors qu'elle était allongée contre lui, la tête posée sur ses genoux, dans les charmantes minutes de somnolence après qu'elle l'avait retrouvé dans la salle de télévision et baisé sur le canapé – si sa mère l'autoriserait un jour à explorer le grenier et la cave pour retrouver des reliques de la colonie. Elle lui avait adressé le regard que cette question méritait.

— Moi-même, je n'ai pratiquement jamais mis les pieds dans ce grenier. Mais je peux te dire exactement ce qu'il y a à la cave. En ce moment, ce sont des réserves en vue de l'Apocalypse.

Leland avait pivoté sur son tabouret de bar, et tournait désormais le dos à la télévision.

— Marianne Moore ! s'exclama-t-il enfin. Bon sang ! Je sais que tu en pinces pour Parfitt, mais est-ce que tu te rends compte de ce qu'on pourrait faire avec des inédits de Moore ? Mon Dieu, j'en bave ! La vache ! Si elle a séjourné là-bas, elle devait avoir un certain âge déjà. Tant que sa mère était en vie, Moore n'allait nulle part sans elle. Alors on ne parle pas de bidouillages de débutant. D'œuvres de jeunesse. Mais de genre… Putain !

Il fit glisser son verre jusqu'au barman.

— Imagine, ne serait-ce qu'une ébauche. Une photo !

Quelle sublime gratification que la réaction de Leland, après le pessimisme calme de Miriam !

— Je sais. Il y a forcément quelque chose. Sinon, pourquoi les faux-fuyants, hein ?

— Dans ce cas, il faut que tu récupères les documents.

— Oui. M'en parle pas. Ça m'empêche de dormir.

— Tu en as parlé à Zee ?

Doug secoua la tête. Plus les jours passaient, plus il avait conscience qu'il ne le ferait sans doute pas. Il ne savait pas trop si elle rirait et lui rétorquerait qu'il lui fallait de vraies sources, pas des vieilles factures téléphoniques, ou si elle assaillirait elle-même le grenier et prendrait le contrôle des opérations, mais quelque chose en lui se rebellait contre ce qui aurait dû être de la transparence conjugale. Peut-être que le secret des livres de la série *Amies* avait en effet été une minuscule brèche.

— Alors tu vas m'aider.

— Je... D'accord, qu'est-ce que..., on fait un casse ? Je porte un masque de ski ?

— Tu te fais passer pour un photographe.

Leland rit et secoua la tête.

— Non, non, on n'est pas dans une sitcom.

— Écoute : si on trouve des documents relatifs à Moore, de la correspondance, tu les prends. Tu peux les publier, les vendre, ils sont à toi.

— Quoi ? Nom de Dieu !

— Je veux simplement récupérer ce qui concerne Parfitt.

Voici ce que Doug demanda à Leland : il fallait qu'il téléphone à Gracie en prétendant travailler pour la Fondation Adler Ross. Adler Ross était l'architecte de Laurelfield, et était assez célèbre pour qu'on s'intéresse à ses greniers. Leland allait se montrer triste, et adorable, et raconter que c'était le dernier grenier qu'il lui restait à photographier pour que les archives soient complètes. Il prendrait les fenêtres en photo, balancerait deux, trois mots de jargon, et partirait.

— C'est une mission de reconnaissance. Tu repères juste s'il y a des classeurs à tiroirs. Et si tout se passe bien, demande peut-être si tu peux en déplacer un pour les besoins de ta photo. Et ensuite, tu balances : « Bon sang, ils sont lourds, y a quoi là-dedans, hein ? » Et n'oublie pas de regarder quelle clé elle utilise pour ouvrir le grenier et où elle la range après.

— C'est de la folie, Doug. Je suis un piètre menteur.

— Marianne Moore. Le poème inconnu de Marianne Moore sur sa liaison secrète avec Mickey Mantle.

— Bon, oui. Exact.

21

Zee avait attendu patiemment la fin des cours d'été, puis la réception étouffante sur la pelouse du président, et laissé passer encore deux semaines après la rentrée. Elle finit par s'autoriser à aller dans la salle informatique du bâtiment des Sciences pour taper la lettre. Elle s'assit dos aux fenêtres et rédigea en caractère 8, puis zooma afin de relire ce qu'elle avait écrit.

Cher doyen Shaumber, cher professeur Blum,

Je vous écris en mon nom et en celui de deux autres étudiantes car nous sommes perturbées par les photos sur l'ordinateur du Dr Cole. Nous sommes convaincues que vous avez eu vent de ces photos, dont l'existence est de notoriété publique. Bien qu'il referme le fichier quand nous entrons dans son bureau, savoir qu'il a regardé de telles images et qu'il est disposé mentalement à avilir les femmes nous met mal à l'aise.

Nous aimerions simplement qu'il réfléchisse aux répercussions qu'un tel comportement peut avoir sur les femmes qui viennent dans son bureau. Son emploi continuel du terme « écolières » pour désigner les étudiantes nous indigne également, mais nous ne vous apprenons rien ici, et nous avons compris que rien ne sera fait pour régler le problème. De plus, nous et les autres étudiants avec qui nous en avons discuté jusqu'à présent sommes bien plus troublés par la pornographie.

Respectueusement, de la part de trois femmes qui préfèrent garder l'anonymat.

Zee hésita à employer le mot « répercussions », mais se dit que les trois filles imaginaires, étudiantes imaginaires en Lettres, seraient en mesure d'employer ce terme à bon escient. Elle laissa deux exemplaires à la photocopieuse où des étudiants les trouveraient peut-être, puis en glissa un dans la boîte aux lettres de Shaumber, et un autre dans celle de Blum.

Elle déposa cette dernière sous les yeux de Chantal, mais la boîte contenait déjà des tas d'autres papiers. Elle se retourna calmement et demanda à sa collègue de photocopier des documents pour elle. Sa mère avait toujours soutenu, à l'époque où Zee jouait à cache-cache dans la maison avec son père qui s'amusait autant qu'un gamin de huit ans, que le meilleur endroit où se cacher, c'était au vu et au su de tous. Ils parvenaient à convaincre Gracie de se cacher, et la retrouvaient assise dans la cuisine, exactement là où ils l'avaient laissée, en train de fumer une Virginia Slim. « Mais il vous a fallu cinq minutes quand même ! » répliquait-elle quand ils rouspétaient. C'était à l'époque où sa mère ne prenait pas encore ses grands airs, à l'époque où le domaine n'était qu'une coquille délabrée accueillant une famille bordélique normale, et que des chambres d'amis entières étaient occupées par les montages Lego de Zee. Des amis qui venaient du monde de l'Art – les critiques de George finirent par dépasser la sphère locale, et la maison devint un arrêt obligé pour les artistes de passage à Chicago – jouaient à Mastermind avec Zee sur la table pendant que Gracie faisait cuire des œufs. Seule concession à la formalité : pour les grandes occasions, son père aimait plier les serviettes en forme de voilier. Les choses se durcirent après sa mort. Ce fut plus tard cette année-là – Zee avait encore douze ans – que sa mère, en la voyant prendre une cuillérée de glaçage au chocolat directement dans le pot, lui lança : « Voilà comment les filles deviennent grosses. » Sa mère se faisait des manucures, avait tapissé de papier peint la salle de bains, avait rejoint l'église presbytérienne – autant de nouveautés que Zee ne comprenait pas. Elle savait juste que tout était désormais différent, et que sans le rire de son père qui ne prenait pas au sérieux le reste du monde, il fallait sauvegarder les apparences.

Alors qu'elle sortait du bâtiment, elle tomba sur Cole, qui lui tint la porte. Ces sourcils ! De longs poils blancs parmi de courts poils noirs. Quelqu'un les avait plantés dans le mauvais jardin.

— Souriez ! cria-t-il, et parce que de toute façon, toute interaction avec cet homme était une mascarade, elle obtempéra.

Il ne la laissa pas passer, cependant. Il enfonça un doigt osseux dans son sternum, juste au-dessus de son corsage.

— Vous savez pourquoi j'aime vous voir sourire ?

— Non, répondit-elle en continuant à sourire, bien qu'elle sentît ses oreilles chauffer, et son cou aussi.

— Vous me rappelez quelqu'un… C'est étonnant. Les oreilles et le menton.

— Eh bien, merci, dit Zee, qui se pencha en arrière pour contourner son doigt sans que celui-ci frôle sa poitrine.

— Un homme, voyez-vous ! cria-t-il alors qu'elle s'éloignait. C'était un homme !

22

Doug s'était senti beaucoup plus à l'aise en écrivant les chapitres de football du livre précédent – dans une autre vie, il avait joué dans l'équipe star de son lycée – qu'avec cette histoire de théâtre. Les parties évoquées dans le plan de Frieda où les Populaires et les Amies partageaient la même loge le désarçonnaient. À l'arrière d'un vieux carnet, il avait commencé à noter des choses sur lesquelles il devait faire des recherches :

Est-ce que soutif ?
Sac à main ? Sac à dos ?
Maquillage de scène ?
Se déshabillent devant les autres ou se cachent dans cabines ?
Chaises coulisses ? Bancs ?

On aurait dit les notes d'un pédophile, et il voulait les biffer dès que possible. Il pourrait peut-être se servir d'Internet pour les parties consacrées au théâtre, mais il frémissait en pensant où pourrait le mener une recherche AltaVista comme « soutien-gorge douze ans ».

Il commença à descendre pour aller solliciter Miriam, mais elle était assise en tailleur sur le palier de l'escalier, en train de farfouiller dans un bac à glaçons rempli de perles de couleurs. « Oh ! » s'exclama-t-elle. Quelques perles transparentes bleues se renversèrent et roulèrent au pied des marches. Doug se précipita au rez-de-chaussée, les ramassa du bout de ses doigts moites, puis les déposa en les frottant dans la paume de Miriam.

— Je vais t'expliquer pourquoi je suis ici, dit-elle tandis que Doug s'installait sur la marche au-dessus de la sienne.

Il regretta immédiatement d'avoir choisi cet emplacement. Miriam ne portait pas de soutien-gorge, et il voyait bien trop dans son débardeur vert. Il se pencha en arrière et regarda le plafond.

— J'avais du mal à dormir, alors j'ai décidé de passer du temps dans la partie la plus fantomatique de la remise. Pour défier les événements. Si quelque chose se produit, alors je saurai. Et sinon, je dormirai mieux.

— Pourquoi est-ce la partie la plus fantomatique ?

Doug espérait qu'elle n'avait pas de bonne réponse à cette question.

— Oh, tu sais… Les portes, les escaliers, les greniers, les fenêtres. On ne voit jamais de fantôme au beau milieu d'une pièce.

— Moi je n'ai jamais vu de fantôme tout court, fit-il remarquer.

— Ah, oui. Ça.

Et elle ajouta :

— Mais Doug, j'ai trouvé. Comment elle était morte.

— Quoi, Violet ?

Il se redressa malgré lui.

— Je suis allée à la bibliothèque, et ils m'ont sorti des microfiches. Il y avait une notice nécrologique qui ne contenait aucune information… Mais est-ce que tu savais qu'elle était née en Angleterre ? J'adore ! Les fantômes anglais sont plus effrayants, pas vrai ? Bref, j'étais sur le point de laisser tomber quand, quelques jours plus tard, je suis tombée sur cet article bizarre qui disait quelque chose comme : « Oh, maris, priez pour vos épouses ! ». Tu vois, très 1906. Et ensuite, le papier parlait de « mourir de faim, dans ce pays d'abondance ». Et il était clairement question d'elle. *Mourir de faim.*

— Sérieux ? Ouah. Attends, je croyais qu'elle s'était suicidée.

— Exactement. Y a un truc qui ne colle pas.

— L'anorexie, ça existait, à l'époque ?

Miriam pencha la tête sur le côté.

— Ça, c'est la version rasoir. Je pense qu'Augustus l'a assassinée. Je crois qu'il l'a laissée mourir de faim.

Doug siffla longuement, tout bas, et se mit à rire.

— Bon, moi, j'ai besoin de toi sur un sujet moins sérieux. Puisque tu es déjà dans le secret.

Il décida de ne pas lui poser de question sur le soutien-gorge, au vu des circonstances actuelles.

— Est-ce que les filles de douze ans ont des sacs à main ?

Miriam posa le bac de perles.

— Oh ! J'adore ! Eh bien, les Populaires ont des sacs à main chics. Les Amies, des sacs à dos. Cece a certainement un sac du surplus de l'armée, un truc cool qu'elle a customisé au pochoir.

Pendant qu'elle parlait, Doug prenait des notes sur son carnet, et vingt minutes plus tard, la plupart de ses problèmes étaient résolus.

— Tu me revaudras ça quand tu mettras la main sur cette toile originale de Demuth, plaisanta-t-elle.

Et alors, avant de comprendre pourquoi il le faisait, Doug lui parla du plan élaboré avec Leland, qui avait accepté de jouer les agents secrets la semaine suivante. Peut-être était-ce la même raison qui l'avait poussé à ne pas divulguer l'information à Zee : un seul secret, qu'il soit partagé ou gardé, en engendrait d'autres.

— Je veux vous aider ! s'exclama-t-elle. Je ne serai pas dans vos pattes. C'est juste qu'il ne m'est rien arrivé d'excitant depuis tellement longtemps.

— Tu pourrais aider à identifier les œuvres. Non pas que je nourrisse de grands espoirs. Je suis sceptique. Mais juste une liste des gens ayant séjourné ici et à quelle date, si Parfitt se trouvait sur la liste… Ce serait énorme. Tu sais… qui était avec lui, ce genre de choses.

Miriam frotta ses bras nus.

— Tu vois ? Tu ne sens pas les fantômes autour de toi quand tu dis ce genre de choses ? Tous ces gens, cette énergie créative… Il fallait qu'elle aille quelque part. Et Parfitt aussi, c'est un suicide. Les gens comme ça sont les fantômes les plus plausibles.

Doug étira ses jambes, qui étaient engourdies.

— Oh ! s'écria Miriam. Tu as des cicatrices.

Ses genoux étaient au même niveau que les yeux de Miriam, qui étaient posés sur les grosses cicatrices sous chacune de ses rotules. À la surprise de Doug, elle tendit le doigt et le promena le long de celle de gauche, en arborant un air profondément inquiet.

Doug savait qu'il aurait dû prendre ses jambes à son cou, mais choisit la meilleure alternative :

— Comment vous êtes-vous rencontrés, toi et Case ? demanda-t-il de manière appuyée.

— Oh, il a acheté l'une de mes œuvres. Et je l'ai trouvé carrément vieux parce qu'il avait vingt-huit ans ! T'imagines ? J'étais encore à la fac.

— Ça n'a pas très bien commencé pour lui ici.

Doug rit d'une façon qu'il espérait amicale.

— Je me pose des questions sur cette maison. Sur ce lieu. Gracie clame que cette demeure apporte la chance et la malchance. Pour moi, jusqu'à présent, elle a été synonyme de chance. Je n'ai jamais produit autant de bonnes choses de toute ma vie.

— Tu peux faire l'impasse sur les conseils philosophiques de Gracie.

Miriam sortit une perle rouge du bac.

— Je suis allée voir un astrologue pour qu'il réalise le thème astral de la maison, comme s'il s'agissait d'une personne.

Elle vit l'expression de Doug.

— Je sais, les *étoiles*... Mais ce n'est pas plus bizarre que la génétique ou les phéromones qui nous dictent notre comportement, si ? C'est juste le génome d'un lieu.

— Mais tu te plais, ici.

— C'est comme... As-tu déjà joué avec des aimants quand tu étais petit ? Tu sais que quand tu te trompes dans la polarité, ils se repoussent, mais il te suffit de tourner l'un d'eux pour qu'ils s'attirent ? J'ai l'impression que Case a la mauvaise polarité, celle qui est repoussée. Et moi, j'ai la bonne.

Ce n'est qu'une fois de retour dans sa chambre, quand il prononça en silence les mots de Miriam uniquement pour sentir leur étrangeté sur ses lèvres, que Doug eut l'impression qu'ils étaient presque sensés.

Un Twix et deux bières plus tard, plus rien ne l'arrêtait. Il trouva la réponse à sa question sur le soutien-gorge dans la Bible APLV. Quelle bêtise de ne pas l'avoir consultée plus tôt. Apparemment, Candy se mettait à porter un soutien-gorge au livre 60, puis c'était au tour de Molly, mais pas de Melissa. Il fit tourner sa chaise pour fêter sa victoire, et se remit au travail. Parce que la mort inexpliquée de Violet par privation de nourriture était fraîche dans son esprit, il décida – et pourquoi pas, bon sang, ces livres étaient vraiment trop lisses ! – d'attribuer à l'une des Populaires un désordre alimentaire. Il décrivit Amelya Wynn, la dictatrice de sixième, en train de manger des glaçons avec du sel. Et compter ses côtes dans le miroir de la loge. Ses bras tout minces ressemblaient à des cierges.

23

(Je passe mes bras autour de barreaux de chaise
Afin de ne pas te sauter dessus et mordre ton épaule.

Ton pouce et ton doigt
Sur les bords d'un CD

Ta langue
Qui se fraie un chemin entre tes dents
En rythme avec la musique

Je veux être
Cette musique

Le poil juste en dessous
De ton nombril
Boucle vers la gauche.
Laisse-moi le dérouler)

24

En octobre, des rumeurs circulaient. Cole était rarement dans son bureau, et une après-midi, Zee vit Jerry Keaton attirer Bob Grasso dans la salle de séminaire et refermer la porte derrière eux. Elle demanda à Chantal si elle savait ce qui se passait, et sa collègue secoua la tête – sans pour autant demander à quoi Zee faisait allusion. Ce qui suffisait à confirmer les choses.

Ses étudiants se surnommaient déjà entre eux les « Ghostbusters » et avaient écrit de formidables dissertations sur *Le Tour d'écrou* et *La Maison hantée*. Il ne leur avait pas fallu longtemps pour comprendre que ces histoires ne parlaient pas tant de fantômes que de folie, et de notre prise glissante sur la réalité. C'étaient de bons élèves. Elle était étonnée de constater qu'elle s'amusait plus avec eux qu'avec les étudiants qui suivaient son séminaire « Fictions de l'Empire ».

Après le cours, Fran Leffler suivit Zee dans son bureau pour discuter avec elle de troisième cycle universitaire. Fran était en quatrième année, était membre d'une sororité et avait des fossettes. Zee lui recommanda de s'inscrire en Théorie littéraire avant de se pencher par-dessus le bureau :

— Écoutez, Fran, ça reste entre nous, mais j'imagine que vous êtes courant pour le professeur Cole...

Fran afficha une mine inquiète, comme si Zee était sur le point de lui annoncer que l'homme était atteint d'un cancer.

— Je vous pose la question car j'estime important de parler de ces choses-là, et vous me semblez être le genre de personne qui pourrait être au courant si... Enfin, je veux juste m'assurer que les gens se sentent en confiance pour parler.

— Pour parler ? Est-ce qu'il a, euh...

— Oh, non ! Non, pas ça. C'est juste son ordinateur. Je crois... Je ne devrais pas dire cela, mais j'en ai probablement déjà trop révélé et je ne veux pas que votre imagination prenne le dessus. Apparemment, quelques étudiants, ou plus exactement, des étudiantes, se sentent mal à l'aise à cause des images sur son ordinateur. Des images, comment dire... explicites.

Fran secoua la tête d'un air horrifié, mais ses yeux brillaient de curiosité.

— Il a des ennuis ?

— Il en aura si la situation le réclame. Impossible de savoir si tout cela est vrai. Mais vous, les étudiantes de quatrième année, si vous entendez quoi que ce soit de la bouche de vos cadettes, de filles de votre sororité... j'espère que vous transmettrez. Pour l'instant, ils ne font que collecter des informations. Et je vous en prie... Je ne vous ai rien dit.

Après le départ de Fran, Zee ôta ses chaussures et s'étira les orteils. Un peu plus tard, elle observa Golda Blum et un homme qu'elle n'avait jamais vu auparavant, un type courtaud en polo vert communiste qui ne pouvait travailler que pour les services informatiques, entrer dans le bureau de Cole en l'absence de celui-ci.

— C'est merveilleux, s'exclama Gracie.

Elles étaient attablées dans la cuisine de la grande maison tard cette après-midi-là. Zee venait de lui apprendre qu'elle pouvait arrêter de s'en faire pour Doug, qu'il y aurait bel et bien des opportunités d'ici l'automne, du moment qu'il pouvait terminer son livre sous un toit qu'ils ne partageaient plus avec d'autres. (La délibération prendrait des mois, bien entendu, et ils autoriseraient Cole à terminer l'année. Mais ils ne tarderaient pas à chasser des têtes en vue de son remplacement.) Hidalgo, qui était sous la table, soufflait son haleine chaude sur les jambes de Zee.

— Mais tu penses vraiment que la faculté restera ouverte, après toute cette histoire d'ordinateur ?

Il fallut à Zee plusieurs minutes terrifiantes pour comprendre qu'elle voulait parler du bug de l'an 2000.

— Bruce lit absolument toutes les nouvelles, et les gens les plus intelligents disent que c'est tout bonnement la fin de tout.

Sofia nettoyait le frigo de fond en comble, jetant à la poubelle de vieux récipients de salades achetées chez le traiteur que ni Gracie ni Bruce n'avaient eu le temps de manger. Zee voulait l'interroger plus avant sur cette robe, cette robe jaune qui n'avait aucune raison de se trouver par terre, mais le moment ne s'y prêtait pas. Voilà des semaines que la question la taraudait, et plus elle y pensait, plus elle avait l'impression étrange de l'avoir vue très récemment. Et elle se rappelait l'avoir touchée. Zee avait commencé à se dire qu'elle avait agi dans son sommeil, qu'elle avait marché jusqu'à la grande maison et avait trouvé la robe, l'avait froissée puis cachée à Miriam.

Mais c'était absurde, et elle s'était depuis longtemps entraînée à ne pas imaginer des choses au point de perdre de vue leur réalité. Avant, elle craignait en permanence de devenir folle. Dans la bibliothèque de son pensionnat, elle avait trouvé un livre intitulé *Les Barons du Nouveau Monde*, publié dans les années 1960. Certains passages étaient consacrés aux Palmer, Carnegie et Devohr, entre autres. « Il n'est nullement question de résidences d'été et de longue lignées sous-tendues par l'amour familial dans l'histoire des Devohr. Celle-ci est faite de scandales, de diaspora et de folie. » Zee passa des heures assise par terre entre les étagères, à lire sur les Devohr qui s'étaient suicidés, sur ceux qui avaient disparu au Mexique, sur celui qu'on avait retrouvé enterré sous de vieux journaux. Elle revint souvent à ce livre, pour suivre avec son auriculaire les lignes formées par les petites mâchoires grises. Des grands-tantes et des cousins éloignés. Son grand-père, Gamaliel, petit garçon aux cheveux longs vêtu d'une robe. (Sa mère, Violet, qui n'était pas née Devohr et ne porta pas longtemps ce nom, n'eut droit qu'à la mention : « un suicide de plus. ») Zee n'avait jamais rencontré aucune de ces personnes. Les parents de Gracie étaient morts avant la naissance de Zee, et ses frères étaient tous des « dégénérés » à qui elle n'adressait plus la parole. Aucun cousin ne leur rendait visite, aucune tante. Les Devohr n'étaient pas tant des personnes que des tortues de mer qui pondaient leurs œufs avant de regagner l'océan en rampant, et que la perspective de revoir un jour leur progéniture n'intéressait pas particulièrement. Le fait qu'elle et Gracie soient relativement proches relevait du miracle.

— Tu penses que l'université pourrait aussi trouver un travail à Case ? Quelque chose au service comptable ?

Zee réfléchissait encore au genre de réponse qu'une telle question méritait quand le téléphone de sa mère sonna. Elle décrocha et le passa à Zee. C'était Doug.

— Hé ! s'exclama-t-il. Tu es chez ta mère !

Quel piètre acteur.

— Y a un problème ?

— Non, rien, je me posais juste la question. Donc tu ne rentres pas tout de suite ?

— D'ici une heure je pense.

— Ok. Genre, une heure complète ? Ok !

Elle raccrocha et dit à sa mère qu'elle devait y aller tout de suite.

— Ça tombe bien. Un pauvre type vient prendre des photos. Les architectes l'envoient. Je ne sais absolument pas ce qu'il veut.

Zee posa sa tasse dans l'évier, embrassa sa mère sur la joue et s'enfuit par la porte dérobée. Une voiture se garait devant la maison, la Saturne noire déglinguée du larbin architecte, lequel ne se doutait absolument pas de ce que Gracie s'apprêtait à lui faire subir.

Dans la remise, tout s'apparentait étrangement à un jeudi après-midi normal. Miriam était dans la véranda, entièrement habillée, et travaillait sur ses collages de la série des robes mal-aimées. Case boudait à la table de la cuisine. Doug était vautré sur le lit où il lisait *Sports Illustrated*, et souriait comme s'il s'était attendu à sa venue.

25

Au téléphone, Leland avait dit qu'il avait reçu les tirages photos, mais ne savait pas trop quoi chercher. Sans comprendre pourquoi, Doug trouva cela décevant. Il ne s'attendait pas vraiment à ce que Leland tombe sur un carton portant la mention « Les Mémoires de Parfitt ». Mais entre le fait d'avoir réussi à introduire Leland dans le grenier, à pousser Zee à sortir à temps de la maison et à organiser ce rendez-vous ici, à la plage, Doug s'était dit qu'il serait largement récompensé pour ses efforts. Il ne se demandait plus s'il était possible que Bruce se trompe au sujet des classeurs à tiroirs. Ne pensait plus qu'il n'y aurait probablement rien d'autre qu'un tas de cadres de lit poussiéreux. Il avait oublié que, même si des dossiers relatifs à la colonie existaient effectivement, ceux-ci ne contiendraient sans doute que des factures d'électricité.

C'était une journée fraîche et ensoleillée, et le lac Michigan était d'un bleu caribéen. Doug trouva Leland et Miriam assis tous les deux à des tables de pique-nique différentes sur la pelouse entre le sable et les voitures. Il fit les présentations, puis Leland retourna une enveloppe qui déversa des clichés : des fenêtres, des bureaux auxquels il manquait des tiroirs, des pyramides de têtes de lit et de chaises, et oui, quatre caissons en métal noir, chacun de la hauteur de deux tiroirs, sans aucune serrure visible.

— Ils étaient assez anciens. Tu vois la typo du logo ?

Leland avait réussi à photographier en gros plan, à la dérobée, la plaque du fabricant sur l'un des classeurs à tiroirs.

— Je dirais que c'est typique des années quoi, 1940 ? 1950 ? Ça colle, en termes de dates, non ?

Leland essaya d'agencer les photos de sorte à reproduire la disposition du grenier.

— Cela n'a pas été une mince affaire, dit-il.

Jambes bien écartées, il occupait tout un banc, et regardait Miriam d'une façon qui laissait entendre que Doug avait menti sur la marchandise.

— Je ne lui ai parlé de mon intérêt pour le grenier qu'après l'avoir remerciée un million de fois, lui avoir confié que mon chef était un beau connard et que j'avais très peur d'être viré. Comme ça, j'étais sûr que quand je sortirais le mot « grenier », elle n'aurait pas le courage de me dire non. Oh, et je lui ai raconté que ma copine était originaire de Toronto. Ça a aidé. Je n'ai pas de copine, mais bon. Bref, elle a tout de même dit non, m'a expliqué qu'il y avait des chauves-souris et qu'elle n'était pas montée là-haut depuis des années. Alors je lui ai balancé : « Eh bien, si vous avez du mal à monter, je peux y aller tout seul. »

— Oh, génial !

Gazouillis de rire sudiste, agitation de boucles.

— Donc, vingt secondes plus tard, voilà qu'elle gravit les marches d'un pas décidé. Tiens…

Il passa les photos en revue et en trouva deux de la porte du grenier : une vue de l'extérieur, l'autre de l'intérieur.

— C'est une simple serrure ancienne. La clé n'a que deux dents.

— Mais elle avait la clé sur elle ?

— Non, enfin, j'ai exagéré quand j'ai dit vingt secondes. En fait, elle a disparu cinq minutes, et est revenue avec la clé. Jugez-moi si vous voulez. Je suis poète, je suis enclin à l'exagération.

Il adressa un grand sourire à Miriam, qui était trop absorbée par les photographies pour le remarquer.

— Voilà mon avis, commença-t-elle. Je doute qu'il y ait quoi que ce soit de valeur là-dedans. Personne ne mettrait une toile roulée dans un classeur à tiroirs.

— Mais un poème ! lança Leland. Un poème qui aurait fait partie du dossier de candidature de quelqu'un !

— Des diapos, dit Doug. Des lettres de recommandation. Des propositions artistiques. Écoutez, rien que cet été, la New York Public Library a acheté les archives de la colonie Yaddo pour une somme colossale. Il y aurait des œuvres inédites de Carson McCullers parmi les documents. On ne joue pas dans la même cour, mais tout de même.

— Alors, comment la convaincre de nous laisser jeter un coup d'œil ?

Doug soupira et regarda passer des coureurs. Il ne savait pas trop si la manie qu'avait Gracie d'éviter continuellement et catégoriquement l'histoire de Laurelfield avait un rapport avec sa culpabilité d'avoir pris la place de la colonie, ou avec la honte d'être associée à toutes ces canailles d'artistes, mais elle demeurait inflexible. Lors du dîner d'anniversaire de Bruce la semaine dernière, quand Doug avait demandé si des historiens avaient déjà manifesté de l'intérêt pour Laurelfield, Gracie avait rétorqué : « Douglas, ne devriez-vous pas vous attacher à d'autres sujets plus productifs ? Vous pourriez publier un roman. » (« C'est quoi son problème ? avait murmuré Miriam plus tard. Son énergie est tellement mauvaise. »)

— Et si on réussissait à la convaincre de faire don de ces documents à une bibliothèque ? proposa Leland. Ou à l'université ?

— Je crois qu'elle préférerait donner l'un de ses reins.

— Je ne pense pas que Gracie soit la bonne personne pour décider de tout cela, fit remarquer Miriam. Elle n'est ni écrivain, ni artiste, ni historienne. Et n'avez-vous pas dit, poursuivit-elle en s'adressant cette fois-ci à Leland, que cette serrure était facile à forcer ?

Lorsqu'un homme s'installa à la table voisine avec son ordinateur portable, ils commencèrent à chuchoter, mais au cours de l'heure qui suivit, ils élaborèrent un scénario hypothétique si risqué que Doug sut que jamais il n'appuierait sur la détente. Ils s'amusaient bien, cependant, alors il laissa Leland et Miriam comploter.

Ils s'accordaient à dire que le meilleur moment pour entrer dans le grenier par effraction n'était pas l'une des rares occasions où Gracie et Bruce étaient tous les deux absents. Sofia était généralement là, tout comme la secrétaire personnelle de Bruce et le type qui venait promener Hidalgo. Si quelqu'un tombait sur eux alors qu'ils partaient, ils seraient bien en peine d'expliquer pourquoi ils avaient les bras chargés de dossiers. Ce fut Miriam qui se rappela le dîner de collecte de fonds pour le parti démocrate organisé par Gracie et Bruce au début du mois de décembre, et auquel Doug, Zee et les jeunes Breen étaient attendus. Faire entrer Leland clandestinement ne serait pas difficile. Sofia serait occupée au rez-de-chaussée avec l'équipe du traiteur. Il y aurait du bruit. Personne ne les entendrait s'ils devaient défoncer la porte du grenier.

— Ce sera comme dans *Les Enchaînés* ! s'exclama Miriam. Sauf que nous, contrairement à Ingrid Bergman, on ne nous attrapera pas.

Doug remarqua son visage rose radieux, la façon qu'avaient ses mains de voler jusqu'à ses cheveux et ses narines de s'écarter, il se demanda si, en fait, elle avait été déprimée tout l'été. Jusqu'à présent, lorsqu'elle lui avait semblé heureuse – par exemple quand elle était debout sur le plan de travail le premier jour avec toutes les assiettes – elle avait certainement joué la comédie. Rien à voir avec ce qu'il avait sous les yeux.

Doug finit par secouer la tête.

— Zee ne me pardonnerait jamais. Pas à cause des documents, mais… enfin, Gracie nous flanquerait dehors.

Il imagina sans peine le petit sourire de sa belle-mère lorsqu'elle lui dirait que maintenant qu'il s'était trouvé une nouvelle carrière dans l'espionnage, il pouvait certainement se payer sa propre maison.

— C'est dans cinq semaines, fit remarquer Miriam. Ça te laisse le temps de décider. Ne dis pas non tout de suite.

Quand vint le moment de se séparer, Doug eut envie qu'ils superposent leurs mains et chantent quelque chose, comme une équipe de hockey sur gazon. Mais finalement, Miriam prit la direction de la plage pour ramasser des galets, et lui et Leland retournèrent péniblement en ville pour boire un café.

— Espèce de crétin, dit Leland quand ils traversèrent les voies ferrées. Bon sang, je le crois pas !

— Quoi ?

Leland secoua la tête avec une mine attristée, un air auquel il avait dû s'exercer devant son miroir : l'étonnement d'un poète face au monde changeant et exaspérant.

— Tu mets un 6,5 à cette femme et tu t'emportes contre sa folie.

— Oh, elle a ses moments de lucidité. Je ne lui ai probablement pas rendu justice.

— Je ne te parle pas de ça. Tu es amoureux d'elle.

Doug faillit se prendre la glissière. Ça y est, les inévitables suppositions commençaient. Il décida d'attendre assez longtemps avant de répondre pour ne pas avoir l'air sur la défensive, car il ne l'était pas, et il fallait que Leland le comprenne.

Ils avaient déjà traversé la rue quand il dit :

— Sincèrement, non.

— La seule raison que je vois pour que tu vendes aussi mal une personne aussi charmante qu'elle, c'est que, peut-être, tu luttes contre quelque chose.

— Ou peut-être qu'elle est vraiment folle. Viens quand elle travaille, on dirait une clocharde. Elle a des crayons derrière les oreilles, des épingles dans la bouche, et les cheveux tout pleins de frisottis. Ses pupilles sont complètement dilatées.

— Ok, bien sûr. Bien sûr. Mais laisse-moi te poser une question : pourquoi t'arrêtes pas de te pointer quand elle bosse ?

Doug envisagea de coller son poing dans la face de Leland, mais se ravisa.

26

Alors que Zee classait des polycopiés avant le cours, non loin de là, la discussion se faisait plus animée.

— C'était juste là, sur l'écran, affirma Meghan Dwyer.

Une fille gentille et intelligente qui écrivait vraiment bien. Tous les visages étaient tournés vers elle.

— Je ne décrirais pas ça comme des images pédophiles. Mais c'était explicite. Je sais que certaines personnes imaginent, genre, une nana les seins à l'air appuyée contre une voiture. Mais c'était…

Elle regarda autour d'elle, vit Zee absorbée dans ses copies, et articula :

— *De la baise anale.*

Zee, brièvement stupéfaite, se demanda si tout cela était vrai, si elle n'avait fait que mettre les choses en marche. Mais non, il s'agissait de sa création, de son monstre. Elle avait volontairement donné vie à cette chose.

Vers la fin du cours, Dev Kapoor leva la main. Son expression donnait l'impression qu'il essayait de repousser une migraine.

— Comment ça se fait que les fantômes viennent toujours du passé ? Je veux dire, pourquoi ne viennent-ils jamais du futur ?

La classe ricana. Zee soupçonna ses camarades d'avoir une perception de Dev différente de celle qu'elle s'était forgée à travers ses devoirs honorables.

— Continuez, l'encouragea-t-elle.

— Il y aurait bien plus d'enjeux pour un fantôme venu du futur. Les fantômes du passé suivent toujours le « modèle Hamlet », n'est-ce pas ? Genre : Souviens-toi de moi et venge ma mort. Mais un fantôme du futur est forcément désespéré. Si les choses ne se passent pas comme prévu, il ne naîtra pas.

— Ça ne marche pas comme ça, le temps, intervint Fran Leffler.

Puis tout le monde renchérit en reprochant à Dev d'avoir regardé trop de films.

— Fantôme n'est peut-être pas le bon terme. Je parlerai plus d'un esprit ou d'une force. Mais bon, ce que je veux dire, c'est qu'un fantôme du futur ne serait pas effrayant, n'est-ce pas ?

— Donc, nous avons peur des non-morts, mais pas des non-nés.

Sarah Bonheur leva catégoriquement la main, mais n'attendit pas qu'on lui donne la parole.

— *Les Contes de Noël*. De Charles Dickens. Le Fantôme des Noëls futurs est le plus effrayant de tous.

— Ah, oui, concéda Dev en se ratatinant dans sa chaise.

Mais Antwon Haynes saisit la balle au bond.

— C'est une exception. Peut-être bien que ce qui nous effraie, ce n'est pas la mort, mais le *passé*. Ça n'arrive jamais, quelqu'un qui se promène près d'une scène de crime le lendemain matin du meurtre et qui sent la présence d'un fantôme. Il faut vingt ans, pas vrai ?

Ils avaient mis le doigt sur quelque chose, pensa Zee. Nous ne sommes pas hantés par les morts, mais par l'impossible portée de l'histoire. Par le fait que nous ne puissions absolument pas connaître ces autres, et que nous serions absolument incompréhensibles à leurs yeux.

Elle commença à écrire au tableau.

Cole se montrait désormais rarement en dehors des cours, aussi Zee fut-elle prise au dépourvu quand, alors qu'elle passait devant son bureau, il sortit la tête et lui fit signe d'entrer. C'était la première fois qu'elle y mettait les pieds depuis le sabotage, pourtant, les mêmes livres étaient empilés par terre, les mêmes post-it recouvraient son diplôme de l'université de l'Indiana.

— Zenobia, très chère, j'ai besoin de votre avis.

Il était assis au bord de son bureau, ce qui laissait à Zee le choix de s'installer soit sur la chaise réservée aux étudiants, à une dizaine de centimètres de son entrejambe, soit sur sa chaise à lui, ce qui, pour des raisons différentes, était peu convenable. Elle choisit de s'appuyer contre une bibliothèque.

— En tant que communiste, vous vous intéressez à la liberté intellectuelle, non ?

— Je ne suis pas communiste, je suis une chercheuse marxiste.

— Voici où je veux en venir : l'administration ne devrait pas être en mesure d'avoir accès aux ordinateurs des professeurs titulaires. Imaginons qu'après avoir consulté le site web d'un homme politique communiste, vous soyez convoquée devant un comité. Alors que tout l'intérêt d'être titulaire réside dans la liberté que ce statut vous octroie.

— Je ne suis pas titulaire.

— Vous êtes au courant de ce qui se passe, j'en suis sûr.

Zee essaya de prendre un air déconcerté, mais il secoua la tête.

— Vous êtes au courant de tout. Vous savez ce que les doyens ont mangé au petit-déjeuner. Vous savez à quelle heure Blum coule un bronze. Et moi, ce que j'aimerais savoir, c'est quand est-ce que nous avons commencé à avoir peur du sexe ? Nous leur demandons de lire *Lolita* et Chaucer, mais une photo de nu va pervertir leur esprit ? Ce sont des adultes !

À présent, Zee était sincèrement déconcertée par ce qui s'apparentait à une confession, mais elle se rappela que ce n'était que Cole, qu'il était le genre d'homme capable de faire un plaidoyer contre le Dalaï-lama juste pour le plaisir de la joute verbale. Voilà pourquoi elle lui répondit :

— Je pense que si vous croyez fermement en ce que vous dites, vous devriez vous battre contre ce qui se passe, que les faits qui vous sont reprochés soient avérés ou non.

— Ah ! Je ne vous demande pas votre permission. Je me pose la question suivante : d'après vous qui, disons-le, connaissez toujours la température ambiante, combien de professeurs me soutiendraient ?

— Tout dépend de ce que vous comptez faire.

— Si je dis : ne touchez pas à mon ordinateur, sinon, je démissionnerai et rendrai la chose publique. Combien de membres de l'équipe enseignante me soutiendraient ?

— Vous ne leur demandez pas de démissionner avec vous.

— Non. Écrire des lettres, se raser le crâne.

Elle prit un petit singe en jade sur l'étagère et caressa son dos lisse avec son pouce. Il était surprenant que Cole possède un objet si délicat.

— J'imagine que vous aurez du soutien. Simplement, ne comptez pas sur l'ensemble des féministes.

— Tout le monde n'est-il pas féministe de nos jours ? Je pensais que c'était là tout l'intérêt de l'étude des questions « féminines ».

— Je peux probablement vous aider côté féministe.

En dépit de tout, lorsqu'il lui adressa un clin d'œil, Zee saisit pourquoi il charmait les étudiants. Son bon côté était tellement difficile à atteindre que quand vous y aviez accès, même par des moyens frauduleux, vous aviez le sentiment d'une validation, comme après avoir obtenu de haute lutte le respect d'un père intransigeant.

Doug paraissait beaucoup plus jeune dans son sommeil. C'était réconfortant, d'une certaine façon. Un rappel que c'était elle qui avait des plans, grâce à elle que tout ne s'effondrait pas.

On ne perd le contrôle qu'en lâchant prise. On ne perd les choses qu'en lâchant prise. Elle se le dit.

Zee tira sur un long cheveu marron bouclé qui se trouvait sur l'épaule du tee-shirt de Doug.

27

Le lierre sur la grande maison avait jauni, produisant un effet dérangeant. Il semblait à présent curieusement malveillant, une force drainante et asphyxiante tout en racines et en vrilles qui avait fusionné avec la pierre. Tout au long du mois d'octobre, Doug réfléchit au risque qu'il courait en agissant pour de bon dans le dos de Gracie. Il jugea possible qu'une levée de fonds de nature politique puisse d'une certaine façon impliquer les services secrets. Il demanda à Zee, l'air de rien, s'il y aurait du personnel de surveillance. Ce à quoi elle répondit : « Considère plutôt ça comme une réunion Tupperware. »

Mais la véritable menace ne venait pas de Gracie ni même d'hommes munis d'oreillettes. Elle venait de Zee, qui avait certainement remarqué qu'il ne tenait pas en place ces derniers temps. S'ils menaient à bien leur plan, il ne serait pas capable de la regarder en face pendant des semaines.

Il savait que Zee voulait, plus que tout, qu'il termine sa monographie – mais qu'elle verrait toute cette opération comme un signe supplémentaire de procrastination, comme s'il cherchait des empreintes digitales alors qu'il aurait dû être plongé dans de l'analyse intransigeante. Il imaginait sans peine son front plissé, ses mains sur ses épaules : « Tu t'es dit que tu pourrais terminer ton livre en entrant par effraction dans le grenier de ma mère ? C'était ça, ton plan ? Fais voir ce que tu as écrit. »

Bizarrement, il eut le sentiment de choisir entre Edwin Parfitt et sa femme – et pas pour la première fois. La nuit de leur rencontre, lors d'un cocktail dans la maison du doyen responsable des troisièmes cycles, quand Zee avait appris qu'il avait l'intention d'écrire au sujet de Parfitt, elle s'était écriée :

— Parfitt. Oh, la, la. Je le range dans la même catégorie que Joyce Kilmer[1].

Bien qu'ébloui par l'éclat de ses cheveux noirs et par les fines bretelles de sa robe, Doug était parvenu à la tacler :

— Tu dis cela parce que tu ne connais en tout et pour tout qu'un seul de leurs poèmes. Le « Trees » de Kilmer, et « Apollon sur le Mississippi » de Parfitt, qui sont deux œuvres mièvres. Absolument tout oppose ces deux poètes. Ils n'ont même pas écrit à la même époque !

— Tu as raison, ils sont différents. Ils sont tous les deux banals, mais en plus, Parfitt est hermétique. Et puis, bon sang, on pourrait marcher au pas en suivant sa rythmique, non ?

Doug tenait entre ses doigts une noix de Saint-Jacques enroulée de lard dont il ne savait que faire.

— Il a juste eu une période kitsch, entre 1930 et 1932. Pendant laquelle tout rimait et était joyeux. Je veux dire, le bonheur, ce n'est pas bon pour la poésie. Et « Apollon » date de cette époque. Mais c'est cette œuvre-là qui est devenue célèbre. Il faut que tu lises ses premiers sonnets. La série autour de Perséphone, ses textes consacrés à la figure d'Énée. Et ses derniers poèmes sont bouleversants. As-tu lu « Protée pleura » ? Ou bien : « Bord du bassin, fille oubliée » ? C'est tellement différent de l'idée que tu t'en fais.

— Je les ai lus. Il adorait érotiser les femmes noyées, n'est-ce pas ?

À ce moment-là, Doug avait conclu qu'il détestait cette connasse au menton pointu qui regardait par-dessus son épaule pour voir si elle trouvait un meilleur interlocuteur que lui.

— Eh bien, il était gay, rétorqua-t-il. Si la noyade t'excite, c'est ton problème.

Il s'était éloigné d'un pas raide.

Au cours de l'année suivante, tandis que la haine se mua en traits d'esprit puis en désir, en sexe, en relation et en fiançailles,

1. Poète américain du début du XXe siècle dont la postérité ne retient qu'un court poème intitulé « Trees ».

Doug avait réussi à la convaincre que Parfitt était quelqu'un qu'il fallait qu'elle apprécie, même si elle n'en était jamais venue à l'admirer.

— Vous avez tous les deux la même vision du monde.

— Et quelle est notre vision du monde ?

Il fut incapable de répondre, mais il eut envie de dire : « Tous les deux, vous avez l'impression d'être tellement petits que jamais vous ne prendrez conscience du volume de votre voix. »

28

Miriam était devant le plan de travail, et éventrait une petite citrouille à l'aide d'un couteau de cuisine. Elle préparait une soupe en accompagnement de lasagnes que Doug avait faites dans l'après-midi, en tout cas était-ce ce qu'elle avait annoncé, mais Zee attendait de voir une casserole pour le croire. Il était déjà dix-huit heures trente, et la première génération des Breen était attendue à la remise dans une demi-heure.

Doug était d'une bonne humeur douteuse. Il sautillait partout et invita Case à boire une bière avec lui sur le minuscule balcon précaire de la cuisine. Zee faillit les arrêter et dire que si Case posait un pied sur ce balcon, celui-ci ne manquerait pas d'être frappé par la foudre et de se détacher de la maison. Sa cheville aurait déjà dû être complètement remise, mais il s'était fait une nouvelle élongation du tendon en sautant de sa voiture en flammes. Et voilà pourquoi, quatre mois après la blessure initiale, il portait encore sa botte et souffrait toujours. À ce rythme-là, un jour, Case prendrait tout bonnement feu comme sa voiture. Miriam repartirait seule au Texas avec sa camelote. Problème résolu.

Maintenant que tout était en bonne voie avec Cole, Zee méditait, ce soir-là, sur le seul problème restant : comment s'assurer que Doug finisse de dire ce qu'il avait à dire au sujet d'Edwin Parfitt afin que la monographie soit sous contrat d'ici le printemps. En dépit de l'amélioration de sa conscience professionnelle, chaque fois qu'elle lui demandait combien de pages il avait écrites, sa production se limitait à une centaine de mots, qu'il n'était jamais prêt à lui montrer.

Profitant que tout le monde soit occupé, Zee remonta discrètement à l'appartement.

Rentrer dans l'ordinateur de Doug était si facile comparé au risque qu'elle avait pris pour hacker celui de Cole que son pouls s'accéléra à peine. Avec optimisme, elle commença par regarder dans les « Documents récents ». La liste incluait « Dans les derniers mois de », « À qui de droit », « Budget 99 » et « Systems Work Folder, 30, B ». Elle consulta le premier, le seul à contenir la moindre promesse, espérant que le titre du document fasse référence aux derniers mois de la vie d'Edwin Parfitt. C'était le cas. Il y était écrit, en tout et pour tout : « Dans les derniers mois de la courte existence de Parfitt, ces cinq poèmes incluaient non seulement le (pas de répét. ac thèse, mais + PATHOS d'Apollon sur Miss. et Pivoines.) »

Zee savait qu'il sauvegardait les chapitres individuellement, et il prétendait en avoir terminé au moins quatre, mais ce fragment n'avait rien d'encourageant. Et s'il n'avait pas écrit, qu'avait-il fabriqué tous les jours ? La tête de Zee se mit à palpiter. La colère était là, puissante – elle avait envie de balancer l'ordinateur par la fenêtre et de le voir se fracasser sur le gravier –, mais plus écrasante encore était la sensation que l'univers entier se retournait contre elle. C'était exactement l'opposé de tout ce pour quoi elle s'était battue. Non, c'était comme si un génie malveillant avait déformé ses souhaits, et les avait réalisés en leur donnant une forme qu'elle ne maîtrisait pas. Cole implosait – passait même aux aveux ! –, mais Doug ne serait pas prêt pour prendre le poste. Ce dernier serait disponible juste à temps pour être attribué à quelque prodige qui s'y cramponnerait pendant cinquante ans.

Il fallait qu'elle consulte les autres documents pour en avoir le cœur net, il fallait qu'elle regarde tout ce qui était sauvegardé dans le dossier « Diss », quelle qu'en soit la date, et il fallait qu'elle regarde dans toutes les disquettes qu'elle trouverait, au cas où Doug aurait été assez idiot pour négliger d'enregistrer son travail sur son disque dur. Il lui restait vingt minutes avant l'arrivée de sa mère et de son beau-père à la ponctualité agressive. Zee se mit à chercher sérieusement.

29

Miriam annonça que sa soupe ne serait pas prête avant une heure, mais que cela valait le coup d'attendre. Doug servit à Bruce un verre de rhum Mount Gay acheté spécialement pour l'occasion. Pour les autres, il y avait du pinot noir. Zee se cachait encore dans la chambre, où elle dormait, fulminait ou corrigeait des copies, et personne ne proposa de l'appeler pour qu'elle les rejoigne dans la cuisine.

Gracie erra, inspecta les charnières des placards et le carrelage effrité près du four. Elle s'arrêta devant le vieux panneau en bois d'un mètre carré environ à côté du frigo, qu'ils avaient repeint au printemps dans le même bleu clair que le reste de la cuisine.

— Ça a été bricolé à l'emporte-pièce, vous ne trouvez pas ? Bien avant mon arrivée. Je crois que c'est là qu'ils ont creusé pour installer l'électricité. Mon grand-père a fait raccorder la grande maison au réseau à peine sa construction achevée, mais a laissé la personne qui régissait la colonie vivre ici sans électricité jusqu'à, je ne sais pas, les années 1930. Il n'a jamais été du genre à penser à ses employés.

C'était la première fois que Doug entendait Gracie évoquer la colonie avec autre chose qu'un dédain absolu. Apparemment, le dédain qu'elle nourrissait envers son père était encore plus fort. Gamaliel – un nom que Doug jugeait dûment infâme pour l'homme qui avait fermé la colonie. Lorsqu'il l'avait évoqué auprès de Miriam, celle-ci s'était exclamée : « Oh, et si on l'appelait Gargamel ! Comment le méchant dans les Schtroumpfs ! » Depuis, Doug imaginait un homme qui, vêtu de sa tunique noire, rôdait en manigançant la disparition des petits artistes. Le vrai Gamaliel avait fait une dépression nerveuse après le krach boursier de 1929, et même si ses finances s'en étaient remises, son esprit, lui, n'avait pas eu cette chance. Du moins était-ce ce que Doug avait retenu en troisième cycle à la lecture de l'ouvrage *Les Devohr de Toronto : portrait de famille.*

— Miriam, voici une commande pour vous ! lança Gracie, qui examinait encore le panneau. Pourquoi ne pas vous rendre utile ? Ne pourriez-vous pas le peindre, par exemple ? Un paysage ?

Miriam, un verre de vin à la main, était assise sur le plan de travail et balançait ses pieds nus.

— Je ne peins pas beaucoup. Que diriez-vous d'une mosaïque traditionnelle ? En verre et petits carreaux de carrelage ?

— Hé, tu vois ?

Case se tourna vers Bruce à qui il adressa un sourire tranchant peu avenant.

— C'est comme ça que ça marche normalement, poursuivit-il. On file du boulot aux gens. Tu fais quoi, pour moi, toi ?

Case blaguait – sauf que non bien sûr.

Bruce considéra son fils avec ce que Doug interpréta comme un agacement profond.

— Mon ami Clarence Mahoney sera là au dîner de collecte de fonds. Voilà ce que je fais pour toi.

Le projet artistique, au moins, fut rapidement mis sur pied, et Bruce qualifia Gracie de « vraie Médicis ». Miriam regardait déjà le morceau de bois comme quelque chose qu'elle prévoyait de ravir.

Il y eut un bruit d'objet qui tombe dans la partie de la maison où Doug et Zee vivaient, suivi d'un grognement de frustration. Ils l'ignorèrent.

— Oh, imaginez ! s'écria Gracie. Cela sera peut-être votre meilleure œuvre, et l'idée m'est venue comme ça, tout à truc !

Case laissa échapper un bref éclat de rire, et Miriam s'empressa de mettre la tête dans le four sous prétexte de vérifier la cuisson de sa citrouille. Bruce rayonnait comme si Gracie était la chose la plus mignonne qui soit.

— Comme ça, tout à truc, répéta Doug, qui parvint à garder son sérieux. Et bien entendu, vous payerez le carrelage pour

Miriam, dit-il, car il savait que celle-ci n'aborderait pas le sujet, et que Gracie n'y penserait pas. À moins que vous souhaitiez qu'il se compose de bouts de chemises et de compost.

Il jeta un coup d'œil à Miriam pour voir s'il l'avait vexée, mais lorsqu'elle émergea du four, elle souriait d'un air reconnaissant.

— Bien entendu. Avec un petit extra pour le travail. Devrions-nous aller voir ce qui retient Zilla ?

À cet instant précis, il y eut un affreux raclement. Personne ne se porta volontaire.

Le temps que la soupe soit moulinée, que les giclures orange sur le plan de travail soient épongées, que ce qu'il restait de la mixture soit servi et que les lasagnes finissent de cuire au four, tout le monde était de bonne humeur. Peut-être pas Case, mais certainement les autres. Avec le vin, la langue de Gracie se déliait, et Miriam et Doug ne pouvaient s'arrêter de glousser. La soupe était délicieuse.

— Je dois vous informer que j'ai malgré tout accroché ce tableau de ferme dans le jardin d'hiver. Je me rends bien compte que la toile est un peu naïve, Miriam, mais elle est innocente, et cela me plaît. Je n'aime pas l'art violent. Et feu mon mari, comme je vous l'ai dit, adorait cette œuvre.

— Le bon roi George, dit Bruce.

Il était beurré.

— Feu George, ajouta-t-il. George l'Infaillible.

Miriam prit une grande inspiration, jeta à Doug un regard qui parut contrit à celui-ci, puis se lança :

— Puisque nous parlons de ce qui pourrait occuper mes journées. Bruce a évoqué l'existence de vieux classeurs à tiroirs... dans le grenier ? Ils doivent vous encombrer. Ne voudriez-vous pas qu'on vous aide à les vider ?

Le premier réflexe de Doug fut de paniquer, de donner un coup de pied à Miriam sous la table, mais il se dit que ce n'était rien. Zee n'était pas là pour entendre, Case s'en fichait et la présence de Bruce forcerait peut-être la main à Gracie.

— Enfin, j'aimerais le faire en échange du gîte.

Sans un regard pour Bruce, Gracie considéra Miriam en clignant des paupières.

— Je ne peux m'empêcher de penser à quel point il est dommage que vous n'ayez jamais porté d'appareil dentaire, Miriam. Cela vous marque une personne. Je dis toujours que pour connaître le lot de quelqu'un dans la vie, il suffit de regarder ses dents.

Zee revint dans la cuisine alors que le plat principal était servi, et quelque chose dans son sourire, dans son pas lent, donnait l'impression qu'elle était ivre et essayait de marcher droit. Elle embrassa sa mère sur la joue, et Miriam s'empressa de changer de place.

Gracie était lancée sur le sujet d'Internet, et Zee se joignit au hochement général de têtes perplexes.

— Ce qui est vraiment terrifiant, c'est qu'ils peuvent mettre votre nom là-dessus, et vous n'y pouvez rien, disait-elle. Même pour le bottin ils doivent demander votre autorisation. Et, reprenez-moi si je me trompe, mais j'ai l'impression qu'ils peuvent même montrer des photos. Je ne sais pas s'il faut un ordinateur spécial pour les avoir, mais imaginez un peu ! Miriam, vous avez vu ça ? Dans votre travail avec les ordinateurs ?

Miriam affirma qu'elle était une technophobe sous cape, et Doug pouvait presque entendre Zee lever les yeux au ciel à ses côtés.

— Une partie de mon planning est sur ordinateur, mais tout le reste de mon travail est manuel.

— Parlez-leur des secrets, intervint Bruce. Tous ses secrets sont là-dessous.

Le cou de Miriam devint rouge.

— Oh. Derrière les matériaux. Une fois que j'ai tracé mes formes, et avant d'appliquer le mortier, j'écris un secret à la peinture. Les gens aiment savoir que c'est là, je crois. À la demande de l'acquéreur, il m'arrive parfois de révéler ce qui est inscrit.

— Des secrets sur moi, pas vrai, chérie ? lança Case.

— Je n'étais pas au courant, jusqu'à ce que nous lisions cet article l'année dernière, observa Bruce. Miriam, ont-ils vu l'article ?

— C'est incroyable, les secrets que les gens gardent, intervint Zee. N'est-ce pas.

Elle n'était pas dans son état normal. Doug posa la main sur son genou, et elle eut un brusque mouvement de recul.

— Avant, je pensais savoir deviner quand quelqu'un avait un secret. Vraiment. Et il se trouve…

Mais Gracie poussa un cri, et toutes les têtes se tournèrent vers elle.

— Il y avait une coccinelle. Juste là, dans mon assiette.

30

Zee se leva du lit comme un animal lourd, ses jambes lentes et engourdies.

À la table du petit-déjeuner, ils riaient tous les deux bêtement.

— Venez tenter votre chance à Tout-à-Truc, la ville la plus vernie du New Jersey !

Miriam avait du mal à reprendre son souffle.

— C'est quand tu te retrouves bloqué au péage alors que jusque-là, ça roulait bien !

Zee était incapable de les regarder.

— C'est quand tu cueilles des fleurs et que, soudain, *bam*, un trèfle à quatre feuilles !

— C'est quand tu te prends un coup de pied dans les burnes et que tu ne t'y attendais pas !

Le sac de livres de Doug était par terre. Il se rendait à la bibliothèque, expliqua-t-il. Zee avait envie de tirer violemment sur la fermeture éclair pour voir ce qu'il contenait réellement. Des livres sur des filles adolescentes, des lettres d'amour à Miriam, une centaine de sachets remplis de cocaïne. Les possibilités étaient infinies.

Au lieu de quoi, elle dit :

— Miriam, pourquoi tu ne me retrouverais pas pour un café ce matin ? Nous n'avons pas beaucoup eu l'occasion de nous parler ces derniers temps.

Elles n'avaient eu que ça, des occasions de se parler : en ce moment, par exemple, et les millions de fois où Zee était passée en coup de vent devant la véranda en faisant semblant d'être absorbée par le courrier.

— Oh, avec plaisir.

— Il n'est pas impossible que le doyen me retarde, s'empressa d'ajouter Zee.

Et à dix heures, tandis que Miriam l'attendait au Starbucks et que Case était chez le médecin, avec Sofia comme chauffeur, Zee regagna la maison en voiture, s'engagea précipitamment sous le porche silencieux et froid. Des toiles achevées étaient appuyées par trois contre les murs, mais l'œuvre centrée autour de sa robe jaune du bal des débutantes était toujours en cours, étalée sur le sol tel un cadavre. Les tourbillons noirs qui l'entouraient étaient terminés – des pierres du fleuve, des grains de café, des pions de dames, une vielle touche Échap de clavier d'ordinateur et des barrettes. La robe n'était qu'à moitié recouverte, de jaune, mais aussi d'orange et de petites taches marron et vertes. Le vert : il lui fallut une minute pour comprendre pourquoi le vert lui paraissait si familier. C'étaient les éclats du vase en céladon de sa mère, celui que Case avait brisé en mille morceaux. Miriam avait-elle pris la peine de demander si elle pouvait les garder ? Les avait-elle volés cette nuit-là ? Zee glissa son pouce sous l'ourlet et le souleva. Des pierres et des débris volèrent, se répandirent par terre. Une partie du tissu se déchira. Il n'y avait que la moitié d'une robe, à vrai dire, puisque Miriam avait coupé tout le dos. Mais les mots étaient là, les secrets, exactement comme Bruce l'avait décrit. Zee laissa la robe attachée au niveau de l'épaule gauche et lut ce qu'elle put des lettres tracées à la peinture noire en dessous, dissimulées par la colle et dont le contour était déchiqueté par le mortier et les pierres.

Le poil juste en dessous
De ton nombril
Boucle vers la gauche
Laisse-moi le dérouler

C'était vers le haut. Plus bas, sous une zone illisible :

Lécher les cicatrices
Le long de tes genoux

Goûter
Ce que tu as bu

Et en bas, près de l'ourlet :

J'ai oublié de regarder
Dans les miroirs
Toutes mes entrailles sont
Sorties

Elle replaça la robe brusquement. Il y avait une vilaine satisfaction à trouver ce à quoi elle s'attendait, malgré le spectacle lumineux derrière ses paupières qui ressemblait au début d'une migraine, mais qu'un battement de tambour accompagnait.

Zee traîna Hidalgo hors de la grande maison. Elle prit des gâteaux salés à l'étage et les éparpilla partout, derrière le plateau de perles de Miriam, sous ses papiers. Et ensuite, elle l'enferma. Il se libérerait peut-être, mais pas avant d'avoir fait bien plus de dégâts et donné des coups de griffes aux fenêtres. Tandis qu'elle sortait, le chien la suivit de ses yeux noirs et interrogateurs.

— Sois méchant, lui dit-elle.

Son visage, son sourire et sa respiration seraient de nouveau normaux une fois au café. Si elle était capable de sourire à Sid Cole, elle serait capable de sourire à Miriam. Cependant, alors qu'elle fonçait en direction de la ville, une sensation plombante grandit en elle : non seulement ses peurs avaient été fondées, mais une fois de plus, elle avait en réalité provoqué les choses. Elle les avait fait advenir par sa volonté, aussi sûrement qu'elle avait entraîné les confessions implicites de Cole. Elle obtenait tout ce qu'elle voulait, mais – comme dans un cauchemar, où vous êtes à la fois l'auteur et la victime –, toutes ses peurs se réalisaient : le coup de cœur de Miriam, l'incompétence de Doug, même l'apparition de cette robe à la con. Elle pensa : *Je dois faire attention à mes prochaines peurs.* Et puis elle pensa : *Ma prochaine peur est la folie. Ma prochaine peur est la folie. Ma prochaine peur est la folie.*

31

— Je suis tellement ravie que nous puissions discuter, dit Frieda, dont la voix exprimait tout le contraire.

Ces dernières semaines, Doug avait eu le vent très en poupe et avait terminé les deux nouveaux livres, avait envoyé les disquettes via FedEx et était rentré triomphalement de la poste à vélo.

— Mon petit doigt me dit que j'ai fait quelque chose de travers.

Il était assis avec le socle du téléphone sur les genoux.

— Eh bien, c'est réparable. Il n'est pas inhabituel que nos auteurs trouvent leur voix et se mettent à enjoliver un peu les choses, et je vous en prie, prenez cela comme un compliment. Vous êtes un vrai écrivain.

— C'est cette histoire de trouble du comportement alimentaire.

— Le problème, en l'occurrence, est qu'il s'agit du thème du prochain livre de la série, *Qu'est-ce qui ronge Molly*, qui est déjà écrit. Et puis… le livre sur Cece est formidable, vous avez vraiment l'oreille pour ce personnage, mais nous voulions que le voisin reste périphérique. Or, vous lui avez donné tellement d'épaisseur que, d'après moi, les lecteurs s'attendront à ce qu'il revienne.

— D'accord. Ok.

— Pour résumer les choses, vous avez procédé à des changements non requis dans le monde de l'histoire. Et vous savez, une broutille peut avoir d'immenses répercussions au bout du compte. Quelqu'un découvre qu'il est allergique aux cacahuètes, par exemple, et puis, cinq livres plus tard...

— Je comprends. Combien de temps m'accordez-vous pour revoir ma copie ?

Frieda soupira – un vrai soupir, une corde autour du cou de Doug.

— À ce stade, vous savez, vous avez été fabuleux, mais nous disposons d'auteurs plus rapides, capables de faire cela dans leur sommeil. Je vais mettre l'un d'eux sur le coup, et on divisera le paiement en deux.

Doug fut surpris d'être autant affecté. Il y avait l'argent, bien entendu, les quatre mille dollars qu'il pensait toucher ne seraient plus que deux mille ou moins, et il y avait l'ignominie d'être, grosso modo, viré. Mais de plus, Doug avait un sentiment d'échec, de stupidité. Il avait raté quelque chose qui aurait dû être une promenade de santé. Et pourquoi ? Parce qu'il en avait trop fait. Alors que son autre projet, le vrai, attendait, et que Doug n'avait rien fait pour qu'il avance si ce n'est entrer par effraction dans un grenier.

Il versa le café tiède de la veille dans son thermos. Il cherchait du lait quand il entendit Miriam sangloter de nouveau, cette fois-ci dans la partie de la maison qu'elle partageait avec Case. Il était sur le point de faire une blague dans sa tête au sujet de la mort d'un autre Kennedy quand il se rendit compte que Case se trouvait aux côtés de Miriam, que les sanglots couvraient le grondement d'une voix d'homme en colère. Doug entendit le mot *désastre*, et il entendit *en fait, Texas* et *laisse tomber*. Il attendit longtemps, bien trop à son goût, guetta une raison de forcer la porte : claques, chocs ou cris soudains. Mais il n'y avait que ce torrent de paroles et de pleurs.

Doug se mit à fredonner fort tout en versant une cuillérée de sucre dans le thermos qu'il agita. Il donna des paroles à ce fredonnement : *C'est le signal que je dois partir. C'est le signal que je dois partir.* Bon, très bien. Il fouilla dans son bureau et retrouva les disquettes qui servaient de prison à Edwin Parfitt, puis sa thèse reliée et ses recherches de l'année dernière – des photocopies, des notes et des plans. Il les fourra dans son sac avec le thermos. Même s'il avait fallu pour cela qu'il se prenne un coup de pied dans les couilles de Frieda et de Melissa Hopper, que des Texans hystériques le poussent à fuir la maison en lui fichant la trouille, il allait enfin se mettre au travail.

Et puis : fini, de jouer les bébés. S'il y avait des documents à vingt mètres de lui, il allait se servir. La collecte de fonds avait lieu dans une semaine, mais cela suffisait à planifier les détails. Si Miriam n'avait pas été indisposée, il aurait bien toqué à sa porte pour le lui annoncer. Au lieu de quoi, il sortit et se mit à marcher sous la pluie.

Devant un ordinateur de la bibliothèque, Doug déploya son arsenal. Il emprunta une agrafeuse et des marqueurs à l'accueil. Au bout de deux heures, il avait un plan qui donnait une nouvelle forme à son livre, étant donné que quelque chose, n'importe quoi, pouvait se trouver dans ces dossiers. Parfitt était connu – si tant est qu'il soit connu pour quelque chose, ce qui n'était pas le cas – pour ses périodes d'hyper-productivité suivies de longues phases d'inactivité. Celles-ci étaient souvent attribuées à sa dépression, bien que Doug n'ait jamais retrouvé le moindre signe de sautes d'humeur chez cet homme à part son suicide ; il se demanda s'il pourrait élaborer une autre théorie en s'appuyant sur le temps que le poète avait passé à MacDowell et Laurelfield, et sur son programme de publication. Les archives de MacDowell se trouvaient à la bibliothèque du Congrès, et on l'autoriserait peut-être à les consulter. Ces bibliothécaires ne pouvaient pas être des gardiens plus féroces que Gracie. Et la maladie que Parfitt avait mentionnée dans cette lettre à sa nièce – il y aurait peut-être quelque chose à ce propos dans les dossiers de Laurelfield. Le poète expliquait peut-être quelque part qu'il avait dû partir de façon prématurée, qu'il était dépressif, qu'il souffrait d'une maladie comme le lupus qui l'aurait immobilisé pendant des mois ou des années. Peut-être qu'à l'instar de Doug, un troll invisible s'était juché sur son épaule et l'avait empêché de travailler – jusqu'à ce qu'un jour, le troll saute et s'en aille.

32

Tandis que les journées raccourcissaient, que les histoires de fantômes du semestre s'empilaient dans ses rêves et (sous forme de devoirs de quinze pages) dans sa boîte mail, tandis qu'elle restait éveillée la moitié de la nuit et dormait debout la journée, Zee commença à se demander si sa santé mentale, son séjour dans le monde rationnel, n'étaient pas qu'un mince vernis. Quelque chose qui était prêt, depuis le début, à se fissurer.

Elle avait toujours cru pouvoir lire en Doug comme dans un livre ouvert, mais apparemment, c'était faux. Elle ne savait même pas ce qu'il écrivait. Elle le regardait le matin en se demandant qui il était.

Donc, qu'est-ce qui était vrai ? Et qui menait la danse ? Avant, elle pensait que c'était elle qui était aux commandes. Et voilà qu'elle en venait à craindre que cela soit le cas.

Elle se surprit à s'appuyer sur le plan de travail de la cuisine pour voir s'il céderait sous son poids, s'il se transformerait en liquide ou en vapeur.

Les dernières semaines de novembre passèrent dans un brouillard morne et furieux. Chantal lui demanda si tout allait bien.

— Non, répondit-elle avant de tourner les talons.

Dans les toilettes du bâtiment des Lettres, elle remarqua que ses bras étaient devenus tout maigres. Elle était là, dans le miroir au-dessus du lavabo, toujours visible, sous la lumière fluorescente. Son visage, jadis joli et symétrique, était devenu osseux et brillant. On aurait dit la caricature d'une demi-sœur malheureuse. Alors qu'elle était debout devant le séchoir à mains, les carreaux du carrelage se mirent à se réassembler, à changer de place en sautant. Non. C'étaient des bouts de papier toilette soufflés par l'air chaud.

Doug ne sembla pas remarquer qu'elle avait proféré à peine douze phrases la semaine précédente. Elle se mettait au lit et faisait semblant de s'endormir immédiatement. Il lisait encore pendant une heure, le visage rayonnant à cause de la lumière de la lampe, mais également sous l'effet d'un contentement plus profond. Elle trouva cinq cents dollars dans son tiroir à chaussettes, et se dit qu'ils devaient provenir de ces horribles livres. Elle se demanda s'il les dépensait pour Miriam. Elle prit un billet de cinquante dans la liasse, et l'utilisa pour acheter la bouteille de vodka qui vécut sur son bureau au travail toute la semaine suivante, jusqu'à ce qu'elle soit vide.

Quand elle entra dans la salle, sa classe sur les fantômes était en plein débat animé. Sarah Bonheur avait le visage rouge et criait presque.

— Cela en dirait long sur la façon qu'a cette fac de considérer les femmes, disait-elle. Regardez leur politique quand une fille se fait violer par une connaissance. Ah non, pardon, leur absence de politique.

Chad Crosley, en polo et casquette miteuse, qui portait un short malgré les températures glaciales, s'adossa à son siège et proclama :

— Vous savez qu'ils ne le vireront jamais ? C'est un ancien élève.

— Exactement ! Il est du sérail. Cette histoire d'anciens élèves, c'est un truc de mecs.

Zee, qui posait ses copies, secoua la tête.

— Ce n'est pas un ancien élève, Chad. Il a étudié dans l'Indiana.

Fran exprimait bruyamment son accord avec Sarah.

— Regardez le temps qu'il leur a fallu pour construire des bâtiments pour les sororités. Comme si nous, on était reléguées au second plan. Si le Dr Cole est encore ici après Noël, je change de fac !

Zee – peut-être à cause de la rasade de vodka qu'elle avait bue avant le cours – répliqua sèchement :

— Écoutez, Fran, vous ne connaissez pas toute l'histoire. Nous essayons de vous apprendre à raisonner comme des adultes, et vous vous empressez de tirer des conclusions comme des enfants.

Fran la regarda fixement, intimidée. Zee se demanda pourquoi elle venait de prendre la défense de Cole sans même l'avoir décidé.

— Le professeur Cole n'a rien à voir avec cette histoire de bâtiment pour les sororités, Fran.

Chad, tout renfrogné sous sa casquette, lança :

— Je suis sûr que ce type est un ancien.

Zee n'avait aucune affection envers Case Breen, mais elle eut envie de pleurer lorsqu'elle le vit. Il était allongé sur le canapé au rez-de-chaussée, recouvert de poches de glace, le cou enflé au point que son menton avait pratiquement disparu. Miriam était agenouillée à ses côtés, et quand Zee lui demanda ce qui s'était passé, elle souleva les pains de glace pour montrer son visage, qui avait avalé ses yeux, réduits à des fentes.

— Il se promenait, dit Miriam. Ce qu'il n'aurait pas dû faire. Tu vois, cette statue d'ours, là-bas, dans les bois ?

Apparemment Case, en vue d'éviter les camions devant la maison, les fleuristes et traiteurs préparant la soirée de collecte de fonds qui se tenait ce soir-là, avait fait le tour de la propriété en passant par-derrière, et s'était arrêté pour se reposer sur le piédestal de la statue. (Zee, quand elle était enfant, avait baptisé l'ours Theo. Elle n'était pas retournée là-bas depuis des lustres.) Un essaim d'abeilles était sorti de sous la statue, et Case, laissant derrière lui ses béquilles, n'avait pas réussi à s'enfuir assez rapidement.

— Au moins, il n'est pas allergique, mais ils lui ont enlevé quarante-trois dards. Et bien sûr, il s'est de nouveau foulé la cheville.

— Mon Dieu... Vraiment ? Des abeilles en novembre ?

Depuis le canapé, Case émit un bruit grave et guttural. Ses bras étaient tartinés de crème blanche. Zee se demandait s'il pouvait encore parler quand il dit :

— Laissez-moi tranquille. Toutes les deux. Allez-vous-en.

33

Lors de la collecte de fonds, même après que Miriam eut réussi à installer dans un coin la coquille enflée de Case, un verre de Scotch à la main, et à le laisser se débrouiller seul, la situation se corsa pour deux raisons. Tout d'abord, Gracie reconnut Leland, en dépit de son déguisement de Clark Kent (visage rasé, lunettes). Mais, alors que Doug et Miriam, qui l'avaient fait entrer en douce par le garage, n'étaient pas à proximité, Leland devança la question de la maîtresse de maison :

— J'espère que vous vous souvenez de moi. Je suis Jack Spence. Vous m'avez si aimablement sauvé la vie en m'autorisant à photographier votre grenier. Et je soutiens aussi à fond Al Gore. Quand j'ai appris que l'événement se tiendrait chez vous, je n'ai pas pu résister !

Gracie sourit chaleureusement et le présenta au sénateur d'État, un homme grand et maigre qui tenait salon près du buffet à fromages. Zee reconnut également Leland, mais vaguement seulement.

— Nous nous sommes déjà rencontrés, lui dit-il, et avant d'avoir pu lui servir le deuxième discours qu'il avait préparé, elle hocha la tête et s'éloigna.

Le deuxième imprévu se produisit quand Zee attira Doug dans le couloir condamné menant au bureau de Bruce, le poussa contre le mur et baissa sa braguette. En quelques secondes, il bandait dans sa main, et son cerveau était quasiment déconnecté. Il était dix-neuf heures cinquante-cinq, et il était censé retrouver Leland et Miriam devant la cuisine à vingt heures, juste avant le début des discours. Avec toute la volonté dont il disposait, il arracha sa bouche à celle de Zee, se glissa contre le mur et remonta sa braguette.

— Pas ici, dit-il.

Le temps qu'il se retourne, elle s'était transformée en lame de glace. Elle croisa les bras sur son ventre, et à la façon dont son regard noir le transperçait, l'accusation semblait grave, l'inculpait. Mais Doug n'avait plus d'espace mental pour déchiffrer l'expression de Zee. Elle s'éloigna, et il s'assit sur le canapé en attendant que son érection passe.

À vingt heures une, Doug passa devant un serveur qui courait dans tous les sens et planta une main sur l'épaule de Leland. Bruce faisait déjà tinter son verre dans la bibliothèque. Le quartet avait cessé de jouer.

Miriam leva la tête vers Doug et lui sourit de toutes ses dents. C'était la première fois qu'il la voyait aussi heureuse depuis que Hidalgo avait mis son travail en pièces. Elle avait choisi une robe de cocktail argentée afin de pouvoir manipuler les objets poussiéreux, car elle craignait que les traces soient trop visibles sur les pantalons noirs habillés des hommes. Elle avait lissé ses cheveux qu'elle avait coiffés en arrière. Leland, pour sa part, était à cran. Ses poches étaient remplies d'aiguilles et de clés quémandées à l'ami qui lui avait enseigné toute la semaine à forcer de vieilles serrures. Tous trois traversèrent la cuisine et gravirent l'escalier dérobé. L'équipe du traiteur ne leur prêta pas attention. Il n'y avait personne dans le couloir silencieux qui menait à la porte du grenier. Personne n'entendit Miriam s'exclamer :

— On est comme le Gang des Limiers !

Et c'était exactement ce que Doug ressentait – pour la première fois depuis la fac peut-être, il avait des acolytes, et un esprit de meute. Tout à l'heure, quand la pièce s'était remplie, Doug s'était senti connecté à eux deux par des fils invisibles. Les regards qu'ils avaient échangés étaient chargés d'un millier de rappels et d'encouragements.

Doug montait la garde en haut des marches, et Leland invita Miriam à essayer la serrure en premier.

— Je suis sûr que tu as les mains qui tremblent le moins.

Ils n'avaient pas le temps pour pareille galanterie, et, à la façon qu'avait Leland de se balancer sur ses talons, Doug comprit qu'il avait hâte de prendre le relais, de faire montre de ses nouveaux talents.

— Éclaire-moi, demanda Miriam, et Leland sortit sa petite lampe de poche qu'il tint juste au-dessus de son oreille.

Doug se demanda s'il était possible que son cœur lâche, si les pulsations intenses qu'il n'avait pas connues depuis son dernier match de football (douze ans auparavant ? treize ?) pouvaient tout bonnement le tuer, s'il allait devenir le prochain fantôme de Laurelfield : *L'homme qui mourut sans raison au milieu d'une fête. On découvrit son cadavre ratatiné au pied des escaliers.*

Mais il entendit alors un déclic et un petit cri, et lorsqu'il se retourna, il vit qu'ils avaient tous les deux les yeux rivés sur la porte, qui s'ouvrait sur une fente sombre de plus de deux centimètres.

— Bon sang ! s'écria Leland. La vache, c'était impressionnant ! Je crois que je suis amoureux !

Doug sortit sa lampe torche, et ils passèrent devant l'interrupteur sur le mur sans l'actionner. Ils fermèrent la porte derrière eux, en prenant soin de vérifier qu'elle s'ouvrirait bien quand ils sortiraient.

— Oh, la, la ! dit Miriam qui ouvrait la marche. Vous sentez, les gars ? Dans les escaliers ? Vous ne sentez pas cette présence ?

— Je n'arrive pas à croire que ça a marché. Je n'en reviens pas, bordel !

Doug gravit les marches derrière eux, submergé par une prise de conscience dont il se serait bien passé : il voulait sortir, c'était trop, il aurait préféré être sur le canapé de Bruce en train de se faire baiser par sa femme, à la soirée à écouter le point sur la collecte de fonds, ou mieux encore, au lit avec un magazine et une bière. Mais non : le nouveau Doug faisait des choses. Par exemple, le nouveau Doug tenait la lampe torche bien comme il faut, même quand Miriam annonçait joyeusement : « Hé, il y a des petites souris ! T'inquiète, petit bonhomme. Oh, il s'est carapaté. » Et le nouveau Doug naviguait dans un labyrinthe de cadres de lit et de commodes jusqu'à ce qu'il arrive, intimidé, devant les quatre classeurs à tiroirs de la photo, qui formaient un petit quadrilatère de guingois près des lucarnes où filtrait le clair de lune.

— Ok, lança Leland. Dites une prière.

Et il ouvrit le tiroir du haut de l'un des meubles, qui coulissa en émettant un craquement musical.

— Passe-moi la lumière. Ok, ok. Tisdale, Robin. Tollman, Harold. Tower, Rosamund.

Miriam poussa un cri perçant et passa les bras autour du cou de Doug, puis enlaça Leland par-derrière en essayant de regarder par-dessus son épaule. Ils se dirent mutuellement « chut », et ouvrirent d'autres tiroirs en annonçant leur contenu avant de se redire « chut ». Deux meubles entiers contenaient les dossiers des résidents de la colonie classés par ordre alphabétique, et les deux autres étaient un méli-mélo d'archives et de correspondance. Miriam se plongea dans ces deux caissons-là, avec pour instruction de chercher spécifiquement les années 1920 et 1930, alors que les hommes se concentrèrent sur le tiroir censé contenir les *M.* et les *P.* Parce que le *M.* arrivait en premier, ce fut Leland qui commença. Doug se retint de crier que sans son enquête sur Parfitt, ils ne seraient pas dans ce grenier. Il tint la lampe torche pour Leland. Miriam sortit les dossiers pour lire leurs étiquettes au clair de lune.

— Moor, sans « e », lut Leland. Encore un Moor sans « e ». Bon sang. Oh, bon sang. Marlon Moore ? *Marlon Moore ?* C'est ça, le nom de ces gens ?

Il sortit un énorme dossier du meuble, et s'assit par terre pour le feuilleter.

— Un naze qui s'appelle Marlon Moore. Il y a la moitié d'un livre ici. Non, littéralement. Il y a la moitié d'un roman. Et un idiot a cru que c'était Marianne Moore, putain !

— Tu peux te magner ? On n'a pas le temps.

Doug passa par-dessus Leland et ouvrit le tiroir au maximum. Et voilà : Parfitt, Edwin, un dossier suspendu avec une étiquette blanche. Mais la chemise était tellement fine que c'en était alarmant, et en la sortant, Doug craignit de n'y trouver qu'un unique bout de papier, une facture téléphonique impayée de cinquante cents.

Lorsque Doug ouvrit le dossier, celui-ci ne contenait, en effet, qu'un seul document si bizarre qu'il n'eut pas le temps de s'étonner de sa finesse, de sa singularité. Il ne prononça pas un mot en braquant sa lampe torche vers les bords. Il s'agissait d'une photographie, prise à l'extérieur. Plus il étudiait l'arrière-plan, plus il avait la conviction que c'était derrière la grande maison, avec, tout à droite, le grand bassin à carpes koï, et un banc. Mais il était difficile de se concentrer sur l'arrière-plan, parce qu'au centre de la photo se trouvaient deux hommes, tous deux complètement nus et trempés. L'un d'eux riait, la tête renversée en arrière. L'autre regardait l'objectif, et affichait un sourire insistant, presque malveillant. Chaque homme tenait l'autre par le pénis. Et ni l'un ni l'autre n'était Edwin Parfitt.

Doug cherchait quelque chose à annoncer, mais son cerveau avait complètement court-circuité, et Leland lisait à voix haute des extraits du manuscrit de Marlon Moore :

— « Rose était folle de chagrin. » Ouais, ben, moi aussi. Écoutez-moi ça : « Celui qui n'a pas erré sous ces pins titanesques peinera à saisir le poids du temps pesant sur le philosophe solitaire qui cherche à s'abriter sous l'épanchement de leurs bras. » Les pages sont dans le désordre, en plus. Non pas que cela ait de l'importance.

— Il est vingt heures trente, annonça Doug. Il faut charger.

— Tu as trouvé des choses sur Parfitt ? s'enquit Miriam.

Elle se tourna vers lui, les yeux anormalement brillants dans le clair de lune.

— Je te montrerai plus tard.

— J'ai des documents qui vont de 1920 à 1939, mais chaque année est un dossier de huit centimètres. Il faut choisir.

— Choisis pour moi. Non, 1933.

Miriam sortit deux dossiers du tiroir. Leland lui tendit sa veste de costume, puis desserra la ceinture de son pantalon trop large, et Doug et Miriam tâchèrent ensemble de fourrer contre la taille de leur ami les deux épais dossiers consacrés à 1933 et celui, tout fin, de Parfitt. Miriam s'assura que ce dernier tenait bien, puis resserra la ceinture tandis qu'au-dessus de sa tête, Leland, les yeux rivés sur Doug, agitait les sourcils.

Une fois rhabillé, avec la veste qui couvrait les bosses, il s'essaya à quelques pas.

— Et ce truc, alors ? demanda Miriam.

Elle prit un petit coffre-fort vert qui était sur l'un des classeurs à tiroirs.

— Ça nous intéresse forcément, n'est-ce pas ?

Doug avait remarqué l'objet sur les photos de Leland, mais il avait été tellement accaparé par la promesse des dossiers Parfitt qu'il n'y avait pas beaucoup réfléchi. À présent, cependant, il était prêt à tout.

— Prends-le, Leland, répondit Doug.

Dans ses mains, l'objet semblait naturel, comme si Leland était censé quitter cette soirée de levée de fonds avec cet accessoire.

— Marche avec un air d'autorité.

Tout en bas, la musique commença à retentir. Leland jura, et Doug replaça le dossier Marlon Moore dans son tiroir. Miriam utilisa le torchon à poussière qui était dans la poche de Doug pour effacer tout signe d'activité sur les classeurs à tiroirs.

De retour à la fête, une fois Leland sorti par la grande porte, Doug et Miriam s'infiltrèrent dans le salon, prirent chacun un café et se mirent à parler fort entre eux au sujet de Bill Bradley. Case était là, tout seul, à côté de la pendule. Il était censé retrouver Clarence Mahoney, l'ami de Bruce qui avait un formidable réseau – et à vrai dire, il comptait vraiment décrocher un boulot ce soir rien qu'en bavardant –, mais son verre vide et le fait qu'il ne semblait pas avoir bougé n'auguraient rien de bon. Doug se demanda même s'il voyait la pièce, avec ses yeux tout gonflés. Bruce, joues et nez rubiconds, enlaçait quelqu'un. Zee traversait la pièce, en peinant à garder l'équilibre. Elle posa la main sur la cravate de Doug et la fit glisser jusqu'à son nombril. Sa voix était plate, son visage à quelques centimètres du sien.

— T'étais où ?

— Je suis sorti prendre l'air, répondit-il comme prévu.

Mais il se rendit compte que dehors, il faisait très froid, et qu'il était en nage.

Zee se contenta de sourire, et se tourna doucement vers Miriam.

— Miriam, qu'as-tu pensé du sénateur d'État ? Celui de South Side ?

— Oh, le... hein ? Je l'ai trouvé super.

— Et l'autre, après ? Comment il s'appelle déjà ?

— Oh, tu poses la question à la mauvaise personne !

— Oui. En effet, constata Zee.

34

Zee préparait son dernier devoir sur table quand Cole frappa à sa porte.

— Zelda, ma seule véritable amie ! Il fallait que je voie cela de mes propres yeux !

Tous les murs de son bureau étaient placardés de photos d'hommes nus, dont elle avait fait des impressions couleur chez Kinko. Certains se prélassaient sur des motos, d'autres se touchaient, d'autres encore faisaient descendre leur jean sur leurs genoux. Cole, debout au milieu de la pièce, pivota lentement sur lui-même en émettant un long sifflement.

— Ces photos ne s'adressent pas aux dames, n'est-ce pas ? Elles sont pour les garçons sophistiqués.

Zee les avait scotchées aux murs lundi, et dès mardi, Jerry Keaton était allé aussi loin que son audace le lui permettait et avait placardé une carte postale de Betty Page sur la porte de son bureau. Ida Hayes, jouant la sécurité, mais exprimant peut-être par son choix quelque chose de plus profond sur les principes en jeu dans cette affaire, avait distribué le très explicite « Sonnet flottant » d'Adrienne Rich à ses étudiants. Golda Blum était passée mettre en garde Zee : si elle agissait de façon plus flagrante que Cole, elle pouvait s'attendre à des conséquences plus sévères également. Mais Golda était simplement exaspérée et stressée. Zee savait reconnaître quand elle était furieuse, et là, elle ne l'était pas.

Ce que Zee avait compris le jour où elle avait tancé Fran était que son soutien à Cole était passé d'ironique et saboteur à sincère. Les premières lettres qu'elle avait rédigées pour sa défense visaient à mettre de l'huile sur le feu. (« Lorsqu'il disait en plaisantant vouloir sortir avec certaines étudiantes, cela a souvent été mal interprété. ») Mais quand elle avait compris ce que Doug écrivait réellement, quand il s'était mis à rêvasser sur Miriam, qu'il avait disparu avec elle pendant la levée de fonds, Zee ne vit plus du tout l'intérêt de donner le poste de Cole à son mari. Imaginer Doug, un homme sans mérite ni ambition, assis, fou d'amour, dans un bureau dont il n'était pas digne – celui qui se trouvait dans le chouette petit coin, et où Cole avait écrit de vrais articles, corrigé des copies et conféré pendant vingt ans –, la rendait malade. Et maintenant qu'elle ne soutenait plus Doug, elle trouvait de plus en plus difficile de saper Cole, particulièrement quand elle voyait la ténacité avec laquelle il se défendait, sans objecter une fois, une *seule*, que les éléments pornographiques n'étaient pas les siens. À présent, elle regrettait ses actes, mais c'était un remords d'une drôle d'espèce – plus tactique que moral.

— Et pourquoi, dites-le-moi je vous en conjure, possédez-vous un barillet de pistolet ?

Zee chercha à comprendre, avant de se rendre compte que Cole regardait son bureau. La fleur métallique trouvée dans les bois.

Elle prit l'objet et regarda à travers les six trous parfaits. Elle se sentait idiote – n'en avait-elle pas vu dans des centaines de films ? –, mais Cole n'avait pas à le savoir.

— Un souvenir, répondit-elle. De ma dernière fusillade.

À ce moment-là, Chad Crosley entra pour lui poser des questions sur le devoir auquel elle avait attribué un C-. Il était rouge pivoine, et avait mis les mains autour de ses yeux comme des œillères. On l'avait prévenu.

35

L'appartement de Leland à Evanston avait une agréable odeur de fumée de cigare. Les murs étaient couverts de rayonnages de bibliothèque, et un nombre disproportionné de petites lampes à la lumière tamisée éclairaient le salon. Ils étaient assis tous les trois par terre, autour de la pile bien ordonnée de dossiers et du coffre-fort. Deux jours s'étaient écoulés depuis la levée de fonds, mais c'était la première fois qu'ils avaient l'occasion de se réunir. Doug avait dit qu'il allait à la bibliothèque de la Northwestern, et Miriam s'était inventé un cours de yoga.

— Vous avez lu les documents ? demanda Doug.

— J'ai fait mieux encore ! s'exclama Leland, qui ouvrit le coffre en un clin d'œil.

Miriam applaudit.

— Enfin, c'est mon pote serrurier qui a fait mieux encore, précisa-t-il.

— Il y a quoi dedans ?

Doug sortit le tas de papiers et d'enveloppes qui se trouvaient à l'intérieur.

— Rien d'intéressant, je regrette. Seulement des documents appartenant à Gracie. On ne peut pas avoir une chance pareille avec les serrures, et avoir ensuite la même chance avec le contenu. Mais tu as ton dossier Parfitt, n'est-ce pas ?

— Tu n'as vraiment pas regardé ? s'étonna Doug. Quelle retenue extraordinaire.

Doug ouvrit avec cérémonie le dossier, et révéla la photographie : des corps humides, des rires, des pénis.

— Doux Jésus ! s'exclama Leland. C'est Parfitt ?

— Même pas.

Miriam faisait de grands yeux éberlués, et une vieille devise traversa l'esprit de Doug – un adage selon lequel il fallait s'abstenir d'être vulgaire en présence des femmes du Sud. Mais voici ce qu'elle sortit :

— Vous savez ce qui est étrange ? Ils ne bandent même pas. Ce que je veux dire, c'est que ça n'a rien de coquin, vous me suivez ?

Leland retourna la photo.

— Merde. Vous avez vu ça ?

Il pointa le doigt vers l'écriture tout en arabesque au dos du cliché, vers l'unique mot penché et le point d'interrogation qui l'accompagnait : *Père ?*

— Quelqu'un pense que c'est son père ? Cela ne peut pas être le père de Parfitt, n'est-ce pas ? demanda Leland. La qualité de la photo évoque les années 1920 ou 1930, au moins.

Tandis que Leland et Miriam se passaient le cliché, Doug parcourut les documents contenus dans le coffre. L'acte de cession d'une voiture datant de 1954. Un contrat de mariage conclut en 1955 entre George Robert Grant et Grace Saville Devohr. Une photocopie du certificat de naissance de Gracie.

— Hé, les gars, vous lui donnez quel âge, à Gracie ?

— Soixante, répondit Leland. Peut-être cinquante-huit.

— Soixante-deux, dit Miriam. Bruce à soixante-quatre ans, et elle est de deux ans sa cadette.

— Regardez.

Il posa le certificat par terre.

— 1925. Elle a soixante-quatorze ans.

Miriam et Leland étudièrent le document en plissant les yeux, avec la même joie voyeuriste que celle avec laquelle ils avaient lorgné la photo.

— Elle a donc eu Zee à quarante ans, observa Doug. Mais Bruce pense-t-il réellement qu'elle est plus jeune que lui ?

— C'est peut-être pour ça qu'elle ne voulait pas de toi dans le grenier, dit Leland.

— C'est pour ça qu'elle a peur de se retrouver sur Internet ! s'écria Miriam. Elle ne veut pas que quelqu'un fasse le calcul !

Ils passèrent l'heure suivante à étudier soigneusement les documents de l'année 1933, et Doug trouva la confirmation la plus importante en toute fin, dans un document intitulé : « Convives confirmés, hiver 1934 », dans lequel « E. Parfitt » était listé, avec en note la mention « (4e visite) ». Bien que les dossiers ne contiennent rien qu'il puisse utiliser tout de suite, il y avait la promesse de plus. Et même si la chemise dédiée au poète ne contenait rien de significatif, le fait que les registres soient si détaillés était de bon augure pour les listes des résidents présents en même temps que lui lors de ses autres séjours. Les autres artistes avaient pu le mentionner dans leurs journaux et dans leur correspondance. Un écrivain habile n'aurait pas besoin de plus, et serait en mesure de bâtir une analyse autour de ces éléments, de parler d'influence – il suffisait juste que Doug ait de nouveau accès au reste des documents. Ils n'avaient pas verrouillé la porte du grenier, mais étaient certains que Sofia, qui était d'une rigueur implacable, s'en était déjà aperçue à l'heure qu'il était et l'avait rapporté à Gracie.

Ils commandèrent de la pizza, et Leland brancha son modem. Leur intention était de trouver Gracie, de voir ce qui circulait déjà sur la toile à son propos. Leland eut la vague idée que Doug pourrait se servir de sa véritable date de naissance à son avantage, soit en menaçant de l'exposer, soit en promettant de la protéger. Ils trouvèrent une photo de Gracie bébé, avec des boucles blondes et vêtue d'une robe blanche. Et une autre d'elle à onze ou douze ans, accompagnée de ses trois frères cadets, tous un peu grognon à côté de leur grand-père austère, Augustus. Le cliché était en effet daté de 1936. (« Mon Dieu, s'écria Miriam. Vous voyez, il est terrifiant ! Vous ne pensez pas qu'il a assassiné Violet ? » Doug : « Non, mais je comprends qu'elle ait eu envie d'en finir. » Miriam : « Je suis contente que ce soit son fantôme à elle, et pas son fantôme à lui. ») Et ensuite, suivant l'intuition de Leland, ils cherchèrent des informations sur le père de Gracie, Gamaliel, et étudièrent son visage.

— Cela pourrait très bien être lui, dit Leland.

Il tenait la photo des deux types nus à côté de l'ordinateur, et comparait l'homme d'affaires austère sur l'écran à l'homme nu à droite du cliché, celui qui riait à gorge déployée.

— C'est un drôle d'angle.

— Et on n'a pas le pénis de Gargamel en ligne, pour pouvoir comparer.

— Je n'arrive pas à imaginer comment les événements se sont enchaînés, cependant. Gracie trouve cette photo, reconnaît son père, écrit au dos de l'image, et puis, fait improbable, elle range ce cliché dans le dossier vide d'Edwin Parfitt ?

— Ou, suggéra Miriam, elle a vidé le dossier parce qu'elle savait que tu monterais au grenier. Et elle a placé ce document à la place.

— Elle me déteste à ce point ?

— Sinon, pourquoi serait-ce le seul dossier différent ? Par exemple, où se trouve la lettre validant sa venue ? Son dossier de candidature ?

Ils étudièrent un peu plus la photo de Gamaliel sur l'ordinateur. Il était plus âgé, mais ce pouvait être son menton, les oreilles étaient plausibles. Doug se souvint du jeu dans l'album photos des Terminales qui consistait à associer un bébé à un jeune de dix-huit ans. Il se rappelait que cela avait été impossible, hormis pour le seul élève asiatique. Impossible d'identifier les gens qui avaient été tout votre monde pendant quatre ans.

Il se faisait tard, mais il y avait d'autres sujets à aborder : Comment remettre le coffre dans le grenier, par exemple, avant que Gracie ne s'aperçoive de sa disparition. Comment récupérer les autres dossiers.

— Écoute, tu n'es plus obligé d'agir en douce, dit Leland. Tu n'es plus obligé de faire comme si tu n'avais pas commis de délit. Tu peux abattre tes cartes.

— J'ignorais que j'avais des cartes en main.

— Et pourtant, si. Tu as des outils, au moins. Tu connais l'âge réel de Gracie. Tu sais que son père s'est peut-être, ou pas, baigné à poil avec un homme.

— Nous savons que soit elle déteste Doug, soit elle ne veut pas qu'il écrive au sujet de Laurelfield, fit remarquer Miriam.

— Ça nous fait une belle jambe, lança Leland.

— Tu sais ce qu'elle te dit la belle jambe ?

Il la bombarda avec de la croûte de pizza.

— Et nous connaissons ses plus grandes peurs, ajouta Doug. Que le 31 sonne la fin de la civilisation, ou bien que cela ne se produise pas, mais qu'Internet survive.

Miriam hocha doucement la tête.

— Ça suffit, n'est-ce pas ? Ça suffit pour diriger le monde. Connaître les peurs des gens.

36

(L'air entre
nos corps

Les kilomètres entre
l'intention
et l'acte

Les fenêtres, éclipses, oublis, portes,
ratés et pertes et rêves à moitié endormis

L'espace qui s'amenuise entre maintenant
Et la fin du siècle

Ici
Sous la pierre
Par-dessus bord

Je raconterai
les secrets que j'ai vus :
Les fantômes vivent
dans l'espace entre)

37

Le 31 décembre, Zee et Doug marchèrent jusqu'à la grande maison, les bras chargés de cadeaux en retard. Ils avaient passé Noël chez la mère de Doug en Pennsylvanie, et là-bas, parmi les monceaux de figurines et les murs tachés de fumée, Zee s'était presque sentie à nouveau normale. Ils avaient mangé du ragoût pendant quatre jours d'affilée, et aidé à installer des fenêtres anti-tempête. Cela ne ressemblait ni à un retour à la stabilité ni même à des vacances, mais plutôt à un sursis. Ils devaient rentrer à Laurelfield pour affronter leur vie, leur mariage et la fin du millénaire. Autant d'éléments explosifs.

Gracie avait décrété que le millénaire s'assortirait d'un Noël tardif, et que tous les cadeaux devaient être emballés dans du papier bleu et argenté afin que Miriam se sente plus à l'aise. (« Je ne comprends pas », avait dit Doug, ce à quoi Zee avait répondu : « Parce qu'elle est juive. Ma mère est une idiote. » « Miriam est juive ? » Et lorsqu'elle l'avait dévisagé d'un air incrédule, Doug avait ajouté : « Je crois que je la voyais juste comme une Texane. » « Pourquoi, y a pas de Juifs au Texas ? » « C'est pas ça. Plutôt : les Texans, faut pas les chercher. Comme si cela annulait tout le reste. Je ne sais pas. » Et Zee l'avait scruté en essayant de comprendre s'il était vraiment aussi nul, ou s'il pensait devoir faire semblant, au point où ils en étaient, de ne presque pas connaître Miriam. Elle avait envie de lui dire qu'il était inutile de se donner autant de mal.)

Ils se réunirent autour du sapin dans le salon. Case et Miriam étaient en jean, une tenue bien trop décontractée. Case avait encore sa botte, mais au moins, son visage avait retrouvé sa forme normale. Le hâle doré avec lequel il était arrivé cet été s'était estompé depuis longtemps, et avait été remplacé par un gris maladif. Sofia n'était pas là, et la nourriture qu'elle avait préparée la veille chauffait déjà dans le four.

Des lampes torches et des lampes à huile étaient alignées sur le buffet dans l'attente de minuit, et dans la cuisine, il y avait des boîtes remplies de nourriture, d'aspirine, d'allumettes, de piles, de vitamine C et de papier toilette, ainsi que des bombonnes d'eau et un réchaud à kérosène. Bruce n'arrêtait pas de regarder sa montre. Il n'était que dix-huit heures trente, mais à chaque nouveau tour de cadran, il allumait la télévision pour voir où en étaient la marche du temps et le désastre potentiel. Les unes après les autres, les villes survivaient. L'électricité était toujours là à Pékin, New Dehli, Moscou et Paris. Bruce était désormais convaincu que les vrais ennuis ne commenceraient pas avant que minuit ne frappe la côte est des États-Unis, et c'est donc ce qu'ils attendaient : vingt-trois heures, heure centrale, quand la boule de Times Square tomberait, et avec elle, vraisemblablement, l'humanité.

Miriam, telle un elfe souple, allait et venait pour distribuer les cadeaux. Pour Bruce, un livre sur l'agriculture de subsistance. Pour Gracie, un porte-toast désuet. Lorsque Miriam ouvrit le cadeau que Doug lui avait fait, Zee manqua de s'étouffer : un sac transparent rempli de verre poli par la mer, bleu, vert et cuivré. Il lui avait sans doute fallu des semaines sur la plage glaciale pour en collecter autant.

— Je sais ce que je peux en faire ! s'exclama Miriam.

Elle voulait parler de la chose monstrueuse sur le panneau dans la cuisine, les motifs vertigineux qu'elle posait centimètre par centimètre dans du mortier humide, préférable à ses autres mosaïques car au moins cette œuvre se composait de carrelage et de verre et non de détritus. Case offrit du chocolat à tout le monde. Miriam commença à ouvrir le cadeau de Zee, qui était réellement abominable. Trois jours auparavant, Zee était retournée au bureau et avait récupéré le barillet du pistolet. C'était une antiquité, en quelque sorte. C'était aussi un non-cadeau. C'était, très littéralement, une menace en l'air de violence.

Mais Miriam ne sembla pas alarmée.

— C'est incroyable !

— Je me suis dit que cela pourrait te servir de porte-stylos.

— Ça m'a l'air ancien. J'adore.

Zee était chagrinée que personne n'ait demandé ce que c'était. Même sa mère, après un bref instant de silence, lança :

— Zilla, où diable as-tu trouvé une chose pareille ?

— Boston, mentit Zee.

Il y eut des kits de survie de la part de Bruce, des pulls de la part de Gracie, un recueil de poèmes de Marianne Moore pour Doug de la part de Miriam, avec une inscription bizarre : *pour des promenades sous ces pins titanesques.* Doug rosit. Il sourit à ses chaussures.

Et à ce moment-là – comme si c'était Zee qui l'avait elle-même provoqué, comme si sa rage avait volé à travers le salon –, la fenêtre derrière l'arbre se brisa, et un million d'éclats de verre se mirent à pleuvoir. Ceux-ci tombèrent encore et encore, comme le son d'un xylophone, jusqu'à ce qu'il ne reste plus rien, uniquement un rectangle de nuit et de vent glacial. Gracie cessa de crier, et ils allèrent tous se réfugier à l'autre bout de la pièce. Miriam avait une coupure au bras, et Doug au sourcil, mais rien de méchant. Bruce consulta sa montre (il n'était que dix-neuf heures quinze, l'apocalypse n'était pas pour tout de suite), prit un tisonnier, et sortit dans le jardin s'assurer qu'il ne s'agissait pas d'une pierre qu'on avait jetée – mais ils savaient que ce n'était pas le cas à la façon qu'avait eu la vitre de se désintégrer avec autant de grâce, de partout en même temps. Gracie courut éteindre l'alarme.

Pendant le reste de la soirée, ils se déplacèrent tous avec précaution, au cas où une autre vitre volerait en éclats. Après le dîner, Zee débarrassa la table et retourna discrètement dans le salon. Bruce avait scotché une couverture sur la fenêtre, mais l'air glacial s'infiltrait malgré tout. Elle versa de la vodka pure dans sa tasse de thé et laissa le sachet se diffuser et colorer le liquide en doré. Elle se moquait bien du goût que cela avait. Bruce se retira dans son bureau pour regarder le Nouvel An frapper les îles de l'Atlantique qui avaient trois heures d'avance sur eux. Gracie était debout dans la cuisine, classant d'un air absent le courrier de la veille, jetant à la poubelle une carte de Noël tardive que lui adressait la famille éloignée de Toronto.

— Je ne sais pas pourquoi ils persistent à envoyer ce genre de chose, pesta-t-elle.

Dans la salle à manger, Miriam était au-dessus de la chaise de Doug et inspectait ses sourcils. Ses petits seins étaient à quelques centimètres de sa bouche.

— J'ai peur qu'il reste encore un éclat, dit-elle.

Zee fit semblant de lire le *Tribune* de Bruce, puis retourna avec sa tasse de thé vide dans le salon obscur. Elle avait déjà commencé à se servir quand elle remarqua Case qui se tenait debout sans rien dire avec ses béquilles, à côté de la vitre pulvérisée. Sans l'effet anesthésiant de l'alcool, elle aurait poussé un cri.

— Je te sers un verre ? proposa-t-elle.

Le visage de Case était ravagé, creusé, tout en orbites et pommettes. Difficile de se souvenir de son sourire narquois permanent de jadis.

Elle tenta de nouveau.

— Case, je suis désolée pour tout ça. Tu n'as pas eu la chance de ton côté. Personne ne mérite un tel sort.

— Tu sais ce qui est marrant ?

Elle secoua la tête.

— Dès que quelqu'un prononce le mot « chance », on sait que la chance n'est plus vraiment le sujet. Si c'était une histoire de chance, la pièce de monnaie tomberait côté face la moitié du temps. Pas vrai ? Cela serait équilibré.

— Mais ce n'est jamais le cas.

— Je pense juste que « chance » n'est pas le bon terme. Quand nous prenons vraiment la peine de parler de chance, nous voulons dire qu'il y a eu tout un enchaînement de bonnes choses ou un enchaînement de mauvaises choses. Par exemple, la pièce de monnaie qui n'arrête pas de tomber côté face.

— Alors peut-être que nous voulons parler de destin.

— Tu es au courant pour elle, pas vrai ? Tu es au courant pour elle.

— Oh, Case !

C'était terrible. Elle n'avait vraiment pas pris la peine de réfléchir à lui dans toute cette histoire. C'était plus dur pour lui que pour elle, car ça se passait devant lui, qui était toute la journée à la maison, sans emploi.

— Oui, je suis au courant. Case, je suis désolée. Je... tout le monde s'en sortira.

Elle lui apporta un verre de vodka, qu'il prit et tint comme s'il ignorait ce que c'était.

— Elle a posé un doigt sur mes lèvres, poursuivit Case.

Il tendit un doigt et le pressa tout contre la bouche de Zee avant qu'elle ait pu bouger, avant même qu'elle ait pu se rendre compte de ses paroles. Ses yeux étaient hagards et verts, fixés sur les siens. Zee prit sa main aussi doucement qu'elle le put et la détacha de son visage.

— Et tu l'as vue aussi, je le sais. Elle te rend visite à toi aussi.

Zee regretta le brouillard d'alcool qui ne lui permettait pas vraiment de changer de paradigme. Il ne pouvait pas être en train de lui parler de Miriam, n'est-ce pas ? On avait l'impression qu'il allait pleurer, pleurer pour de vrai.

— Tu parles de Violet ?

Il haussa les épaules, humilié, et ne répondit pas.

— Case, je pense qu'il faut que tu voies un médecin. Cette maison peut taper sur les nerfs des gens, mais non, je n'ai pas vu... pas littéralement. Pas de cette façon.

Il était dévasté, elle le voyait bien. Cela avait été certainement très difficile de formuler tout cela, mais il s'était attendu à ce qu'elle comprenne, à une sorte de validation de sa part.

— Cet endroit ne veut pas de moi. Il me rejette. Comme un organe transplanté.

— Tu ne devrais pas être ici. Tu devrais rentrer au Texas.

Zee prononça ces mots uniquement parce qu'elle était inquiète, elle ne se souvint qu'après-coup que c'était ce qu'elle avait toujours voulu.

Il clignait des yeux en regardant sa vodka.

— Miriam ne partira pas. Elle n'a jamais été aussi heureuse que maintenant. Son travail n'a jamais été aussi bon.

Elle aurait aimé lui dire que ce n'était pas la maison, que Miriam n'était heureuse que parce qu'elle était amoureuse de

Doug, et que c'était un bonheur d'un mauvais genre. Mais elle ne pouvait pas lui infliger ça maintenant.

— Demain, si ce n'est pas la fin du monde. Bruce vous prêtera de l'argent, hein ? Rentre chez toi et requinque-toi.

Mais Gracie était dans l'encadrement de la porte.

— Ah, vous voilà ! s'exclama-t-elle.

Elle demanda ensuite qui était partant pour faire un tour de Chevy 57 avec Bruce avant que « les rues soient trop dangereuses ».

Case accepta, tendit à Zee la vodka et quitta la pièce telle une marionnette désarticulée. Zee retourna dans la salle à manger où se trouvaient encore Miriam et Doug. Leurs chuchotements cessèrent dès qu'elle apparut. Mais elle n'était pas là pour eux, quel dommage qu'ils ne le sachent pas. Elle se rendit jusqu'au mur du fond, jusqu'au portrait de Violet. Si l'artiste avait eu moins de talent, son arrière-grand-mère aurait pu demeurer aussi plate et sans intérêt que n'importe quel ancêtre. Au lieu de quoi, sa peau rayonnait et sa bouche hésitait à bouger de manière infime, comme si elle était sur le point de dire quelque chose qu'elle avait gardé pour elle ces cent dernières années. Zee essaya de regarder Violet dans les yeux, mais Violet regardait toujours ailleurs.

C'était frustrant. Parce que (et peut-être n'était-ce que la vodka) Zee avait besoin de ce moment de communication silencieuse. Elle avait une question pour Violet aujourd'hui, une hypothèse qu'elle voulait vérifier de la façon la moins scientifique qui soit. *Ce n'est même pas toi le fantôme, n'est-ce pas ?* souhaitait-elle demander. *Quelque chose t'a rendue folle dans cette maison, et cette même chose est en train de tuer Case et de me rendre folle. Tout le monde dans cette maison est fou. Et regarde la vitre pulvérisée, le lierre étrangleur. Ce n'est pas toi. Voilà pourquoi en Pennsylvanie, j'étais bien. Cette maison a un problème. Quelque chose est cassé. Les choses ne fonctionnent pas normalement ici.* (Si le semestre n'était pas terminé, elle aurait soumis l'idée en cours : pas une maison hantée, une maison qui vous hante.)

Mais Violet évitait son regard.

38

À vingt-deux heures trente, ragaillardi par le bourbon, Doug demanda à Gracie s'il pouvait lui parler dans le jardin d'hiver. Celle-ci carburait au champagne depuis dix-huit heures, et Miriam s'était assurée de la resservir dès que sa coupe était à moitié vide, jusqu'à ce que, l'œil vitreux, elle ait du mal à tenir debout. Miriam faisait obstruction, s'assurant que tout le monde restait bien au chaud dans le salon, où la télé retransmettait les célébrations depuis la ligne de changement de date et des points situés à l'ouest de celle-ci. Doug et Gracie étaient assis sur le long canapé blanc.

— J'ai une proposition pour vous. Une bonne proposition, dit Doug.

Elle paraissait sceptique.

— Si c'est au sujet de votre situation professionnelle, je ne peux faire plus, répondit-elle.

— Non, c'est... Je crois que vous savez que je suis allé dans le grenier.

Les mains de Gracie voletèrent jusqu'à son front.

— Je n'aurais pas dû, je sais, mais je vous en prie, il faut que vous compreniez à quel point tout ceci est important pour moi. Ces archives constituent le cœur-même de mon livre. Mais j'y reviendrai.

Il enfonça ses poings dans ses genoux.

— Quand j'étais là-haut, je suis aussi tombé, vraiment par accident, sur des documents personnels vous appartenant.

— Oh, Douglas.

Gracie se mit à chercher sa coupe de champagne. Doug la trouva par terre et la lui tendit.

— Et j'ai compris certaines choses. Je veux vous aider. En échange… Enfin, je sais qu'Internet vous rend nerveuse. J'ai vérifié, et c'est déjà sur la toile. Ça dit que vous avez soixante-quatorze ans. Nous ne pouvons pas changer ce qui y circule déjà. Mais si c'est important pour vous, il existe des moyens de créer des chronologies alternatives, de les mettre en circulation, de brouiller les pistes. J'ai un ami qui fait des trucs sur Internet. Je veux vous aider. Vraiment.

Gracie s'adossa au canapé, les yeux clos. Elle semblait pâle – des ridules sur sa peau semblable à du papier de soie, soudain grise car drainée de son sang –, et Doug sentit qu'il aurait fallu qu'il prenne soin d'elle, qu'il aille lui chercher une couverture, au lieu de la tourmenter de la sorte. Mais elle se redressa alors et se pencha vers lui. Elle tapota sa jambe.

— Douglas, vous êtes intelligent. Et moi, je le suis plus que j'en ai l'air. Je veux que vous le sachiez.

— Je suis certain que nous pouvons trouver un accord raisonnable.

Il était bien content que ni Miriam ni Leland ne soient là pour entendre à quel point ses propos étaient ridicules.

— Ces documents ne sont qu'une fumisterie. Les gens fortunés comme nous ont parfois besoin d'autres papiers. Des papiers alternatifs.

— Mais cela serait illégal.

— Pas du tout. Bruce s'y connaît là-dedans, et il a des amis avocats.

— Gracie. Je vous parle de documents anciens. Qui datent de bien avant votre rencontre avec Bruce.

Miriam lui avait conseillé de se contenter de faire plier Gracie du regard s'il était perdu. Il pressa ses pouces entre eux et la regarda droit dans les yeux. Elle émit un rire aigu, comme le bruit d'une tasse de thé heurtant le sol.

— Bien. Êtes-vous en train d'essayer de me demander de l'argent, Douglas ? Vous n'avez jamais été direct.

— Je veux juste les dossiers relatifs à la colonie.

— Quels dossiers ?

Avec toute la conviction qu'il put rassembler et avec une pointe de menace qui le surprit lui-même lorsqu'il l'entendit, il répondit :

— Les dossiers Parfitt. Vous savez exactement de quoi je parle car c'est vous qui les avez remplacés.

Gracie semblait désormais furieuse, ce qui, à défaut d'un aveu, était au moins une évolution.

— J'ignore de quoi vous parlez au juste. Je les aurais *remplacés* !

— Je suis allé chercher ces documents, et au lieu de ce que j'aurais dû trouver...

— Douglas, j'ai toujours été bonne envers vous.

— Et c'est pour cette raison que je sais que nous pouvons nous aider mutuellement.

— Qu'avez-vous trouvé précisément ?

Inconvénient de l'excès de champagne de Gracie : son expression était devenue difficile à déchiffrer. Il ne voulait pas la fâcher davantage en sous-entendant que son père était gay, alors il tâcha de verbaliser prudemment les choses.

— J'ai découvert... enfin, vous devez savoir. C'était ces deux personnes qui... j'ignore de qui il s'agissait exactement. Deux personnes, ici, dans cette maison. En train de faire quelque chose de très étrange, de tout sauf orthodoxe. Vous voyez de quoi je parle. Et je vous en prie, ne me mentez pas.

Gracie prit une si grande inspiration que Doug s'inquiéta pour ses côtes.

— C'est bientôt la fin du monde, n'est-ce pas ? D'une manière ou d'une autre.

Elle était si petite à l'autre bout du canapé. Elle se tut pendant un long moment, et Doug se demanda si, après tout, la question n'était pas rhétorique. Et puis elle dit :

— Mais vous devez comprendre qu'il était inutile de prévenir la police. Douglas, il y avait une trace de rouge à lèvres sur la moitié du corsage de sa robe. C'est vous dire si sa nuque était brisée. La voiture ressemblait à un accordéon.

Doug avait le sentiment atroce qu'il avait sauté dans le mauvais terrier à lapins, que la perspective d'Edwin Parfitt s'éloignait de plus en plus de lui au fur et à mesure de sa chute.

— Oh, dit-il.

Ce fut tout ce qui lui vint à l'esprit.

— C'est la pire chose que j'aie vue de ma vie, poursuivit-elle.

Elle pleurait, se rendit-il compte avec horreur. Ses yeux étaient roses. Lui-même avait l'impression de faire de l'hyperventilation, et ce n'était que sa propre confusion qui le maintenait cloué au canapé, qui l'empêchait de se briser à la mention du rouge à lèvres et de l'accordéon.

— Mais vous savez, n'est-ce pas, qu'il s'agissait d'un accident. J'en mourrais, si vous pensiez le contraire. Max ne l'aurait jamais laissé prendre la voiture s'il savait que Grace était à bord. Il n'a pas répondu quand le téléphone a sonné – il ne voulait pas décrocher –, mais il ignorait que c'était elle.

Doug avait dans sa poche une serviette en papier qu'il déplia et lui tendit tout en essayant de se repasser ces dernières phrases, de deviner si le fait de parler d'elle-même à la troisième personne était une fioriture rhétorique ou un signe de dépression nerveuse.

Il dit bêtement, ou peut-être avec brio :

— Max ne l'aurait pas laissé faire. S'il avait su que Gracie était à bord. Dans la voiture.

— Elle a toujours été Grace. Oh, elle a été idiote. Personne ne divorçait en 1955, mais il n'empêche, je me souviens avoir pensé que quelque chose ne tournait pas rond chez elle pour ne pas le quitter. Il était affreux. C'était un être affreux.

Si seulement Leland lui parlait dans une oreillette, lui disait quoi faire, pensa Doug.

— Comment ça ? parvint-il à demander.

— Oh, vous savez, un ivrogne.

Gracie pleurait encore, mais il y avait désormais une pointe de commérage dans sa voix, une pointe méchante. Elle parlait vite.

— C'est pour cette raison que la famille les a laissés seuls ici. Ils ne sont jamais venus voir comment elle allait. Pas une seule fois. Ils sont morts peu de temps après – le père, et ensuite la mère, quelques années plus tard –, et ses frères n'en avaient rien à fiche d'elle. Mais Douglas, cette famille ! Ils nous ont simplifié la tâche, en ne s'inquiétant pas. La moitié du temps, elle cachait un œil au beurre noir. Il a essayé sur moi, mais moi, je savais m'y prendre avec lui. Les ivrognes, je connaissais. Mon père était en prison, Douglas. Vous imaginez ? George n'a jamais osé lever la main sur moi.

George était le père de Zee, l'homme doux qui prenait le train une fois par mois avec sa fille pour l'emmener à l'Art Institute. Doug savait qu'il avait eu un problème d'alcool, mais n'avait jamais eu vent du moindre geste violent. Et le père de Gracie avait peut-être en effet été en prison une ou deux fois – les Devohr ne quittaient jamais pour longtemps la rubrique cancans à cette époque –, mais tout cela, mis bout à bout, ne rimait à rien. Hidalgo fit son entrée et enfonça son museau dans l'entrejambe de Doug.

— Et qu'aurions-nous fait, si nous n'étions pas restés ? La famille serait venue et aurait recouvert les meubles de draps blancs. Ils n'auraient pas été pressés de vendre. Nous aurions été obligés de nous en aller. Et Max serait mort. Cela l'aurait tué de partir, je le pense sincèrement. C'était un vrai gentleman. Vous auriez dû voir comment il feuilletait son journal. Il prenait le coin entre son index et son pouce et tournait la page. Tous les gens que je connaissais à l'époque tournaient les pages avec leur paume, comme s'ils s'essuyaient. Notre relation n'était pas de nature amoureuse. Mais elle valait mieux que bien des relations, et Zilla, c'est quelque chose. Nous la désirions tellement. Elle est née dix ans plus tard, exactement. J'ai toujours pris ça pour un signe. Dix ans.

Doug essaya de se souvenir s'il avait déjà entendu parler de quelqu'un qui s'appelait Max. Il parvint à repousser Hidalgo et à maintenir ses genoux fermés pour prévenir d'autres attaques.

— Qui d'autre est au courant de l'affaire ? demanda-t-il.

Comme si lui-même était au courant de ladite affaire, comprenait la situation, ou avait conscience que c'était en partie un bobard.

Gracie secoua la tête. Elle regardait un point à côté du visage de Doug, mais pas Doug.

— Max, jusqu'à sa mort. Je suppose que le jardinier était au courant. J'ai toujours pensé que Max lui avait graissé la patte, mais j'ai dit que je ne voulais pas y prendre part. Le trou pour la serre était déjà creusé. En revanche, le ciment n'avait pas encore été coulé. Alors tout cela a été fait le lendemain, juste

Max et le jardinier. Je me suis cachée à l'étage, mais j'entendais les brouettes qui crissaient sur l'allée menant à la grande maison. Les *brouettes.*

Elle couvrit son nez et sa bouche avec ses mains et ferma les yeux. Pour elle, le bruit des brouettes était visiblement le pire dans cette histoire.

— Et il a renvoyé tous les autres employés. En leur donnant de généreux pourboires, bien entendu. Plus d'argent qu'ils n'en avaient jamais vu. Et il a embauché de nouvelles têtes.

Le visage de Miriam apparut dans l'embrasure de la porte à cet instant précis. Si elle avait capté quelque chose de leur échange, cela n'était que cette dernière phrase.

— Vingt-deux heures cinquante-cinq. Cinq minutes avant la fin du monde, à l'est.

— Nous avons presque terminé, dit Doug, qui ne savait cependant pas si c'était vrai.

Miriam leva un sourcil – le visage de Doug devait paraître aussi terreux qu'il en avait l'impression –, et s'esquiva.

— Il faut que vous sachiez que cela n'a pas été facile, Douglas. Surtout au début. Les recherches que nous avons dû mener, les endroits que nous avons dû éviter. Le fait qu'elle ne se soit jamais montrée en ville nous a aidés, tout comme le fait qu'ils n'aient été ici que quelques mois. Ces lunettes ridicules. Et lui était toujours fourré à Highwood, où il buvait. Ils ne se ressemblaient pas du tout. George et Max. Mais finalement, cela n'a pas eu la moindre importance. Les gens voient ce qu'ils s'attendent à voir. Et quant au reste, tout peut s'arranger avec de l'argent. Il n'empêche, si vous croyez que mon cœur ne s'est pas arrêté un millier de fois. Et nous l'avons parfois échappé belle, les soirées où il y avait quelqu'un de Toronto et où j'étais obligée de feindre un malaise et de partir. Cela m'a volé des années de ma vie.

Doug prit un risque.

— Donc, c'est sous la serre.

Il ignorait à quoi il faisait référence, mais il restait une lointaine possibilité pour que cela ait un rapport avec Parfitt. Sinon, pourquoi les dossiers manquants ? Il jeta un coup d'œil par-dessus son épaule à la porte coulissante qui séparait le jardin d'hiver de la serre. Il y aperçut quelques géraniums qui profitaient de la lumière intérieure.

— Oui. Tous les deux. Mon Dieu. Si vous cherchez les vrais fantômes de cette maison, ce sont ces deux-là, pas cette pauvre vieille Violet.

— Ces deux-là, c'est-à-dire...

— Ce sont eux qui ont fait voler en éclats cette fenêtre, vous savez. Ce n'est pas la première fois.

Mais Bruce se tenait devant la porte, et agitait la main avec urgence.

— Allez ! cria-t-il. C'est maintenant !

Tandis qu'ils le suivaient à la hâte dans le couloir, Doug se rendit compte qu'il n'avait pas obtenu une seule réponse au sujet de Parfitt. Il ne comprenait pas ce que Gracie avait dit, mais il la croyait. Simplement, il n'avait pas la moindre idée de ce qu'il était censé croire. Ignorait quels ingrédients il venait d'avaler. Il avait envie de ramener Gracie de force dans le jardin d'hiver et de fermer la porte derrière eux, de lui poser cinquante questions supplémentaires, mais d'abord, il fallait voir si c'était la fin du monde. Il était moins convaincu qu'une heure auparavant que celui-ci survivrait.

Zee, Miriam et Case, assis sur le canapé en cuir, regardaient Dick Clark et les masses avinées à Times Square. Personne à l'écran ne paraissait particulièrement paniqué. Ils sautaient partout dans le froid, embrassaient des inconnus.

Doug, Bruce et Gracie restèrent debout, les mains posées sur le dos du canapé, se préparant à un impact.

La boule descendit, et la fin du monde ne se produisit pas.

Le président Clinton s'adressa à la nation. Il y eut de la musique, des demandes en mariage à foison, et après des annonces rassurantes sur l'absence de catastrophe nucléaire, la chaîne passa le relais à l'équipe de Chicago, et aux quarante minutes tristement décevantes à remplir avant minuit, heure centrale, depuis une salle de bal remplie de ballons de baudruche.

— On est toujours là, constata Case.

Quelque chose de bizarre dans sa voix, comme s'il n'était pas entièrement sûr du fait. Ou comme s'il était déçu d'être toujours en vie, toujours sur le canapé, que les lumières soient toujours allumées.

Bruce baissa le volume et parla pour la première fois.

— Eh bien, on ne sait jamais, dit-il.

Sa voix était voilée.

— On ne sait jamais ce qui pourrait encore se passer. Mais ça m'a tout l'air d'un gros tas de conneries, non ? Il y a semble-t-il une bonne dose de folie humaine, ici, ce soir.

— Cela ne peut pas faire de mal d'être préparé, le consola Gracie.

— Et les choses que nous avons achetées – la voiture, la nourriture, l'eau –, tout cela n'est pas inutile. J'ai toujours voulu cette Chevrolet, toute ma vie.

Ils hochèrent la tête. Doug craignait que Bruce se mette à pleurer. Ce serait la goutte de trop ce soir.

— Et vous savez quoi encore ? Nous avons perdu de vue quelque chose, avec ces conneries d'an 2000, avec tout ce cauchemar informatique. Nous oublions que c'est la fin d'un siècle. Le pire siècle, il me semble, de toute l'histoire de l'humanité. Hitler, Staline, le génocide, la pire guerre en, quoi, un million d'années de vie humaine sur cette planète.

— Mais il y a eu beaucoup de bonnes choses aussi, intervint Miriam.

Zee se tourna pour lui faire face.

— Ah ? Comme quoi ?

— La pénicilline ? Et l'art. Georgia O'Keeffe, par exemple. Et le jazz, et les films ! Et les avions. Tout ça.

— C'est l'anniversaire de cette maison, dit Gracie. Vous le saviez ? Cette maison a maintenant cent ans.

— Je ne pense pas qu'ils l'aient bâtie le jour de l'An, maman.

— Ils ont commencé à la construire en 1900 !

— Qu'en pensez-vous, Doug ?

La voix de Bruce était un peu bizarre, un peu trop sonore. Il posa son rhum bruyamment et défit son col.

— C'est vous, l'écrivain, ici. Le XXe siècle a-t-il été une comédie, ou une tragédie ?

— Ou une tragi-comédie, proposa Zee.

— Je ne sais pas, répondit Doug.

Il pensait encore à Gracie, et n'était pas certain d'être capable de former une phrase cohérente.

— Eh bien, moi, je pense que ça a été une tragédie. Une tragédie absolue et sinistre. Tout ce fichu siècle aurait eu bien plus de sens s'il s'était déroulé à rebours. La fin est pire que le début.

— C'était peut-être une histoire d'amour, dit Miriam.

Doug était tellement occupé à regarder Zee ricaner des propos de Miriam qu'il ne vit pas Bruce s'effondrer sur le sol à côté de lui. Il entendit Gracie hurler, et aperçut alors Bruce, le bras droit qui s'agitait, le visage pâle et humide.

Case se précipita vers le téléphone, et pendant les cinq minutes qu'il fallut à l'ambulance pour arriver sur place, Gracie n'arrêta pas de crier qu'il fallait que quelqu'un fasse le RCP, et Zee n'arrêta pas d'expliquer calmement qu'on ne pouvait pratiquer le RCP que sur quelqu'un qui était mort, ce qui n'était pas le cas de Bruce.

Doug contrôla régulièrement son pouls, qui était faible mais constant, et essaya de se souvenir des autres connaissances médicales qu'on lui avait enseignées en 1985, lors de sa formation d'animateur de colonie de vacances YMCA. Hidalgo courait en décrivant des cercles et en aboyant.

Miriam parvint à ouvrir les portes verrouillées à triple tour pour faire entrer les secouristes, et alors que ceux-ci transportaient le brancard dans la maison, Hidalgo ne cessa de se précipiter dessus avec ses pattes avant, jusqu'à ce que l'un des hommes l'envoie valdinguer en lui donnant un coup de genou dans le sternum. Bruce était dans un état stationnaire quand ils le transportèrent dehors. Il était conscient, sa respiration était sifflante, et il essayait de soulever la tête.

Gracie l'accompagna dans l'ambulance. Une fois qu'elle eut franchi le seuil, Doug suggéra que Zee conduise la voiture de Gracie avec Case, pendant que lui et Miriam suivraient en Subaru.

— Quelqu'un doit mettre Hidalgo dans sa cage, dit-il.

Cette tâche nécessiterait vingt minutes de graissage de patte et de lutte, et mobiliserait au moins deux personnes.

— Nous viendrons tout de suite après.

Zee lui décocha un regard cinglant qu'il fut incapable de vraiment interpréter, mais elle prit Case par le coude et le guida à l'extérieur de la maison.

Miriam leva la main pour montrer qu'elle tremblait. Si elle avait été plus proche de son beau-père, Doug aurait attendu, mais il était incapable de se retenir.

— Tu ne vas pas me croire, dit-il.

Tandis qu'ils éteignaient la télévision (moins sept minutes avant minuit) et les lumières, semaient des friandises pour chien jusqu'à la niche d'Hidalgo dans l'entrée, Doug répéta ce qu'il put. Il savait qu'il oubliait des détails, et lui parla au moins trois fois de l'homme prénommé Max et de sa façon de tourner les pages de son journal.

— J'étais complètement happé par son récit. J'étais incapable de réfléchir. Tu t'en serais mieux sortie que moi. N'importe qui s'en serait mieux sorti.

Miriam décrivait des cercles, tâchant d'attraper le collier rouge en cuir du chien.

— Donc, grosso modo, son histoire, c'est qu'elle ne peut pas avoir soixante-quatorze ans parce qu'en fait, elle est quelqu'un d'autre.

— Je crois que c'est grosso modo l'idée. Elle n'a pas arrêté de parler de « Grace » comme s'il ne s'agissait pas d'elle. Donc, supposément, Grace est morte, il me semble… Dans l'accident. Et quelqu'un d'autre est mort aussi. Je ne sais pas si elle a dit que c'était George, mais c'est ce que j'ai compris. Elle a parlé de 1955.

— Hum, c'est le principe d'un bon mensonge. On en balance un gros, et ensuite, on brode avec des détails. Hidalgo ! Assis ! Hidalgo !

— Ok. Alors tu… penses qu'elle mentait.

— Elle t'a donné une excuse pour les papiers, et quand tu ne l'as pas crue, elle t'en a donné une autre, pleine de larmes et de mélodrame. Elle ne t'a rien dit au sujet des dossiers.

Doug se sentit complètement idiot. Il était devenu une espèce de téléspectateur abruti, aspiré par un feuilleton et trop distrait par l'amnésie, l'identité volée et les fantômes pour se rendre compte qu'il venait de voir cinq pubs pour lessive. Gracie l'avait prévenu, pourtant, non ? Elle lui avait dit qu'elle était plus intelligente qu'il n'y paraissait. Mais non, c'était vrai. Cela lui avait semblé vrai.

— Elle pleurait. Je ne saurais pas l'expliquer. Ce n'était pas comme si elle inventait quelque chose. Elle lâchait quelque chose.

Doug parvint à chevaucher Hidalgo pendant une seconde, mais l'instant d'après, il se prenait le mur, et le chien cavalait de nouveau en rond comme un fou.

— C'est insensé. Je veux dire, à bien des égards. Pas une seule personne dans toute la ville ne s'est rendu compte qu'ils n'étaient pas les vrais Grant ? Pas un seul membre de la famille n'a soupçonné que quelque chose clochait ?

— Je n'ai pas bien raconté cette partie de l'histoire. La femme, Grace, avait tout le temps un œil au beurre noir parce que son mari la battait, et il était toujours fourré dehors à picoler. Alors ils n'allaient pas en ville. Et la famille ne leur rendait pas visite.

Doug ne savait pas trop s'il défendait l'histoire de Gracie, ou seulement sa propre crédulité, aussi fragile soit-elle.

— Je n'y crois pas. Hidalgo ! Un petit pain !

Si Miriam n'y croyait pas, *Miriam*, qui croyait que les maisons avaient une âme, qui n'écrivait à personne lorsque Mercure était en phase rétrograde, fallait-il qu'il soit l'homme le plus naïf au monde ? Mais son récit comportait des failles. Comme à son habitude. Il avait procédé à des changements non requis dans le monde de l'histoire.

En un geste rapide de ninja, Miriam glissa ses doigts dans le collier d'Hidalgo et tira jusqu'à ce qu'il se retrouve, stupéfait et gémissant, dans sa niche.

— Impressionnant, dit Doug.

Il consulta sa montre.

— En fait, c'était officiellement le meilleur numéro de dressage canin du XXIe siècle.

— Du millénaire ! s'exclama Miriam. Bonne année.

Ils restèrent un bon moment avec Zee dans la salle d'attente des urgences, à regarder Ricky Martin tournoyer muettement sur le téléviseur au-dessus de leurs têtes. Case sortit de l'unité de soins intensifs à deux heures et demie et les y guida, des chaises étaient alignées au bout du couloir. Un endroit où les gens recevaient de mauvaises nouvelles. Gracie était assise sur l'une de ces chaises, les jambes croisées au niveau des chevilles, agrippant son sac à main sur ses genoux.

— Son état est toujours stable, dit-elle. Il a fait un grave infarctus. Très dramatique, n'est-ce pas ? Mais ils disposent des meilleurs médecins ici. Bruce et moi sommes un soutien financier important de cet hôpital, et pas pour rien. Douglas va m'aider à chercher du café maintenant, parce que vu mon état de nerfs, je risque de tout renverser.

Elle lui donna le bras jusqu'au bout du couloir. Une fois à l'angle, elle s'arrêta et empoigna ses épaules. Elle était d'une sobriété tranchante.

— Il va sans dire que les informations qui ont circulé entre nous étaient de nature confidentielle.

Doug craignit un instant qu'elle ait deviné ce qu'il avait raconté à Miriam. Mais non, ce n'était qu'un avertissement.

— Vous savez où réside votre intérêt. Si cette information en venait à fuiter ne serait-ce qu'un peu, les cousins Devohr nous tomberaient dessus en un clin d'œil. Comme une pluie de criquets. Vous n'auriez plus de toit, entre autres choses. Sans parler du fait que cela tuerait Zilla.

— Jamais je ne répéterais...

— Bien. Et je veux que vous sachiez que même si je ne souhaite pas avilir notre relation en vous payant, je vous garantis que si vous tenez votre langue, je ferai en sorte que cela en vaille la peine durablement.

Il voulait demander si elle avait oublié de prendre un médicament, et si elle le prenait pour un crétin, tout en voulant lui dire aussi qu'il croyait chacun de ses mots. Mais il avait là sa chance, et il fallait qu'il la saisisse.

— Tout ce dont j'ai besoin, ce sont des documents relatifs à la colonie dans le grenier. En fait, il me faut juste la clé du grenier.

Doug vit vaguement, à travers le brouillard, qu'il réclamait des choses à une femme dont le mari était en soins intensifs. Il était une mauvaise personne.

— Oh, grand dieu. Bien sûr. Mais courez donc me chercher un café. Avec de la crème et du sucre.

Doug vola presque jusqu'à la cafétéria, et même s'il se répéta plusieurs fois qu'il fallait qu'il s'inquiète pour Bruce, il ne pensait qu'à cette clé, à ces documents, et à comment il relaterait à Miriam la véhémence de Gracie plus tard.

Il revint avec un mince gobelet de café bouillant. Dans le couloir des soins intensifs, ils étaient tous debout : Zee, les mains posées sur les hanches, Miriam collée à Case, qui était pâle et frêle, Gracie la main sur le front, deux médecins, un grand et un petit. Quand Doug se rapprocha du groupe, Zee se retourna et le fusilla du regard.

— Il est mort, annonça-t-elle.

Comme si c'était de la faute de Doug. Comme si Doug, au cours des cinq dernières minutes, les avait tous trahis.

39

Ce gobelet de café ridicule, cet accessoire de pacotille. Cela sautait aux yeux de tout le monde – d'une manière humiliante et extrême – que même en plein milieu d'une crise, tandis que son mari était mourant, Gracie s'était sentie obligée de prendre Doug à part en vue de le tancer de son impudence, de lui reprocher d'être resté avec Miriam pour attendre minuit afin de se retrouver seul avec elle en cas de fin du monde, et d'abandonner Zee telle une pauvre cloche à la fin du monde. Lorsque Case et Zee l'avaient retrouvée aux urgences, Gracie avait saisi son bras si désespérément en lui demandant où était Doug que Zee avait vu qu'elle *savait*. On ne pouvait rien cacher à sa mère.

Ils allèrent dans la chambre, d'abord Gracie puis Case, et ensuite eux tous, et Bruce était là, encore si rose, si moite, les poils dans ses narines encore humides, ses grosses mains reposant si légèrement sur les draps qu'il ne pouvait être mort. Ils auraient dû attendre une heure de plus qu'il soit plus bleu et ratatiné.

— Il y a eu pas mal de crises cardiaques, ces derniers jours. Beaucoup de stress en ce moment, expliqua l'infirmière.

Comme si c'était une espèce de mode.

Case, derrière Zee, dit tout bas :

— C'est de ma faute.

Elle se retourna et vit que Miriam se trouvait plus loin à côté de Doug – évidemment. Case avait sûrement prononcé cette phrase pour elle, Zee.

Elle lui répondit en murmurant également :

— Ce n'est pas vrai, Case.

— Tu sais bien que si. Je suis un paratonnerre. Je te l'avais bien dit.

Elle s'éloigna du lit. Les autres discutaient avec l'infirmière.

— Case, avant, je te détestais, vraiment, avec ta petite voiture et ta coupe de cheveux, mais… ce n'est pas toi. Ce n'est pas de ta faute.

Elle aurait dû s'arrêter là. Mais elle continua.

— Il faut juste que tu fuies cette maison. Et surtout maintenant. Pourquoi rester ?

Zee se posait la question à elle-même autant qu'elle la posait à lui, mais ce fut Case qui tourna les talons et sortit de la pièce sur ses béquilles. Elle ne le suivit pas.

Gracie se pencha par-dessus le cadre du lit, regarda le visage de Bruce de ses immenses yeux bleus éteints, sans faire le moindre bruit. À la mort de son mari, Gracie s'était repliée comme un origami particulièrement bien conçu au beau milieu du couloir de ce même hôpital, et Zee, qui avait douze ans à l'époque, était restée à ses côtés à lui caresser les cheveux en attendant de ressentir quelque chose de plus violent, de plus physique.

Elle était épatée par la réaction si différente de sa mère, désormais tellement solide, qui demandait aux infirmières quels papiers elle devait signer, et dans combien de temps aurait lieu le transport du corps. Mais évidemment, le père de Zee avait été son premier amour, et ils s'étaient tant aimés. De plus, sa maladie avait traîné – ce fut, selon l'expression consacrée, une longue maladie –, son corps, affaibli par ses beuveries de jeunesse, avait souffert pendant des mois, jusqu'à ce que son foie et sa rate finissent par lâcher.

Son père était un homme bon, peut-être le seul homme bon qu'elle ait jamais connu. Il était doux et calme, et en CE2, quand son amie Ellen avait dit qu'il était le portrait craché de M. Rogers[1], juste en plus petit, Zee avait répondu « Tu as carrément raison ! » et n'avait pas du tout été vexée.

---

1. Célèbre producteur et animateur de télévision, on se souvient de Fred Rogers pour son émission destinée à un jeune public, *Mister Roger's Neighborhood*, ainsi que pour son immense gentillesse.

Il l'avait emmenée à l'Art Institute et lui avait montré la femme cachée derrière le guitariste bleu de Picasso. Il lui avait appris à manipuler les livres comme des objets précieux, à ne jamais les corner. Il lui racontait de longues histoires fantastiques, et quand elle était assise sur ses genoux, elle entendait parfois une pièce tinter contre ses dents.

Que penserait-il de sa vie ? Il serait fier de son travail, elle en était convaincue, fier de sa détermination à disséquer les structures de pouvoir, d'argent et de classe. Lui qui avait opposé son véto au Chippeway Club. Les employés qu'il embauchait pour s'occuper du terrain et du ménage (par nécessité, car sans eux, la maison tomberait en ruines), étaient toujours des artistes affamés qu'il surpayait pour leur travail mal fait. Il serait attristé de la voir dans une telle spirale. Et il serait déçu qu'elle ait abandonné son nom. À douze ans, le fardeau de son sobriquet, « Godzilla » fut trop lourd à porter, si bien qu'après la mort de son père, Zee se réduisit au son d'une seule lettre. Il lui avait donné ce nom, et elle l'avait perdu, et étrangement, ce fait la rendait plus triste que tout le reste. Il avait aimé cette maison, et Zee avait tenté un retour aux sources, mais c'était en train de la détruire. Elle se mit à sangloter. Elle alla faire un tour dans les couloirs.

À son retour, Doug, Miriam et Case formaient un petit triangle. Miriam disait :

— Il faut que tu te reposes. Tu ne veux pas que je te ramène à la maison ?

— J'ai juste le tournis, répondit Case. Je ne suis pas fatigué.

Il leva la tête et vit Zee. Les yeux de Case étaient de petites assiettes plates qui ne reflétaient aucune lumière.

— Assieds-toi, Case. Tu vas t'évanouir, dit Doug.

Il ne bougea pas.

— Tu as très mauvaise mine, ajouta-t-il.

Case ne lui accorda même pas un regard, se contentant de garder les yeux rivés sur Zee. Elle aurait dû dire quelque chose de rassurant sur les lois de l'univers, sur les liens de cause à effet. (Choses auxquelles elle n'était plus sûre de croire.) Mais Doug n'arrêtait pas de parler.

— Je vais te ramener en voiture.

— Non, mec, je vais bien, répondit Case.

Il posa ensuite les yeux sur Miriam – un regard terrible –, et sortit :

— Tu peux l'avoir, Mir.

Miriam s'assit par terre et mit sa tête entre ses mains. Ses épaules s'agitèrent de soubresauts.

— Quoi ? Qu'est-ce qu'elle peut avoir ? demanda Doug.

Case passa devant celui-ci, puis devant Zee, et sortit de l'hôpital.

Dans la grande fenêtre au bout du couloir, le soleil se levait sur le XXIe siècle. Les infirmières de l'équipe du matin commençaient leur tournée.

40

Même si Case était rentré pour l'enterrement et s'était posté aux côtés de Miriam à l'église, il ne logeait plus dans la remise. Doug repensa à Hamlet, rôdant autour de la tombe de son père avant de s'enfoncer encore plus dans la tragédie. Il ne comprenait pas ce qui s'était passé ce soir-là à l'hôpital, ou le jour suivant, quand Miriam s'était enfermée dans la véranda et que Case avait rangé des affaires dans un sac en toile avant de partir en taxi. Doug craignait que ce soit de sa faute, craignait d'avoir dit quelque chose dans le couloir de l'hôpital – il ne se souvenait même plus de ses propos – qui avait cassé leur mariage en deux.

Zee laissait entendre que ce n'était pas tout, qu'elle l'avait vu venir. Mais Zee voyait toujours des choses que lui ne voyait pas.

Dans les semaines qui suivirent, Miriam, fragile et perdue, se déplaça avec lenteur – mais n'avait pas les yeux hagards d'une personne qui revit le même choc à l'infini. Quelle que soit la chose qui avait mal tourné, elle l'avait vue venir depuis des lustres. Elle avait des cernes violets sous les yeux, et pourtant, Doug ne l'entendit jamais pleurer.

Elle ne travaillait qu'occasionnellement à la mosaïque de la cuisine qu'ils en étaient venus à appeler le Tout-à-Truc, et passait le plus clair de son temps sur une série de demeures gothiques, présentées en coupe transversale comme des maisons de poupée. Elle utilisait des fragments et des carreaux de carrelage de plus grande taille, créant des rabats qui, lorsqu'on les soulevait, révélaient des pièces secrètes. Parfois, il y avait une seconde porte plus petite derrière la première. L'une de ces œuvres faisait référence à *Jane Eyre* : un visage fou peint sur un bouton, qui regardait depuis une fenêtre de grenier. Une autre était inspirée du *Jardin secret*, une autre de *Rebecca*, et une quatrième de Laurelfield, la grande maison et la remise –, bâties à partir de symboles de chance, bonne et mauvaise : des trèfles, des glands, des porte-clés en patte de lapin, des miroirs brisés, des pièces de monnaie, des échelles miniatures, et, plus troublant aux yeux de Doug – des centaines de coccinelles qu'elle avait récupérées en balayant le sol, et dont le corps terni délimitait les pièces.

Doug préparait le repas pour eux trois chaque soir, et Zee allait manger ses pâtes ou sa soupe derrière son bureau. Elle n'était pas à l'aise avec le chagrin. Doug dînait en compagnie de Miriam sur la table de la cuisine, et lorsqu'ils parlaient, c'était de musique, de célébrités ou de *Seinfield*.

Ils regardèrent de nouveau ensemble *Barbe-Bleue*, et Miriam attira l'attention de Doug sur les scènes où Marceline Horn avait l'air malade. Ils mettaient chaque fois le film en pause pour étudier son visage, puis passaient en avance rapide. Deux fois plus vite, les deux sœurs se précipitaient dans la tour où elles s'enfermaient afin d'échapper à Barbe-Bleue. Deux fois plus vite, Barbe-Bleue abattait la porte.

L'histoire de Gracie et le sujet des documents relatifs à la colonie étaient pour le moment gelés. Doug ne pouvait toujours pas non plus réclamer la clé du grenier. Un flot de visiteurs et de paniers de fruits formaient un barrage devant Gracie, qui n'avait pas beaucoup émergé de la grande maison. Et évoquer l'histoire avec Miriam reviendrait à évoquer la nuit du réveillon du Nouvel An, la nuit où son monde s'était, finalement, réellement arrêté, alors même que le reste de la planète continuait à tourner. Doug promit à Leland de le tenir informé dès qu'il y aurait une accalmie, dès qu'il aurait eu le temps de digérer l'étrange revers de fortune qui avait frappé tout le monde dans la maison. Tout le monde à l'exception de Zee, à vrai dire. Elle était la seule dont la vie n'avait pas été drastiquement altérée pour le meilleur ou pour le pire. Mais Zee avait toujours été au-dessus des caprices de la fortune.

Et donc, il fallut attendre encore trois semaines pour que Leland vienne enfin dîner et que le Gang des Limiers soit réuni. Zee était à New York pour une conférence, et Doug prépara du pain plat. Quand ils débouchèrent la seconde bouteille de vin, Miriam alla chercher ses matériaux pour avancer sur le Tout-à-Truc. Les hommes discutèrent de l'histoire de Gracie tout en la regardant travailler. Doug s'était assuré cette fois-ci de la raconter doucement et avec précision, dans l'espoir que Miriam comprenne ce qu'il avait entendu de si persuasif. Mais lorsqu'il eut terminé, ce fut Leland qui prit la parole.

— Quel ramassis de conneries ! Est-ce que Scooby-Doo a déboulé pour lui arracher son masque ?

— Je peux t'assurer que sa façon de le raconter était convaincante. En tout cas, elle croit que ce qu'elle dit est vrai.

Leland but une bonne goulée de vin.

— Elle entend les brouettes qui « vont » dans la grande maison, n'est-ce pas ? Ce qui signifie qu'elle était ici, dans la remise. Ce qui fait d'elle quoi, une bonne ou un truc du genre.

Il tapa du poing sur la table.

— Tu imagines Gracie en tenue de soubrette ? Tu l'imagines faire le ménage ? Ok, et nous avons ce Max, et un jardinier. Et Max a un rapport avec la voiture. Et le téléphone. Si on est en 1955, quel âge à Gracie ? Si elle a réellement soixante-deux ans aujourd'hui.

Doug fit le calcul.

— Dix-huit ans, dit-il.

De toute évidence, Leland s'amusait bien. Et paradait sans doute pour Miriam. Elle était insondable, cependant, concentrée sur son pavage.

— Et puis il y a Grace Devohr et George Grant. Ils sont mariés et viennent de s'installer dans la maison, c'est bien cela ?

— La colonie a été fermée à la fin de l'année 1954, dit Doug. Alors ça colle.

— Et personne dans toute la ville ne les connaît. Et ils ont un accident de voiture.

— Quelque chose dans ce goût-là, confirma Doug. Un accident qui se serait produit dans le domaine.

— Alors Max et le jardinier déplacent leurs cadavres dans des brouettes, et les enterrent sous la serre.

— Oh, mon Dieu, s'exclama Miriam. On pourrait éviter ?

— J'essaie ici de distinguer les conneries des balivernes, ironisa Leland. Puis intervient le vol d'identité le plus brillant de tous les temps. Max et Gracie – j'ignore son vrai nom, mais appelons-la Molly la domestique – deviennent les Grant. Et donc, les parents de Zee – Zee est la fille d'une bonne et d'un majordome. Pas du tout une Devohr. J'adore ! Et personne ne se doute de rien pendant quarante-quatre ans. Onze mandats présidentiels.

— Oui, voilà. Mais honnêtement, pourquoi quelqu'un se douterait-il de quelque chose ? demanda Doug. Écoute, il ne faut pas forcément que ce soit plausible. Il faut juste que cela soit possible. Ce que je veux dire, c'est que nous pensons qu'il est difficile d'en réchapper quand on a commis un crime car nous ne connaissons que les histoires où les gens se font coincer. Donc nous pensons que tout le monde se fait coincer. Or, nous ignorons le nombre d'affaires qui ne sont jamais révélées au grand jour.

— Peut-être, répondit Leland en pointant le doigt vers lui, et pendant un instant, Doug crut qu'il était sérieux. Peut-être que Gracie est en réalité Marianne Moore. Elle n'aurait que dans les cent dix ans.

— Regarde. Regarde cette ville. Tu crois que tous les millionnaires du coin ont gagné leur argent de façon honnête ? Tu crois qu'il n'y a pas eu de comptes aux îles Caïmans, pas de fraude ? Je dis juste qu'il se passe chaque jour des choses plus surprenantes que ça. Et pourquoi inventerait-elle un mensonge qui l'incrimine ? Quand on ment, on fait en sorte de se montrer sous un jour favorable. Pas de se présenter comme un criminel.

— Bon sang, s'écria Leland. Tu t'es transformé en prédicateur baptiste.

Ils regardèrent Miriam afin d'avoir le verdict. Elle se détourna du Tout-à-Truc et les regarda en face, en équilibre sur ses talons.

— J'y ai réfléchi. Beaucoup. Et non, je ne crois pas Gracie. Parce que les gens ne révèlent pas tout la première fois qu'on les pousse dans leurs retranchements. Si vous pensez être démasqué, vous ne racontez que la moitié de l'histoire. Pas vrai ? Mais cela veut dire que ce qu'elle couvre est pire, ou plus gênant. Quelque chose au sujet de la colonie, peut-être. Parce que c'est le seul sujet qu'elle refuse fermement d'aborder.

— Qui parie que la colonie était une couverture pour un club libertin ?

— Club libertin, colonie d'artiste, quelle différence ? répliqua Doug.

Mais Miriam ne rit pas. Elle retourna à sa mosaïque, et ils la regardèrent en silence disposer à l'aide d'une pince à épiler une section de cinq centimètres carrés sur une plaque de cuisson, puis presser une feuille de papier adhésif dessus. Elle étala le mortier rapidement sur une nouvelle partie de la planche, puis posa la feuille de carreaux dessus, la maintenant en place pendant une minute. Lorsqu'elle détacha le papier adhésif, les morceaux étaient incrustés. C'était hypnotique : sa façon de travailler, mais aussi le Tout-à-Truc. Quand il regardait trop longtemps les chemins infinis, les formes qui étaient nettes à un moment et se dissolvaient l'instant d'après dans le chaos, Doug avait le tournis. Elle avait incorporé le barillet de pistolet de Zee dans le coin en bas à droite, et avait calé un morceau de verre dans chaque compartiment. On aurait dit une fleur. Miriam finit par s'exprimer.

— Par exemple. Disons que les vrais Grant sont réellement morts. Comment savons-nous que leur mort était accidentelle ? Il est bien plus probable que les domestiques les aient tués.

— Ne mangez rien de ce qu'elle cuisine, plaisanta Leland.

Miriam lui demanda d'arrêter.

Dans la véranda, ils allumèrent l'ordinateur de Miriam. Ils espéraient trouver une photo du mariage de Grace Devohr et de George Grant, ou n'importe quelle photo d'elle adulte, en fait, mais leur quête se révéla infructueuse. Doug avait descendu la photo qui se trouvait sur la commode de Zee, celle où elle lit avec son père. Les craquelures étaient toujours visibles sur le cadre depuis qu'il l'avait rafistolé à la fac. Mais il n'y avait aucun point de comparaison. Zee avait environ cinq ans, alors George Grant (si l'on s'appuyait sur leur contrat de mariage) aurait dû avoir quarante-sept ans. On aurait plutôt donné soixante ans à cette personne-là – les cheveux gris, les traits bien creusés. Même Leland et Miriam durent l'admettre. Mais bon, il avait le genre de visage malicieux qui pouvait soit vieillir soit rajeunir un homme.

Doug avait toujours été attiré par ce visage, par ce beau-père qu'il n'avait jamais rencontré. C'était le visage de sa femme, pointu et vif. De petits yeux, des oreilles rondes. Il avait toujours eu l'impression de pouvoir se représenter George Grant en mouvement, de pouvoir entendre sa voix. À présent, Doug essayait d'imaginer cet homme qui commençait sa vie dans la peau de quelqu'un prénommé Max, quelqu'un qui était responsable des voitures. Le même chauffeur que Doug s'était figuré tant de fois en prenant place dans le vieux fauteuil Morris, l'homme qui rêvait à des contrées lointaines. Peut-être bien que Max avait atteint ces contrées en terminant ses jours en tant que maître de ce manoir, critique d'art et père d'une enfant qu'il adorait. Doug voulait croire que la vie pouvait être ainsi faite.

Quelque chose lui était venu à l'esprit. Le deuxième nom de Zee était Devohr. Peut-être était-ce une manière de cimenter son héritage si, plus tard, on posait des questions. Peut-être était-ce une plaisanterie, un hommage ou des excuses. Mais Leland et Miriam n'auraient utilisé cette information que pour prouver que Gracie mentait – et Doug se surprit en ne disant rien, en protégeant l'histoire comme s'il s'agissait de la sienne.

— Quelle est la prochaine étape ? demanda Leland alors qu'il était sur le départ.

C'était drôle – ils partaient tous du principe qu'ils allaient se revoir tout de suite. Mais cela paraissait aussi naturel à Doug que s'ils avaient été ses colocataires à l'époque où « On va où, ce soir ? » n'était pas une question présomptueuse.

Miriam se frotta les mains.

— Demain, Doug va chercher le reste des documents, dit-elle. Il est temps.

Une fois Leland parti, une fois la cuisine silencieuse, Doug eut la bougeotte. La petite maison était un bateau voguant en eaux glaciales.

— Je dois avouer que je flippe un peu, lui confia Miriam tandis qu'il l'aidait à ranger ses carreaux.

— Ne laisse pas Leland te monter le bourrichon.

— Non, ce n'est… c'est l'ensemble.

Elle avait l'air de trembler un peu.

— Est-ce que ce serait bizarre de camper ici, dans la cuisine ? J'ai des sacs de couchage. Tu pourrais partir une fois que je dormirais. Je veux dire, nos sacs de couchage ne seraient pas du tout collés, pas…

— Ce ne serait pas bizarre.

Miriam ramena les deux sacs de couchage bleus qu'elle et Case utilisaient pour camper quand ils vivaient au Texas. Ils les disposèrent de part et d'autre de la table de la cuisine, une petite forêt de pieds de chaises entre eux. Allongés là, tandis que les portions achevées du Tout-à-Truc étincelaient à la lumière qui filtrait par la fenêtre, ils parlèrent pendant une heure encore.

— Je pense qu'une part de mon scepticisme, une petite part, est liée au fait que Gracie se croit tout permis. Elle balance de ces machins… Tu te souviens de ce qu'elle a dit sur mes dents ?

— Je ne sais pas. Parfois, les gens qui pensent que les choses leur sont dues sont ceux qui ont commencé leur vie dans la privation. Et une fois qu'ils ont la chance de leur côté, ils ont le sentiment de l'avoir méritée.

— Et tout ce à quoi elle a dû échapper ! Je n'arrive pas à croire que quelqu'un puisse avoir autant de chance.

— Mais si c'était de la malchance, tu trouverais ça possible ?

C'était une erreur. Il n'aurait pas dû dire cela.

— Oui, répondit-elle.

— Tu ressembles à une chenille, là-dedans.

— Bonne nuit, chenille.

— Bonne nuit, chenille.

41

Zee n'était qu'une fraction d'elle-même, une fraction verticale. Une mince tranche de son être était toujours à New York aux entretiens, une autre dans le miroir qui lui crachait le reflet de son visage en décomposition, une autre encore s'était roulée en boule et était morte.

La remise était déserte, et elle laissa la porte ouverte au vent. Le lit, oui, elle vérifia deux fois, était encore tout tiré. L'autre abruti n'avait même pas fait l'effort de froisser les couvertures. Deux bouteilles de vin se trouvaient dans la poubelle pour le recyclage.

Finalement, il ne lui avait manqué qu'une preuve physique. Il y avait toujours eu la possibilité, même lointaine, que les mots sur l'œuvre de Miriam concernent un autre homme aux genoux balafrés. Qu'à travers ses mots, Miriam ait pris ses désirs pour des réalités. Que l'atmosphère avait beau être fortement chargée d'un caractère inévitable, peut-être que rien ne s'était encore produit.

Au cours des dernières semaines, leurs apartés étaient devenus plus flagrants. « C'est la meilleure soupe du millénaire ! », s'était exclamée Miriam, et Zee ne pouvait que penser que c'était en lien avec la nuit où ils s'étaient attardés à la maison, la nuit de la crise cardiaque, quand Doug s'était sûrement penché pour l'embrasser à minuit, que Miriam avait sûrement blotti sa tête sous son bras et dit : « C'était le meilleur baiser du millénaire. »

Elle jeta pêle-mêle des affaires dans deux valises. Vêtements, bijoux, chaussures, médicaments et photos de famille. Sofia pourrait lui préparer les livres plus tard et les lui expédier à New York.

Là-bas, elle avait eu les idées claires, alors que de retour ici, elle se sentait de nouveau sous l'eau. Il fallait qu'elle parte. De toute évidence, il fallait qu'elle parte. La seule question qui s'était posée avait été : avec ou sans Doug. Ils auraient pu attendre jusqu'à l'été. Si elle n'avait trouvé aucune preuve en rentrant à la maison, c'est ce qu'elle aurait fait. Elle aurait annoncé la nouvelle doucement, l'aurait convaincu qu'il voulait vivre à New York, et en juillet, ils auraient été loin de sa mère, de Miriam, de Laurelfield – horrible Laurelfield. Mais la preuve était là, et une chambre l'attendait à New York, et Doug était un inconnu.

Ou peut-être que la vérité était la suivante : elle n'avait jamais été un œuf dur mais un œuf cru – et Doug, la dévotion solide de Doug, avait été la coquille qui la maintenait à l'intérieur. Mais cette coquille s'était craquelée, et que pouvait faire d'autre un œuf cru, à part s'échapper ?

Dans la véranda de Miriam, elle trouva de la peinture acrylique rouge et un pinceau ferme et fin. Elle les ramena à l'intérieur, passa par la salle de télévision – jonchée de dossiers, sans doute en lien avec la prochaine série ridicule de Miriam –, se rendit dans leur chambre à l'étage, et recouvrit le mur de mots :

Doug, espèce d'idiot
Tu as laissé une trace.
Mais j'étais déjà au courant, et j'ai accepté un poste à NY.
Je n'avais jamais vu ma laideur avant que tu me renvoies son reflet.
Si Case revient, dis-lui que je suis navrée.
Dis-lui de s'enfuir très loin.
Dis à Miriam que ce truc dans la cuisine est la seule belle chose qu'elle ait jamais faite.

Elle était debout dans les bois derrière la grande maison, et elle la regardait, regardait toutes les fenêtres. Elle ferma les yeux, mais lorsqu'elle les ouvrit de nouveau, la maison était toujours là.

Elle enfonça une lettre de démission concise dans la boîte de Golda, en ignorant Chantal. Elle aurait pu dire dans son courrier que le porno était de son fait, mais Cole ne l'aurait pas souhaité. Il s'était engagé dans cette bataille à corps perdu.

Elle avait emporté avec elle la photo où on la voyait lire *Les Œufs verts au jambon*, celle sur laquelle elle ressemblait tant à son père qui écoutait. Elle avait un autre tirage dans son album, et elle voulait laisser ici cette part d'elle-même, cette part vive et innocente d'elle-même. Mais surtout, elle ne voulait pas garder le cadre que Doug avait réparé il y avait si longtemps. Elle la plaqua contre la porte fermée du bureau de Cole, accompagnée d'un mot. *Chère vieille canaille,* lisait-on. *Afin que vous ne m'oubliiez pas. Portrait de l'hérétique communiste Zilla Devohr, aux alentours de 1970. Le « Devohr » vous fait rire, n'est-ce pas ? C'est là le vrai cadeau que je vous fais.* De retour dans son bureau, elle mit des livres, des programmes et des polycopiés dans des cartons. Ses diplômes, des revues avec ses articles. Elle sauvegarda tout le contenu de son ordinateur sur disquettes. Les cours à New York seraient très différents de ceux qu'elle avait donnés ici – l'université était tellement peu traditionnelle que les introductions et les questionnaires n'existaient même pas –, mais elle voulait récupérer malgré tout l'intégralité de ses fichiers. Gretchen, qui avait été sa coloc pendant une année à la fac, avait la tête dure et l'ironie dans la peau, la plus parfaite responsable de département dont puisse rêver Zee, et son coup de fil avait été un faisceau de lumière soudain. Oui, avait-elle dit, un tel poste l'intéressait énormément. Au cours d'un dîner, Zee avait rapporté à Gretchen et au doyen l'histoire de Cole (la version officielle expurgée de ses interférences), et – elle avait su que tout se passerait bien quand le doyen lui avait raconté avoir accroché une effigie de Robert Bork dans la cour de l'université d'Oberlin – elle leur avait également confié ce qu'elle avait prévu de faire. Cela n'aurait pas d'incidence sur son nouveau contrat, lui avaient-ils assuré.

Dernièrement, elle avait beaucoup réfléchi aux mythes que son père lui lisait le soir : Daphné, Philomèle, Actéon. Des années plus tard, elle se rendait compte que tous parlaient de métamorphose, et elle se demandait à quel point il avait eu besoin de ces histoires pour affirmer sa propre réinvention, sa transformation de traîne-savates alcoolique à père responsable et critique d'art. Elle avait vraiment essayé de se transformer – Zee l'universitaire sérieuse n'était pas la même personne que Zilla l'enfant privilégiée –, mais avait commis un faux pas. Elle avait fini par vivre dans la maison où elle avait grandi, et, immanquablement, toute sa vie d'adulte était tombée en ruines.

Cette fois-ci, elle ferait les choses convenablement, dans une ville où elle connaissait en tout et pour tout une seule personne. Comme l'avait fait son père – en quittant Toronto avec sa jeune épouse, en se reconstruisant dans la plus pure tradition américaine. Ce à quoi elle ne pouvait échapper : ce gène de la maladie mentale. Les bords tranchants et peu séduisants de sa personnalité. Mais à New York, elle serait loin de Doug, et de la Zee qu'on avait prise pour une idiote. Elle serait loin de cette maison.

Elle s'émerveilla de la lucidité de ses pensées, puis se rendit compte que ce n'était pas bon signe. Cela n'arrivait qu'aux gens ivres. Et elle ne l'était pas – elle en était à peu près certaine.

Elle transporta les cartons jusqu'à sa voiture, et s'acheta, pour la dernière fois, un sandwich au fromage fondu à la coopérative. C'était la seule chose qu'ils savaient cuisiner, et ils le faisaient à la perfection. Le fromage était remplacé de moitié par du beurre, et une fois en bouche, le pain se rompait avant de fondre comme une couche de glace très fine. Dans une heure, elle serait libre. Il ne lui restait plus qu'une seule chose à accomplir – pour réparer le mal qu'elle avait fait, elle devait effacer le scandale en en provoquant un autre encore plus grand.

À quatorze heures quinze, alors que la fin d'une heure de cours avait sonné, debout au milieu de son bureau, elle ôta ses vêtements, tous ses vêtements, qu'elle plia avant de les ranger dans son sac. Sa peau était pâle à cause de l'hiver, ses bras et ses jambes méconnaissables de maigreur. Elle posa un autre décontractant musculaire sur sa langue. Munie uniquement de son sac à main, elle longea le couloir et descendit les escaliers, passant devant des étudiants qu'elle connaissait et d'autres qu'elle ne connaissait pas, devant Chad Crosley, Fran Leffler. Si leur bouche ouverte laissa échapper le moindre son, elle ne l'entendit pas. Elle passa devant Jerry Keaton, qui essaya de l'attraper par le bras avant de se raviser. Elle entendit Chantal l'appeler : « Zee ! Dr Grant ! Peut-on… Oh, que quelqu'un aille lui chercher un… Zee, par ici ! » Dehors, sur la pelouse, la pelouse gelée, les pieds dans la neige fondue. Elle se moquait bien de tomber, mais ne tomba pas. Elle passa devant le bâtiment administratif, entre des groupes d'étudiants en parka qui s'écartaient sur son passage. Elle entendit l'un d'eux dire : « Où est mon appareil photo ? » Et un autre : « Ah, mec, c'est à cause de Cole ! J'ai pigé, c'est à cause de Cole. » Et un autre : « Hé, c'est cette prof de maths ! Shane, c'était pas ta prof de maths ? »

Devant la bibliothèque, devant la coopérative.

Jusqu'à sa voiture. Ses pieds étaient complètement engourdis par le froid.

Elle démarra et quitta le campus avec la conviction, la détermination d'une personne qui laisse derrière elle la planète entière.

42

Doug commença à voir le monde comme une entité réticulée. À remarquer que les morceaux colorés, d'où qu'on les regarde, s'assemblaient : rebord de fenêtre, mur, ciel, allée, arbre, toit. Chaussures, tapis, livre. Si l'on regardait assez longtemps, le monde en trois dimensions s'aplatissait, et formait un plan sur lequel chaque bloc de couleur était un carreau si bien assemblé aux autres qu'aucune trace de mortier n'était visible aux interstices.

La journée, il contemplait le Tout-à-Truc pendant des heures, que Miriam soit en train de passer du mortier dessus avant de le nettoyer avec une éponge dure, ou qu'il soit seul, à deux heures du matin, tandis que Miriam, insomniaque elle aussi, travaillait en bas sur d'autres choses. Ils continuèrent à dormir dans la cuisine. La première nuit, il ne s'était pas du tout couché. Il s'était rendu au commissariat avant de s'affaler derrière la table de cuisine de Gracie (« Qu'avez-vous fait ? » n'arrêtait pas de répéter celle-ci, jusqu'à ce que Doug redoute que la police le soupçonne d'avoir étranglé sa femme.) Les policiers déambulèrent dans la remise. « Parlez-nous de ces inscriptions sur le mur », dit l'un d'eux de manière peu obligeante, et son collègue ne rit même pas. La deuxième nuit, il s'était rendu à Chicago pour rencontrer un détective privé, après quoi il eut tout juste la force d'aller chez Leland, où il s'allongea sur le canapé pendant cinq heures sans parvenir cependant à s'endormir. La troisième nuit, Miriam lui dit qu'il fallait qu'il se repose. Elle remonta la fermeture éclair de son sac de couchage pour lui, lui apporta un cachet, posa un gant de toilette sur son front, et quand il ouvrit les yeux, c'était le matin. Et depuis cinquante nuits, il entrait en rampant dans le sac à un peu plus d'un mètre d'elle.

Il craignait que le sol dur de la cuisine ne lui esquinte le dos, mais non. Le Dr Morsi était du même avis que lui : malgré la désintégration de son corps et de son cerveau, son dos ne s'était jamais aussi bien porté.

Au cours de ces premières semaines, Gracie l'avait accusé d'avoir raconté à Zee ce qu'il savait. « Cela l'aura fait basculer. Elle adulait son père », disait-elle. Doug aurait pu demander quel père, qui était le père de Zee, si son père était un chauffeur prénommé Max, s'il était possible qu'il ait posé nu devant les bassins aux carpes. Mais sa mâchoire était remplie de plomb, et Gracie se trouvait dans une rage sourde et constante. Désormais, il ne la voyait plus que dans l'allée, quand elle passait en Mercedes dans un grondement de moteur. Que Doug ait récupéré les documents dans le grenier la veille du départ de Zee relevait du miracle, car Gracie ne lui aurait peut-être jamais remis la clé.

Bien que le dossier Parfitt manquât toujours de façon flagrante à l'appel – lui et Miriam se demandèrent si c'était Zee qui avait remplacé les documents relatifs au poète par cette photo, craquant bien avant que Doug ne s'en aperçoive, mais gardant, comme d'habitude, un coup d'avance sur tout le monde –, le reste était un véritable trésor. Si Doug avait pu se glisser dans les dossiers pour y vivre sans jamais avoir à se soucier de nourriture, de détectives ou d'hygiène, il l'aurait fait. Il y avait des liasses entières de correspondance entre celle qui fut pendant longtemps la régisseuse, Samantha Mays, et les artistes, écrivains et compositeurs qui la considéraient comme leur ange gardien. Il y avait des diapositives de toiles. Miriam se plongea dans celles de Demuth, et les compara à des reproductions dans des livres de la bibliothèque. Elle contacta un ami qui travaillait à l'école de l'Art Institute. Il vint à Laurelfield en voiture pour emprunter ces diapositives, ainsi que celles de Grant Wood et les dossiers d'artistes dont Doug n'avait jamais entendu parler. Il y avait des propositions de projets et des échantillons d'œuvres. Il y avait des lettres de recommandation.

Miriam était particulièrement enthousiasmée par les dossiers de deux sculptrices, Fannie Cadfael et Jospehine Lizer. « Je le savais, s'exclama-elle. Je le savais, je le savais, je le savais ! La statue de l'ours, dans les bois. Je savais qu'elle était de Lizer. J'aurais dû le dire ! Les Lapins Blancs ! » Même Doug nota, dans son brouillard, que ses propos n'avaient ni queue ni tête. Miriam expliqua, en agitant ses mains telles des ailes, que les « Lapins Blancs » étaient le surnom qu'on avait donné aux assistantes du sculpteur Lorado Taft avant l'exposition colombienne de 1893. Taft avait demandé l'autorisation spéciale d'employer des femmes, et le responsable avait fini par lui rétorquer sèchement qu'il pouvait bien faire appel à des lapins blancs si ça lui chantait du moment qu'il terminait à temps. Les femmes s'accrochèrent fièrement à ce nom lorsqu'elles se lancèrent et comptèrent parmi les premières sculptrices de renom. Une œuvre de Josephine Lizer, même recouverte de mousse, était d'une importance suffisante pour que Miriam se rue vers le téléphone.

Par ailleurs, les mentions d'un concierge répondant au nom de Maxwell Perry dans les années 1940 et 1950 avaient certes moins de valeur d'un point de vue artistique, mais ne manquaient pas de les intriguer d'un point de vue personnel.

— C'est forcément Max ! s'écria Doug. Et il est resté après qu'ils ont viré les artistes de la colonie.

— Bah, évidemment, c'était à coup sûr vraiment le nom du chauffeur, et il a sûrement vraiment été le concierge. Quand les gens mentent, ils n'inventent pas tous les détails.

— Aucun concierge du nom de Marianne Moore ? demanda simplement Leland.

Parfitt avait, semblait-il, séjourné au moins six fois à la colonie, et ce jusqu'en 1941, quatre ans seulement avant son suicide. Certains registres répertoriaient son appartement de Rush Street à Chicago, et le plus ancien – daté de 1929 – mentionnait une adresse à Philadelphie dont Doug n'avait jusqu'à présent jamais entendu parler. Le détail le plus utile était que pour chacun de ses séjours, hormis le dernier, son amant, l'artiste Armand Cox, était également présent. (« Armand Cox ? » s'étonna Miriam. « C'est son vrai nom ? ») Ce qui signifiait que leur relation avait commencé plus tôt qu'on ne le pensait. Doug imaginait Parfitt écrivant à son bureau de Laurelfield, pendant que son amant était dans un atelier, occupé à imaginer des décors de théâtre, à dessiner des couvertures de magazine où des filles se confondaient avec le décor. Il les imaginait se retrouvant à la table du dîner pour parler de leur journée de travail.

Malgré tout, cela ne suffisait pas. Doug fit de son mieux, dans le brouillard des semaines qui avaient suivi le départ de Zee, pour réfléchir à un projet centré autour de ces bribes d'informations. Et puis vint le coup fatal : à la fin du mois de mars, un professeur de Yale publia un long papier sur Parfitt dans le *New Yorker*, un article de redécouverte. Ce professeur, disait la bio, était sur le point de publier un livre sur les Modernistes perdus. Ce n'était pas que son travail supplantait entièrement celui de Doug. Mais désormais, dix autres personnes auraient la même idée, la développeraient mieux, plus vite, et seraient plus qualifiées pour parler de tout cela.

Doug se dit cependant qu'il pourrait écrire un article non universitaire sur Laurelfield, ou sur les résidences d'artistes dans les années 1920. Il pourrait visiter les autres colonies, les lieux qui gardaient encore leurs archives dans des greniers poussiéreux. Au moins, il avait une sacrée histoire pour introduire son propos : il pouvait raconter à la première personne comment il avait récupéré les archives perdues de Laurelfield.

Il évoqua auprès de la Société d'Histoire la possibilité de leur confier les dossiers une fois qu'il aurait photocopié les parties qui l'intéressaient.

Ces documents étaient les traces des artistes – et, dans le cas des visiteurs les plus obscurs, ils constituaient peut-être les seuls vestiges de leur art. Mais quelle trace avait-il lui-même laissée, qu'est-ce qui avait poussé Zee à choisir ce mot, *trace*, pour le mur – il n'en était toujours pas sûr. Son petit doigt lui disait qu'il ne s'agissait pas d'une trace menant au grenier, mais de quelque chose qui avait mené Zee jusqu'à Melissa Hopper, à ses épreuves de sélection de football, à ses séances de baby-sitting, à ses coups de cœur – pourtant, le point de départ manquait. Il avait caché chaque bout de papier, avait passé chaque jour son bureau au peigne fin avant l'arrivée de Zee. Il se sentait idiot, ou tout au moins, pris à son propre piège. Doug avait des milliers de conversations imaginaires avec elle. L'échange évoluait et mutait. Suivait des cycles furieux, d'autres conciliants. Il y eut une phase de plaidoirie. Il se fit plus bref, plus concis. Se mua en un mot unique qui recouvrait tout, un mantra dit en un seul souffle : « Non. » Accompagnant chacun de ses pas autour des bassins aux poissons, chaque dérouillée dans son sommeil. Non à tout. Non, ça n'est pas arrivé. Non, tu ne devais pas avoir les idées claires. Non, je ne suis pas la limace pathétique que tu penses que je suis. Non, je ne voulais pas que cela arrive. Non, je ne retire pas ce que j'ai dit. Non. Non. Non. Non. Non.

Un colis arriva dans la boîte aux lettres : *Melissa dicte sa loi, Melissa salue son public, Cece tire son épingle du jeu.* Il les flanqua dans un tiroir de son bureau. Toute la journée, il eut envie de pouvoir appeler Zee pour lui dire que les changements auxquels elle avait procédé ne fonctionnaient pas pour lui. « Tu as altéré l'univers, dirait-il. Nous allons te demander de recommencer. »

En avril, coup de fil du détective : Zee était à la campagne dans l'État de New York. Voici son adresse. Voici son numéro. « Écoutez, mon ami, lui dit le type. Vous pourriez essayer de la faire interner, mais d'expérience, je sais que ça ne marche pas. J'ai eu l'impression qu'elle allait bien. »

C'était l'après-midi du jour où Miriam avait déposé une demande de divorce. Doug aurait pu prendre sa voiture et se rendre directement à New York le soir-même, mais il ne pouvait laisser Miriam seule à un moment pareil. De plus, s'il lui restait une certitude au sujet de Zee, c'était que la contacter contre son gré ne ferait qu'aggraver la situation. Doug voulait croire que c'était ce qui le retenait, que la peur n'y était pour rien. Qu'il n'éprouvait pas une pointe de soulagement.

Miriam avait envie de sushis, alors ils sortirent, et Doug la laissa commander pour lui. Elle attendit qu'il eût avalé et apprécié sa bouchée pour lui apprendre qu'*unagi*, c'était de l'anguille. Elle lui confia que lorsqu'elle avait rencontré Case, elle était si jeune qu'elle avait pris les attributs usuels de sa vie d'adulte – son travail, sa voiture, son tiroir rempli de polos – pour des signes de maturité et de stabilité. Elle avait vu en lui quelqu'un en mesure de la soutenir quand elle pratiquerait son art, une pierre solide sur laquelle bâtir sa vie. Et en réalité, il avait été tout sauf cela. Chaque nouvelle année était pire que la précédente, chaque nouvelle journée pire que la veille – et ensuite, ils étaient venus ici, et les choses étaient devenues insupportables.

— Je crois que je me sens heureuse ce soir. C'est horrible, de dire ça ?

Doug regarda le sushi sur son assiette. Lui aussi était une mosaïque : le losange rose humide de saumon, les grains de riz, la fine bordure d'algues. Il se dit : *Je suis une personne différente maintenant. Je suis une personne qui mange de l'anguille, et cette petite artiste est ma meilleure amie. Je suis quelqu'un qui a transformé la salle de télévision en centre de tri de dossiers, quelqu'un qui croit en des histoires fantastiques de vol d'identité.*

Si rien n'avait changé, l'absence de Zee lui aurait fait l'effet d'un trou béant. Mais s'il pouvait continuer à reconfigurer sa vie entière, il n'y aurait, là où Zee avait un jour été, aucun endroit vacant. Il pensa au dernier poème qu'avait publié Parfitt, « Protée pleura ». Dans la mythologie grecque, la divinité marine Protée se métamorphose pour ne pas avoir à raconter aux mortels leur avenir. Mais Parfitt avait détourné cette figure : son Protée à lui se métamorphosait pour ne pas avoir à se souvenir du passé. Le texte se clôturait par une litanie des apparences qu'il prenait : *une alouette, un corbeau, une spatule ! / Cette écume maritime, fétide et verte.* Pourtant, Parfitt avait choisi la mort plutôt que la réinvention. C'était comme s'il avait écrit ce poème pour se convaincre des possibilités futures, et avait échoué dans son entreprise. Mais Doug pouvait mieux faire.

Il ne se rendit pas à New York en voiture le lendemain, ni le surlendemain. Il ne téléphona pas, et continua ensuite à ne pas téléphoner.

Puis il demanda à Sofia de prendre un rendez-vous pour lui avec Gracie. Celle-ci avait écrit une lettre à sa fille une fois qu'ils avaient obtenu son adresse, et Zee avait répondu par un court message qui n'exprimait pas la moindre colère concernant des accidents de voiture et des brouettes, ce qui avait rassuré Gracie.

Hidalgo l'accueillit à la porte, relativement calmement. Doug gratta son pelage dans l'unique but de voler un moment pour se revigorer. Une idée lui était venue à l'esprit : et si Gracie ne l'autorisait à rester dans la remise que parce qu'elle croyait qu'il disposait de bien plus d'informations qu'il n'en avait en réalité ? Il devait bien choisir ses questions afin que celles-ci ne trahissent pas son ignorance. Il ne savait pas trop comment amorcer la conversation.

Mais, à la table de la cuisine, ce fut Gracie qui parla la première.

— Douglas, je suis apaisée. Soit ma fille est folle, soit je ne l'ai pas élevée comme il faut, mais je ne pense pas que tout cela soit de votre faute.

— Vraiment, je n'ai rien fait, Gracie. Je vous jure que je n'ai rien fait.

Ils évoquèrent le détective, la nécessité de laisser Zee tranquille pendant un temps.

— J'espère que vous pourrez m'aider, dit alors Doug.

Il lui montra la photo en prenant soin de cacher avec ses doigts le torse nu des deux hommes.

— Parce que j'ai apprécié votre honnêteté. Il me reste encore à connaître les noms et prénoms de ces hommes.

Gracie chaussa ses lunettes et plissa les yeux en regardant le cliché.

— Je n'en ai pas la moindre idée. Y a-t-il une bonne réponse ?

— En théorie.

— C'est l'arrière de la maison, n'est-ce pas ? Le père de Zilla aurait pu vous répondre. Tous les deux ou trois ans, quelqu'un appelait pour poser des questions sur la colonie. Il énumérait la liste de ceux qui avaient séjourné ici.

— Mais vous ne connaissez pas ces hommes ?

— Je ne les ai jamais vus de ma vie. Que cachez-vous là-dessous ?

Il glissa la photo dans son enveloppe et demanda sa bénédiction pour transférer les dossiers à la Société d'Histoire.

— Il faut conserver convenablement ces documents. Les classer dans des chemises sans acide. Et il n'y a rien là-dedans vous incriminant, vous savez. J'ai tout passé au peigne fin.

Gracie replia ses lunettes.

— Douglas, j'ai été un peu idiote. Quand vous m'avez coincée le soir du Réveillon, car oui, vous m'avez coincée, j'étais dans un drôle d'état. Déjà, Bruce m'avait convaincue de la fin du monde. Je ne me souviens plus vraiment de tout ce que je vous ai sorti. Mais je me rends compte que je vous en ai peut-être dit plus que nécessaire.

— J'étais déjà allé au grenier, vous vous rappelez ? Il y avait beaucoup de papiers, là-haut.

— Je vois.

Cela ne parut pas la déranger particulièrement, cependant.

— Les documents dont vous souhaitez faire don sont juste les papiers relatifs à la colonie, n'est-ce pas ?

— Je ne souhaite pas vous attirer d'ennuis.

Gracie resta silencieuse, et Doug craignit d'avoir dit quelque chose qu'il ne fallait pas. Elle finit par briser le silence.

— En fait, j'ai besoin de vous pour quelque chose. J'ai pris une décision, Douglas. Maintenant que Zilla est partie, que Bruce n'est plus là, je crois qu'il est temps pour moi de passer à autre chose. Saviez-vous que j'avais une sœur ? Une demi-sœur prénommée Elizabeth, à qui je n'ai jamais cessé d'écrire. Elle ignore où j'habite exactement, et sait juste que la vie m'a été favorable. Elle m'adresse ses lettres à la poste restante. Nous nous sommes retrouvées quelquefois dans le Colorado après la mort du père de Zilla, avant que je rencontre Bruce. Elle a déménagé à Sedona. C'est beau, là-bas. Vous savez, c'est ce qui a été le plus difficile quand je suis partie de Floride – ne pas savoir ce qui était arrivé à ma sœur. Elle n'avait que quatre ans, et la quitter a été la pire chose que j'ai faite, la pire chose de ma vie. Mais elle aussi s'en est bien sortie. Elle est devenue enseignante, et est aujourd'hui divorcée. Je lui envoie de l'argent depuis qu'elle est en âge d'encaisser des chèques. Et je pense qu'il est temps pour moi de redevenir Amy Hall, d'aller la retrouver.

Grace ne peut plus vivre bien longtemps, et il y a le problème d'Internet. Je veux à tout prix éviter de me distinguer en devenant la doyenne de l'humanité. Où irai-je ? Depuis le début, Max a fait en sorte que nous continuions à nous verser des salaires. Chaque mois, j'écrivais un chèque à l'ordre d'Amy Hall, à prélever sur le compte de Grace Grant, et je l'encaissais à la banque de Libertyville. Et Max faisait la même chose. J'ai de coquettes économies, et je n'ai besoin de rien d'autre.

Doug essaya d'afficher une mine sceptique, mais à la place, il se surprit à hocher la tête.

— C'est beau, Sedona.

— Douglas.

Elle posa une main sur la sienne. Ses veines dessinaient des chaînes de montagnes.

— Je veux que vous et Miriam vous vous occupiez de tout ici. J'en ai parlé à mes avocats. Un transfert de propriété et de fonds est possible. À vous deux. Dieu sait que Zilla n'en veut pas. Peut-être reviendra-t-elle, peut-être pas. Mais la maison vous appartiendra. Nous garderons Gracie en vie pendant quelques années, puis elle mourra. On trouve des solutions à tout, avec de l'argent pour graisser les rouages. J'y veillerai.

— Vous voulez que nous prenions la maison ?

Le couinement de sa voix réveilla Hidalgo, qui se leva et se cogna la tête contre la table.

— Je veux que vous ouvriez de nouveau la colonie.

Doug ne savait pas trop comment réagissait son visage. C'était la chose la plus insensée qu'on lui ait jamais dite.

— Ne répondez pas tout de suite. Il ne vaut mieux pas. La colonie a été fermée pour les mauvaises raisons, par cupidité et méchanceté. Max me racontait des histoires – des artistes au bord des bassins, des écrivains sous les arbres. Quand je suis arrivée ici pour la première fois, il y avait encore des cabanes, vous savez, des ateliers d'artistes, avec des fenêtres de toit et des éviers. Je sais que j'ai toujours dénigré ce lieu, mais c'était… j'avais l'impression d'être obligée de le faire. Max m'a raconté que la journée, le calme régnait, que les artistes travaillaient, et que le soir venu, les gens se retrouvaient, faisaient un boucan d'enfer et dînaient dans la salle à manger. Vous imaginez ? Et le travail produit ici ! Nous n'aurions jamais pu rouvrir la colonie nous-mêmes, même si Max le souhaitait, le souhaitait ardemment. Cela aurait trop attiré l'attention. Les Devohr seraient venus. Mais vous et Miriam, il y a eu tant de strates avant vous. L'ordre des choses serait rétabli.

— L'ordre des choses ne serait-il pas plutôt de rendre cette propriété aux Devohr ?

— Les Devohr ont abandonné Grace ici avec un mari alcoolique, sans jamais daigner lui rendre visite une seule fois. Pas une seule fois.

Elle pointait un doigt vers lui, comme s'il essayait de soutenir le contraire.

— Nous avions un plan si jamais ils venaient, tout un plan élaboré. Mais cela ne s'est jamais produit. Ils m'ont facilité la tâche. C'était facile parce qu'ils ne sont jamais venus, et c'était facile parce que je n'ai jamais éprouvé de culpabilité. Et ils n'ont pas besoin de cet endroit, si ? Zilla parle sans cesse de marxisme, et regardez ! Voilà que moi, la petite mamie, je redistribue les richesses.

— Oh, mon Dieu.

Il n'était toujours pas exclu que tout cela ne soit qu'une manœuvre de Gracie pour l'acheter, une occasion pour elle de couvrir quelque chose d'atroce, de quitter la ville avant que Doug ne la dénonce. C'est ce que Miriam aurait argué.

— Il y a de l'argent pour démarrer le projet. Je sais combien coûtent ces choses, je ne suis pas naïve, et il y a de quoi faire. Bien sûr, c'est essentiellement l'argent de Bruce maintenant, alors c'est lui qu'il faut remercier. J'étais pratiquement sur la paille avant qu'il n'entre dans ma vie. Et cette gentille Miriam, la pauvre, peut vous aider. Elle connaît le monde de l'art. Elle saura comment créer un atelier. Pourquoi elle a épousé cet abruti prétentieux, cela m'échappe, mais à part ça, c'est une fille intelligente.

Doug se rendit compte que pendant que Gracie parlait, chaque couleur dans la cuisine était devenue plus vive. Son esprit dressait une liste des raisons pour lesquelles ce plan n'était pas viable, mais réfléchissait deux fois plus vite à ce qu'il faudrait faire, où loger les gens, à quelles bourses ils étaient éligibles, à ce que Leland pourrait apporter. Doug aurait un emploi. Il aurait une vie. Il avait l'impression d'avoir pénétré dans le Tout-à-Truc, au sein de son abondance vertigineuse.

Leland le traiterait de pigeon, et Miriam aurait peur que Gracie leur laisse une cave remplie de cadavres ou pire, mais quand vous vous noyez dans l'océan et que quelqu'un vous lance une corde, vous ne demandez pas de quel fil elle est faite.

— Je dois en discuter avec Miriam. Je vais devoir lui raconter… je veux dire, que vais-je pouvoir lui raconter ?

— Ne vous inquiétez pas.

Gracie sourit, il était sans doute terriblement flagrant qu'il avait déjà tout révélé à Miriam – Doug le comprit aussitôt.

— Allez lui parler tout de suite.

Alors Doug récupéra ses affaires, et marcha jusqu'à la remise. Non, regardez : il courait.

43

L'été et l'automne déferlèrent avec une chaleur torride et purifiante, et quand les étudiants revinrent sur le campus, ils racontèrent avec enthousiasme à leurs quelques camarades de quatrième année qui rentraient après une année à l'étranger l'histoire du Professeur Grant qui avait quitté le campus nue.

Il y avait le vieux Roi Cole. Les élèves qui suivaient son cours sur Melville l'applaudirent le premier jour. Parce qu'il était toujours là, parce qu'il était toujours Cole, parce qu'il agitait ses sourcils et disait : « On ne tue pas un vieux virus comme ça. »

Quand les étudiants venaient dans son bureau, il pointait son doigt vers la petite photo encadrée sur le mur, qui montrait la fille et son père. Elle lisait et était heureuse. Chaque fois, Cole disait : « Voici la photo de la femme la plus courageuse au monde. »

44

Le 10 juin 2001, une poétesse qui s'appelait Sara Calovelli se gara dans l'allée de Laurelfield dans une Honda Civic moribonde immatriculée dans l'Ohio. Bien que huit autres artistes, écrivains et compositeurs arriveraient plus tard dans l'après-midi, elle fut officiellement la première résidente de la colonie artistique de Laurelfield depuis quarante-sept ans.

Doug et Miriam accoururent depuis le bureau pour venir à sa rencontre et la présentèrent à Ben, qui allait l'aider à s'installer dans la maison principale. Le dîner était servi à dix-huit heures, lui expliquèrent-ils, et ensuite, ils feraient un feu à l'arrière du domaine. Lorsque Sara eut disparu par la porte d'entrée avec sa valise, Miriam fit un petit saut et applaudit de joie.

Le chef avait allumé le gril, Sofia et son équipe distribuaient savons et serviettes, et Denise et Chantal travaillaient d'arrache-pied dans le bureau installé dans l'ancienne salle de télévision de la remise, occupées par les détails de dernière minute comme les dossiers médicaux.

Tout s'était arrangé – l'argent, le personnel, l'approbation de la Ville – avec une facilité et une vitesse telles que Doug et Miriam s'attendaient à chaque instant, en vain, que quelque chose se passe affreusement mal. Cet hiver-là, ils avaient reçu d'une certaine Mlle Abbaticchio, une dame âgée qui habitait en ville, une donation surpassant même la somme que Gracie leur avait laissée. Les bureaux stockés au grenier pouvaient encore tous servir. L'Arts Council de l'Illinois les avait bien épaulés.

Pendant leur année de travail acharné, la réputation qu'ils s'étaient forgée leur avait attiré de fort nombreuses candidatures, et Miriam et Leland avaient les bons contacts pour constituer un jury d'admission et un comité de direction. Un article du *Chicago Tribune* intitulé « Refondation d'un havre » fut publié le jour où Doug apprit que Zee vivait avec un professeur de Physique de soixante ans.

Et le plus étrange là-dedans : cette nuit-là, alors qu'il était allongé dans son lit, Doug dut se rappeler d'éprouver de la tristesse.

Son lit était désormais en ville, dans un appartement situé au-dessus d'un magasin de bagels. Miriam continuait à loger dans la remise, et les anciens quartiers de Doug et de Zee avaient été convertis en chambre d'amis et en atelier.

Gracie, pour les féliciter, leur avait envoyé des fleurs, reçues le matin-même. Elle leur adressait sporadiquement des messages depuis Sedona, que Doug voyait comme des espèces de preuves. (« Le fait qu'elle aille là où elle a dit qu'elle irait ne prouve rien du tout », répétait Miriam.)

Ils s'assirent près de l'allée, et Miriam ramassa une poignée de gravillons lisses : blancs, beiges et noirs. Elle disposa les pierres de sorte à tracer une piste sur son tibia.

— Tu te transformes en mosaïque ? demanda-t-il.

— Toute la journée, j'ai eu une drôle d'idée. C'est comme si c'était la seule tournure que pouvaient prendre les événements. Tu vois ? Comme si toutes les choses bizarres et horribles qui se sont produites nous avaient poussés tous les deux ici. La colonie a été éliminée, la maison est revenue aux Devohr, et après tout ça, nous, qui ne sommes même pas des Devohr, rouvrons le lieu.

Doug rit.

— Tu penses que la maison voulait juste vraiment redevenir une colonie ? Que tous les artistes lui manquaient, alors elle a fracassé cette voiture et attendu un demi-siècle ?

— Je n'allais pas dire la maison. J'allais dire les fantômes.

À un moment donné, ils s'étaient mis d'accord sur le fait que si lui était en droit de croire en l'histoire de Gracie, alors elle était en droit de croire en ses fantômes sans qu'il soit autorisé à en rire.

— Dernière occasion de déterrer la serre. Avant l'arrivée de cet auteur, lança Doug.

— Ha !

— Juste pour te prouver que je ne suis pas un gobe-la-lune.

— Nous ne le ferons jamais. Cet atelier est tellement génial. Si j'étais écrivain, je voudrais cet atelier-là.

Elle enleva les gravillons sur sa jambe, qui, en tombant dans l'allée, émirent un son de pluie.

— Même si on le faisait, dit-elle. Même si on trouvait des os. Ça prouverait quoi ? Tu ne connaîtras jamais toute l'histoire. Tu en as conscience, n'est-ce pas ? Que tu ne sauras jamais.

Doug l'observa, sans voix. Elle avait raison. Comme bon nombre de ses paroles, celle-ci était une révélation. C'était aussi une absolution.

Avant le dîner, on servit des cocktails dans la bibliothèque. Les artistes, fatigués par leur voyage, se ranimèrent, et discutèrent en regardant ce qui était exposé. Doug avait rempli les rayonnages d'exemplaires de tous les livres et de toutes les partitions de musique qu'il avait pu trouver ayant appartenu aux générations précédentes de résidents, ainsi que de recueils de gravures. Il était même parti en quête de la seule œuvre que Marlon Moore ait jamais publiée, qui semblait antérieure au manuscrit dans le grenier. Il s'avérait que Moore était un auteur local, un professeur qui avait enseigné dans l'ancien département de Zee à la fin des années 1920. Le roman, *Jack des Bois*, était réellement mauvais, mais l'emplacement dédié à Moore sur l'étagère était l'un des préférés de Doug.

Doug avait fini par convaincre Miriam que pour parfaire la pièce, il fallait accrocher le Tout-à-Truc au-dessus de la cheminée, à la place du tableau de ferme de Gracie. Ils avaient voulu l'installer avant l'arrivée de leurs hôtes, mais le temps leur avait manqué. Il y avait eu tant de petites crises lors de ces derniers jours de préparation. Pour l'heure, l'emplacement était vide.

Après le dîner, les artistes firent le tour du propriétaire – virent les cabanes-ateliers reconstruites, le sentier en copeaux de bois qui menait à la statue de l'ours –, et se rassemblèrent devant le feu de camp que Leland faisait flamber. À ses pieds se trouvait une pile de choses à brûler.

Miriam expliqua l'idée au groupe.

— Beaucoup de bonnes et de mauvaises choses se sont produites depuis que des artistes se sont réunis ici pour la dernière fois. Nous qui avons œuvré pour l'avènement de tout ceci – nous voulions faire table rase du passé afin de faire place nette à la nouveauté, à l'extraordinaire, au bien. Et donc, ce soir, nous allons brûler du mauvais art.

La foule se mit à rire. Doug brandit la toile de la ferme, sortie de son cadre, et la jeta dans le feu. Le tableau craqua, siffla puis s'embrasa totalement.

Leland, pour sa part, jeta dans les flammes avec une immense délectation des poèmes atroces qu'il avait écrits cinq ans auparavant à la suite d'une rupture. Miriam contribua en mettant ce qu'il restait de l'œuvre à la robe jaune – que les griffes de Hidalgo avaient réduite en charpie et qu'on n'avait jamais vraiment pu sauver. Doug jeta dans les flammes trois minces livres de poche : *Melissa dicte sa loi, Melissa salue son public, Cece tire son épingle du jeu.*

— Oh, j'adorais ces livres ! s'écria quelqu'un de l'autre côté du feu. Ils étaient très mauvais !

La nuit se rafraîchissait, et les artistes se rapprochèrent du brasier pendant quelques instants, avant de s'en aller. Ils avaient du pain sur la planche : des toiles à préparer, des bureaux à organiser, des poèmes à commencer.

Doug se tourna vers Miriam et dit :

— Viens, on va tout de suite chercher le Tout-à-Truc. Demain, on n'aura pas le temps.

— On n'a pas de quoi boucher le mur. Il y aura un trou béant pendant des jours.

Il secoua la tête.

— Je veux qu'il soit dans la bibliothèque quand ils descendront prendre leur petit-déjeuner.

Une fois dans la remise, ils martelèrent à tour de rôle avec un burin l'épaisse couche de peinture afin de la faire sauter, puis, munis d'un pied de biche, s'attaquèrent petit à petit à la planche en se plaçant alternativement derrière l'un des quatre coins cloués.

Doug prit la place de Miriam qui tenait les bords de la planche, prête à la retenir quand son poids entier céderait. Il se sentait parfaitement heureux. C'était un bonheur qui dépassait la colonie, qui dépassait le triomphe du jour. Il ne savait pas, après toutes les choses désastreuses qui s'étaient produites, pourquoi il se sentait si profondément, si extraordinairement comblé par la vie. Mais c'était ainsi.

La planche émit un craquement excitant, et Miriam l'arracha. Les clous se détachèrent, et Doug ne sut pas s'il fallait qu'il rattrape la planche ou qu'il rattrape Miriam. Mais en outre – à ce moment exact, tandis qu'il la regardait faire un pas en arrière, trouver son équilibre, haletante –, il eut le sentiment que quelque chose s'était également délogé en lui.

— Pose-la, dit-il.

Il laissa tomber par terre le pied de biche.

— Non, c'est bon, répondit-elle.

— Pose-la, s'il te plaît.

— Pourquoi ?

— Pose-la.

Elle lui obéit, la cala contre le mur, il se leva, passa deux doigts dans le col de sa chemise et l'attira vers lui, chancelante. Devant la bouche béante du mur, il l'embrassa. Ils auraient bien le temps plus tard de déplacer la planche, le temps de braquer des lampes torches dans la cavité, et de remplacer le petit carreau orange qui s'était fracassé sur le sol. Il ne l'avait attendue que trois secondes, mais avait l'impression de l'avoir attendue un siècle, comme si rien de plus évident, de plus nécessaire au monde n'existait.

Deuxième partie

1955

Après tout, pendant toute son enfance, Grace avait entendu des histoires de greniers. *La Petite Princesse, Jane Eyre,* et une centaine de récits de fantômes qu'on raconte au coin du feu. Celui, par exemple, de la jeune mariée coincée dans un coffre le soir de son mariage. Et au printemps dernier, pendant sa lune de miel, elle avait acheté le *Journal* d'Anne Frank à la librairie anglaise à Paris. Lorsque George avait disparu le troisième jour, elle s'était installée à une table de La Rotonde avec son livre ouvert, un verre de chablis et une assiette creuse remplie de moules. Elle avait pris le livre avec elle en guise de bouclier, dans l'espoir de passer pour une jeune étudiante en Art, une fille qui dînait seule une fois par semaine quand elle était lasse des garçons français de son cours de sculpture. Certes, elle semblait toujours avoir vingt ans. Le serveur l'appelait *Mademoiselle**.

Son verre se remplissait d'eau comme s'il était alimenté par une source souterraine. Le soleil se mua en crépuscule, puis en réverbères, la foule s'épaissit autour d'elle, mais le serveur n'apportait jamais l'*addition**, juste davantage de pain, et ensuite, de vin, agrémenté d'un clin d'œil. À ce moment-là, le livre l'avait plongée dans un monde tellement criant de vérité que le Paris qui l'entourait lui semblait relever de la fiction. Elle était Anne Frank, et cette rue de Paris était un rêve après sa mort. Elle rentra à l'hôtel aux environs de minuit pour terminer le livre dans son lit. Quand George tambourina à la porte vingt minutes plus tard, sa clé perdue à jamais, elle n'eut aucun mal à

* Tous les mots en italique suivis d'un astérisque sont en français dans le texte.

imaginer qu'il était un Nazi arrachant la bibliothèque de la porte de l'Annexe. Elle resta allongée en essayant de ne pas respirer. Il cria, donna des coups de pied, et tenta de forcer la poignée. Ce ne fut que lorsqu'il se fit silencieux, certainement parce qu'il rebroussait chemin dans le couloir pour réveiller le responsable de nuit, qu'elle bondit hors du lit et tourna la poignée.

— Je dormais, se justifia-t-elle.

Il reprit son équilibre, ses yeux se déplaçaient si vite qu'elle savait qu'il la voyait en triple. Il avait une odeur douceâtre et complexe – un mélange de whiskey, de cigares et de cinquante femmes. Elle déboutonna sa chemise. Il referma la porte à l'aide de son coude.

Elle se rallongea sur le lit. Elle avait acheté une nuisette vert pâle cette après-midi, rue de Rivoli. Elle appuya son pied droit contre sa cuisse.

— Et je suis restée seule toute la journée à penser à toi. Il va falloir que tu te rattrapes.

Et donc, était-ce si surprenant qu'une fois de retour ici, dans ce vaste piège désolé en briques, alors que le parfum de Paris s'était estompé sur son palais, alors que pendant les disparitions de George, elle ne se retrouvait pas confortablement installée dans un café mais humiliée devant les employés de maison, elle revendique le grenier comme étant son havre ? Elle pensait l'aimer pour la raison qui fait que nous aimons toujours les greniers et qu'ils sont présents dans nos rêves : parce qu'ils sont les pièces cachées où nous entreposons notre passé. Où nous fourrons les choses que nous n'avons pas le courage de jeter mais que nous espérons ne plus jamais devoir voir.

Et d'un point de vue plus pratique : le grenier s'était rafraîchi avec l'air de l'automne, et elle pouvait s'y asseoir, invisible, et tout voir. Les gens en dessous étaient minuscules et sans trait distinctif, des poupées autour d'une maison de poupée : Max le chauffeur, qui prétendait être à Laurelfield depuis vingt-cinq ans, ce qui représentait plus de la moitié de sa vie. Mme Carmichael, la gouvernante. Beatrice et Ludo dans le jardin. Rosamund, la cuisinière. Le facteur, qui allait et venait. Le crémier, qui allait et venait. L'étrange petite Amy, la nièce de Max, qui était apparue un jour de juillet avec l'air effarouché d'une biche, et qui ne partait plus. George, qui décampait dans la Capri en compagnie de Max, ou dans la Darrin sans lui, ou rôdait dans le domaine, lorgnant Beatrice quand elle se penchait au-dessus du parterre de courges, lorgnant Amy quand elle transportait des draps de la grande maison à la remise.

Grace imagina ramener des fléchettes à l'étage, bien viser et les lancer sur les poupées qui ne se doutaient de rien. Une fléchette dans les pneus de Max. Une autre dans le postérieur rond d'Amy. Une autre en plein dans le muscle du beau bras de George. Une autre dans le bassin aux carpes koï, une autre dans le camion de lait. Paf.

Au lieu de quoi, elle monta de la nourriture, en petite quantité seulement, qu'elle garda sur le rebord de la fenêtre. Une miche de pain tranché, un pot de confiture de fraises, quatre longues carottes bosselées. Elle aimait calculer combien de temps elle tiendrait avec ces aliments si jamais elle décidait de disparaître. Une semaine, pensait-elle. Et ensuite, elle redescendrait, aussi décharnée qu'un spectre.

Le 10 octobre, deux choses étranges se produisirent, et elle sut qu'il y en aurait donc une troisième.

Première chose : une sorcière entra dans la remise. Pas une vraie sorcière, car c'étaient les temps modernes et le monde rationnel. Mais toute de même, en octobre, se vêtir d'un tel flot de noir, avancer pliée en deux contre le vent – cette femme cherchait à ce qu'on la brûle au pilori. Elle était arrivée en taxi d'on ne sait où, de Salem peut-être, et s'était précipitée dans la remise comme si elle était ici chez elle. Grace pensa d'abord que la sorcière était la mère d'Amy – et sœur de Max – qui venait enfin récupérer sa fille renégate, mais quand la gamine sortit et prit la direction du jardin dix minutes plus tard sans être perturbée ni pressée, elle sut que ce n'était pas cela. Grace prit dans le classeur à tiroirs les jumelles qui lui servaient à observer les oiseaux, et les braqua sur le premier étage de la remise, au-dessus des deux portes de garage ouvertes. Elle les apercevait à travers les fenêtres de la porte du balcon. La sorcière était assise à la table de la cuisine, ses cheveux tirés en un chignon gris qu'elle portait bas. Max était installé en face d'elle – Grace voyait ses cheveux noirs –, ses mains montaient et descendaient de la table à sa bouche, il mangeait, fumait ou buvait. Mais c'était tout ce qu'elle distinguait.

La scène lui évoqua la seule carte dont elle se souvenait de sa séance de tarot avec George dans le Marais. Toutes les autres ressemblaient à des cartes à jouer, des reines et des princes tout ce qu'il y a de plus banal, mais alors la vieille dame avait retourné le cinq des pentacles, et Grace avait eu l'impression de l'avoir déjà vu, ou peut-être de l'avoir vécu : deux mendiants dans le froid, devant une église à l'intérieur de laquelle il faisait bon. Enfermés dehors. Elle ne se rappelait plus l'explication donnée par la femme au sujet de cette carte, mais savait l'avoir ressentie dans ses os. Et elle éprouvait la même sensation à présent, en regardant Max. À Laurelfield, elle n'était qu'une invitée.

Elle se souvenait mieux des cartes de George, uniquement parce qu'elles avaient paru perturber la vieille dame. Comme si elles avaient révélé son âme problématique. Elle avait marmonné pratiquement pendant toute la durée de la séance, et Grace s'était efforcée de traduire au mieux. George voulait des informations sur la carte représentant la Tour, qui paraissait terrifiante : une tourelle frappée par un éclair, deux silhouettes nues se défenestrant. La femme avait dit : « *C'est pas si grave. C'est le changement, seulement, le changement soudain**. » Et ensuite, comme si cela était tout aussi important, elle avait expliqué que dans les anciens jeux belges, la tour était un arbre. « Qu'est-ce qu'elle dit ? » avait demandé George. Et Grace avait répondu : « Cela signifie qu'il ne faut pas sortir quand il pleut. »

Elle choisit une pomme d'un vert acide sur le rebord de la fenêtre, l'une des cinq qu'elle avait cueillies ce matin sur les arbres derrière la Longère (trois ateliers d'artistes contigus, désormais habités par des ratons laveurs), et rongea lentement la chair autour du trognon. Toutes les fenêtres étaient ouvertes, il n'y avait pas de moustiquaires. Elle les avait enlevées afin que les oiseaux puissent entrer, même si ses seules invitées avaient été des hirondelles rustiques joueuses, qui n'avaient même pas bâti de nid sous les avant-toits du pignon comme elle l'avait espéré. Elle s'apprêtait à balancer le trognon dans l'allée, mais se ravisa et traversa le large plancher bruyant vers l'arrière de la maison. Elle aperçut George et la petite Amy à côté du catalpa jaunissant. Il y avait quelque chose de bizarre dans leur posture – le simple fait qu'ils soient ensemble, tout d'abord, mais surtout la façon qu'il avait de se recourber au-dessus d'elle comme un cobra –, si bien que Grace ne fut même pas surprise lorsque George saisit l'un des poignets d'Amy qu'il plaqua au-dessus de sa tête, contre l'écorce de l'arbre. Grace attrapa ses jumelles. Telle Blanche-Neige, elle garda le dernier morceau de pomme dans sa bouche sans le mâcher, ni le recracher, ni s'étrangler avec, et regarda George déboutonner le corsage de la robe d'Amy puis le rabattre violemment sous son sein gauche avec sa brassière, de sorte que Grace aperçut le téton rose même à cette distance. La jambe d'Amy se leva comme si elle essayait de le repousser d'un coup de pied mais n'arrivait pas à viser son entrejambe. George baissa la tête vers le sein d'Amy et, comme il se tenait de profil par rapport à elle, Grace parvint même à voir sa langue faire le tour du sein puis remonter doucement le long du cou de la jeune fille. Celle-ci le repoussa et remonta son corsage, mais ne partit pas en courant ni ne cria, et c'était ce qui comptait, n'est-ce pas ?

Eh bien.

Eh bien.

Grace, en bonne étudiante en Lettres, se dit que cette pomme était un symbole de l'innocence perdue et que, tandis que la pulpe du fruit était toujours intacte dans sa bouche, le moment aurait été parfait pour ressentir un choc et de la répulsion. Était-ce un échec de sa part de n'éprouver aucune de ces émotions ? Nul choc car elle n'était pas idiote. Et elle n'éprouvait pas vraiment de répulsion non plus, pas autant qu'elle aurait dû. C'était l'homme qu'elle avait choisi. C'était la raison pour laquelle elle avait rompu avec Gunning Burke, Stanley Langhoff et Lionel : parce qu'ils n'étaient pas le genre d'hommes à faire quoi que ce soit de surprenant, d'horrible ou de nature à vous faire prendre conscience des choses. Ils l'avaient étouffée avec leur patience, et elle avait eu l'impression d'être enfermée dans une pièce aveugle tapissée de velours qui sentait la menthe et où il n'y avait nulle part où vomir.

Eh bien.

Mais ce n'était pas cela, la deuxième chose étrange. Parce que cela n'avait réellement rien d'étrange.

En bas, les silhouettes s'étaient séparées. Amy traversait la pelouse en trottinant en direction de la porte de la cuisine. Grace supposait qu'elle se dirigeait là-bas dans l'unique but de brûler la soupe. Depuis qu'elle était là, la nourriture était nettement plus mauvaise, et Grace soupçonnait Rosamund d'essayer de lui enseigner des choses, de la laisser hacher des aliments et préparer des vinaigrettes. Quelle pauvre sotte, cette Amy, certainement amoureuse de George et incapable de comprendre que dans un an, il ne se rappellerait plus son nom.

Grace était le seul genre de femme que George aurait jamais pu épouser, tout comme George était l'homme qu'elle avait attendu pendant vingt-huit ans, au fil des fêtes, bals des débutantes, fiançailles, et de ce que tout le monde considérait comme sa vie de vieille fille. Et voilà que lors du bal du Gouverneur en 1953, George Grant était arrivé, une olive pimentée entre les dents, avec des yeux de grand méchant loup. Il avait croqué l'olive afin qu'elle se scinde en deux. Une moitié était tombée dans sa bouche, l'autre avait roulé dans la paume de sa main. Il avait avancé d'un pas et, au nez et à la barbe du père de Grace, avait calé l'autre moitié d'olive entre les dents de cette dernière. « C'est bon pour vous », avait-il dit avant de poursuivre son chemin et de passer son bras autour de la taille fine de la fille du maire.

Sa mère avait accouru :

— Mais qui était-ce donc ?

Et Grace, déjà bien ivre et d'humeur mélodramatique ce soir-là, avait avalé le fruit et détourné le regard.

Une agréable paralysie s'empara de Grace au fil de l'après-midi ; elle observait la remise tandis que Max et la sorcière poursuivaient leur discussion. Amy refit son apparition à un moment, marcha jusqu'à la grande maison, retourna dans la remise avec un oreiller et des couvertures – et oui, elle se matérialisa de nouveau dans les chambres côté est, ouvrant la fenêtre et préparant un lit pour la sorcière. Grace aurait dû se sentir contrariée qu'un invité de plus soit accueilli dans le domaine sans son consentement. Sa mère n'aurait jamais autorisé une chose pareille, aurait été horrifiée que Grace reste là, les bras ballants, à regarder Max se construire un harem dans la remise. Une espèce de harem : avec une sorcière et sa nièce. Sauf qu'elle n'était pas réellement sa nièce. Grace le savait.

Longtemps après, Max et la sorcière sortirent de la remise, passèrent derrière la grande maison, et allèrent directement dans l'abri de jardin. Ils en émergèrent vingt minutes plus tard avec Ludo et Beatrice, les jardiniers. Max et la sorcière les accompagnèrent jusqu'à la voiture et les embrassèrent sur la joue avant qu'ils s'en aillent car leur journée était terminée. La sorcière prit le bras de Max, de façon assez formelle, et ils disparurent de nouveau dans la remise.

Le soleil se couchait et il fallait qu'elle descende dîner avant qu'on organise une battue pour la retrouver.

Amy refit son apparition. Elle était une figurine dans une horloge avec coucou, entrant et sortant à l'infini : remise, grande maison, remise, grande maison. Mais cette fois-ci, tandis qu'elle traversait le jardin en direction de la porte de la cuisine, la terre sembla bouger derrière elle. Non, c'étaient des lapins. Grace en compta au moins sept, qui avançaient en bondissant derrière Amy comme tout droit sortis de Hamelin. Amy ne semblait absolument pas s'en rendre compte. Et quelle ironie ! Sept lapins à queue blanche, et pas une once de chance pour Amy – cette triste et curieuse petite Amy aux yeux avides, qui croyait être désirée parce que George l'avait plaquée contre un arbre. Le genre de fille à qui la malchance colle à la peau telle de la mousse. Grace se leva et épousseta ses genoux.

Donc, cela faisait deux choses bizarres maintenant, deux présages. Si elle continuait à regarder, le lendemain, le surlendemain, et le jour suivant encore, la troisième chose arriverait. Et la troisième était toujours la plus conséquente.

Elle sentait la maison se réveiller autour d'elle le matin avant d'être elle-même parfaitement réveillée. Des fenêtres qu'on ouvrait, le sécateur rythmique de Ludo dehors, des pas dans le couloir, des roues dans l'allée gravillonnée. C'était la même chose partout où elle avait vécu : dans la maison à Bealey Hall, où il y avait bien plus de domestiques qu'ici, ses frères qui criaient, et plus tard, les enfants de ses frères ; dans la résidence universitaire où certaines filles ne se couchaient jamais et faisaient couler des bains à l'aube ; dans des hôtels, où quelqu'un avait veillé toute la nuit à la réception, où des femmes de chambre arrivaient à quatre heures du matin. Elle se demandait comment ce serait de se réveiller seule dans une maisonnette, dans une rue tranquille, où rien ne bougerait tant qu'elle ne bougerait pas. Peut-être un chat endormi au pied du lit, et ce serait tout. Mais ici à Laurelfield, il y avait quelque chose de plus le matin, une impression de bourdonnement dans toute la maison, comme si ce n'étaient pas les domestiques qui la faisaient tourner mais une autre énergie. Comme si la maison possédait des racines et des feuilles, et était occupée à la photosynthèse, à envoyer de la sève vers le haut et vers le bas, et que les gens qui la traversaient en courant étaient aussi insignifiants que des scarabées fouisseurs.

Elle était attablée devant son petit-déjeuner avec un livre. George n'était pas encore là. Il avait pris l'habitude de dormir dans la petite chambre avec le lit à baldaquin les nuits où il rentrait plus aux abords de l'aube que de la tombée du jour. Soit il était assoupi là-haut, soit ce n'était pas le cas, mais se poser la question ne la mènerait nulle part. Elle demanda des œufs et des tartines, pas de viande, et ouvrit son livre au milieu. Un roman d'amour. Une camarade d'université lui en avait envoyé six pour plaisanter en guise de cadeau de mariage – tous les tomes de *Passions anciennes,* entourés d'un ruban rose et accompagnés d'un mot écrit à la main : *Pour le jour où la flamme vacillera !* – et Grace en avait déjà dévoré deux depuis Paris. Celui-ci se passait dans un manoir anglais sous le règne de Henry VIII. La pauvre servante et le deuxième fils de la famille étaient follement amoureux sans grand espoir de mariage. Elle aurait imaginé que les choses se termineraient mal pour tout le monde, mais dans ce genre de livre, la fin était forcément heureuse.

Comme cela aurait été drôle, quel formidable tour joué aux pauvres lectrices esseulées, si l'une de ces histoires se concluait de façon catastrophique. L'abandon, la honte, un bébé qui n'était pas prévu avec six doigts à chaque main. Une héroïne qui se retrouve dans la rue.

George arriva, pas rasé. Ses cheveux étaient un enchevêtrement de boucles noires, les cernes noirs sous ses yeux tels des reflets de ses sourcils. Il était encore plus beau ainsi que lorsqu'il était propre sur lui. Elle referma le livre, mais ne prit pas la peine de le cacher sous sa serviette de table. Il se moqua de la couverture et demanda où se trouvait la cuisinière. Grace déposa des œufs dans son assiette à l'aide de sa fourchette, fit glisser le plat vers lui, de l'autre côté de la table, puis versa la moitié de son café dans sa tasse.

— Sais-tu quelque chose à propos de la nouvelle invitée de Max, dans la remise ?

Elle pensait lui poser la question la veille au dîner, mais il avait accepté de prendre un coup de téléphone et elle avait fini par manger seule.

— Une femme.

Il se gratta derrière l'oreille.

— C'est ta maison, mon canard. Dis-moi ce que tu veux. Tu veux que je lui gueule dessus ?

Elle réfléchit.

— Non, je peux m'en occuper, bien sûr. Je me demandais juste s'il t'en avait parlé.

George rit et essaya d'attirer l'attention de Rosamund à travers la porte de la cuisine qui était ouverte.

— Je pense que le gars est assez futé pour savoir que ce n'est pas avec moi qu'il faut voir ce genre de choses.

— Bon. En tout cas, il y a une invitée. Une éminente sorcière, tout de noir vêtue. Du moment que tu ne te mets pas à lui tripoter la poitrine.

George haussa un épais sourcil, mais l'expression qu'il affichait dénotait de l'amusement. Nul démenti en vue, et encore moins d'excuses. S'il avait déjà été soûl, il aurait pu lui balancer sa tasse de café dans la figure. Là, il semblait sur le point de dire quelque chose de rusé et de sournois, quand Rosamund, la fille costaude aux yeux gris, passa la porte avec le café et une assiette sur laquelle se dressait une montagne d'œufs.

— Je m'en chargerai, dit Grace, qui ne savait pourtant pas du tout comment s'y prendre pour parler à Max et n'avait nullement envie de tester son autorité.

George arrêta sa bouchée juste devant ses lèvres et dit :

— Ta chère défunte grand-mère m'observe de là-haut. On ne peut pas la mettre ailleurs ?

Grace regarda le portrait par-dessus son épaule.

— Je la trouve belle.

— Elle me donne la chair de poule.

— On peut échanger nos places.

— Je préfère qu'un fantôme me regarde dans les yeux plutôt que d'avoir son regard dans ma nuque.

— Nous ne pouvons pas la décrocher. Papa en serait mortifié.

— Tu penses qu'il le verra ? Tu penses qu'il va venir nous rendre visite ? Grace. Ils ne viendront jamais nous voir. Tu ne l'as pas encore compris ?

Une fois de retour dans le grenier, Grace réfléchit à comment occuper sa journée. Son coin favori, celui côté nord-ouest, était un nid des plus confortables. Elle avait recouvert un vieux fauteuil Morris fissuré d'une couverture verte, et l'avait poussé jusqu'aux classeurs à tiroirs qui formaient une petite alcôve près de la lucarne. Elle avait trouvé un tableau à moitié terminé sur un morceau de lin qu'elle avait soigneusement déroulé et épousseté avant de le clouer au mur sous la fenêtre. Peut-être était-ce censé représenter une feuille de chêne, en gros plan extrême. Elle posa une planche sur les bras de son fauteuil Morris, et voilà qu'elle avait un bureau pour dessiner et écrire des lettres. C'était exactement comme une mansarde d'artiste dans le Paris des années 1890, se dit-elle, quelque part sur l'île Saint-Louis, et quand Amy faisait crisser les gravillons, elle imaginait que c'était un vendeur de poissons.

Aujourd'hui, elle concevrait sa serre. L'idée plaisait beaucoup à Ludo, qui avait promis d'apprendre la culture des orchidées. Elle dessina au dos d'une chemise vide trouvée dans le classeur à tiroirs – pas l'architecture de la serre, qui était déjà établie, mais l'emplacement des plantes –, et une seconde chemise lui tint lieu de règle. Elle traça au crayon les jolies petites étagères et les pots. Ici, le long des fenêtres côté est, tomates et laitues. Quel bonheur, en janvier, de manger une tomate mûre bien tendre. Il faudrait aussi des épinards. Elle imagina une tarte chaude aux légumes. Des violettes africaines le long du mur intérieur devant la maison, à moins qu'il n'y ait pas suffisamment d'ombre. Des orchidées Phalaenopsis côté ouest, pour encadrer la vue du jardin à l'arrière : du blanc, du violet, du rose. Des sabots-de-Vénus jaunes, des petits. Des fougères partout au milieu, une jungle de fougères, et un petit vaporisateur en cuivre. Des fougères suspendues au plafond, aussi, et d'autres plantes dont les douces boucles et mèches vertes cascaderaient jusqu'au sol.

Dans une autre vie, elle aurait été botaniste, ou aurait peint des plantes. À l'université, elle avait suivi tout un cours sur le royaume végétal. Leur professeur, une dame britannique d'un âge vénérable, avait coupé une pomme en deux – le long de sa ligne équatoriale –, et avait retourné les deux moitiés vers les filles pour leur montrer les étoiles qui s'y cachaient, les carpelles, les graines coupées et l'arsenic qui s'en écoulait. Des étoiles ! Dans les pommes qu'elle mangeait depuis vingt ans ! Soudain, cette année, chaque arbre avait un nom. Quand les garçons lui envoyaient des fleurs, elle s'installait derrière le bureau de sa résidence pour les disséquer, décortiquant les marguerites en disques et fleurons, scindant les réceptacles des lys avec son pouce pour trouver les rangées d'ovules blancs bien ordonnés.

Et qu'allait-elle faire de toutes ces informations, désormais ? Il y avait aussi la littérature française, les arts hollandais, qu'elle avait appris à apprécier, et sa capacité à écrire une rédaction sur Chaucer. Qu'étaient donc ces compétences hormis des compagnons de grenier, une façon d'empêcher son esprit de s'auto-digérer au cours des cinquante prochaines années ? Elle imagina ses camarades de classe amusant leurs maris avec leur intelligence. Quand elle avait essayé de parler à George de l'architecture des ponts enjambant la Seine, il l'avait accusée de chercher à l'humilier.

L'ennui qu'elle ressentait n'était pas de la faute de George. Qu'avait-elle fait de sa vie entre l'université et vingt-huit ans ? Absolument rien. Elle avait voyagé en Italie en compagnie de sa mère (instructif, certes, mais elle n'avait pas retenu un traître mot d'italien), elle avait joué les standardistes dans le bureau de son père, elle s'était fiancée, ou avait fait semblant de l'être, à deux garçons, ce qui avait requis beaucoup de temps et d'énergie mais peu de créativité. Elle avait été affligée tout un hiver de pneumonie. Elle avait organisé des campagnes de don de sang pour la Croix-Rouge canadienne. Jamais, en ces occasions, elle n'avait impressionné quiconque avec ses connaissances sur Chaucer.

Voilà qu'Amy, qui, pour une fois, n'avait rien dans les bras, traversait l'allée. Elle avançait les yeux braqués vers le sol, comme si on lui avait interdit de voir quoi que ce soit de beau dans le monde. Grace n'était pas encore prête à affronter Max, mais elle pourrait parler à Amy. Cela lui permettrait de prendre ses marques.

Le temps d'arriver au rez-de-chaussée, Amy avait disparu. Elle la chercha dans la cuisine (où elle était introuvable, mais Rosamund avait une question au sujet des légumes que M. Grant tolérerait dans son ragoût) et en bas, près de la lingère. Elle finit par regarder par les fenêtres de la salle à manger et la vit sous le catalpa, celui sous lequel George l'avait malmenée. Mais elle était face à l'arbre, les yeux rivés sur son écorce, et George n'était pas là. Alors Grace sortit en dépit du froid, et la rejoignit doucement.

— C'est un catalpa de l'Ouest, dit-elle.

Amy sursauta en laissant échapper un petit cri rauque.

— Mademoiselle Grant. Je suis désolée. J'ai cru… que vous étiez un animal ou autre.

— Eh bien, c'est sans doute le cas. Et là, c'est un catalpa de l'Ouest. Il ne vous impressionne certainement pas beaucoup, vous qui venez du sud. Mais ici, dans le Nord, il est l'arbre dont les feuilles sont les plus grandes, et de loin. Il n'est pas toujours aussi laid.

Au début de l'été, il avait été sublime dans sa floraison : des fleurs blanches suspendues telles des traînes nuptiales, des cosses mesurant une trentaine de centimètres, des feuilles grandes comme des assiettes. Mais à présent les feuilles étaient d'un jaune olivâtre, et les cosses marron et extrêmement phalliques.

— Non, il est très beau, dit Amy. Vraiment.

— Inutile de mentir.

— Oh.

Amy semblait sur le point de pleurer. Grace était tentée de la pousser plus loin, de voir si elle craquerait, au lieu de quoi, elle dit :

— Venez vous asseoir avec moi une minute.

Elle la conduisit jusqu'au banc devant le bassin aux carpes koï. Il fallait qu'elle demande à Max quoi faire des poissons une fois que le temps aurait complètement changé. Elle ignorait si on allait les rentrer, ou s'ils continuaient à vivre là, emprisonnés sous la couche de glace. Elles s'assirent, et Amy enfonça immédiatement ses chaussures bicolores dans les feuilles. C'était une enfant, dut se rappeler Grace. Max avait dit qu'elle avait dix-huit ans, ce qui semblait être le cas, mais il y avait quelque chose de bien plus juvénile en elle, quelque chose qui était resté coincé à sept ans.

— Votre oncle a de la visite, dit Grace.

Il y eut un infime moment de confusion avant qu'Amy réponde « Oui ». Évidemment. Puisque Max, Grace l'avait compris depuis des semaines, n'était pas l'oncle d'Amy. Max avait déroulé un récit impeccable, et avait présenté Amy, une main posée sur son épaule, en fournissant juste la bonne dose de détails : « la fille de ma sœur Ellen », « elle est venue toute seule en train depuis la Floride » et « elle pensait habiter avec des amis, mais tout est tombé à l'eau ». Grace avait gobé toute l'histoire. Pourquoi ne l'aurait-elle pas crue ? Amy pouvait rester aussi longtemps que nécessaire, avait-elle répondu. Et en août, quand Max était revenu la voir pour lui dire qu'Amy aurait vraiment aimé travailler, que ce serait une expérience bénéfique pour elle, Grace avait pensé à ce que sa mère aurait fait en pareilles circonstances, aux manières et à la générosité qu'elle l'avait vue incarner pendant des années jusqu'à ce qu'elle apprenne, en cours d'Histoire, le sens du terme *noblesse oblige*. La gouvernante, Mme Carmichael, était très âgée, myope et affligée de goutte, et Grace avait été certaine qu'un coup de main ne lui ferait pas de mal. Amy pourrait travailler là où on aurait besoin d'elle, avait dit Grace, et Amy n'avait mis un terme à son effusion de gratitude que pour lui confier qu'elle n'avait absolument pas la main verte, qu'elle pourrait nettoyer et aider en cuisine, mais que les jardiniers se porteraient bien mieux sans elle.

Et puis certains détails commencèrent à l'asticoter. Il y avait quelque chose de tellement cru et bas en Amy, une dureté dans ses voyelles qu'on ne pouvait imputer à son accent du Sud. Ses dents étaient de travers, elle ignorait ce qu'était un buffet, elle se rongeait les ongles. Lorsqu'elle avait demandé à Mme Carmichael comment ranger les disques sur les étagères de la bibliothèque, elle avait prononcé le « t » de « Mozart ». Alors que Max était un véritable brahmane. Grace ne connaissait pas du tout ses origines, hormis son attachement de longue date à la colonie, mais l'homme parlait couramment français et était abonné au *Harper's Magazine*. Elle ne voyait pas comment sa sœur pouvait être la mère d'Amy. Voilà pourquoi Grace avait imaginé un test. Elle était allée trouver Max dans le garage un jour de septembre et avait dit : « Je pense déjà à Noël. Je sais, pour l'instant, il fait une chaleur de bête… mais c'est mon premier Noël en tant que femme mariée. Comment fêtiez-vous les choses, Max ? Quand vous étiez enfant ? J'ai besoin d'inspiration. » Et il lui avait parlé de clous de girofle dans des oranges, de cadeaux qu'on ouvrait à la lueur des bougies le soir du réveillon, de la messe à neuf heures du matin, du canard que l'on servait au repas, des chants et de l'*eggnog* après le déjeuner. Le lendemain, Grace s'était rendue dans la cuisine et avait posé la même question à Amy et à la cuisinière. Amy avait dégluti avec force et répondu : « Il y avait toujours des bols de noix sur la table basse. C'était un vrai cadeau. » Grace avait alors creusé davantage et on lui avait parlé de dinde au réveillon, de restes que l'on mangeait au déjeuner de Noël, d'une course effrénée aux cadeaux au lever du jour.

Grace en avait alors eu la conviction : une femme qui avait grandi dans la maison décrite par Max ne proposerait jamais le Noël d'Amy à ses enfants. Cela répondait à sa question, mais en soulevait bien d'autres encore : qui diable était donc cette

Amy Hall, pourquoi Max souhaitait-il sa présence ici, et que voulait-elle de Laurelfield ? Quelque chose dans sa faiblesse donnait envie à Grace de lui faire du mal, de tester combien de temps elle pouvait tenir. Peut-être était-ce le même instinct qui avait conduit George à clouer Amy contre l'arbre. Elle et George étaient tellement semblables, après tout.

— Qui est-elle ? demanda Grace.

Amy sembla soulagée que la question soit aussi simple.

— Mlle Silverman. De la ville de New York.

— *Silverman.* Et elle… Mlle Silverman est une amie ? De votre oncle ?

— Je crois.

— Elle est juive. Avec un nom pareil.

— Oh, je n'en sais rien, m'dame.

— Vous l'aviez déjà rencontrée avant ?

— Non, pas avant.

— Je la trouve très bizarre. Pas vous ?

Elle se pencha vers Amy et se mit à murmurer comme si elles étaient deux écolières de douze ans dans la cour de récréation.

— Elle s'habille comme une sorcière.

Amy laissa échapper un petit rire.

— Est-elle encore des nôtres aujourd'hui ?

— Elle est allée à l'Art Institute, répondit Amy. En train. Ça m'inquiétait qu'elle aille là-bas toute seule, mais j'imagine que si elle est de New York, elle saura se débrouiller.

— Certainement. Et est-elle… attachée à votre oncle ? Au sens amoureux ? demanda Grace, même si la sorcière paraissait plus âgée que Max – ses cheveux étaient gris, contrairement à ceux de Max.

— Oh, non ! Je veux dire, elle ne l'a pas vu depuis des années. C'est ce que j'ai compris.

— Amy. Ce que j'admire chez vous, c'est votre sens de l'observation. Vous avez appris à vous repérer dans cette maison en un clin d'œil. Moi-même, je cherche encore mes marques.

— Merci, m'dame.

— J'essaie juste de comprendre ce que je peux, car je ne souhaite pas mettre votre oncle dans l'embarras. À vrai dire, il ne m'a jamais demandé la permission de recevoir un convive.

— Oh, mais il ne savait pas qu'elle venait !

— En êtes-vous sûre ?

— Je n'avais jamais vu quelqu'un d'aussi surpris que lui. Il… eh bien, je ne sais pas. Il était contrarié qu'elle vienne. Ce n'est vraiment pas de sa faute, je pense.

Grace décida de se taire et d'attendre qu'Amy en dise plus. C'était l'une des techniques de négociation de son père, et elle avait rarement l'occasion de s'en servir. Peut-être qu'après tout, elle continuait à développer son esprit. Elle regarda fixement Amy, qui donna un coup de pied dans les feuilles. De toute apparence, elle était terrifiée. Il ne fallut que quelques secondes.

— Je vais quand même vous dire ce que j'ai entendu. Une fois qu'il s'était remis du choc et qu'ils étaient assis à table. Mais moi, j'étais toujours dans les escaliers. Elle a dit : « Il fallait que je le voie de mes propres yeux. Tu n'imagines pas ce que j'ai dû faire pour m'échapper. » Et ensuite, ils n'ont pas parlé pendant longtemps, et j'ai pensé que soit ils riaient, soit ils pleuraient.

Grace ne pouvait s'empêcher d'être impressionnée par le bon vieil accent Yankee qu'Amy avait adopté pour rapporter les propos de Mlle Silverman. Elle était douée pour l'imitation. Pourquoi, dans ce cas, s'accrochait-elle si obstinément à son misérable accent nasillard alors qu'elle était capable de s'exprimer convenablement ? Grace aurait aimé écrire toutes les choses qui auraient pu permettre à Amy de s'élever.

— J'imagine qu'elle faisait référence à la colonie, dit Grace. À la fermeture de la colonie. Vous pensez qu'il s'agit d'une artiste qui a accouru ici pour constater les dégâts ?

— Elle a dit… elle a dit que personne à New York ne savait où elle était. J'avais oublié ce détail. Elle a dit qu'elle leur avait raconté à tous qu'elle rendait visite à son frère dans le Wisconsin.

— Et où dort-elle ?

— Oh, pas… pas avec… Il m'a demandé si cela ne me dérangeait pas de dormir sur le canapé dans le local technique. Et cela ne me dérange pas. Alors elle a mes quartiers, et cela ne m'embête pas du tout.

— Vous m'êtes d'un grand secours, Amy. Vraiment.

Elle détestait entendre le son « Amy » dans sa propre bouche. Des voyelles tellement horribles, une déformation si scandaleuse du français Aimée. Aimée ! Mais qui aimait la petite Amy ? Pas elle. Pas George. Probablement pas Max.

— Merci, m'dame.

Ce qui la dérangeait en partie chez cette fille, c'était leur ressemblance. Toutes deux blondes, toutes deux dotées de longs sourcils, de mentons affirmés. Même si Amy avait une bonne douzaine d'années de moins qu'elle. Et était plus jolie, en dehors de toute considération liée à leur âge. Grace, à dix-huit ans, n'avait pas été aussi jolie qu'Amy. Ce n'était que justice. Amy avait été plus chanceuse pour ce qui était du physique, et Grace avait eu beaucoup, beaucoup plus de chance pour ce qui était de l'éducation. À la place d'Amy, cependant, elle trouverait étrange que cette femme, cette Mme Grace Grant triste et fatiguée, occupe un rang si élevé au-dessus d'elle, défiant la hiérarchie que la biologie elle-même leur avait impartie. Au tribunal de la féminité, l'apparence l'emporte sur tout. La magnifique dame d'honneur peut sourire en coin en regardant avec pitié la princesse au visage banal. Et c'était cela qui faisait enrager Grace. Elle avait enfin mis le doigt dessus. Cette Amy avait pitié d'elle. Leurs similitudes invitaient à la comparaison, et Amy devait se mesurer à Grace tout le temps. Et éprouver de la pitié pour elle, jubiler, et laisser George mettre ses griffes sur elle au pied de l'arbre.

Grace se leva. Elle ne voulait plus parler à Amy, même si celle-ci avait d'autres informations à sa disposition.

Amy se leva également.

— M'dame, si je peux vous poser une question.

— Certainement.

— Votre œil.

Et à l'instant où elle prononça ces mots, elle rougit. Peut-être manquait-elle complètement de manières, n'avait-elle aucun sens de la convenance, mais elle avait dû voir que Grace voulait la gifler.

Grace se retint, cependant, et posa deux doigts sur sa pommette. Elle était sur le point de raconter qu'elle avait glissé dans la salle de bains. Mais elle avait envie de blesser Amy, alors elle dit la vérité.

— George m'a frappée avec une grande salière. Je vous remercie de votre aide, Amy.

Elle avait besoin de son manteau avant de faire tout le chemin jusqu'à Max. Sa mère lui avait envoyé un manteau en alpaga, et pour la première fois, il faisait assez froid pour le porter. Elle retourna à l'intérieur en passant par la cuisine, et était presque arrivée devant le placard de l'entrée quand George (tout un troupeau de George), dévala l'escalier principal, la vit et lança :

— Tu viens avec moi. Nous allons jouer au golf.

— Maintenant ?

— Ça fait cinq mois que nous sommes ici. Je veux faire une partie avant Noël.

Il aurait pu y aller sans elle, mais l'abonnement au Chippeway Club était au nom de son père, et elle savait que George redoutait secrètement d'être refoulé à l'entrée. Grace était son bouclier humain. Elle inventait des excuses depuis des semaines.

— Je suis en pantalon. Je ne suis pas sûre que ce soit une tenue…

— Eh bien, change-toi.

— Je vais mourir de froid.

Il ne répondit pas, cependant. Il se dirigeait vers la cave pour en exhumer les sacs de golf.

Finalement, elle garda son pantalon dans le vague espoir que cela leur vaudrait d'être refoulés, bien qu'elle imaginât déjà George hurler qu'elle lui avait fait honte. Elle enfila un gilet et le manteau en alpaga, chaussa des lunettes papillon qui ne couvraient pas totalement les bleus. Le temps qu'elle descende, George était déjà à l'arrière de la Capri, que Max avait garée devant la porte d'entrée pour charger les sacs de golf.

— Pourquoi ne pas prendre la Darrin ? leur demanda-t-elle à tous les deux. Max ne devrait pas être obligé de venir. Après tout, il a une invitée.

Max sembla surpris, comme s'il espérait que ce fait avait échappé à sa vigilance. Il posa son sac sur le rebord du coffre.

— Cela ne me dérange pas de conduire.

— Pour quoi paie-t-on ce type, s'il ne nous conduit jamais nulle part ? Allez, monte.

Grace voulait protester en disant que cela ne se faisait pas, que les gens n'avaient pas besoin de chauffeurs pour les déposer à un kilomètre de chez eux en ville, qu'on n'était pas en 1920, mais George penserait qu'elle lui donnait une leçon de savoir-vivre. Et peut-être était-il plus prudent que Max soit avec eux.

Elle appuya sa tête contre la fenêtre pendant qu'ils roulaient. Tant de jolies maisons. Les érables étaient encore rouges.

George malmenait le genou de son pantalon. Quelqu'un avait dit un jour à Grace qu'il suffisait qu'un homme aperçoive la marque de bronzage d'une femme – la bande blanche sous la bretelle de son maillot de bain ou le col de sa robe – pour qu'il tombe amoureux d'elle. Parce qu'il croira avoir vu son être le plus authentique, brut et pâle, une chose qu'aucun autre homme ne connaît. Et c'était pour cette raison qu'elle s'était éprise de George : elle distinguait sa nervosité désespérée sous les fanfaronnades. Il ne venait de rien, de personne et de nulle part. Ses parents appartenaient à la classe moyenne, mais ils étaient morts lorsqu'il avait trois ans. Il avait alors tantôt vécu dans des orphelinats, tantôt chez des tantes à lui, et tout le monde l'avait dépouillé jusqu'à ce qu'il devienne un adulte au charme fatal sans le moindre sou en poche. Il n'avait survécu à son enfance que parce qu'il s'attirait les faveurs des femmes, et une fois adulte, cela demeura son principal talent. À vingt ans, il fit son apparition à Windsor, et son seul mensonge fut un accent britannique aristocratique. Tout ce qu'il disait était techniquement vrai : orphelin, sans le sou, etc. Une fois que les gens avaient entendu cette histoire, ils n'insistaient pas pour connaître ses origines. Il rencontra une fille riche, la séduisit et la suivit à Toronto, où elle le présenta à tout le monde. Il renonça à son accent. Il alla chaque soir à une fête différente, connut une ascension sociale fulgurante, et tous en vinrent à le considérer comme une sorte de membre de la famille, une espèce de cousin fou qu'il fallait supporter. Il accordait beaucoup d'attention à une fille, la poussait à convaincre son père de lui donner un travail, à convaincre son frère de lui prêter un lit, et puis, avant qu'ils aient le temps de s'en rendre compte, il était ailleurs. Aucune de ces filles ne l'aimait, cependant, alors il ne brisa pas beaucoup de cœurs. Il fallait reconnaître qu'il prenait toujours soin de choisir les aventurières. Ivre, les yeux emplis de larmes, il raconta tout cela à Grace, quelques nuits après leur rencontre. Elle aurait dû être horrifiée par ses pleurs, mais au contraire, ils eurent raison d'elle, et elle lui fit poser sa tête sur ses genoux et passa ses doigts dans ses cheveux.

Un Noir en uniforme leur adressa un signe de tête pour les inviter à passer les grilles du Chippeway Club, et un autre ouvrit la portière de Grace devant l'entrée principale.

Elle parla avant que George en ait l'occasion, avant même qu'il ait pu sortir de la voiture.

— Nous sommes invités par un membre. Mais lui, non. Pourriez-vous nous guider, s'il vous plaît ?

Il les conduisit au bureau du golf tandis que Max confiait les sacs à un caddy. Grace le regarda à travers la fenêtre du bureau. Debout devant la voiture, il attendait de voir si on les refoulait, et elle eut envie de lui dire de partir, d'arrêter de s'occuper d'eux, de retourner à la maison auprès de sa sorcière. Le monsieur du bureau leur donna un créneau et les accueillit cordialement. Il leur demanda s'ils voulaient boire un verre sur la terrasse couverte à l'arrière du golf. Grace hocha la tête, en se disant qu'au moins, il ne serait pas ridicule de garder ses lunettes de soleil dans une véranda. Ils suivirent l'homme. Max devrait comprendre tout seul que leur situation était régularisée, qu'ils n'avaient plus besoin de ses services.

Tous les gens dans la véranda étaient très âgés, penchés au-dessus de bols de soupe et de petits verres de brandy. Le week-end, c'était probablement différent – des hommes d'affaires et leurs femmes dynamiques. En été, l'endroit regorgeait probablement d'enfants. Elle savait qu'il y avait des femmes de son âge en ville – elle avait décliné l'invitation de la Newcomers' Society, mais les avait aperçues à la pharmacie et au salon de coiffure –, cependant, toutes avaient des enfants, et rien en commun avec elle. Elle avait compté sur les voisins, mais la maison au sud était vide, et le couple plus âgé au nord passait tout son temps en Virginie. Grace ne savait absolument pas comment s'insinuer dans une nouvelle ville, et n'avait aucun désir pressant de le faire. Ce n'était pas dans ses habitudes. Le gotha de Toronto avait tout bonnement afflué dans son salon, et ses amis et galants étaient apparus aussi naturellement que des fleurs des champs. George savait comment s'y prendre, mais maintenant qu'il avait une maison, une épouse, et n'avait pas besoin d'un travail, plus rien ne le motivait à rencontrer et charmer quiconque hormis les réguliers des bars de Highwood, des hommes avec de vagues affaires véreuses qui ne disaient pas non à un investisseur comme George. Sans compter que ce qui l'intéressait désormais n'était pas tant de gravir l'échelle sociale que d'avoir du bon temps. Un dimanche, dans un effort avorté pour être sociable, Grace s'était rendue à l'église presbytérienne, pour finalement se retrouver seule au fond à essayer de distinguer les familles en mettant des séparations mentales entre les bancs. Quatre enfants blonds, avec de part et d'autre, en guise de serre-livres, des parents blonds. Deux adolescentes avec des coupes à la Jeanne d'Arc et leur mère aux cheveux grisonnants. Elle n'y avait pas remis les pieds. Elle voulait à tout prix éviter que quelqu'un connaisse son nom, la cherche chaque dimanche, et s'inquiète ensuite pour elle en la voyant avec la mâchoire violette.

Elle regarda de l'autre côté du dix-huitième trou, où trois tipis étaient alignés. On était simultanément en 1955 et en 1800.

George leur commanda à tous les deux un gin tonic, et le serveur connaissait déjà son nom.

— Oui, monsieur Grant.

À la table voisine, un vieil homme enfonçait son couteau dans un cylindre d'aspic rosâtre.

— Nous venons d'être admis en gériatrie, murmura-t-elle à George.

— Ton père a choisi un sacré club.

— Oh, il ne venait pratiquement jamais. C'était seulement une façon de rester en termes amicaux avec les gens du cru quand ils ont ouvert la colonie. Les artistes provoquaient tout le temps un tel remue-ménage. Il jouait au golf avec le maire, par exemple. Je crois que ses parents étaient membres, il y a longtemps.

George rit trop fort.

— C'est pour cette raison que Madame Violet s'est foutue en l'air. Trop barbant ce vieux country club.

Leurs boissons arrivèrent, agrémentées de petites rondelles de citron vert.

Après le départ du serveur, Grace dit :

— Nous ne pouvons pas mettre ces boissons sur le compte de mon père.

— Vas-tu enlever ces lunettes ridicules ?

— Ça dépend. Souhaites-tu que les gens appellent la police ?

— Il faudrait que tu t'améliores en maquillage. Si tu faisais les choses convenablement, ça couvrirait tout ça.

— Mademoiselle Georgia, cosmétologue.

George tendit un doigt à l'autre bout de la table, en direction du verre à pied rempli d'eau glacée de Grace. Il le toucha comme s'il était sur le point de dire quelque chose à son propos, quelque chose d'important, mais il continua à pousser, et tout le verre bascula doucement vers Grace, jusqu'à ce que la gravité accélère les choses et que les glaçons et le liquide se renversent sur ses genoux.

Elle émit un son mais parvint à garder la bouche fermée. Elle se leva et fit tomber la glace par terre. L'homme qui découpait un aspic lui tendit une serviette, et sa femme se précipita de son côté de la table pour voir si elle pouvait l'aider. George resta calmement dans son siège, et Grace refusa de le regarder. Elle dit au couple âgé : « Désolée, désolée », le répéta au serveur, qui avait accouru avec un balai et une pelle pour ramasser la glace.

— Je suis vraiment désolée.

Elle traversa la salle à manger au pas de course, en direction de ce qu'elle pensait être la porte d'entrée, mais il s'agissait d'une salle de réception déserte. Elle fit demi-tour et se précipita dans un coin, puis dans un autre, et arracha ses lunettes pour mieux voir. Elle trouva enfin la porte. Son unique plan était de rentrer chez elle à pied, ou peut-être de rejoindre la ville – mais, juste un peu plus loin dans l'allée que là où il les avait déposés, se trouvait Max, appuyé contre la Capri. Il jeta sa cigarette qu'il écrasa avec son orteil. Il ouvrit la portière à l'arrière de la voiture comme s'il s'était attendu à la voir arriver à ce moment précis.

— M. Grant ne nous rejoindra que plus tard, dit-elle.

Max enfila ses gants de conduite et lui tendit un mouchoir.

— Je reviendrai le chercher. Je suppose qu'il fera les dix-huit trous ?

À présent, elle ne pouvait plus vraiment l'interroger au sujet de la sorcière, même si elle l'avait pour elle toute seule. Cela pourrait attendre que sa respiration se calme, qu'elle ne soit plus à bord d'un véhicule qu'il contrôlait.

Lorsque son père avait pris toutes les dispositions nécessaires, il lui avait dit que Max veillerait sur elle. Au début, elle craignait qu'on exige de lui de rapporter le comportement de George à Toronto, mais Max était bien trop taiseux pour cela, et en outre, lui et son père ne semblaient pas s'apprécier le moins du monde. « Je ne peux pas le virer », avait déploré son père comme s'il le souhaitait plus que tout. « Il était là avant les arbres. » Pourtant, Max semblait suivre un impératif plus profond que simplement jouer les chauffeurs et surveiller le domaine. Dans des moments comme celui-ci, il se comportait comme le protecteur attitré de Grace. Peut-être l'appréciait-il. Mais ce n'était pas vraiment plausible, vu comment George et elle avaient usurpé les lieux. Les choses ne s'étaient pas vraiment passées comme cela, mais Grace savait que c'était ce récit qui avait circulé parmi les gens de la colonie : le vieux Gamby Devohr ferme le lieu pour pouvoir cacher sa fille et son ivrogne de mari pendant que son fils se présente au Parlement. Alors qu'en réalité, il s'agissait d'une convergence pratique. Le glas sonnait pour la colonie depuis des années, et oui, ils voulaient tenir George à distance de l'Ontario, et que Grace vive avec son erreur, ici, dans le monde sauvage de la banlieue, jusqu'à ce qu'elle reconnaisse sa bêtise et revienne vers eux en pleurant, divorcée et assagie. Et son idiot de frère avait autant de chances de remporter ce siège qu'il en avait de décrocher le prix Nobel de Physique.

Les mots d'au revoir de sa mère :

— Tu verras, quand tu ne pourras plus choquer tout le monde en te promenant avec lui dans Toronto. Tu verras comment c'est de vivre avec lui au quotidien. Et tu verras comment c'est, quand tout le monde se moque bien que tu sois Grace Devohr.

Là-dessus, sa mère n'avait pas tort : au salon de coiffure et chez le fleuriste, sans faire attention, elle avait donné son nom de jeune fille, et personne n'avait semblé la reconnaître. Bien entendu, lorsqu'elle avait appris qu'elle était canadienne, la coiffeuse lui avait demandé : « Vous avez un président maintenant, là-haut, ou bien vous croyez toujours en la reine ? » Cette ville était un vide. Eh bien, elle vivrait avec. Il le faudrait bien. Et l'invisibilité serait peut-être une formidable aventure.

Max la déposa devant la maison, et Grace ramassa le courrier sur la table de l'entrée avant de monter directement dans le grenier. Une lettre, écrite de la plume élégante de sa mère : Papa allait un peu mieux, mais souffrait toujours de la goutte, et avait le souffle court à cause de l'air automnal. Wallace se décourageait aux prémices de sa course pour le Parlement, et manifestement, le public le voyait comme un dilettante paresseux (vrai, pensa Grace), mais il avait un an et demi pour les pousser à changer d'avis. Oncle Linus s'était enfui une fois de plus, et personne ne faisait grand-chose pour y remédier. Les femmes de chambre époussetaient tous les jours la chambre de Grace, qui pourrait rentrer à la maison sans préavis. Un cerf avait mangé tous les chrysanthèmes.

Le reste du courrier était constitué de factures et d'un catalogue. C'était bizarre de ne jamais recevoir de courrier de la colonie, d'artistes lointains n'ayant jamais eu vent de sa disparition. Mais Mme Carmichael faisait certainement le tri. Il faudrait que Grace lui pose la question.

Et voilà qu'une fois de plus, elle se retrouvait face à une journée vide. Elle ne pouvait pas avancer dans la conception de la serre sans Ludo. Son frère Morton, ou plutôt son secrétaire personnel, lui avait envoyé un kit de peinture par numéro pour son anniversaire en juillet, et cela lui paraissait être l'exercice le plus ennuyeux et inutile qui soit – mais bon, c'était une journée ennuyeuse et inutile. Elle sortit tout le matériel fourni. Une multitude de petits pots de peinture à l'huile, cinq pinceaux, de la térébenthine, un gobelet. Trois planches : Big Ben, la Tour Eiffel et la tour penchée de Pise. Elle choisit Pise : la tragédie gravitationnelle imminente s'accordait bien avec son humeur. Plusieurs vieux chevalets se trouvaient parmi les meubles de la colonie, agglutinés avec des lits, des bureaux et des commodes dans les deux ailes à l'avant de la demeure. Elle en ramena un dans son coin au nord-ouest du grenier et y installa la petite planche. Le dessin sans peinture était fascinant, un méli-mélo insondable de lignes bleu clair, de formes qui n'étaient pas des formes, des contreforts pleins, sans aucun interstice.

Elle ouvrit un pot contenant un bleu-gris séduisant, et peignit, avec le plus petit des pinceaux, jusqu'à ce que le numéro 8 soit recouvert et que les bords lui semblent nets. C'était extrêmement satisfaisant. La toile représentant la feuille de chêne était encore épinglée sous la fenêtre, et Grace résista à l'envie de tendre son bras pour en badigeonner les coins de peinture et terminer le travail. Le tableau était parfait tel quel, même s'il était clairement inachevé : les bords dentelés et charnus de la feuille, d'un marron tirant sur le rose, comme si elle rougissait, comme si l'artiste avait découvert, tout au fond de la forêt, une feuille sur le sol plus éclatante encore après sa mort. Peindre quelque chose de segmenté et d'imposé alors qu'elle se trouvait si proche de ce flou délicat, de cette retenue confiante, aurait dû l'attrister, mais en réalité le simple fait de peindre à proximité de cette œuvre l'emplissait de joie.

Elle travailla un bon moment, puis mit ses pinceaux à tremper dans la térébenthine. L'après-midi avançait, et elle n'avait pas déjeuné, mais n'était pas encore prête à descendre. Elle s'étira avant de parcourir les documents de la colonie. Elle adorait les noms, le graphisme ancien, et la femme qui, pour pallier un marteau de machine à écrire cassé, avait écrit tous ses D à l'encre violette. Il y avait même parmi tout cela un manuscrit de roman qu'elle avait essayé de lire un jour, jusqu'à ce qu'elle découvre que le texte était d'une densité ingrate. Aujourd'hui, elle tira ce qui se trouvait derrière ce manuscrit, la portion allant de N à P. Earl Napp ne viendrait finalement pas pendant l'été 1939. Alma Nellis se demandait si elle n'avait pas oublié son nécessaire de voyage. Samantha Mays, la régisseuse, lui répondit : Non, elle ne l'avait pas oublié, et ils avaient même vérifié à la gare pour elle, et espéraient que le bagage ne contenait aucun objet de valeur.

Un nom qu'elle reconnut, bien qu'elle n'arrive pas à le replacer : Viktor Osin, un « maître de ballet », avait séjourné ici à cinq reprises dans les années 1920 et 1930. Une lettre de recommandation vantait sa « vivacité cinétique ». Et alors, l'information s'emboîta comme la pièce d'un puzzle. Ce printemps-là, juste après leur emménagement, il y avait eu cet étrange article dans le *Chicago Tribune*. Un chorégraphe porté disparu qui avait refait surface dans Grant Park sous les traits d'un vulgaire alcoolique. C'était l'un de ses danseurs qui l'avait retrouvé, qui l'avait reconnu derrière la crasse et la barbe. Le danseur l'avait lavé et l'avait fait dessoûler. On voyait une photo de lui, M. Viktor Osin, en Une de la rubrique consacrée aux Arts, en train d'assister à une représentation de l'une de ses propres œuvres, une version du *Conte d'hiver* de Shakespeare dont il avait signé la chorégraphie vingt-cinq ans auparavant. Mais la photo lui avait paru bizarre, et c'était la raison pour laquelle Grace s'en souvenait, la raison pour laquelle elle avait lu l'article qui l'accompagnait. En dépit de son costume, de son menton rasé, de ses cheveux blancs peignés, quelque chose clochait tout de même profondément chez cet homme aux yeux enfoncés – comme si on avait ranimé son cadavre juste pour l'occasion. Elle se souvenait de ce qu'elle avait ressenti lors de son mariage. Tout le monde si faussement heureux pour elle, la félicitant – de quoi ? – d'être venue, d'exister. Elle voulait entrer dans le journal, dire à Viktor Osin qu'elle le comprenait, qu'elle lui pardonnait. Et ici, dans cette lettre : « vivacité cinétique » ? Elle se demandait ce qui avait déraillé, ce qui l'avait brisé.

Un craquement traversa le parquet du grenier, la sortant de sa torpeur. Elle ignorait depuis combien de temps elle consultait ce dossier, et elle se sentit écœurée d'avoir passé son après-midi à peindre la version du ciel de quelqu'un d'autre, à s'attarder sur les détails mineurs d'il y a vingt ans, alors qu'elle aurait pu parler à Max. George n'était pas dans ses pattes, et même la sorcière était au musée.

Elle posa les dossiers sur l'un des classeurs à tiroirs, et prit son manteau sur la patère en haut des escaliers. Mais Max était finalement venu la trouver, et frappait à la porte en bas. Ou en tout cas, quelqu'un frappait, et elle se dit que c'était lui, pas Mme Carmichael, à en juger par les coups secs empreints d'une prompte assurance. Elle dévala les marches, mais lorsqu'elle ouvrit la porte, le couloir était parfaitement désert. Elle regarda dans la chambre à fleurs à droite, et dans la chambre d'amis à gauche, mais il n'y avait personne. Quelle gamine ridicule – avoir les poils qui se hérissaient de la sorte sur ses bras. C'étaient les glands, bien entendu. Pendant toute la semaine, ils étaient tombés, bombardant les fenêtres et le toit.

Sans réfléchir, elle commença à remonter, comme si cela avait été sa mission depuis le début, et ce ne fut qu'une fois en haut qu'elle se rappela Max. Mais entre-temps, les dossiers s'étaient renversés et avaient atterri sur le fauteuil Morris et le sol. Elle rangea ce qu'elle put : les lettres, certaines diapositives, une carte postale de la pauvre Alma Nellis sans bagage. D'une chemise sur laquelle elle lut *Parfitt, Edwin,* dépassait une photographie. Elle la sortit. Une photographie répugnante, d'un genre dont elle connaissait l'existence, et qu'elle avait aperçu dans les boîtes de cartes postales des *bouquinistes** le long de la Seine, mais ce n'était jamais des hommes, et jamais aussi… anatomique. Elle la retourna en la laissant pendre entre son pouce et son index. Le dossier Edwin Parfitt ne contenait rien d'autre, et rien d'autre ne semblait y avoir sa place. Elle remit la photo dans le bon sens pour pouvoir bien déchiffrer l'expression sur le visage des deux hommes. Celui à gauche souriait comme le diable. Celui à droite : Oh, oh, oh. Celui à droite était son père.

En bas, dans la bibliothèque, elle prit la bouteille de scotch de George et se servit un verre. En cet instant, elle voulait avoir sur la langue quelque chose de rude et de piquant. Elle ne savait pas quoi faire d'elle-même, à part sortir de sa propre peau.

Elle déplaça le petit singe en jade qui se trouvait sur un rayonnage de la bibliothèque et le posa au sommet du bar, comme si l'animal réfléchissait à ce qu'il allait boire ensuite. C'était l'un des seuls objets dont elle se souvenait de ses visites à Laurelfield quand elle était enfant, et elle était ravie de découvrir qu'il se trouvait toujours dans la bibliothèque. Elle se souvenait qu'une femme rondelette et sympathique l'avait posé dans sa main en lui disant : « Nous n'avons pas beaucoup de jouets ici, mais cela fera peut-être l'affaire. »

Elle but un autre verre de scotch et attendit de pouvoir le sentir dans ses pommettes, puis se dirigea d'un pas décidé vers la remise avec la photo dans la poche de son manteau.

Elle trouva Max dans le garage, occupé à laver le pare-brise de la Darrin. C'était une voiture ridicule : elle ne comportait que deux sièges, était jaune pâle avec une grille plissée à l'avant, disposait de portières et d'un toit coulissants, lequel se coinçait tout le temps à mi-ouverture. Et George avait été l'un des seuls abrutis au monde à avoir acheté ce machin.

— Max. J'aimerais vous poser des questions sur votre invitée.

Il s'arrêta et replia son chiffon.

— Je vous prie de bien vouloir m'excuser. Il s'agit de Mlle Silverman. Une vieille amie de la colonie.

Mais il ne s'excusait absolument pas, en réalité, et son impudence la prit de court. Pour un homme aussi minuscule et réservé, il était terriblement sûr de lui.

— Tout va bien, madame Grant ? Vous voulez peut-être vous asseoir.

Il lui montra le siège passager de la Darrin, mais elle savait qu'il fallait qu'elle reste debout si elle voulait faire montre d'une quelconque autorité.

— C'est donc une artiste.

— Juste une amie de la colonie.

— Dans ce cas, elle doit me haïr.

Il lui sourit avec une gentillesse exagérée.

— Aucun de nous n'éprouve de rancune à votre égard, madame Grant. Il vous faut un endroit où vivre.

— Vous savez ce qui est ironique ? demanda-t-elle. Je suis la seule de cette famille à avoir jamais aimé ce lieu. Je suis venue ici plusieurs fois quand j'étais enfant. Je me souviens du chien. Mlle Mays, la régisseuse, avait un chien merveilleux aux allures de morse.

— Alfie.

— Oui ! Alfie !

— Il est enterré derrière, dans les bois.

— Oh, il est... Oh, maintenant, je suis triste sans même savoir pourquoi. Il faudra que vous me montriez un jour où il est. Vous étiez sans doute ici aussi, mais je ne m'en souviens pas.

— À l'époque, j'étais plus bas sur le totem. Entretien des pelouses et autre.

Il esquissa de nouveau un geste en direction du siège, et elle se demanda si elle était réellement devenue aussi pâle, ou si, peut-être, elle s'était mis du bleu sur le visage sans s'en rendre compte. Cette fois-ci, elle céda, fit coulisser la petite portière et s'assit. Max fit le tour afin de ne pas la regarder à travers la vitre.

— Et figurez-vous que j'ai toujours pensé que je viendrais m'installer ici une fois adulte. Que je serais artiste, que j'aurais un nom d'emprunt, et que personne ne saurait. Parfois, je me dis que ça a été une horrible erreur de me confier à mon père à ce sujet. Et s'il avait fermé cet endroit uniquement pour me faire du mal ? Avant de m'envoyer ici pour garder le cadavre de la colonie. Mais il fallait bien que je vive quelque part. Et je savais que si je ne venais pas habiter dans cette maison, il la mettrait en vente.

— Il y a eu des offres, lui apprit Max.

— Max, vous pensez qu'il a un problème ? Mon père ? Je crois que je viens juste de me rendre compte que je ne le connais pas du tout.

— Je n'ai pas le droit de dire du mal de mon employeur.

— Mais à quel point le connaissez-vous ? Depuis combien de temps le connaissez-vous ?

— Nous n'avons jamais été très amis.

Grace posa la tête sur le tableau de bord.

— Vous savez ce que je veux ? Je veux recommencer à zéro sous un autre nom. Je veux l'amnésie, je crois. J'aimerais me réveiller dans une ville comme San Francisco en ignorant complètement qui je suis.

Il se tut quelques instants, puis s'empressa de lui poser la question, comme s'il avait dû rassembler tout son courage pour s'y oser :

— Avez-vous entendu parler du poète Edwin Parfitt ?

Son sang ne fit qu'un tour. Oui, elle avait entendu parler de lui vingt minutes auparavant seulement, et il commettait à l'instant-même un acte de sodomie dans la poche de son manteau.

— Depuis peu, seulement.

Max émit un petit gloussement.

— Je suis étonné. Il est terriblement démodé. J'ai quelque chose pour vous. Je vous en prie, ne partez pas.

Et il se précipita à l'étage, là où se trouvaient ses quartiers.

Elle réfléchit à ce qu'elle lui dirait lorsqu'il descendrait, et à comment lui montrer la photo. Mais il s'absenta un bon moment, et lorsqu'enfin il reparut, la sorcière était derrière lui. Quand était-elle revenue ? Grace s'en voulait de ne pas l'avoir remarqué.

Elle sortit de la voiture et eut du mal à trouver l'équilibre.

— Permettez-moi de faire des présentations tardives. Ma chère amie Zilla Silverman.

Grace tendit la main.

— Mademoiselle Silverman, dit-elle. J'espère vraiment que le musée vous a plu.

Et immédiatement, elle se rendit compte que cette femme ne ressemblait absolument pas à une sorcière. Ses yeux, emprunts de douceur, étaient d'un bleu clair, et il y avait quelque chose de noble en elle – le port de ses épaules, sa façon de serrer la main de Grace.

— J'ai un véritable coup de cœur pour cette petite voiture derrière vous. On dirait qu'elle est en beurre, ne trouvez-vous pas ?

Grace s'écarta afin que Mlle Silverman puisse mieux la voir.

— De profil, elle est belle, mais de face, elle a un groin écrasé de cochon. Mon mari l'a payée une fortune. Elle est fabriquée en fibre de verre. N'avez-vous pas l'impression qu'un simple caillou pourrait la faire voler en éclats ?

— Comment s'appelle-t-elle ? Non, ne me dites rien. Le Porc élégant. Le Chou à la crème fringant !

— Le Lys qui en fait trop ? proposa Grace, ravie d'entendre rire Mlle Silverman.

Elle se rendit compte qu'elle avait très envie que cette femme l'apprécie.

— Elle a en effet vraiment une drôle de face. Le trousse-tes-lèvres-et-embrasse-moi-vite. Comment s'appelle ce modèle ?

— La Kaiser-Darrin.

— Oh, c'est une allemande !

— Non, non, George ne l'aurait jamais achetée.

Elle savait ce qu'elle insinuait, ce qu'elle avait souvent insinué à Toronto – que George avait servi dans l'armée –, alors qu'en réalité, il avait passé ses années de guerre à récolter des jeunes veuves comme les bonbons d'une piñata. Mais elle trouvait que ce sous-entendu excusait un peu son comportement. Et si cette Zilla Silverman comptait rester un moment, elle allait forcément, tôt ou tard, voir George sous son plus mauvais jour. Mais il était vrai que jamais il n'aurait acheté une voiture allemande.

Et alors, parce qu'elle voulait changer de sujet, et parce que le scotch lui montait à la tête, elle lui lança :

— Vos dents sont absolument charmantes. Elles ressemblent à des perles. C'est le signe d'une bonne enfance. Comme je l'ai toujours dit, si vous voulez connaître le lot de quelqu'un dans la vie, regardez ses dents.

En réalité, il y avait un petit interstice entre les incisives de Mlle Silverman, dont l'une était ébréchée, mais l'effet n'en était que plus charmant.

— Eh bien, c'est un nouveau concept. Dire la bonne aventure en observant les dents. La dentomancie !

— L'orthomancie ? proposa Max.

— Oui ! J'y pensais justement, l'autre jour, au sujet de cette pauvre Amy, dont je regardais les dents. Elles sont affreuses, et on devine qu'elle n'a pas eu de chance dans la vie. Quel dommage qu'elle ne puisse les faire corriger.

Elle avait oublié le bobard selon lequel Amy était la nièce de Max – sa remarque était maladroite –, mais elle comprit à l'expression sur le visage de Max qu'il y avait quelque chose de bien plus grave que cela. Il regardait par-dessus son épaule, vers la porte de l'atelier de réparation. Grace faillit se retourner pour voir si Amy se tenait dans l'encadrement de la porte. Elle avait dit qu'elle dormait dans cette pièce, et s'y trouvait certainement en ce moment-même. Eh bien, cela donnait à Amy une nouvelle raison de la mépriser, de la fusiller du regard. Grace était bien contente de ne pas avoir évoqué la photographie, alors qu'Amy était cachée là depuis le début, à écouter tel un petit lapin.

— Bon. N'est-ce pas bientôt l'heure d'aller chercher George au club de golf ?

Max lui tendit un petit volume rouge : *Edwin Parfitt : poèmes choisis.*

— J'ai glissé un morceau de papier dans le livre pour vous signaler le poème.

Tandis qu'elle se dirigeait vers la sortie, elle se retourna.

— Je voulais vous demander pour les poissons. Que devons-nous faire d'eux en hiver ? Se pétrifient-ils de froid ?

— Je les rentre, répondit Max.

Il parlait aussi bas qu'à l'accoutumée alors qu'elle était à l'autre bout du garage.

— Ces carpes nous enterreront tous les deux.

Grace était presque dehors lorsqu'il lui demanda :

— Savez-vous ce qu'elles aiment par-dessus tout ?

— Non.

— Un soda à la crème glacée.

— Je ne comprends pas.

Elle réfléchit aux mots qu'il venait de prononcer. C'était comme une énigme, mais sans queue ni tête.

— Ah non ?

Max paraissait presque triste.

— Oh, ne vous inquiétez pas, ma chère, dit Mlle Silverman. Moi-même, je ne l'ai jamais compris.

Grace cacha le livre et la photo dans le grenier afin que George ne tombe pas dessus. Mlle Silverman alla se promener dans le domaine quand Max partit récupérer George, Ludo ratissait des feuilles. Aucun autre événement notable ne se produisit de la journée.

Le poème, consacré à Protée, lui plut beaucoup, et elle fut heureuse que ses souvenirs de mythologie, de métrique et de rimes soient enfin mis à l'épreuve. Elle apprécia certains vers, « la nuit qui tombait, épaisse et véloce », et « les branches de Daphné, aux manches de mousse ». Elle comprit aussi l'inversion à laquelle Parfitt avait procédé : dans son récit, tout le monde voulait mettre la main sur Protée pour l'obliger à se souvenir du passé et non à prédire l'avenir. Mais ce qu'il répugnait tant à se rappeler échappait à Grace. Il était question d'un impact de foudre, et il y avait ce passage qui parlait de « payer à Charon sa pièce dans sa gangue de langue », qui pour elle signifiait une mort.

Cependant, elle fut tout particulièrement fascinée par la courte présentation écrite en 1950 par Edna St. Vincent Millay : « Edwin Parfitt n'était pas tant un géant du monde poétique que l'un de ses elfes de forêt, dont la chanson nous attire au plus profond des bois – bien que nous ne puissions peut-être jamais reconnaître l'air ni retrouver le joueur de flûte. » Elle poursuivait en expliquant que son classicisme thématique et formel avait été terriblement mal interprété par les critiques. À la fin venait un paragraphe surprenant :

> Voilà cinq ans qu'Eddie Parfitt, après avoir subi une perte insurmontable, s'est donné la mort dans le lac Glinow, dans le Wisconsin. Conformément à sa volonté, il n'a pas été inhumé mais enveloppé dans un drap blanc et brûlé. Ses cendres ont été dispersées par le vent. Lors de la cérémonie, nous nous sommes discrètement réjouis de savoir que ses cendres trouveraient le repos sur des lopins de terre lointains insoupçonnés, qu'elles béniraient et fertiliseraient les sols sur lesquels elles atterriraient. De même que les poèmes qui suivent.

Grace se demanda si Max lui avait donné le livre pour ce paragraphe : si, après son emportement, il avait cru qu'elle en savait plus qu'en réalité, et avait voulu l'informer du sort du partenaire de sodomie de son père. Cette hypothèse ne la convainquit pas, cependant. Elle le parcourut une nouvelle fois, dans l'espoir de trouver les mots *poisson* ou *soda*, dans l'espoir que ce passage lui dise d'où venait Amy, ou quand Zilla Silverman partirait. Peut-être que ce livre pourrait lui lire le tarot.

En vérité, elle pensait que Max lui avait donné ce livre uniquement parce qu'elle avait évoqué le fait de repartir à zéro, et qu'il s'était rappelé le poème sur Protée qui changeait de forme. Mais dans ce cas, il avait dû mal la comprendre. Ce que Grace cherchait à fuir, ce n'était pas le passé, ni même le futur comme l'avait fait le Protée originel, mais plutôt le présent. Elle était là, cristallisée dans le temps, dans un endroit où rien n'arrivait vraiment, en tout cas rien ne lui arrivait à elle, alors que le monde poursuivait son avancée sans elle à Toronto. Ce n'était pas tant la maison qu'elle souhaitait fuir, ni George, même si son charme s'estompait tel un bronzage, que la sensation que chaque instant était précisément *maintenant*, sans cause ni conséquence. Un bouddhiste apprécierait peut-être cette situation. Mais ce n'était pas pour elle.

Vendredi matin (avec pour toute compagnie les rayons du soleil et les sons qui sortaient des fenêtres de la cuisine et revenaient dans la maison par les lucarnes), elle resta assise dans le grenier en robe de chambre, ses chaussons aux pieds, et relut l'introduction pour la cinquième fois. Ce ne fut qu'à ce moment-là que quelque chose la frappa : Millay parlait des « petits yeux noirs de Parfitt, de ses cheveux noirs pommadés avec une raie bien nette ». Grace traversa la pièce et sortit le dossier qu'elle s'était juré de ne plus jamais ouvrir. L'homme qui souriait à gauche avait des cheveux clairs ondulés. Dorés ou châtain clair. Personne ne qualifierait ses yeux de petits. Cela ne pouvait pas être Parfitt. Pas plus cependant que l'homme à droite, qui, elle en était plus certaine que jamais, était son père. Ses épaules de guingois, son menton. Elle retourna le cliché pour voir si un archiviste pervers et obligeant avait enregistré leurs noms pour la postérité, mais il n'y avait rien. Eh bien. Elle le ferait elle-même, alors. Elle prit le crayon qui se trouvait sur le croquis de la serre et, en tenant la photo contre la fenêtre afin de pouvoir voir l'image à travers le papier, écrivit « Père » au dos. Elle eut l'impression de le définir, de l'accuser. Au verso, sur les fesses de l'autre homme, elle dessina un point d'interrogation. Puis elle fourra de nouveau le cliché dans la chemise, qu'elle replaça dans le classeur à tiroirs.

Mlle Silverman n'était plus là, était partie depuis la veille, et Grace s'en trouvait excessivement démunie. Une spectatrice sans spectacle. George avait disparu pendant une journée et était revenu. Les feuilles des arbres n'étaient plus là, hormis sur quelques chênes récalcitrants, et le catalpa était tout en cosses. Tels des maracas, elles jouaient de la musique dans le vent. Un froid glacial régnait désormais dans le grenier, alors elle le traversa et ferma chacune des douze lucarnes, s'occupant en dernier de celle située au nord-est, qui était la plus proche de la remise. Parfois, elle se disait que c'était ici que sa grand-mère avait commis son geste. Son père ne parlait jamais de Violet, et les quelques informations dont disposait Grace lui venaient essentiellement de sa mère. Violet s'était suicidée à Laurelfield en 1906, alors que le père de Grace n'avait que deux ans. C'était pour cette raison que jamais personne dans la famille ne la pardonnerait. Son nom n'était jamais donné aux bébés, personne ne se rendait jamais sur sa tombe (ils avaient ramené son corps en train jusqu'à Toronto). Lorsque Grace et George étaient arrivés en mai, Grace avait demandé à Mme Carmichael quelle partie de la maison était censée être hantée. « Oh, le grenier ! » avait répondu la dame, après quoi Grace dut endurer pendant quinze minutes des récits absurdes où il était question de lumières vacillantes et de portes qui se ferment toutes seules.

— Alors, c'est là qu'elle l'a fait ? avait demandé Grace. Violet, je veux dire. C'était dans le grenier ?

Mme Carmichael avait ri.

— Je n'y étais pas moi-même, m'dame. Je ne pourrais pas vous en dire plus que ce que j'ai entendu. Mais c'est ce que racontaient les artistes.

— Et s'est-elle pendue ?

Mme Carmichael avait posé son produit pour nettoyer l'argenterie et avait semblé perplexe.

— C'est étrange. Je ne sais pas pourquoi, mais j'ai toujours pensé qu'elle avait sauté.

Grace regarda George sortir la Darrin du garage. Max lui faisait des signes de la main pour le guider. George recula vers la grande maison, avant de foncer comme un pilote automobile français par le portail. Quand il conduisait de la sorte, quand il prenait la Darrin, on pouvait être sûr qu'il ne rentrerait pas de la journée. Peut-être allait-il à Chicago. Dans un bordel. Grace se demanda comment ce serait de recommencer sa vie à zéro dans la peau d'une prostituée, de débarquer sur les marches d'une maison de débauche, d'y vivre en amusant les hommes, uniquement ceux qui étaient beaux, jusqu'à ce qu'un jour, George entre en titubant. Et la reconnaisse, ou pas.

Max ferma la porte du garage et disparut à l'intérieur, et Grace se retrouva alors absolument seule au monde. Elle n'avait aucunement l'intention de le faire pour de vrai, mais avant de refermer cette dernière fenêtre pour l'hiver, elle voulait voir ce que l'on éprouvait, si cela était possible, même. Elle ôta ses chaussons, monta sur le rebord de la fenêtre, les pieds contre le chambranle extérieur, et s'agrippa à deux mains au bas de la vitre. Elle dut s'accroupir pour tenir dans le petit carré ouvert, et le vent s'engouffra dans son peignoir. Cela ne semblait pas assez haut, à vrai dire. On aterrissait dans l'herbe, si on ne heurtait pas le pin au cours de la chute. On finissait au moins en fauteuil roulant, mais on ne mourait pas obligatoirement, et quelqu'un qui voulait en finir choisirait à n'en pas douter une méthode plus sûre. Peut-être s'était-elle empoisonnée, après tout.

En bas, Max sortit de la remise, par la porte de l'atelier juste à côté du mur en pierre. Ce n'était pas l'issue qu'il empruntait habituellement, et il y avait quelque chose de bizarre dans sa démarche : doucement d'abord, comme s'il inspectait les lieux, puis très rapidement, en longeant de bout en bout le mur menant au portail. Il avait une sacoche en cuir sur l'épaule.

Peut-être était-ce la troisième chose étrange, celle qu'elle avait attendue après les lapins et la sorcière.

Il fallait qu'elle le suive. C'était mieux que de se pencher par une fenêtre, et mieux que de rester assise là à attendre qu'un drame en cinq actes se déroule sur la pelouse. D'un bond, elle rejoignit le grenier, s'habilla à la hâte et récupéra son vélo contre l'arbre d'où il n'avait pas bougé depuis juillet. Elle se dit que Max avait dû marcher en direction de la ville, et ne s'y était pas trompé : au bout de quelques centaines de mètres, elle le vit hâter le pas sur le trottoir opposé. Il tourna à gauche, en direction de l'université, et elle s'attarda avant de le suivre aussi obliquement que possible.

Il franchit les grilles de l'entrée principale, traversa une cour carrée, et entra dans un bâtiment gothique. Grace rangea son vélo sur le râtelier qu'utilisaient les étudiants, et se dirigea vers le bâtiment en tâchant d'arborer un air déterminé et estudiantin. À l'intérieur, les étudiants erraient, étaient assis sur des bancs, et les classes se remplissaient tous azimuts. Sur les panneaux d'affichage, les écriteaux semblaient avoir un lien avec l'Histoire. Max avait disparu. Elle jeta un coup d'œil hésitant à travers une porte ouverte, puis une autre, et finit par apercevoir l'arrière de sa tête dans un amphithéâtre. Comme ses voisins, il sortit un cahier de sa sacoche, et le posa sur la table devant lui. Il se tourna et murmura quelque chose au garçon blond aux épaules fluettes installé à sa droite. Quelques étudiants encore frôlèrent Grace en passant, et finalement, un professeur se dirigea à l'avant de l'amphithéâtre, avec un sac de course déchiré en guise de serviette.

— A-t-on passé chaque instant de la journée à lire sur les Bolchéviques ? demanda-t-il.

Un grondement de rire s'éleva dans la salle.

— Formidable ! s'écria-t-il.

Il ne fallait pas qu'elle reste, même si cela lui aurait peut-être plu d'assister à un cours. Un cours sur l'art, par exemple. Elle adorerait suivre un bon cours sur les maîtres flamands. Elle savait ce qui se passerait, cependant. George s'en rendrait compte, et un jour, il entrerait en trombe dans la salle et l'en sortirait de force en la tirant par le bras. Et elle ne supporterait pas les regards, les étudiants de premier cycle qui la fixeraient des yeux, bouche bée, et elle ne pourrait plus jamais revenir. Alors ce fantasme prit fin. Elle sortit du bâtiment en souriant aux étudiants : les filles en pull, les garçons qui se penchaient, fumaient et considéraient Grace avec curiosité.

Retour par la ville. Grace guidait les roues de son vélo vers des feuilles mortes solitaires car elle adorait le bruit de leur craquement. Elle ne souhaitait pas spécialement rentrer à la maison tout de suite. Devant Le Temple de la Coiffure de Matilda, il y avait un râtelier pour vélos. Autant suivre l'impulsion qui la poussait à y entrer. Elle avait dix dollars en poche, et au moins, à l'intérieur, elle pourrait s'asseoir. Pédaler l'avait bien fatiguée.

La dame à l'accueil lui dit qu'il y aurait une place dans vingt minutes, et lui demanda son nom. « Amy Hall », répondit Grace. Elle sourit, plaça ses cheveux derrière ses oreilles et s'assit avec un exemplaire de *Vogue*.

Lorsqu'ils appelèrent Amy, elle était prête – elle s'était préparée à répondre à ce nom –, et on lui fit un shampooing. Ensuite, elle s'assit sur un fauteuil pendant que Matilda nettoyait ses ciseaux.

— J'aimerais que vous me les coupiez juste sous les oreilles, dit-elle. J'ai besoin d'une nouvelle tête.

Matilda commença à la peigner en lui disant qu'elle avait de très jolis cheveux, exactement comme Grace Kelly.

— Oh, vous êtes trop gentille.

Elle s'essaya à une pointe d'accent du Sud, moins tranché que celui d'Amy – une version raffinée.

— Vous savez, j'ai quitté la Floride et je viens de m'installer ici. Avec mon mari Max. J'aimerais une nouvelle coupe pour aller avec la nouvelle maison.

— Oh, félicitations !

— Ce n'est qu'une modeste bicoque. Vous savez, une première maison. Avant, c'était la remise à voitures d'un vieux domaine. Elle a été convertie en logement. Mais je vous avoue que je n'ai pas l'habitude de ce froid. Et dire qu'on n'est qu'en octobre ! Je ne sais pas comment je vais faire cet hiver !

— Des sous-vêtements longs ! Voilà ce que je vous conseille.

À l'aide de son peigne, elle plaqua les cheveux de Grace bien droit et enleva deux bons centimètres au niveau des pointes.

— Et peut-être allez-vous fonder une famille. Vous aurez plus chaud, avec de la chair sur les os.

Grace fut surprise de rougir. Plutôt subir une lobotomie que d'avoir un bébé avec George maintenant, mais Amy et George, les jeunes mariés, adoreraient en effet sans doute avoir une fille, une petite fille aux joues moelleuses qui porterait des robes à smocks. Grace s'étonna de la facilité avec laquelle elle était capable de ressentir les émotions de cette version d'elle-même qu'elle avait inventée.

Alors qu'elle passait la porte d'entrée, elle aperçut des lapins. Seulement trois, cette fois-ci, qui se déplaçaient rapidement à l'avant de la maison. Ils semblaient davantage courir à une fête secrète que fuir à l'approche de ses pas. Grace se demanda pourquoi Dieu ou la nature avait mis cette touffe de blanc sur leur arrière-train, alors que tout le reste chez ces animaux semblait avoir été pensé pour un camouflage maximal. Leur silence, leur rapidité, leur fourrure semblable à de l'herbe séchée. Et puis derrière, cette cible blanche, cet éclair de lumière. Et jamais ils ne le sauraient, n'est-ce pas ? Un lapin avait-il jamais vu son propre derrière, vu que sa propre perte se trouvait dans son sillage ?

Ils contournèrent la maison, et elle les suivit.

Devant le jardin d'hiver, Ludo avait délimité l'emplacement de la serre à l'aide de fanions. Il s'était arrangé pour qu'une équipe vienne creuser les fondations avant que le sol durcisse. Il avait commandé les vitres et le ciment, également, et travaillait avec un ami qui avait construit des serres dans toute la North Shore.

Elle ne voyait pas où les lapins étaient partis. Le lierre sur la maison s'était un peu dégarni pour l'automne, aussi lentement que les cheveux d'un homme qui devenait chauve. En dessous, on apercevait les briques. Elle trouvait leur régularité troublante, leur superposition stricte. Quelque chose dans leur rigidité scrupuleuse l'écœurait, et elle leur préférait l'enchevêtrement du lierre.

Une fois dans la maison, elle traversa le salon – elle n'était absolument pas sûre de ce qu'elle en ferait, peut-être le repeindre couleur corail –, puis la salle à manger, laquelle, lorsqu'elle était déserte, était tellement envahie par le portrait de sa grand-mère qu'on aurait dit un autel. Violet semblait toujours un peu étonnée, comme si Grace l'avait surprise alors qu'elle nourrissait des pensées follement inconvenantes et qu'elle venait tout juste de se ressaisir.

Grace entendit quelqu'un de l'autre côté, dans la bibliothèque, mais quand elle s'y rendit, il n'y avait personne. C'était sa pièce préférée, ne serait-ce que parce qu'elle recelait toujours de petites reliques des artistes qui, un an auparavant seulement, s'y étaient réunis tous les soirs pour boire avant le dîner. Griffonnée dans les pages de garde d'un vieil exemplaire de *Dombey et Fils*, elle avait trouvé une « Liste de desiderata » absurde, complétée au fil des ans par différentes écritures : des massages crâniens, un corps de clairon, des valets de pied chinois, un temps plus clément, des berceuses, un astrologue à résidence. Elle avait caché ce livre tout au fond du rayonnage pour le protéger, et vérifia qu'il se trouvait toujours à l'abri. Le singe de jade n'était plus sur le bar, cependant, et elle se demanda où il pouvait bien être. Elle vérifia sur toutes les étagères, sous les canapés en cuir. Elle aurait pu penser que George l'avait pris, mais il détestait encore plus la bibliothèque que le portrait de Violet – il y avait vu des ombres étranges la semaine où ils avaient emménagé, et n'y avait plus mis les pieds depuis. Au début, il demandait à Mme Carmichael de lui apporter de l'alcool, mais ensuite, il avait tout bonnement transformé son bureau en débit de boissons. Par conséquent, Grace aurait pu passer tout son temps dans cette pièce pour l'intimité qu'elle offrait s'il n'y avait eu des fenêtres entre chaque bibliothèque, sur trois côtés de la pièce. C'était un véritable aquarium, et quiconque allait de l'allée à la porte de la cuisine pouvait voir tout ce qui se passait à l'intérieur. Peut-être était-ce ce qui s'était passé. Amy avait regardé à l'intérieur, en venant depuis la remise, et avait jalousé le petit singe au point de vouloir à tout prix le posséder. Mais pour s'en assurer, Grace alla d'abord interroger Mme Carmichael, qui arrosait les plantes dans le jardin d'hiver, puis Rosamund dans la cuisine, et même Ludo et Beatrice. Aucun d'eux ne voyait de quoi elle parlait, à l'exception de Mme Carmichael, qui était certaine de l'avoir épousseté vendredi.

Nul doute, alors. Amy était une gamine, une gamine cupide. Grace le savait depuis le début. Elle se rendit directement à la remise, et gravit les marches menant à leur logement. Les escaliers débouchaient dans la petite cuisine, et elle eut du mal à retrouver lequel était l'appartement de Max, et lequel était celui d'Amy. Elle toqua tout d'abord à la porte de Max pour s'assurer qu'il n'était pas revenu, puis entra chez Amy sans frapper. La première pièce disposait d'une salle de séjour. Sur une petite table, des magazines de mode largement consultés. La mode ! Amy ne mettait jamais rien d'autre que ces trois robes en coton, alternativement.

Grace marcha sans bruit jusqu'à la porte suivante. Amy était allongée sur son lit, sur le ventre.

— Amy, j'espère sincèrement que vous avez l'intention de rendre tout ce que vous avez emprunté.

La fille se redressa d'un coup et lissa sa couverture.

— Je… Bonjour, madame Grant.

— Je compte sur une restitution de mes affaires avant le dîner.

— Seulement, je… quelles affaires ?

— Tout ce qui a été emprunté au domaine, et j'inclus là-dedans le singe en jade de la bibliothèque. Je ne pense pas que vous resterez bien longtemps parmi nous, mais vous pourriez encore obtenir de moi une lettre de recommandation si vous coopérez.

Amy se leva et regarda désespérément la pièce autour d'elle, comme pour vérifier qu'elle avait tout caché convenablement.

— M'dame, vraiment, je ne comprends pas. Si j'ai fait quelque chose de mal, c'était sans le savoir.

— Amy, dit-elle. J'ignore qui vous êtes, mais je sais que vous n'êtes pas la nièce de Max. Peut-être êtes-vous sa maîtresse, sauf que je ne le crois pas. Ce n'est pas le cas, n'est-ce pas ? Vous êtes une enfant, mais vous me jugez, et pensez savoir comment vous agiriez à ma place. Vous pensez que George ne vous frapperait pas, que vous l'apprivoiseriez. Eh bien non, vous n'y arriveriez pas.

— M'dame, vous faites erreur.

De grosses larmes s'amassaient sur son menton.

— Je suis désolée, mais vous faites erreur.

Grace sentait la douleur d'Amy au creux de son ventre, réellement. C'était une convulsion, comme si elle retenait un sanglot. Mais elle n'avait qu'une idée en tête : aggraver les choses, comme si cela pouvait tout résoudre. Elle imagina que c'était ce que ressentait un assassin, à mi-besogne. Finir de poignarder le gars, pour que plus personne ne ressente le coup.

— Voilà une chose que vous ignorez encore : bien souvent dans la vie, on obtient exactement ce que l'on veut. Si vous voulez un George, vous aurez un George. La pire chose que je puisse vous souhaiter serait d'obtenir tout ce que vous voulez.

Elle avait l'intention de laisser Amy plantée là, muette et honteuse, mais au moment où elle tournait les talons, Amy dit, tout bas :

— Parlez pour vous.

Et Grace aurait pu la gifler, vraiment, elle aurait pu le faire, si elle n'avait pas entendu Max monter dans la cuisine à cet instant précis. Elle sortit et lui dit qu'elle se demandait où il était.

— Un petit saut chez le médecin, répondit-il avec un sourire. Mon vieux problème de genou qui remonte à la guerre. Puis-je vous déposer quelque part ?

— Oh ! dit-elle. Non, mais… À quelle heure George est-il sorti avec la Darrin ?

— Vers dix heures.

Grace regarda autour d'elle dans la cuisine, et essaya de trouver quelque chose à dire.

— Il faudrait réparer ça, dit-elle en pointant le doigt vers la grosse planche qui recouvrait un trou dans le mur.

C'était le mur commun à la salle de bains et au placard d'Amy. Il était peint en jaune, comme le reste de l'appartement.

— Qu'est-ce que c'est ?

— C'est… je crois qu'il y a eu un problème électrique un jour. Cela ne me dérange absolument pas.

— Mais vous ne devriez pas avoir à vivre dans un endroit complètement rapiécé.

Il posa sa sacoche sur la table. Elle avait l'air si douce.

— Il doit y avoir au moins cinq couches de peinture là-dessus. Encore cinq, et la surface sera plane. Vraiment, inutile de se donner du mal.

Ses oreilles, toutes rondes, ressemblaient à de petites poignées. Cet aspect plaisait à Grace, tout comme le fait que Max semblait parfois presque amoureux d'elle. Peut-être l'était-il. Elle se sentait merveilleusement visible à cet instant précis, comme si quelque chose était susceptible de lui arriver à elle, et pas uniquement devant elle.

— D'accord, Max, dit-elle avec un sourire qu'elle n'avait pas d'ordinaire, un sourire que sa mère n'aurait jamais adressé à un domestique.

Elle descendit au rez-de-chaussée en trottinant et fit un signe de la main à Ludo, qui poussait une brouette remplie de bouts de bois jusqu'au tas destiné au feu.

George la secouait par la taille.

— C'est quoi cette odeur ? C'est quoi ?

Grace se retourna et tâta autour d'elle pour comprendre où était passée la couverture.

— Il y a le feu quelque part ?

— Non, c'est toi.

Il alluma la lumière, et quand Grace parvint à ouvrir les yeux, elle vit qu'il ne s'était pas rasé de la journée et que la fossette sur son menton était recouverte d'une ombre noire. Il avait un long collier rouge autour du cou, comme un sautoir, et elle ne parvenait pas à se l'expliquer.

— Pourquoi tu sens comme ça ?

Il revint vers le lit, bien qu'il lui fallût plusieurs tentatives pour se propulser dans la bonne direction. Grace s'assit. George, qui se tenait au-dessus d'elle, mit ses doigts dans ses cheveux.

— Pourquoi t'as coupé tes cheveux ?

— C'est la coiffeuse. J'avais besoin d'un rafraîchissement.

— Tu crois que j'ai envie que tu ressembles à un garçon ?

— George, j'ai sommeil.

Elle se glissa sous la couverture.

— Quelle heure est-il ? demanda-t-elle.

Il enleva complètement la couverture et la surplomba.

— Tu sens le sexe.

— C'est ridicule. Je sens le grand air. Je suis allée faire un tour en vélo.

Il fit remonter sa chemise de nuit sur son ventre, enfonça son visage entre ses jambes et huma bruyamment.

— T'as l'odeur de quelqu'un qui a baisé un prostitué couvert de champignons.

— George.

Elle voulait l'obliger à venir sur elle et transformer les choses en sexe avant que la situation ne dégénère, mais il l'avait fait rouler au bord du lit en la poussant une seule fois, et la fit rouler encore jusqu'à ce qu'elle tombe. Son front heurta quelque chose pendant sa chute. C'était dur et pointu, sans doute le bord de la table de chevet. Toute sa tête et son cou palpitaient, mais surtout un point au-dessus de son sourcil gauche. Elle posa la main dessus, et lorsqu'elle la retira, elle était maculée de sang.

— George, regarde !

— Oh, merde. Oh, Grace, allez. Ne… Je vais chercher une serviette.

Et il en ramena une appartenant au jeu monogrammé aux initiales GGG offert par ses cousins Saville. La serviette passa de bleu poudré à brun roux en quelques secondes.

— Appelle Max, je t'en prie. Je veux des points de suture.

George avait la bouche ouverte, il ressemblait à un poisson.

— Je t'emmène.

— C'est ça, oui. Appelle Max ou apporte-moi le téléphone.

— Que vas-tu dire ?

— Que je suis tombée du lit.

— Grace, je t'aime.

— Je sais.

— Et tu m'aimes.

— Oui. Oui.

Il s'assit par terre et mit sa tête entre ses genoux, puis commença à se balancer comme un petit garçon. Grace se leva avec précaution et alla chercher elle-même le téléphone.

Max prit la Capri. Amy était à la fenêtre de la remise, avec des yeux de chouette, tandis qu'ils descendaient l'allée dans un crissement de gravillons.

Un chapeau à voilette combiné à des lunettes de soleil permit de camoufler convenablement les points de suture et le pansement quand elle s'aventurait à l'extérieur, même si elle avait des allures d'évadée de Hollywood. George disparut pendant cinq jours d'affilée après l'incident – quand Grace et Max rentrèrent le matin, il n'était plus là –, et Grace fit passer le temps en suivant Max sur son vélo. Maintenant qu'elle savait où il allait, elle pouvait prendre son temps. Et une fois qu'il quittait la propriété, il ne semblait jamais se retourner.

Était-il possible qu'elle soit amoureuse de lui ? Cela pourrait expliquer sa compulsion à pister ses moindres faits et gestes. Pourtant, elle doutait qu'il s'agisse de cela. Il n'était pas le genre d'hommes à qui elle aimerait faire l'amour – il serait trop poli, trop discret. Cela avait été le problème avec tous les garçons qu'elle avait fréquenté à Toronto. Elle pensa à Lionel, qui avait embrassé son poignet et n'avait pas arrêté de lui demander ce qu'elle voulait. « Tu aimes ça ? Dis-moi quoi faire. Que veux-tu que je fasse ? » Le problème avec George était que Grace ne pourrait jamais être heureuse avec un homme qui n'était pas George. Elle fouilla en elle pour voir si elle nourrissait la moindre trace de désir pour Max, et vraiment, il lui sembla que non. Mais il était un mystère qu'elle souhaitait percer.

Il suivait deux cours. Celui sur les Bolchéviques – Grace crut pendant un temps qu'il s'agissait d'Histoire russe, mais un jour, elle entendit à travers la porte le professeur parler des Balkans, et elle se mit à en douter. Et un autre sur les romans de Thackeray et de Dickens. Elle en entendit assez pour éprouver de la curiosité au sujet de *Vanity Fair*, qu'elle n'avait jamais lu, et dégota un exemplaire de ce roman dans la bibliothèque de Laurelfield. Becky Sharp était une héroïne méchante, que Grace aima immédiatement. Becky était vouée à sa perte, c'était clair. Nul vice ne demeurait impuni dans les romans du XIXe siècle.

Elle ne restait jamais plus de dix minutes devant les portes de la classe, car elle craignait qu'un jour Max sorte pour aller aux toilettes et découvre sa présence. Cependant, elle se rendit compte que lorsqu'elle rentrait directement à vélo, bien souvent, Max ne revenait pas avant deux ou trois heures. Les cours ne duraient certainement pas aussi longtemps. Dans le bâtiment des Lettres, il y avait un petit couloir qui partait du couloir principal, et Grace s'aperçut qu'elle pouvait rester dans un coin à examiner la carte encadrée de l'Angleterre littéraire sans trop éveiller les soupçons. Elle était occupée à cela un mardi quand le cours se termina. Elle était prête à prendre ses jambes à son cou, mais Max s'attarda près de la porte avec le garçon blond à qui il avait murmuré des choses le premier jour en cours d'Histoire. Ils descendirent ensemble les escaliers, épaule contre épaule. Grace resta où elle était et regarda en bas par la fenêtre. Elle vit où ils allaient : ils marchaient vers le grand bâtiment recouvert de lierre, sans cesser de parler de tout le trajet. Une fois qu'ils eurent passé les doubles portes, elle les suivit.

C'était la bibliothèque. Elle choisit une direction et passa rapidement devant le comptoir d'accueil, tout cela pour aboutir dans une salle de consultation déserte. Elle trouva une salle plus grande avec des catalogues sur fiches, et une zone réservée à l'étude où des élèves fumaient, mais nulle trace de Max. À l'étage, il y avait des box de travail et un entassement de rayonnages. Elle se dit que si Max la voyait, elle pourrait toujours prétendre chercher un livre. Après tout, sa présence à elle n'était pas plus bizarre que celle de Max.

Une fille passa en courant devant elle et faillit la renverser avec sa jupe évasée. En regardant dans l'allée, Grace vit, tout au bout, le garçon blond qui marchait seul désormais. Elle s'aventura aussi loin qu'elle l'osa dans le couloir, et parvint à l'observer à travers le dernier bout d'étagère. Il franchit une porte qu'il referma derrière lui. Il existait plusieurs portes de ce genre sur le mur tout au fond, et à travers celles qui étaient ouvertes, elle aperçut de minuscules pièces meublées d'un bureau. La bibliothèque de son université aussi proposait ce genre de configuration : pour les filles qui ne voulaient pas être distraites, celles ayant d'ambitieux mémoires de quatrième année.

À un mètre d'elle à peine, Max passa, les yeux baissés. Il ne la remarqua pas. Elle le regarda entrer dans la même pièce que le garçon, regarda la porte se refermer en émettant un claquement sec.

Sans cette photo, encore si fraîche dans son esprit, elle aurait peut-être mis plus de temps pour tout comprendre.

Elle resta plantée là tout au bout de l'allée, juste là, debout, sans bouger, un long moment, en ayant l'impression d'être une crétine finie. Elle était humiliée d'avoir été si fascinée par Max, d'avoir aimé sa façon de la regarder. Elle se demanda si le monde était rempli de dégénérés – Max et ce garçon, son père et cet homme sur la photographie, et qui sait combien d'autres encore, tout autour d'elle, alors qu'elle se tenait au milieu, aveugle, sans se rendre compte de rien. Ou peut-être existait-il un lien entre toutes ces choses. Son père lui avait dit qu'il était hors de question de licencier Max, quelles que soient les circonstances. Et peut-être était-ce parce que Max fréquentait les mêmes bars sombres, les mêmes ruelles et placards. Max et son père, son père et Max. Pourtant, ils ne semblaient pas se soucier le moins du monde l'un de l'autre. Peut-être n'était-ce pas une condition, dans ce genre de relations. Ou peut-être avait-il simplement peur de ce que Max savait de lui.

Grace avait conscience qu'il fallait qu'elle parte. Si Max la trouvait ici maintenant, son visage la trahirait. Elle pensa à ce garçon, qui n'avait pas plus de vingt ans, et au fait qu'elle ne devrait pas le laisser seul là-dedans avec un homme deux fois plus âgé que lui, que la mère du garçon aurait préféré que Grace défonce la porte et renvoie son fils à la maison sur-le-champ, les bagages suivraient.

Elle retourna au rez-de-chaussée et s'assit sur l'un des canapés réservés aux fumeurs d'où elle pouvait voir les escaliers. Elle garda le *Tribune* ouvert devant son visage. Max descendit seul, vingt minutes plus tard, et alors qu'elle s'attendait à ce que le garçon le talonne avec désinvolture, il ne le fit pas. Grace attendit encore vingt minutes, puis se rendit à l'étage et retourna dans les allées de la bibliothèque. Le garçon était dans un petit box, penché au-dessus d'un manuel. Il y avait d'autres étudiants, mais pas à proximité immédiate. Elle contourna le box en faisant mine de chercher quelque chose, et jeta un coup d'œil à son visage, à ses sourcils prodigieux. Il ne semblait pas en détresse, pas même coupable – juste complètement immergé dans ses études.

— Excusez-moi, dit-elle.

Il leva les yeux de son ouvrage.

— J'ai bien peur de m'être égarée.

Il lui adressa un sourire entendu et fit un geste englobant la pièce.

— C'est la bibliothèque, murmura-t-il.

— Oui.

Elle rit.

— Et je... Mon mari fait partie du conseil d'administration de l'université, et m'a laissée livrée à moi-même pendant son rendez-vous avec le doyen. Mes pas m'ont menée jusqu'ici, et je ne sais même pas à quel étage je me trouve. Je cherche juste un endroit où me poudrer le nez.

Le garçon se leva et hocha la tête.

— Ravi de voler au secours d'une demoiselle en détresse.

Si elle n'avait pas été aussi avisée, elle aurait pu croire qu'il flirtait.

Elle suivit aussi doucement qu'elle le put, afin d'avoir le temps de réfléchir à quelles questions poser.

— Vous m'avez l'air d'un étudiant en quatrième année, lança-t-elle.

— Je suis en deuxième année.

Il s'arrêta et tendit sa main.

— Sidney Cole, d'Indianapolis. Sid.

— Amy Hall, dit-elle. De New York.

Ils continuèrent à marcher.

— Et ça vous plaît, ici ? demanda-t-elle.

— Et comment, répondit-il.

Mais Grace en doutait. Comment serait-ce possible, pauvre gamin ? Les garçons comme lui ne duraient jamais vraiment très longtemps, où que l'on soit.

— Les gens sont sympathiques ?

— Certains le sont, et c'est bien assez.

Elle voulait émettre un commentaire utile, mais quoi ? Elle n'avait rien à dire à ce garçon sur la façon de vivre sa vie. De plus, ils étaient arrivés devant les toilettes.

— Bon.

Elle ne trouva rien de mieux.

— Merci. Prenez soin de vous, Sid.

La Darrin était de nouveau là, au milieu de l'allée, à attendre que Max la gare. Grace ramassa le courrier et se rendit directement au grenier, en espérant au moins que George n'était pas ivre au point de détruire des choses au rez-de-chaussée.

Une lettre de son amie d'université Harriet, qui demandait avec prudence si Grace rentrerait prochainement à la maison. Harriet avait été l'une des très rares personnes présentes au mariage, et, parmi celles-ci, l'une des seules à ne pas avoir pris Grace à part pour lui demander si elle était sûre de son choix.

Elle ne répondrait pas à sa lettre. Qu'y avait-il à dire ?

Quand vint l'heure du dîner, la Darrin avait de nouveau disparu, et un nœud dur que Grace n'avait pas conscience d'avoir à l'estomac fondit. Elle prendrait son repas toute seule, chose à laquelle elle s'acclimatait plutôt bien. Elle descendit avec son exemplaire de *Vanity Fair* – le capitaine Osborne venait juste de demander à Becky de prendre la fuite avec lui –, et s'attabla.

Au bout d'un long moment, elle entendit un hurlement dans la cuisine, un cri qui n'était ni soudain ni surpris – c'était plutôt comme si quelqu'un piquait une colère. On parla – il y avait plusieurs voix, toutes féminines –, puis vint un sanglot, grave et constant. Grace envisagea d'y aller, mais ne le fit pas par principe. Le dîner avait quatorze minutes de retard. La cuisinière pourrait s'excuser quand elle émergerait.

Les pleurs s'intensifièrent avant de s'arrêter net. Quand Rosamund sortit, elle n'avait pas un seul plat en main. Son visage était rouge, mais Grace devina immédiatement que ce n'était pas elle qui avait pleuré. À vrai dire, elle savait depuis le début que c'était Amy. Rosamund resta dans l'encadrement de la porte, les bras croisés sur sa taille.

— Je n'en peux plus. Je resterais travailler pour vous avec plaisir, mais je ne travaillerais pas pour lui. Je refuse.

— Il n'est même pas là ce soir, fit remarquer Grace. Il est de nouveau sorti avec la Darrin. Et vous ne lui avez pas servi un seul repas en cinq jours.

— Écoutez.

Elle parlait plus bas, sans pour autant se rapprocher de Grace. Pourquoi ne s'exprimait-elle pas comme une vraie domestique ? Aucun de ces serviteurs américains ne le faisait.

— Je vous prie de m'excuser pour mon langage. Mais, m'dame… il l'a violée.

Ses narines se gonflèrent, elle posa sa main sur le lobe de son oreille, mais garda les yeux rivés sur Grace. Celle-ci n'avait qu'une idée en tête : balancer une assiette sur la bouche de Rosamund pour que celle-ci cesse de parler, pour qu'elle disparaisse de la Terre.

— Elle est là-dedans depuis deux heures, et elle ne s'arrête pas pour reprendre son souffle. Beatrice lui donne du thé. Il l'a emmenée dans la Longère et l'a forcée.

— Bien, dit Grace.

Et elle parla d'instinct. Ou du moins, elle dit ce qu'elle imaginait que sa mère dirait, même si elle ignorait ce que cela donnerait avant d'entendre les mots sortir de sa bouche.

— Je doute vraiment que ce soit vrai. Puisque je dois vous mettre au courant, Amy ment et vole, et s'est éprise de George. Je sais qu'il a obtenu ce qu'il voulait d'elle, je le sais, je ne suis pas aveugle. Mais je l'ai vue. Elle était pour le moins consentante. J'ai bien peur qu'elle ne se soit payé votre tête.

— Mais pourquoi ferait-elle une chose pareille ?

Grace se leva de table, ne rangea pas sa chaise, et entra dans la cuisine en poussant Rosamund pour passer. Amy était habillée tout à fait convenablement, sa robe n'était même pas déchirée ni tachée, quelqu'un avait juste enroulé un torchon de cuisine autour de ses épaules. Elle et Beatrice étaient assises côte à côte sur des chaises, Beatrice toujours chaussée de ses bottes de jardinage. Grace eut envie de flanquer les trois femmes dans le frigidaire et d'en verrouiller la porte.

— Amy, dit-elle. Êtes-vous enceinte ?

Amy leva vers elle des yeux rouges et gonflés. Elle parvint à sortir un murmure étranglé :

— Non, m'dame. Je ne pense pas que la date… non.

— Dans ce cas, je ne comprends pas ce qui a changé. Tout s'est bien passé avec vous jusqu'à présent. Ou peut-être est-ce parce que je vous ai surprise en train de voler. Mais voyez-vous, Amy, vous ne nous séparerez pas. Si je quitte George, ou que George me quitte, ce ne sera pas à cause d'une petite voleuse.

Amy cria dans ses mains et bascula vers l'avant, et Beatrice se pencha au-dessus d'elle pour lui frotter le dos.

— Je l'ai trouvée devant la Longère.

— Mais vous ne l'avez pas entendue quand elle s'y trouvait, n'est-ce pas ? Elle n'a pas dû crier très fort. Beatrice, je ne vous ai pas invitée dans ma cuisine.

Beatrice paraissait choquée, mais ensuite, conformément aux attentes de Grace, elle hocha la tête et se dirigea doucement vers la porte de derrière.

— Amy, je serai dans la maisonnette du jardin.

Sur la cuisinière, la soupe bouillait, et serait probablement trop épaisse.

— Amy, êtes-vous en train de démissionner ?

— Non, m'dame.

— C'est moi, qui démissionne, dit Rosamund. Et, pardonnez-moi, m'dame, mais vous aussi, vous devriez quitter cette maison et rentrer au Canada avant qu'il ne vous découpe en morceaux. Amy aussi devrait partir, Beatrice aussi devrait partir, et n'importe qui avec un peu de bon sens devrait en faire autant. Mais comme je suis visiblement la seule à avoir du cran, je pars seule ce soir.

Elle ôta prestement son tablier, comme s'il fallait une dose supplémentaire de théâtralité, et le laissa derrière elle sur le plan de travail.

Elle n'était plus là, et Grace et Amy se retrouvèrent seules dans la cuisine.

— Vous allez devoir servir la soupe, alors, dit Grace.

— Oui.

Elle ne savait pas quoi penser. Comment pourrait-elle savoir quoi penser ? Mais elle prit conscience d'une chose, claire et horrible, tandis qu'elle se rasseyait à la table du dîner. Le drame qu'elle avait cherché en George, le désir et le feu, ne l'impliquerait plus jamais car c'était elle qui était mariée à lui. Il balafrerait peut-être son visage, mais ne la violerait pas, ne chercherait pas à la séduire de tout son être. À partir de maintenant, le drame concernerait toujours d'autres femmes.

Amy lui apporta la soupe. Elle fit cliqueter le bol sur la soucoupe et respira très rapidement pendant tout le trajet.

Crème de courge, tellement cuite qu'on aurait dit un amas de gélatine.

Grace eut envie de sangloter jusqu'à ce que son être se répande par terre, hors de la maison, et se jette dans le lac Michigan.

— Amy, je vais vouloir plus d'eau.

Et quand Amy lui apporta plus d'eau, elle l'envoya chercher un autre petit pain.

Et quand elle apporta le petit pain, elle lui demanda de reprendre la soupe car celle-ci n'était vraiment pas fameuse.

Le lendemain, un télégramme arriva de Toronto : PÈRE GRAVEMENT MALADE. PLUS QUE DEUX OU TROIS SEMAINES. RENTRE STP.

Elle ne le ferait pas. Elle ne pourrait pas l'affronter maintenant. Il verrait clair dans son jeu, verrait qu'elle savait pour sa dépravation, et verrait qu'il avait eu raison au sujet de George, et elle se mettrait à hurler, arracherait ses vêtements et reviendrait pour toujours à Toronto. Et pour faire quoi ? Pour vivre de quelle manière ? Et George la suivrait là-bas, gâcherait tout pour tout le monde, pour son frère et sa mère, et toute la ville la verrait comme la fille qui était rentrée au pays brisée, plutôt que comme la fille qui s'était enfuie par amour.

Elle s'assit ensuite et pleura tout l'après-midi. Car s'il était vrai que son père était mourant, si George avait raison de dire que personne ne viendrait jamais lui rendre visite ici et qu'elle était trop têtue pour rentrer à la maison, alors elle ne reverrait plus jamais aucun d'entre eux.

Trois jours plus tard, elle alla dans la remise alors qu'Amy était occupée en cuisine. La jeune femme préparait tout désormais, même si Grace savait que Beatrice se glissait derrière les fourneaux dès qu'elle le pouvait pour l'aider. La nourriture était abominable : de la viande roussie recouverte de crème aigre qui avait cuit pendant une éternité, des céleris émincés cuits au four et nappés de fromage, en dessert, des tranches de pommes croulant sous un pâté de fromage à la crème et de sucre en poudre. Grace voulait qu'elle parte, voulait qu'elle rentre chez elle, peu importe où ça se trouvait, mais elle ne parvenait pas à la renvoyer, notamment parce qu'Amy pourrait alors se rendre à la police, en dirait peut-être suffisamment pour que la rumeur se propage, car la rumeur se propageait toujours, et cette rumeur atteindrait le Canada. Elle pourrait parvenir jusqu'à son père sur son lit de mort.

Mais elle avait un plan, et cela lui mettait du baume au cœur. Il s'était esquissé en même temps que le plan de la serre, comme si, finalement, Grace devenait l'architecte de sa propre vie.

Elle trouva Max dans le garage et lui demanda de venir voir avec elle ce qui avait été creusé.

— Je veux votre avis, dit-elle, même si ce prétexte était absurde.

Ils se rendirent à l'autre bout de la maison et regardèrent le vide rectangulaire qui accueillerait les fondations de la serre. Ludo, deux Noirs et un homme roux se tenaient debout dans le trou, et farfouillaient aux abords des marches qui descendaient depuis la porte du jardin d'hiver. Ils allaient devoir arracher ces marches comme des dents pourries, et le sol en béton de la serre arriverait au niveau de la porte. Max salua les hommes et observa sans grand intérêt l'avancée de leur entreprise, et quand elle lui demanda si elle pouvait lui parler sur la terrasse, il hocha la tête et la suivit. Ils restèrent assis à regarder la fontaine et les sentiers qui rayonnaient autour d'elle, le bûcher qui grandissait près des bois, la Longère, le petit atelier derrière et, au loin, la maisonnette atelier qui accueillait jadis les compositeurs et servait à présent de cabanon à Ludo et à Beatrice. À côté de la maisonnette, le potager de Beatrice était terminé et marron.

— Max, je vais vous demander un service. Amy est ici depuis un moment maintenant, et il est temps pour elle de repartir. Vous savez qu'elle détourne terriblement l'attention de tout le monde. Je crois qu'elle a commencé à voler des choses, aussi.

— Vous n'auriez plus de cuisinière.

— Elle n'est pas cuisinière. Et vous avez vu comme elle a été malheureuse, ces derniers jours.

Max semblait perplexe, et elle se demanda si Amy et Beatrice s'étaient débrouillées pour lui épargner toute hystérie.

— Vous ne croyez pas que vous pouvez la renvoyer à la maison, maintenant ?

Il appuya ses mains sur ses jambes comme s'il ne parvenait à les garder immobiles qu'au prix d'un très gros effort.

— Cela serait difficile.

Grace plongea la main dans la poche de son manteau et en sortit un trousseau comportant quatre petites clés.

— Je me suis dit que j'allais vous proposer mon jeu de clés des ateliers d'artistes. Vous pourriez les utiliser quand bon vous semblera. Vous savez...

Et elle était bien contente qu'il soit en train de regarder le domaine d'un air confus, et pas de la regarder elle.

— ... Parfois, je pense à ces garçons à l'université. Je m'inquiète pour eux. Ils sont si loin de chez eux. Si vous en croisez qui ont besoin d'un bon repas, ou d'un endroit où se reposer, vous pourriez les inviter à vous rendre visite ici. Ils pourraient même emprunter les lits dans les ateliers. Certains recherchent sûrement un lieu paisible.

Quand elle avait répété ce texte, elle n'avait pas trop su quelle serait sa réaction. La honte, peut-être, et un échange reconnaissant de faveurs. Elle s'était dit qu'il pourrait être en colère, et prendre ses propos pour du chantage, ce qui fonctionnerait également. Elle n'était pas préparée à le voir se retourner et lui sourire. Elle n'avait d'ailleurs jamais vu pareille expression sur son visage. Tout le calme, toute la réserve qui en étaient venus à caractériser Max à ses yeux, s'envolèrent à cet instant. Elle regardait quelqu'un qu'elle n'avait jamais rencontré.

— J'ai déjà des clés, répondit-il. Vous devriez garder celles-ci précieusement.

— Elle n'est pas votre nièce.

— Techniquement, non.

— Mais elle vous écoutera. Je n'imagine pas qu'elle soit amoureuse de vous.

Il rit doucement.

— Non. Elle est très naïve, me semble-t-il. Elle n'est pas comme vous, elle ne se rend pas compte de qui je suis, mais elle m'aime beaucoup. Et Grace, en toute franchise, je ne la renverrai pas chez elle.

Elle ne se rendit compte que quelques instants plus tard que non seulement il l'avait défiée, mais qu'il l'avait également appelée Grace. Et que pouvait-elle y faire ? Menacer d'en parler à son père alors qu'elle ne connaissait en rien l'histoire entre eux ? Si elle ne pouvait pas le renvoyer, et qu'il refusait de lui obéir, alors de toute évidence, c'était lui qui était aux commandes.

— Un type l'a emmenée à Chicago, voilà ce qui s'est passé, dit-il. Il l'a convaincue de quitter la Floride avec lui, ce qui, d'après ce que j'ai compris, lui a certainement sauvé la vie. Mais cela s'est révélé désastreux. Comme souvent dans ce genre de situation. Elle n'a que dix-huit ans. Savez-vous comment elle est arrivée jusqu'à nous ? Beatrice l'a trouvée de l'autre côté de la grille. Elle regardait à l'intérieur. Elle avait frappé à toutes les portes de la rue en demandant du travail. Elle a des ressources remarquables. À Chicago, avant de quitter cet homme, elle a demandé autour d'elle où se trouvaient les plus belles maisons, et quelqu'un lui a recommandé de venir ici. Elle m'a raconté qu'elle s'était dit que même si elle échouait, personne dans une petite bourgade comme celle-ci ne la laisserait dormir dehors. Tandis qu'en ville… Elle a fait cent maisons avant de rencontrer Beatrice.

— Quelle chance pour elle de nous avoir trouvés.

Elle n'en revenait pas, vraiment pas, d'entendre sa voix si tranchante, si méchante. Exactement comme celle de sa mère.

— Cet endroit a toujours recueilli les égarés. Les gens qui ont besoin de trouver Laurelfield trouvent toujours Laurelfield. Écoutez, Grace, rien ne l'attend chez elle. Sa famille est horrible. Une famille entière de George. Je ne peux pas la renvoyer chez elle.

— Dans ce cas, pourquoi ne pas simplement l'épouser ? Si vous êtes plus inquiet pour Amy que pour votre poste ici. Êtes-vous capable d'être avec une femme ? Ce serait un mariage plus heureux que d'autres, même si ce serait une farce. Ensuite, vous pourriez faire en sorte qu'elle n'embête pas les autres, et peut-être pourriez-vous ficher la paix à ce pauvre Sid Cole d'Indianapolis.

Voilà que Max paraissait étonné, et Grace n'aurait peut-être pas dû divulguer qu'elle connaissait le nom de Sid. Il avait été impressionné par son intuition, sa sagesse, et à présent, il savait qu'elle n'était qu'une fouineuse. Il se leva, et elle crut d'abord qu'il partait, mais à la place, il s'approcha d'elle et s'agenouilla devant sa chaise, sur le sol en pierre, dans les feuilles mortes.

— Ça n'a pas l'air d'aller, dit-il.

Elle aurait dû s'en trouver effroyablement insultée, mais non. Peut-être était-ce un soulagement que quelqu'un soit aux commandes, quelqu'un qui s'inquiétait pour sa vie. Il essayait de faire en sorte qu'elle le regarde, droit dans les yeux. C'était pour cette raison qu'il s'était autant baissé. Et elle en fut incapable. Elle regarda par-dessus son épaule, en direction de la fontaine asséchée.

— Grace, dit-il. N'est-ce pas plutôt vous qui devriez quitter cet endroit ?

Elle regarda fixement la fontaine jusqu'à ce que celle-ci devienne une masse floue et grise, ni plus proche ni plus lointaine que les arbres au-delà.

— Grace. Nous sommes semblables, vous savez. Peut-être est-ce quelque chose que je ne devrais pas dire, mais c'est vrai. Avez-vous lu ce poème ?

— Il ne s'applique pas à moi.

— L'idée est de vous réinventer.

Elle eut envie de tendre la main pour toucher les cheveux noirs de Max. Elle pourrait faire une petite encoche dans sa chevelure avec son doigt, et cela resterait. Au lieu de quoi, elle se leva pour partir tant qu'il lui restait un peu de dignité.

— Moi, je vous épouserais, dit-il.

— C'est très gentil.

Samedi, c'était la Nuit de Guy Fawkes. Personne aux États-Unis ne semblait la célébrer, mais lorsque George se montra au petit-déjeuner – Grace fut étonnée de le voir, car il n'avait pas dormi dans leur lit –, elle proposa qu'ils fassent un feu de joie ce soir-là. Le tas de bois à brûler était tellement grand.

— C'est un bon programme, dit George.

Le soleil l'éclairait – boucles noires dans toutes les directions, yeux d'un vert vif et cristallin. Elle l'aimait au petit-déjeuner. Si elle l'embrassait, elle aurait un goût de Listerine dans la bouche, et quand il étira ses bras et son dos, elle entendit les craquements. Le matin, il était comme une petite boule de neige propre – qui dégringolait ensuite toute la journée, amassant au passage des pierres et des ténèbres, et qui devenait énorme et tranchante.

Une Amy tremblante leur apporta le café sans les regarder ni l'un ni l'autre. La boisson dégageait une odeur abominable, âcre et déplaisante, qui donna des haut-le-cœur à Grace.

— Amy, pouvez-vous débarrasser cela ? Il y a un problème avec ce café.

George le goûta.

— Il est tout à fait correct.

Mais Grace tendit sa tasse à Amy, qui le ramena à la hâte dans la cuisine.

— Si tu meurs empoisonné, je saurai qui l'a fait, dit Grace.

Grace demanda à Ludo d'organiser le feu de joie. George et elle pourraient même dîner sur la terrasse une fois que le bois flamberait bien. Mais à trois heures de l'après-midi, George, qui était complètement ivre, la trouva assise sur le lit avec le télégramme tout juste arrivé de Toronto. Celui-ci disait simplement : AGGRAVATION ÉTAT PÈRE, STP INFORME-NOUS SI VIENS. Elle ne pouvait s'empêcher de regarder fixement le papier, comme s'il allait se mettre à jour à chaque changement, ou chaque fois que son père s'assiérait pour manger un peu de soupe. George lui arracha le papier des mains, Grace lui expliqua la situation, mais précisa qu'elle ne pensait pas y aller.

— Ils te mentent, dit-il. Il n'est pas malade. Ils veulent que tu montes dans le Nord pour t'enfermer dans un placard.

— Ça n'est pas juste.

— Non. Exactement.

— Ce n'est pas... George, que fais-tu ?

Car voilà que George déchirait le télégramme, laissait tomber les bouts de papier dans le cendrier sur son bureau et y mettait le feu avec une allumette. Elle envisagea de hurler ou de l'attraper, mais il serait capable de jeter l'objet toujours en feu. Alors elle attendit que le message ait été réduit en cendres pour dire :

— Ce n'était pas nécessaire.

— Ha ! Tu fais quoi, toute la journée ? Tu restes assise dans ce grenier, à rêvasser sur les précieux dossiers de ton grand-père, et plus tard, au dîner, tu contemples ta grand-mère folle.

— Ce ne sont pas les dossiers de mon grand-père.

— Et où sommes-nous, bon sang ? Nous sommes dans un... Nous sommes sur un autel. Cet endroit est un autel en l'honneur de ta famille. Comment cet endroit pourrait-il être ma maison alors que c'est le musée international des Devohr ?

Grace glissa un doigt dans l'un des passants de sa ceinture et le tira vers le lit.

— Je vais me rattraper, dit-elle.

Mais il la repoussa et la laissa sur le matelas. Ensuite, elle tendit l'oreille un bon moment, et l'entendit traverser la maison en ouvrant et fermant des portes à grand bruit, jusqu'à ce que le tumulte se mue en fracas. Entre-temps, il avait dû boire plus. Et le soleil se couchait déjà.

Debout sur le seuil de leur chambre, elle le regarda gravir les marches, puis traverser chancelant le couloir pour ouvrir la porte qui donnait sur l'escalier du grenier. Il disparut et revint une minute plus tard les bras chargés de dossiers dans des chemises. Le livre sur Parfitt se trouvait en équilibre sur la pile.

Il la vit mais ne s'arrêta que pour dire : *Souvenez-vous, souvenez-vous du 5 novembre*[1] *!* Et puis, au milieu des escaliers, il lui lança :

— Qu'en dis-tu, canard ? Ménage d'automne !

Grace se précipita jusqu'à la porte du grenier et envisagea de la verrouiller, mais la clé se trouvait tout en bas, dans la cuisine. Elle aurait pu rentrer et fermer de l'intérieur, sauf que George défoncerait la porte d'un coup de pied, et à quoi cela servirait-il ? Elle se rendit dans la chambre à fleurs et l'observa depuis la fenêtre. Il traversait la pelouse à grandes enjambées, et des papiers s'envolaient des dossiers. Il enroula les chemises

1. *Remember, remember, the fifth of November!* Il s'agit des premiers mots d'une comptine que l'on scande pendant la Nuit de Guy Fawkes.

et cala chacune entre les bouts de bois. Ludo se tenait près de la maisonnette. Il restait à distance. Beatrice aidait probablement Amy en cuisine.

Il revenait. Grace se précipita, tant qu'elle le pouvait encore, en haut des marches pour réfléchir à ce qu'elle pourrait cacher. Il n'était pas encore arrivé au milieu de l'alphabet, alors elle sortit toute la section où devaient se trouver le dossier Edwin Parfitt et son contenu photographique, et le fourra tout au fond, dans la jungle de fournitures de bureau, entre la Ronéo et la machine à affranchir. Peut-être aurait-elle aimé que ce cliché soit brûlé, mais elle ne pouvait courir le risque que George le voie. Il ferait quelque chose d'horrible, elle en était convaincue, quelque chose qui achèverait son père. Sans compter qu'elle n'avait pas encore résolu le mystère de cette photo. Elle n'en avait pas encore terminé avec elle. George était de retour avant qu'elle ait eu le temps de prendre plus de dossiers. Elle envisagea de se cacher, mais lorsqu'il apparut, elle se tenait juste devant les classeurs à tiroirs, incapable de bouger.

Il la vit.

— *Quoi.*

— J'étais curieuse.

Elle l'esquiva avant qu'il ait pu la pousser sur le côté, et il saisit le tableau représentant la feuille de chêne sous la fenêtre. Les punaises s'envolèrent des coins et se répandirent sur le sol.

— Il est à qui, ce vagin ?

— C'est… Tout d'abord, c'est une feuille de chêne.

Il le tint à bout de bras pour l'observer.

— Ça, c'est un vagin.

— Ce tableau a peut-être de la valeur.

— Bien sûr. Ce dont tu as besoin, Grace Devohr, c'est de plus d'argent. Tous tes problèmes seront résolus.

Il enroula le tableau et le casa sous son bras, puis ramassa d'autres dossiers. Ses mains étaient gigantesques – ce fut la première chose qu'elle aima chez lui, le fait que ses mains ressemblent à des pattes d'ours –, et il attrapa bien quinze centimètres de dossiers dans chacune d'elles. Il les empila contre sa poitrine et les maintint en place à l'aide de son menton. Grace pensait qu'ils tomberaient tous, mais seuls quelques-uns s'échappèrent.

— Donne, je vais porter le tableau.

— Jamais de la vie.

Il passa devant elle, descendit les escaliers, et cette fois-ci, elle le suivit à l'extérieur, le regarda se déshabiller et ne garder que son maillot de corps pour enfoncer des choses dans le bûcher. Ludo, lorsqu'il la vit, se retira dans la maisonnette. Max était sur le chemin près du catalpa, et, mains dans les poches, observait la scène. Elle se demandait s'il reconnaissait les documents qui étaient brûlés aujourd'hui, s'il tenait autant qu'elle aux dernières reliques de cette colonie. Il y avait également deux visages dans la fenêtre de la cuisine : Beatrice, Amy. Trois bombonnes de gaz se trouvaient à côté du tas, mais à en juger par l'odeur, il ne semblait pas encore les avoir utilisées.

À cet instant précis, Grace sut une chose. Elle vit George pousser ces dossiers entre les bouts de bois, le vit résolu à détruire quelque chose. Et pas parce que cela lui plaisait, mais parce que cela ne lui plaisait pas. Parce qu'il s'en moquait complètement. Et elle sut à cet instant qu'Amy lui avait dit la vérité, qu'elle ne s'était pas offerte à lui.

— Je ne te laisse pas ici toute seule, lança George.

Il la tira par le bras jusqu'à la maison. Ils passèrent à deux mètres à peine de Max, et Grace le regarda droit dans les yeux, essaya de lui envoyer un message pour qu'il sauve le tableau, au moins le tableau, mais on aurait dit un homme pétrifié.

Ils rentrèrent en passant par la terrasse puis le salon, gravirent les marches, traversèrent le couloir où enfin il la lâcha avant de monter jusqu'au grenier.

Et alors qu'il se trouvait à la moitié de l'escalier, alors qu'elle était encore sur la première marche, il tomba. Il sembla basculer vers l'avant, puis, dans son élan, son corps se mit en portefeuille et plongea vers l'arrière, tête la première. L'escalier était raide. George atterrit au-dessus d'elle, glissa encore puis s'arrêta à ses pieds, le visage vers le ciel.

Grace fut surprise de ne pas crier. Elle resta plantée là les yeux rivés sur lui, son cœur telle une timbale. Un millier d'avenirs différents défilèrent devant elle.

Mais non : il respirait encore. De grandes respirations profondes, comme un enfant endormi.

Et alors ? Et si elle le laissait là, tout simplement ? Quel effet cela aurait-il de rester la tête en bas après avoir reçu un coup sur le crâne ? Quelles étaient les probabilités pour qu'il s'étouffe dans son propre vomi ?

Toute la tension avait disparu de son visage, et toute la colère aussi. Son front était lisse, sans sillon. Grace s'accroupit et promena son doigt de ses sourcils à la naissance de ses cheveux. Le moment était mal choisi pour nourrir de telles pensées, mais elle se dit que le front était l'une des parties du corps les plus sexuelles – la texture de la peau douce sur l'os dur. Elle déposa un baiser sur son œil, son œil fermé et à l'envers. Puis elle courut chercher Max.

Max, étonnamment costaud pour sa taille, allongea George sur le lit de la chambre à fleurs. Il demanda si Grace souhaitait qu'il appelle une ambulance, mais désormais, George bougeait, gémissait un peu, et se touchait la tête. Max alla plutôt chercher une poche de glace dans la cuisine.

— Que pouvons-nous faire ? murmura-t-il ensuite.

Si Grace ne savait pas encore qu'il parlait des dossiers, elle l'aurait deviné à sa façon de se tenir face à la fenêtre, prêt à plonger à travers pour tout récupérer.

— Il s'en souviendra, répondit-elle. Il oublie rarement ce qu'il était en train de faire.

— Peut-on les remplir ? Mettre d'autres choses dans les dossiers ?

Grace passa la pièce en revue. Le joli lavabo ancien, la lampe avec l'abat-jour en verre.

— Il y a les deux bottins dans l'entrée, dit-elle. Mais cela ne suffira pas.

Et puis elle se rappela le roman illisible, toujours caché avec ses dossiers voisins à l'étage. Elle demanda à Max de l'attendre, et alla le récupérer à la hâte.

— Ce n'est pas une œuvre importante, n'est-ce pas ?

Max regarda le nom sur les deux dossiers, et les six cents pages entassées à l'intérieur.

— Bonté divine ! Non, ce n'est rien. Excellente idée.

Grace resta aux côtés de George, caressant sa tête et s'assurant qu'il ne bougeait pas, pendant que Max se précipitait vers le bûcher. Elle pencha la tête pour regarder depuis la fenêtre. Max agit d'abord seul, puis avec l'aide de Ludo, récupérant les dossiers, formant une immense pile avec leur contenu, et remplissant systématiquement chaque chemise avec quelques pages de l'annuaire ou du roman raté.

Il déposa les papiers rescapés dans la brouette de Ludo, et ce dernier l'emmena dans la maisonnette du jardinier. Max retrouva Grace dans le couloir, avec seulement le tableau et un bout du roman. (« Je n'ai pas eu le cœur de le brûler en entier », avoua-t-il.) Il lui expliqua que Ludo garderait les autres documents dans la maisonnette jusqu'à ce que Max ait eu le temps de remettre de l'ordre dans tout cela.

— Je me souviens de la plupart de ces gens, dit-il. Cela ne devrait pas être trop compliqué de reclasser ces papiers. Mais le tableau manquera à l'appel.

Grace s'empressa de monter ce qu'il restait du roman à l'étage, et rangea le tableau derrière un tas de matelas de la colonie. Il n'y avait rien pour remplacer cette toile. Elle regarda son affiche avec la tour penchée de Pise et rit. Jamais elle ne s'enroulerait. Et elle n'avait pas la bonne taille.

George se reposa jusqu'au dîner, grognant, bougeant et s'asseyant finalement pour réclamer de la nourriture. Grace souhaitait demander à Amy de lui apporter son repas pendant qu'elle mangerait en paix au rez-de-chaussée, mais se ravisa juste à temps. Elle n'enverrait pas la fille là-haut, où elle se retrouverait seule avec lui. Elle ne l'enverrait pas dans la gueule du loup. Alors Grace lui monta elle-même un plateau, composé de pain et de beurre, de whiskey et d'eau. Puis elle s'attabla seule. Amy lui sourit si gentiment en déposant les carottes rôties et le fromage devant elle que Grace eut envie de hurler. Elle avait envie de lui arracher les yeux à cause de ce qu'elle savait, parce qu'elle avait vu Grace traînée de force jusqu'à la maison comme une enfant. Et en même temps, elle avait envie d'emmitoufler Amy dans son pull, de la bercer pour qu'elle s'endorme.

Peu après, George alla voir le bûcher et revint rageusement dans le jardin d'hiver où Grace était installée.

— Où est passé le tableau ?

— Je ne comprends pas de quoi tu parles.

Il semblait chercher la force de traverser la pièce en volant jusqu'à elle, mais Max et Ludo l'avaient suivi, et voilà qu'ils entraient par les portes de la terrasse.

— Le tableau ! *Ton* tableau. Tu crois que je ne sais pas ce que tu fabriques là-haut ?

— Ce n'est pas moi qui l'ai peint.

— Monsieur Grant, intervint Ludo. Le tableau s'est envolé. Je suis désolé. Il a – pouf ! – à travers le jardin pendant votre sommeil. Je l'ai vu disparaître.

— Ha !

— Lançons un feu, suggéra Max. Tant qu'il est encore tôt.

Avant de suivre les hommes dehors, George pointa son doigt vers Grace.

— Si je revois ce tableau. Si je découvre que tu... Je n'aime pas qu'on me mente.

— Je ne te mentirais pas, George.

— Si je revois ce tableau, je brûlerai cet endroit. Toute la maison.

Elle regarda Ludo verser de l'essence sur le bûcher. George jeta l'allumette, et tout partit dans un magnifique brasier.

Le lendemain matin, dès que George partit, Max se rendit dans la salle à manger où Grace prenait encore son petit-déjeuner. Il avait entre ses mains la toile représentant la feuille de chêne, qui était enroulée.

— Ne pouvez-vous pas en faire don à l'université ? demanda-t-elle. Je la mettrais bien dans la chambre forte à la banque, mais George dispose d'une clé.

Sans attendre qu'on l'y invite, Max s'installa dans le fauteuil de George. Il déroula la toile de lin et posa un doigt sur la peinture.

— Ceci devrait rester à Laurelfield. Certaines choses ne doivent pas quitter leur habitat naturel.

Amy ouvrit la porte de la cuisine, vit Max, et tourna les talons. Elle allait désormais les espionner, mais Grace n'avait pas l'énergie de s'en soucier.

— Même si nous cachions le tableau parmi vos effets personnels... c'est juste que George...

— Je sais de quoi George est capable, dit Max.

— J'imagine que cette toile a de la valeur.

— Oui, l'artiste a beaucoup de talent.

— J'aime énormément cette œuvre. J'aime les bords des feuilles.

— Nous pourrions reconfigurer le tableau. Ce serait une excellente plaisanterie.

— Je ne vous suis pas.

— Nous pourrions peindre quelque chose par-dessus. Et le cacher en pleine lumière.

— Je serais incapable de le détruire !

— Au contraire, en faisant cela, vous le préserveriez.

Cette idée semblait absolument le ravir.

Et certes, l'idée que George voie la toile chaque jour, passe devant sans se douter de rien, était séduisante. C'était une toute petite vengeance. Et quand ils auraient soixante-dix ans tous les deux et qu'elle aurait besoin de remporter une bataille, elle pointerait le doigt vers le tableau et dirait : *La toile est là depuis le début. Tu bois ton café sous le vagin depuis quarante ans.*

— Est-ce que ça marcherait avec de la peinture à l'huile ?

— C'est la seule peinture qui marcherait.

Cette après-midi-là, prenant comme modèle une publicité pour un autre kit de peinture au numéro qui se trouvait au dos de la boîte, Grace peignit une ferme par-dessus la feuille de chêne. Le résultat n'était pas si mauvais pour une parfaite amatrice, et en combinant les pots du kit, elle eut assez de peinture pour recouvrir entièrement la toile. Elle et Max tinrent chacun deux coins du tableau, et le transportèrent ensemble de la grande maison à la remise.

Max savait où faire encadrer la toile dès qu'elle serait assez sèche. Six jours plus tard, elle était accrochée dans la bibliothèque.

La semaine suivante, Grace eut beaucoup de mal à sortir de son lit. La pièce tournoyait, alors elle se rallongeait et dormait encore une demi-heure, jusqu'à ce que la faim finisse par l'attirer au rez-de-chaussée, si l'odeur de l'abominable café d'Amy ne l'empêchait pas d'entrer dans la salle à manger.

Après quoi, elle se rendait jusqu'à la petite colline de cendres où s'était dressé le bûcher. Elle suivait les sentiers dans les bois.

George fut adorable pendant quelques jours, puis cessa de l'être.

Grace se rendit compte qu'il fallait qu'elle déplace le portrait de Violet par mesure de précaution. Max le garda dans sa chambre. Quand George vit qu'il avait disparu, il ne fut pas content du tout. Il demanda si elle l'avait vendu, et elle eut beau dire que ce n'était pas le cas, il voulut savoir combien elle en avait tiré, et ce qu'elle avait fait de l'argent. Il balança son verre par-dessus sa tête. Il se brisa à l'emplacement du tableau. L'espace d'un instant, de l'eau coula en un millier de petites rivières sur le papier peint. Beatrice servit le reste du repas en expliquant qu'Amy était allée se coucher car elle était soudain indisposée.

Elle vit Max entrer dans la Longère, et deux minutes plus tard, Sid Cole, d'Indianapolis, suivit. Ils restèrent à l'intérieur de la maison pendant une heure. Cela se reproduisit le lendemain, et le lendemain encore, puis de nouveau trois jours plus tard.

Elle n'avait pas envie de rester dans le grenier maintenant qu'il avait été souillé, alors elle essaya de se percher sur l'immense souche en décomposition entre la remise et la grande maison, sur laquelle elle s'assit en tailleur. Mais une sensation très étrange s'empara d'elle, un abominable tournis. La souche allait peut-être se transformer en doline et l'avaler. Elle pensa aux ateliers, mais elle ne pouvait pas entrer dans la Longère. Elle marcha jusqu'à la petite maison située derrière celle-ci.

Jadis, elle servait de chambre noire, lui avait appris Max. Et en effet, il y avait à la fois des stores et des volets à l'intérieur des fenêtres, et après qu'elle les eut refermés, il faisait aussi noir que la mort. Elle s'assit sur le canapé-lit et essaya de ne pas sentir ses membres. Elle ouvrit les volets et contempla le sol. Cinq abeilles mortes. Un cadavre de coccinelle, décoloré en rose par le soleil. Une pièce d'un *cent* datant de 1939. Un jour, une personne avait été heureuse ici. Avait chantonné, avait laissé sa marque, et n'avait pas remarqué qu'elle avait laissé tomber une pièce de monnaie.

Un télégramme de la maison : VIENS IMMÉDIATEMENT OU NE VIENS PAS DU TOUT.

Cette après-midi-là, Grace entra directement dans l'appartement de Max, s'assit à la table et l'appela. Il apparut au seuil de sa chambre, la chemise déboutonnée et défaite. Il se rhabilla et la rejoignit.

— Max, s'il m'arrive quoi que ce soit, si je disparais, si on me retrouve noyée dans le bassin aux poissons, il faut que vous sachiez que ce sera George le coupable.

— Cela… Oui, ce serait malheureusement mon hypothèse.

— Et si cela se produit, je veux que vous lui fassiez tout ce qu'il faudra pour qu'il ne garde ni la maison ni l'argent. Balancez-le, piégez-le, empoisonnez-le, je m'en moque.

Elle l'avait dit, et c'était là, et une fois qu'elle eut entendu les mots dans l'air, en dehors de sa propre bouche, elle sut avec certitude qu'elle les pensait.

— Vous pourriez partir d'ici avant que cela n'arrive.

— Eh bien, Max, mon père est très malade.

— Oui.

Elle n'aurait pas dû être étonnée qu'il sache.

— Quand George était là-bas, au pied des marches, j'ai cru un instant qu'il était mort. Et j'ai pensé : si George est mort et que mon père meurt, je ferai peut-être ce qui me plaît. Et j'ai ressenti une légèreté immense. Mais cela n'a duré qu'un moment infime.

Max se pencha par-dessus la table avec une intensité qui l'aurait offensée quelques semaines auparavant, avant qu'ils deviennent complices en remplaçant les dossiers et la toile, et en transformant la Longère en refuge pour tapettes.

— Que feriez-vous ?

— Je n'y ai pas bien réfléchi. Peut-être que j'ouvrirais de nouveau la colonie. Je le pourrais, vous savez. Si j'y injectais mon *fidéicommis.*

— Vous repartiriez à zéro.

Max semblait glacial et triste. Ses joues étaient devenues roses.

— Oui, bon. Mais vous m'aideriez, n'est-ce pas ? Vous êtes ici depuis plus longtemps que tout le monde.

— Je suis sans doute la mémoire des lieux.

— Mais tout cela n'est qu'un fantasme, et il ne faut pas que j'aille plus vite que la musique. Car que vais-je faire ? Je ne vais pas assassiner George.

Max rit – un petit rire cruel.

— Pour y arriver, il vous suffit de ne rien faire. De ne pas le sauver. La prochaine fois, laissez-le par terre. La prochaine fois, ce sera différent. Mais il y aura des situations analogues.

— Bon. Et le divorce est la vraie solution. Je n'ai pas voulu m'autoriser à y penser. Mais il…

Elle s'arrêta un moment afin de ne pas pleurer.

— Max, savez-vous ce qu'il a fait à Amy ?

Max secoua la tête doucement, mais Grace vit qu'il n'était pas nécessaire qu'elle explique les choses. Tant mieux, car voilà qu'elle sanglotait. Un gros amas de larmes s'était formé sur la table.

— Je ne croyais pas c'était vrai, ou bien je ne pouvais pas y croire, mais quand je l'ai vu avec ces dossiers, quand je l'ai vu faire du mal à quelque chose qui n'était pas moi… Max, j'ai été un véritable monstre. Je veux faire quelque chose pour elle. Pouvez-vous trouver ce dont elle a besoin ? Pour s'installer confortablement quelque part ?

— Vous devez le quitter, dit Max.

— Je vais peut-être le faire. Je vais au moins me rendre au chevet de mon père à Toronto. J'ai téléphoné à l'agence de voyages pour voir si je pouvais rentrer en avion. Je serai fixée demain matin. Je vais peut-être pouvoir partir demain matin, d'ailleurs. Juste pour une visite.

C'était vrai. Elle ne mentait pas. Cela ne lui avait pas paru réel avant qu'elle le formule.

— Et ensuite, vous le quitterez.

— Je... Oui, je crois.

— Mais vous ne devez pas lui en parler.

— Je suis convaincue qu'il finira par s'en rendre compte.

Max gloussa – à quand remontait la dernière fois que quelqu'un avait ri à l'une de ses blagues ?

— Promettez-moi de ne pas vous laisser emporter et de ne pas lui dire. Avant toute chose, il vous faudra des avocats.

Grace hocha la tête, mais elle imaginait que cette partie-là pourrait bien attendre que son père ne soit plus de ce monde. S'il était réellement en train de mourir, les avocats de la famille seraient accaparés un bon moment par la succession.

— Nous trouverons une solution. Je vous assure. Grace, je ne veux pas que vous restiez seule avec lui.

— Je vous le promets.

Ce soir-là, George s'habilla pour sortir. Il enfila son manteau décontracté et se rasa. Il s'était fait des amis dans un bar de Highwood, et ils avaient une opportunité professionnelle pour lui, un investissement solide, avait-il expliqué. Il avait dit la même chose en juillet au sujet d'un type qu'il avait rencontré en ville. George lui avait fait un chèque de deux mille dollars et ne l'avait jamais revu. Ces nouveaux amis connaissaient quelqu'un censé emmener l'argent au Brésil pour y doubler la mise. George était resté sobre pour l'occasion, et dansa dans la pièce en récupérant son portefeuille et son chapeau. Grace était allongée sur le lit, vêtue de sa robe en coton jaune, qu'elle portait avec un gilet en laine. C'était ce qu'elle s'était imaginé quand elle s'était installée avec George : tous les deux ensemble dans la chambre avant le dîner, George heureux et plein d'énergie, elle pieds nus avec un livre. En revanche, elle n'aurait pas imaginé se sentir comme une balle de plomb.

Elle colla son front à la fenêtre et le regarda trottiner jusqu'à la remise. Max fit une marche arrière avec la Darrin, sortit de la voiture et tint la portière côté conducteur pour George.

Max disparut dans le garage, et George continua la marche arrière pour sortir. Mais deux choses se produisirent. Tout d'abord, il gara la voiture devant l'entrée de la grande maison et se précipita à l'intérieur – pour prendre un chapeau plus chaud, probablement, car il faisait assez froid et dans ces conditions, la Darrin était un piètre choix, même si elle n'était pas décapotée. Et puis, au même moment, près des érables, et tout le long du mur en pierre, la terre se mit à bouger, exactement comme elle l'avait fait un mois auparavant jour pour jour : des lapins, des lapins et des lapins. Une colonie de lapins, une invasion de lapins. Grace enfila ses chaussures et se précipita en bas des marches, passa devant George qui fouillait dans le placard à manteaux. Il fallait qu'elle voie s'ils étaient réels, et si c'était le cas, elle voulait savoir ce qu'ils faisaient tous là, à encercler le domaine comme un maléfice ou une bénédiction.

Elle était devant la porte d'entrée et George toujours à l'intérieur lorsque Sid Cole d'Indianapolis franchit la grille principale. Grace aurait dû dire à Max de lui faire emprunter le portail annexe au moins, mais il était là, mains dans les poches, épaules voûtées à cause du froid, et remontait l'allée en direction de la grande maison. L'herbe était trempée et froide, et il voulait certainement éviter de marcher dessus le temps de rejoindre le sentier menant à la Longère, mais Grace s'aperçut avec horreur qu'il donnait l'impression de profiter de l'absence de George pour lui rendre visite. Son jeune rancard pour la soirée. Elle n'avait pas le temps de le prévenir sans crier, et George sortit derrière elle au même moment. Alors à la place, Grace pivota vers son mari et l'attrapa par la taille, le força à se tourner vers elle et la remise – et à se détourner de Sid, qui ne semblait se rendre compte de rien tandis qu'il avançait à grands pas.

— Emmène-moi avec toi ce soir. Laisse-moi t'accompagner.

Elle l'attira avec force contre elle.

George posa la main sur son postérieur et dit :

— Je dois retrouver ces types.

— Je les charmerai.

Il recula d'un pas et la toisa, jaugea si elle était présentable. Il était vrai que pour une fois, elle ne cachait pas de bleus. Elle ne portait plus de bandage et n'avait plus de points de suture. Il ne restait plus qu'une marque rose bien propre.

— Ce sera amusant, ajouta-t-elle.

— D'accord, canard.

Il ouvrit la portière côté passager et s'inclina en une révérence exagérée, et quand elle entra dans la voiture, elle parvint à retenir l'attention de Sid. Il ne se trouvait qu'à dix mètres d'eux, mais lorsqu'il vit son air alarmé, il se précipita au milieu des érables avant que George ait fait le tour du véhicule. Il n'était pas bien caché, mais ce n'était pas grave.

Ils foncèrent dans l'allée. Des gravillons volèrent et heurtèrent le châssis de la voiture comme une attaque au mortier. Sid était une image floue de l'autre côté de la vitre de Grace, son visage était calme et curieux. Il ne pouvait pas comprendre que Grace venait juste de lui sauver la vie ainsi que la sienne.

Chez Pasquali, ils prirent la table dans un coin au fond, et George hocha la tête en passant devant deux types basanés au bar.

— Ils nous rejoindront quand leurs deux associés seront là.

Grace comprit qu'elle allait devoir rester assise sans rien dire pendant qu'ils dérouleraient leur escroquerie absurde – elle regarderait en silence George écrire un chèque prélevé sur leur compte joint –, sinon, la nuit pouvait affreusement mal tourner.

Un disque passait : Frank Sinatra chantait « Ain'tcha Ever Comin' Back ? » Tout sentait bon, et Grace était affamée. À la maison, Amy devait être en train de préparer le dîner en se demandant où elle était partie.

Grace s'arma de courage pour sourire à George, mais il ne lui prêtait pas la moindre attention. Il regardait les deux hommes, et la porte, et le barman, et le menu, et la table voisine. Il commanda un scotch, ainsi qu'une bouteille de Chianti pour Grace. Le vin lui monta directement à la tête, ce qui était inhabituel.

Cela faisait un moment – depuis Paris, en fait – qu'elle n'avait pas bu de vin régulièrement. Mais après un verre, elle se sentit abrutie, eut le tournis, et l'impression que sa bouche était remplie de coton.

Elle commanda des lasagnes.

— Tu as grossi, commenta George une fois le serveur parti.

— C'est la cuisine d'Amy, répondit-elle tout en ayant envie de se défendre, de lui dire que ce n'était pas vrai, que c'était juste son buste qui s'était soudain un peu élargi.

Et tout à coup, mur de glace : on était le 16 novembre. Elle avait eu ses règles en septembre, quand il faisait encore assez chaud pour qu'elle puisse se rendre à la pharmacie dans sa robe en coton bleu. Et c'était sûrement la dernière fois. Quelle idiote. Une idiote qui avait le tournis, et dont la tête commençait à être encerclée par l'obscurité. Tant de choses avaient détourné son attention. Au moment où la sorcière était apparue, au moment où George avait cloué Amy à l'arbre – elle aurait dû les avoir de nouveau. Elle avait passé le mois suivant à surveiller tout et tout le monde à l'exclusion d'elle-même, et entre-temps, elle était devenue lente, faisait des grasses matinées, l'odeur du café d'Amy lui donnait des haut-le-cœur et elle pleurait pour un oui ou pour un non.

Le serveur posa le plat devant elle. Un tas de lasagnes, avec des caillots rouges qui s'écoulaient par les bords froncés. George parlait du Québec, d'une virée en voiture au printemps.

Elle voulait se dire en son for intérieur qu'elle ne ferait jamais ce voyage parce qu'au printemps, elle serait une femme libre, mais savait que ce serait tout le contraire. Elle serait à la maison avec un ventre gros comme une pastèque ou un bébé brailleur, et peut-être que George serait là aussi, ou bien serait-il parti sans elle, mais désormais, elle ne se libérerait jamais de lui.

La pièce devint floue, se réduisit à de petites étoiles, avant de se reconstituer sous forme de couleurs et de formes furtives. Les formes se remboîtèrent dans la réalité avec un petit clic écœurant. Exactement comme les briques de la maison – tout se cimenta, tout se remit en ordre. Sa vie entière était semblable à ces briques, elle le voyait désormais. Et chaque tentative de s'échapper ne faisait que l'y enfermer davantage.

Elle avait essayé d'épouser un indompté, et s'était finalement retrouvée en prison. Elle avait essayé de le quitter, et s'était retrouvée attachée à son enfant qui grandissait en elle.

George disait :

— Ce type bouffe des pièces de monnaie. Tu le savais ? Je l'ai vu se mettre une pièce dans la bouche, il ne savait pas que je le regardais.

— Ah. Qui ?

— Max. Le chauffeur. Je te l'ai dit.

— C'est impossible. Il l'a avalée ?

— Aucune idée.

Grace parvint à ingérer une bouchée. George fit signe au troisième homme qui venait juste d'entrer.

Grace laissa tomber sa serviette par terre et se précipita aux toilettes. Elle faillit vomir à côté de la cuvette. Regarde le carrelage par terre. Regarde : du papier quadrillé. Dans la mosaïque, le tracé de sa route à elle jusqu'à Samarra.

Pourquoi être aussi surprise ? Alors qu'elle obtenait exactement ce pour quoi elle avait signé, ni plus ni moins ? Sauf que nous avons tant l'habitude des revers de chance et de fortune. Parfois, ce qui nous choque le plus, c'est d'obtenir exactement ce qu'on nous a promis.

Autour de la table, George et les hommes riaient. L'un d'eux se poussa et tapota sur la banquette juste à côté de lui. Mais elle resta debout.

— George, je suis malade. Je vais téléphoner à Max pour qu'il vienne me chercher avec la Capri.

George hocha la tête.

— Bien sûr, canard.

Elle appela sur la ligne de la remise depuis le téléphone à pièces à côté du bar. Cela sonna, encore et encore, et personne ne décrocha. Il était dix-huit heures trente, et ils étaient partis de la maison à dix-sept heures. Bientôt, Amy abandonnerait l'idée de la voir au dîner, Max en aurait fini avec Sid Cole. Grace se rassit à table. Les hommes parlaient de football. Pour quelle raison – elle n'en avait pas la moindre idée.

Peut-être avait-elle un peu dormi, mais elle se sentait encore plus mal désormais. Elle tenta une nouvelle fois de joindre la remise, ainsi que la ligne principale, et personne ne décrocha. Elle revint à table, attendit un blanc dans la conversation et dit :

— George, pourquoi est-ce que je ne rentrerais pas en Darrin ? Je demanderais à Max de venir te chercher avec la Capri ?

— Nous n'en avons plus pour longtemps, répondit-il.

Mais elle voyait bien que c'était faux, et qu'il ne serait pas très sage de sa part d'insister. Il ne la laisserait pas conduire la Darrin même dans les meilleures circonstances, et jamais il ne lui remettrait les clés devant ces hommes. Il était à présent complètement ivre. Il y avait encore un verre rempli de scotch devant lui. Avec ses mains, elle forma un oreiller sur le set de table.

L'échange se termina enfin. Des papiers jonchaient la table. George en prit certains, et l'un des hommes récupéra le reste.

— Ok, canard, allons-y.

Mais en se levant, sa cheville se coinça contre la table et il faillit tout emporter avec lui. Il redressa la table mais tomba, et Grace le soutint par le coude.

— Il va bien ? demanda l'un des hommes, et un autre se mit à rire.

— Quelqu'un va nous ramener, leur dit Grace, et George n'émit pas d'objection.

Elle le guida jusqu'au téléphone et se servit de la même pièce, de la même pièce malheureuse, pour contacter la remise. Il était à présent vingt et une heures, et il y avait forcément Amy ou Max à la maison. Les hommes, en voyant le combiné collé à son oreille, lui adressèrent un signe de tête avant de quitter le restaurant. George s'adossa au mur.

Le téléphone sonna encore et encore. Max devait être là – Sid ne restait jamais aussi tard –, mais il était peut-être dans le garage. Il lui faudrait peut-être un bon moment pour entendre la sonnerie et monter à l'étage, dans la cuisine. Et où était Amy ? George attrapa le bras de Grace.

— C'est ridicule. Allons-y.

Elle ne raccrocha pas.

— Je vais conduire, dit-elle. Sinon, nous prendrons un taxi.

Elle n'aurait pas dû évoquer la question tout à l'heure – il serait peut-être resté malléable. Désormais, il ne céderait pour rien au monde.

— Grace, on y va.

Sa voix résonnait plus fort que la dernière fois, et le barman jeta un regard dans leur direction. La prochaine fois, George parlerait encore plus fort, elle le savait, et tous ces gens lèveraient le nez de leurs spaghettis avec consternation.

Elle attendit encore une tonalité, puis une autre. Les tonalités s'alignaient telle des carreaux de salle de bains. Une de plus, une autre, une autre. George s'empara du combiné et raccrocha.

Dehors, Grace tenta de capter le regard du voiturier, dans l'espoir qu'il comprenne le problème, dans l'espoir qu'il appelle la police ou un taxi, mais l'homme se contenta d'envoyer un gamin chercher la voiture, et le garçon ouvrit la portière pour Grace, puis peina à la faire coulisser pour la refermer. Tout le monde regardait la voiture, la voiture étrange et brillante, et personne ne remarqua de problème. George démarra comme si quelqu'un était à leurs trousses.

Ils foncèrent dans Sheridan Road, au beau milieu de la rue, vraiment, avec de belles embardées sur la droite chaque fois qu'une paire de phares apparaissait devant eux. Grace n'était pas sortie le soir depuis que les feuilles étaient toutes tombées, et elle prit conscience avec émerveillement que pour la première fois depuis qu'ils s'étaient installés ici au printemps, elle pouvait voir les maisons – voir à l'intérieur des maisons, même, tandis que George, qui essayait d'allumer une cigarette, roulait soudain trop doucement. Ces maisons semblaient toujours si cachées et vides, sans trace de vie à l'exception d'un passant sur le trottoir. Et voilà que chaque pièce illuminée dessinait un cadre parfait de jaune. Chaque cadre était à la fois une révélation et un mystère plus profond. Elle avait oublié que novembre était une époque de l'année très étrange, une époque de dévoilement – pas une mort, mais une accélération. Dans les maisons plus petites, plus proches de la route, elle apercevait une horloge, une étagère avec des plantes, une femme âgée, un frigo. Dans les plus grandes, derrière les murs de pierre, juste une lumière à l'étage de temps à autre. Elle voulait monter dans chacun des cadres, vivre dans chacun d'eux pendant un an. Mais à ce moment-là, George accéléra de nouveau.

Elle pourrait dire quelque chose à ce propos, pour voir si George comprenait, même un peu. Et s'il comprenait, demain, elle pourrait aussi lui parler du bébé. Le bébé pourrait le changer. Peut-être que le changement était possible même sans bouger, en restant avec lui, en restant dans la maison.

Ils tournèrent, et les roues du côté droit montèrent sur le trottoir avant de redescendre en un horrible soubresaut. Sa nausée, telle une vague, remonta du fond de son estomac et la submergea de nouveau. Grace agrippa la poignée de la portière. Elle avait trop le tournis, était trop fatiguée pour s'en vouloir de se retrouver dans une telle situation alors qu'elle aurait pu lui arracher les clés ou transmettre un message de détresse au barman. Elle aurait certainement pu faire quelque chose. N'y avait-il pas toujours quelque chose à faire ?

Ils tournèrent de nouveau, et désormais, il allait si vite que les lumières dans les maisons se réduisaient à des taches floues. Elle savait que si elle lui demandait de ralentir, il accélérerait au contraire.

Voilà qu'elle apercevait Laurelfield, sombre et silencieuse, la grille ouverte. George prit l'entrée largement et vite, et faillit percuter la grille. Il tourna en direction de la remise sans ralentir. Nouvelle salve de gravillons, un millier de petites balles.

— Vise-moi ça, dit George, qui voulait qu'elle lève les yeux avant qu'ils entrent par la porte du garage qui était ouverte, et qu'elle regarde les fenêtres éclairées de la remise, de la cuisine et l'appartement de Max. Il est à la maison, en fin de compte. Ce salaud est à la maison.

Et elle aurait regardé, elle aurait regardé, mais les gravillons frappaient encore trop vite. Les arbres arrivaient trop vite.

Troisième partie

1929

DANS LE CHAMP : LA TRIBU

Zilla était une statue mouvante à la lueur des flambeaux. S'il le pouvait, Eddie l'aimerait : la mare sombre de ses cheveux, ses dents semblables à un collier cassé. Sa gorge blanche, qui se précipitait en avant lorsqu'elle riait. Et Viktor – Viktor Osin l'aimait réellement, car sinon, quel était ce filament entre eux, dans la nuit ?

Ils n'étaient que tous les huit : Samantha n'était pas venue.

Ils suivirent Marlon Moore jusqu'aux tipis, qui étaient exactement comme il les avait décrits : des cônes de tissu au milieu du champ, assez grands pour qu'ils tiennent tous à l'intérieur d'un seul en se serrant bien. Ils firent de nouveau circuler la flasque. Indispensable pour maintenir l'état d'ébriété sur lequel reposait leur plan, car il ne fallait pas qu'ils dessoûlent et découvrent qu'ils étaient ridicules. Ce ne fut qu'après plusieurs verres, alors que la soirée était bien entamée, que Marlon leur avait livré son histoire – leur avait raconté que la femme d'un collègue l'avait traîné l'année précédente au Bal Chippeway. Et ce ne fut qu'après plusieurs verres encore que la blague avait commencé : dans un vrai bal Chippeway, il fallait plus de scalps, de cris de guerre et de nudité. Le soleil s'était couché et d'autres bouteilles avaient été apportées sur la terrasse quand cela était devenu un plan, quand Viktor, Marlon et Eddie s'étaient rendus à l'université où Marlon enseignait, étaient entrés dans le théâtre, dans la loge des costumes, et en étaient ressortis avec des coiffes et de la peinture pour visage.

À l'autre bout de la pelouse, des fenêtres remplies d'élégants gens du cru. De longues tables, des bougies.

Les huit se dévêtirent dans le tipi ouvert, à la lueur des flambeaux. Ils riaient et se disaient « chut », et laissèrent leurs vêtements en piles distinctes afin d'accélérer leur fuite. Zilla, musclée, aussi plate qu'une planche. Viktor – doté de bras et de jambes impossibles, des membres de danseur – qui la regardait comme un homme drogué. Ludo, pâle pour un Italien, la poitrine recouverte d'une épaisse toison noire. Fannie et Josephine, les Lapins Blancs : l'une empâtée, l'autre fine comme une liane. Armand Cox (quel nom grotesque !), des poils dorés sur tout le corps. Marlon, avec sa petite bedaine, étirant ses jambes avant de courir. Deux semaines auparavant, Eddie avait été incapable de les distinguer les uns des autres. Et voilà qu'il pensait que leurs voix l'accompagneraient jusqu'à la fin de ses jours.

Autre ajustement : pendant la journée, devant son stylo ou sa machine à écrire, il était aussi seul qu'à l'accoutumée. Mais la nuit venue, il était un « nous ». Chose qu'il n'avait pas ressentie depuis l'enfance, quand il allait au lit avec sa sœur les après-midi, quand elle lui laissait porter ses souliers. Il faisait partie d'une première personne du pluriel.

Certains mirent des coiffes, d'autres plantèrent des plumes dans leurs cheveux. Leurs visages : des bandes rouge et noir sur les joues, un trait jaune sur le nez.

Armand et Ludo, en tête de cortège, saisirent chacun un flambeau de jardin qu'ils brandirent bien haut.

Zilla émit le premier cri de guerre, sa main battant la mesure sur sa bouche ouverte. Les autres se joignirent à elle et déplacèrent la vague de bruit jusqu'au porche du club, jusqu'aux baies vitrées menant à la salle à manger.

La première chose que vit Eddie, comme il le raconta aux autres plus tard, fut la grosse dame en robe verte, la façon qu'avait eue sa fourchette de voler dans les airs en s'échappant de sa main, de la laitue toujours plantée dessus.

La tribu poussa des hululements, des cris stridents, et fit trois fois le tour de la mer de tables. Beaucoup de claquements anatomiques : certains en haut, d'autres en bas, tous gênants, tous ridicules sous les lumières électriques, mais n'était-ce pas le but de l'opération ? Tandis que tous s'agitaient et tambourinaient sur leur poitrine, Viktor faisait de véritables pirouettes. Il sauta par-dessus la table où l'on découpait les viandes, les jambes complètement écartées comme des ailes. Les dames en robe de soirée se précipitèrent sur les genoux de leur mari. La moitié des hommes riait et applaudissait, l'autre moitié se leva pour agir, mais une fois debout, personne ne sut quoi faire.

Quelqu'un cria : « Arrêtez-les ! »

Ludo hurla : « Nous venir pour squaws ! »

Deux hommes aux cheveux blancs essayèrent de leur barrer la route, mais cédèrent rapidement le passage lorsqu'ils virent qu'Armand et Ludo ne s'arrêteraient pas – Armand se retourna même et revint vers eux en se dandinant et en faisant tressauter les muscles de son postérieur. Les jeunes des deux sexes regardaient la scène avec une joie mal dissimulée. Viktor planta un baiser sur le front d'une fille et y laissa une empreinte noire parfaite de lèvres. La gamine poussa un cri aigu. Pendant le dernier tour de piste, Eddie attrapa un petit pain et l'enfourna.

Dehors, dans la nuit : des hommes en smoking s'élancèrent à leurs trousses, mais s'arrêtèrent à la moitié de la pelouse, et se postèrent bras croisés entre les tipis et le bâtiment en criant, en vue d'empêcher une nouvelle invasion.

Une voix forte rendue fluette par la distance : « Ceci est un établissement privé ! »

Zilla s'étouffait de rire. Armand, qui avait lâché son flambeau, faisait la roue.

Les artistes attrapèrent des brassées de vêtements et se mirent à courir. Certains se dirigèrent vers la voiture qui les attendait, et d'autres, avec Eddie, s'enfoncèrent dans les bois où ils se rhabillèrent, avant de trouver le sentier menant à la route qu'ils empruntèrent pour rentrer à pied à Laurelfield.

ZILLA DANS SON ATELIER

Elle a assemblé sept objets sur la table dans la Longère : un géranium en pot, un tas de pierres grises, une épingle à cheveux, un coupon de coton jaune, un bocal à conserves, une plume, une abeille morte. Elle a agrafé un drap sur le mur.

Choisir, commencer : c'est une falaise d'où l'on saute.

Elle examine la plume, les crochets invisibles qui lient chaque barbe à la suivante. Observe comment, lorsqu'elle tire sur une rangée pour la séparer de sa voisine, cela laisse un trou bien net qui ensuite, ne se fondra plus à l'ensemble. Elle doute que la peinture puisse véhiculer ce lien : les crochets qui nous enserrent, qui nous unissent les uns aux autres. À un lieu, au temps. Comment nous pouvons nous retrouver dégondés.

Elle marche vers le mur et commence.

WESTERN UNION

29/08/29

SAMANTHA MAYS
AUX BONS SOINS DE LA COLONIE D'ARTISTES DE LAURELFIELD

EU VENT DE DÉSORDRE STOP À NYC POUR AFFAIRES STOP ARRIVÉE DEMAIN À LAURELFIELD STOP VEILLEZ AUX PRÉPARATIFS

G W DEVOHR

SAMANTHA DANS LA CUISINE

Il plut toute la matinée, le crépuscule toute la matinée.

Depuis les fenêtres de la maison du régisseur, la maison principale semblait réfléchissante, tout en vitres et en humidité.

Samantha posa le télégramme au milieu de la table de la cuisine afin qu'ils puissent le lire : Armand par-dessus son épaule, Viktor et Zilla en se penchant.

— Il a l'air furieux.

— Tout le monde a l'air furieux dans un télégramme, fit remarquer Zilla.

Ils parlaient tout bas. Beatrice, la nouvelle secrétaire de Samantha, tapait à la machine dans la pièce voisine, et il était inutile de l'alarmer. Samantha l'avait prévenue dès son premier jour que Laurelfield ne tenait qu'à un fil, que Gamby Devohr, qui s'occupait depuis peu des affaires familiales, se servirait de la première excuse venue pour les chasser tous.

— Nous ne savons même pas de quel désordre il parle. *Eu vent de désordre.* Il croit peut-être qu'il y a de vrais Indiens dans les bois.

Viktor jouait avec une cuillère, qu'il faisait tourner sur la toile cirée.

— Ce n'est pas le plus grand intellectuel au monde.

Samantha lut une nouvelle fois le télégramme à voix haute. Ils allumèrent la lampe sur pied, celle qui n'avait pas d'abat-jour, et la posèrent sur la table. Comme si le fait d'avoir plus de lumière pouvait les aider.

— Que peut-il prouver ? demanda Zilla. Personne ne nous a pris en photo. Je suis certaine qu'ils ne regardaient pas nos visages.

La voix de Zilla avait le don d'apaiser, même lorsqu'il n'y avait pas de raison de rester calme. Avant, Samantha se la représentait comme une voix liquide, mais récemment, elle avait affiné cette image : la voix de Zilla était du mercure, une bille de mercure dans une fiole. Liquide, mais aussi métallique.

— Il ne s'attend tout de même pas à ce que j'oblige les gens à rester sagement dans leur chambre toute la nuit. Nous ne sommes pas des banquiers. Je crois qu'il aimerait diriger une colonie de banquiers.

— Au moins, je vais rencontrer l'infâme Gamaliel Devohr.

— Gamby le Grand, ajouta Viktor.

— Nous allons rencontrer M. Devohr alors qu'il nous jette à la rue à grands coups de pied. Nous allons rencontrer sa voûte plantaire, fit remarquer Armand.

— Il a le droit ? demanda Viktor.

— C'est toujours sa maison. Pour ce qui est de la colonie, il est simplement membre du conseil d'administration. Mais le domaine lui appartient. S'il nous met dehors, nous cessons d'exister.

— Quelle bonne chose pour les impôts des Devohr. Transformer le manoir inoccupé de la famille en refuge pour les artistes.

— C'est la seule action charitable qu'ils aient jamais entreprise. Dieu sait qu'ils ne sont pas du genre à faire du mécénat pour le ballet. Et maintenant, ils préféreraient récupérer la maison et la vendre. Je ne pense pas que leurs affaires se portent bien depuis la guerre.

— Oh, ce n'est rien, dit Zilla. Je suis sûre que ce n'est rien.

Viktor se leva, s'étira – cet homme était un arbre, les mains sur le plafond, il le repoussait –, puis annonça qu'il retournait dans la Longère pour travailler. Zilla annonça qu'elle le suivait. Armand et Samantha les regardèrent partir.

— Oh, Armand, s'écria-t-elle.

Il s'assit à table, et Samantha posa la tête sur son épaule.

— Ils s'aiment, n'est-ce pas ? Viktor et Zilla ?

— Je crois bien. Mais elle est mariée, et lui a toutes ces danseuses – et Zilla déteste cela. Ils viennent toujours ici en même temps, uniquement pour se torturer. Je crois que c'est une liaison atrocement chaste. Jamais ils ne se morfondraient comme ça s'ils avaient couché ensemble.

Elle plia le télégramme, en aussi petit qu'elle le put.

— On devrait les enfermer ensemble dans un atelier et voir ce qui se passe.

— C'est un spectacle fascinant, sauf quand ils se font du mal.

— M. Devohr va adorer ta nouvelle coiffure !

— Ha !

Elle toucha ce qu'il restait de ses boucles blondes.

— Il s'enfuira peut-être en criant. Et nos problèmes seront résolus.

— Il te prendra pour le frère cadet d'Amelia Earhart. Maintenant que nous sommes tous les deux, parle-moi d'Eddie Parfitt.

— Il a un talent immense. C'est Vachel Lindsay qui a écrit sa lettre de recommandation.

— Enfin… il est là depuis deux semaines. J'ai un train de retard. Est-ce qu'il est, tu sais, mon genre d'homme ?

— Oh. Oui, je crois. Demande à Marlon. Il saura.

Armand rit.

— Si Marlon sait, j'arrive vraiment trop tard.

— Quoi qu'il en soit, ça ne lui ferait pas de mal de sortir de sa coquille. C'est la mission que je vais te confier. Simplement, ne tombe pas amoureux de lui.

Armand sembla vexé, comme si elle s'était complètement fourvoyée à son égard. Sauf qu'elle le connaissait mieux qu'il ne le pensait. Ce n'était que son premier séjour à Laurelfield, mais Armand était son ami depuis des années. Elle l'avait rencontré à l'époque où il dormait par terre dans le studio de quelqu'un, dans le Fine Arts Building. Il était si jeune. À vrai dire, elle aussi. Plus tard, lorsqu'il eut enfin un peu d'argent, il lui acheta son tableau représentant l'échelle bleue. Ils travaillèrent ensemble à l'exposition de la No-Jury Society. En tout cas, elle savait qu'il lui ressemblait beaucoup. Il croyait que peindre le monde lui permettrait de rester à une distance ironique de celui-ci, l'empêcherait de prendre les choses trop à cœur. Alors qu'en réalité, c'était tout le contraire. Et elle savait à quel point Laurelfield l'avait affectée lors de son premier séjour – en tant qu'artiste, bien avant qu'elle ne parvienne, grâce à sa ténacité, à être embauchée. Elle avait alors éprouvé une ivresse, une confusion, avait perdu l'appétit et le sommeil, et avait cru que c'était parce qu'elle était amoureuse d'un poète plus âgé qu'elle, un homme qui fumait la pipe et était marié. Elle s'était jetée dans ses bras, et ils étaient restés ensemble un moment, jusqu'à ce qu'elle se rende compte – plus tard, quand elle était revenue en ville – qu'elle ne s'intéressait pas du tout à lui. Elle s'était en fait éprise de Laurelfield, de tout le monde là-bas, de son propre travail, et peut-être même, pour la première fois de sa vie, d'elle-même.

Elle voyait cette même expression hagarde dans les yeux d'Armand. Il cherchait quelqu'un à aimer. Il était un verbe transitif sans objet direct.

— Ménage ton cœur, lui recommanda-t-elle.

Au pied des marches, Alfie se mit à aboyer. Il courut à l'étage avant de redescendre, et Samantha le suivit.

Une femme se débattait avec la porte. Elle parvint à l'ouvrir avec son pied et fit glisser une mallette mouillée à l'intérieur. Derrière elle, un homme déchargea des bagages d'un taxi et les posa en plein dans une flaque. La scénariste n'était pas censée arriver avant le lendemain, mais c'était elle, manifestement. Elle arborait la mine caractéristique de l'artiste fraîchement débarquée : désorientée, épuisée, profondément soulagée d'être là.

— Je suis trop en avance ! lança l'inconnue, qui prononça cependant « afance », la voix empesée d'un allemand fort digne.

Samantha s'empressa de retrouver son nom – ça y est, Marcelina von Hornig, elle s'était demandé si elle serait du genre à se faire appeler « Marcy » ou plutôt « Lina », mais clairement, cette femme était au-dessus des diminutifs –, et puis, au moment où la porte se referma derrière elle, où Alfie se calma et que la nouvelle venue leva la tête et la regarda dans les yeux, elle fut abasourdie. C'était Marceline Horn, la star de cinéma Marceline Horn, en couleur et en trois dimensions.

Le même nez droit, des yeux immenses, des cils aux allures de cantonnières. Elle avait interprété Juliette et Charlotte Corday. Elle avait embrassé Valentino. Samantha s'était habituée, au fil des ans, à parler avec des artistes et des écrivains dont le talent l'intimidait. Cette fois-ci pourtant, c'était différent – plus comme rencontrer Cendrillon que les frères Grimm.

Samantha parvient à dire :

— Ce n'est absolument pas un problème. La bonne était déjà en train de préparer la chambre pour vous. Vous allez peut-être devoir travailler dans... dans la bibliothèque. Le temps qu'elle soit prête.

— Oh, bien sûr. Il me faut quelques heures pour reprendre mes esprits.

— Le voyage a été long, n'est-ce pas ?

— Eh bien, j'ai séchourné une semaine à Chicago.

— Oui...

L'adresse dans les papiers de cette femme – Beverly Hills, Californie –, ne lui avait pas paru étrange, puisqu'elle venait pour écrire deux scénarios. Une lettre de recommandation de L. B. Mayer en personne, de la MGM. Samantha avait convaincu le comité qui étudiait les candidatures que ce serait une nouveauté, qu'une nouvelle forme de récit s'offrait à eux. Dans sa lettre, Mayer disait qu'il avait travaillé avec cette femme par le passé, mais ne mentionnait pas l'avoir dirigée en tant qu'actrice, ni leur liaison – n'avaient-ils pas eu de liaison ? Elle se souvenait de quelque chose, un article dans le magazine *Picture Play*. Le courrier expliquait simplement qu'elle était dotée d'un immense talent et qu'il lui fallait un endroit calme. Et à en juger par l'extrait de scénario que Samantha avait eu entre ses mains, elle avait un don inné pour l'écriture.

Stupidement, ses lèvres engourdies :

— Voici Alfie. Un griffon Korthals. Il est inoffensif.

Marceline se pencha pour le regarder dans les yeux.

— Je suis une grande amie des chiens.

Samantha observa la mise de cette femme : un chapeau cloche vert, une robe ajustée noire avec des perles sur la hanche – une tenue sans extravagance, quoiqu'un peu apprêtée pour un milieu de matinée –, mais entre sa toilette et ses souliers à lanière noire, elle portait des bas en soie ornés de serpents en velours vert qui semblaient remonter le long de ses jambes.

Derrière elle, Armand, accroupi sur le palier, regardait ce qui se passait au rez-de-chaussée. Il était silencieux – ce qui, Samantha le savait, était sa façon à lui de pousser des cris aigus. Beatrice se tenait derrière lui, les doigts posés sur son petit menton.

— Armand, dit Samantha, et il ne répondit pas. Sois chou et va voir si Maisie a fini la chambre jaune, tu veux bien ? Et il faut aussi prévenir la cuisine qu'il y aura un couvert de plus au dîner. Tu pourrais aider à porter les malles. Et Beatrice, le paquet. Pour Mlle von Hornig.

Beatrice disparut. Armand passa à la hâte devant les deux femmes et sortit sans parapluie. Samantha comprit qu'il allait sans doute frapper à la porte de tout le monde pour répandre la nouvelle avant de prendre la peine de trouver Maisie, et que dans quelques minutes, huit nez seraient appuyés contre la vitre mouillée, mais en attendant, elle avait sa liste de choses à dire, les informations habituelles sur Laurelfield qu'elle connaissait par cœur – les heures calmes, les clés, les repas –, et cette femme semblait tout aussi assoiffée et fatiguée que n'importe qui arrivant à la colonie. Elle invita Marceline à la suivre dans la cuisine à l'étage. Elle fit tomber le télégramme plié dans la corbeille et chauffa la bouilloire pour préparer du thé.

Marceline l'arrêta tandis qu'elle traversait la cuisine, et serra les mains de Samantha dans les siennes, douces, étrangement grandes.

— Je fous avoue, j'ai l'impression d'être la Fiola de Shakespeare, lorsqu'elle s'échoue sur le rifage d'Illyrie. Et je define que c'est un endroit béni. Généreux. Je le sens dans mes pieds.

— Vous n'avez même pas encore tout vu !

— Ce n'est pas quelque chose que l'on foit !

LUDO ET JOSEPHINE SUR LA PELOUSE

Ils observent le toit, la façon qu'a le soleil, seulement maintenant, à onze heures, de darder un rayon hésitant par-dessus, tandis que la dernière pluie se mue en brume. Dans une minute, la clarté sera telle qu'on ne pourra pas regarder vers l'est.

— Non, je crois pas, dit Ludo. À *Napoli*, une fois, je vais à une *séance*[*]. Rien que des tours de passe-passe. Des clics-clics, des bruits comme quelqu'un qui frappe, et puis deviner ce que quelqu'un a envie d'entendre.

Il rit.

— C'est pareil avec ma musique, non ? Toc, toc, dis-moi ce que tu as envie d'entendre. Avant, j'écrivais des symphonies. Maintenant, faut que ça rime, faut que ça swingue.

— Aucun fantôme n'est apparu ? Lors de la *séance*[*] ?

— Le fantôme est dans nos oreilles.

— Marlon jure qu'il a entendu quelque chose dans la nuit.

— Je vais te dire ce que j'ai appris : dans une colonie d'artistes, il y a toujours des bruits dans la nuit. Des hurlements, des coups, des portes qui claquent, des gémissements, des *bang bang bang*, tu vois. Tu sais ce que c'est ? C'est pas des fantômes.

— Quoi alors ?

— C'est des gens qui baisent.

EN RÉSIDENCE

MISE À JOUR LE 29/08/29

Abbaticchio, Ludo (H)
Compositeur
*
At. : Maisonnette Comp.
Ch. : Sud-ouest
*

Cadfael, Fannie (F)
Sculptrice
Cleveland Hts, Ohio
At. : Jardin d'hiver
Ch. : Bleue
Jusqu'au 2/09

Cox, Armand (H)
Illustrateur
Chicago
At./Ch. : Longère E
Jusqu'au 4/10

Lizer, Josephine (F)
Sculptrice
Cleveland Hts, Ohio
At. : Jardin d'hiver

Ch. : Verte
Jusqu'au 2/09

Moore, Marlon (H)
Écrivain
Lake Bluff, Ill.
At./Ch. : Nord-est
Jusqu'au 5/09

Osin, Viktor (H)
Maître de ballet
Chicago
At./Ch. : Longère Cent.
Jusqu'au 16/09 (prolongement)

Parfitt, Edwin (H)
Poète
Phil, Pa
At./Ch. : À fleurs
Jusqu'au 27/09

Silverman, Zilla (F)
Peintre
Madison, Wis.
At./Ch. : Longère O
Jusqu'au 12/10

Von Hornig (Horn), Marcelina (Marceline) (F)
Scénariste
Beverly Hills, Calif.
At./Ch. : Jaune
Jusqu'au 20/9

N.B. Beatrice :
Mlle Silverman a demandé à utiliser
le grenier en plus de la Longère Ouest.

Mlle Lizer et Mlle Cadfael se partagent en fait
chambre verte ; leurs coffres
sont stockés dans Bleue ;
Mlle Cadfael en a la clé.

L'atelier jardin est vide si Mlle Horn
le préfère à sa
chambre pour travailler.

Important : ne pas mentionner
présence M. Abbaticchio sur
documents publics.

CE QUE NOUS AVONS GLANÉ DE MARLON

Marlon prétend connaître une femme qui connaît les Devohr. C'est impossible, insiste Samantha, parce que personne ne « connaît les Devohr ». Vous connaissez peut-être un Devohr, ou un autre, mais ils ne forment pas une entité. C'est comme dire que vous connaissez tous les chats sauvages qui vivent dans les bois. Vous avez probablement juste vu le même cinq fois. Marlon réplique que son ami connaît les Devohr *importants*, ceux qui ont gardé toute leur tête, ceux qui ont les maisons.

Marlon a entendu le témoignage de certains des plus grands auteurs vivants : la meilleure façon de provoquer des rêves étranges suscitant l'inspiration est de manger des fromages forts avant d'aller se coucher. Lui-même garde un pot de terre avec du roquefort sur le rebord de la fenêtre de sa chambre. Il ne voit pas où est le problème. Le récipient est doté d'un couvercle ! « Oui, marmonne Josephine. Mais ta bouche, non. »

Marlon sait avec beaucoup de certitude que dans son pays, Ludo, notre Italien de service, est devenu inutilement politique pour un compositeur. Il semblerait que Ludo était un grand ami du leader communiste Bordiga, et qu'il a écrit une chanson satirique sur le rival de ce dernier, Gramsci, et, (pire), sur Mussolini en personne. Marlon croit qu'il a fait rimer « Benito » avec « finito ». (« Demandons-lui si c'est vrai ! » propose Armand. « Je ne le ferais pas, moi », répond Viktor.) Et donc (Marlon tripote sa moustache, adopte un ton digne d'une épopée), en 1926, Bordiga et Gramsci étaient tous les deux en prison, et Ludo, sur un bateau en partance pour New York sous un nom d'emprunt – au diable les quotas et les papiers. Comment il a atterri à Laurelfield, où il séjourne depuis trois ans, n'a rien d'un mystère. Bordiga en personne a probablement téléphoné à Samantha. Ludo couche-t-il avec Samantha ? Oh, tout le monde le pense. Certainement. Mais ce n'est pas la question. Et désormais, Ludo a également une sorte de carrière aux États-Unis, où il écrit de la musique pour des spectacles. « Tant mieux pour nous », ajoute Fannie avec emphase. Fannie est notre grande optimiste.

Marlon est très doué pour deviner les signes astrologiques des autres. Il catalogue Zilla comme étant Verseau, et elle hoche la tête. Nous sommes dûment impressionnés.

Tard un soir, Marlon se met à avoir un fou rire au sujet de Viktor Osin et de ses danseuses de ballet. « Elles sont toutes françaises, dit-il. Ou russes. Dix-neuf ans, trente-six kilos chacune. Une rangée de douze cygnes ? Il est allé sous chaque tutu. » Son rire devient strident. « Aucune poitrine entre eux, mais vous imaginez ce que leur permet de faire leur souplesse ? » Zilla quitte la pièce.

Marlon porte une veste d'intérieur en soie bordeaux pardessus ses vêtements. Il est prêt pour de grandes choses.

Marlon a eu vent d'une rumeur : M. Devohr est déjà en route.

Civic Opera Company
Mary Garden, Régisseuse
430 South Michigan Avenue
Chicago

28 Août

Très chère Samantha,

Ce mot rapide pour t'informer que Gamby Devohr a écrit à l'ensemble du conseil d'administration. J'ai reçu ma lettre cette après-midi.
Samantha, que s'est-il passé ? J'aimerais pouvoir accourir, malheureusement tout est chaotique ici, l'installation dans le nouvel espace, Aïda, etc. Mais dis-moi s'il faut que je vienne. Vraiment.
Devohr demande une réunion de dernière minute le 3 sept. à des fins apocalyptiques, je le crains.
Avise-moi si je peux aider, mais comme tu le sais, je n'ai pas beaucoup d'influence sur les autres membres du comité : je suis la fumisterie artistique, pas les cordons de la bourse.
Je suis inquiète, Sam. Dis-moi que tu vas bien. Dis-moi que Laurelfield va bien.

Oh, mon Dieu
Mary

EDDIE DANS LA BIBLIOTHÈQUE

L'heure précédant le dîner, d'ordinaire feutrée – écrivains qui s'étiraient, artistes tout juste récurés, bouteille de gin qu'on se partageait –, se transforma en grande fête car tout le monde voulait rencontrer et impressionner Marceline Horn. La soirée se poursuivit après le repas. Les artistes se réunirent dans la bibliothèque où Viktor mélangea une énorme cuve remplie d'Orange Blossom, et Ludo joua du piano. Heureusement que cela le tenait occupé. Ayant vu Marceline dans le rôle de Shéhérazade – (« Juste des foulards ! Pas d'autre vêtement ! ») – il était incapable de s'adresser à elle sans lui jeter des regards libidineux.

Viktor servit à Eddie une louche de cocktail dans un verre souillé, et en laissa couler un peu sur le côté. Viktor était tout en bras et en jambes. Un danseur doublé d'un chorégraphe, doté de la chevelure la plus rebelle qui soit, chaque mèche détestant ses voisines avec une telle férocité statique que sa tête formait une parfaite géométrie de divergences.

Eddie sirota sa boisson en s'efforçant d'écouter la musique, mais rien n'y faisait. Il se sentait à nouveau malade : un frisson qui avait disparu pendant quelques heures la nuit du raid indien, que le soleil d'août cuisant dissipait chaque fois qu'il déjeunait dehors, mais qui revenait dès qu'il rentrait dans la maison. Les vertiges avaient reparu, et Eddie était repris par le sentiment qu'il fallait qu'il quitte la maison au plus vite car sinon, il tomberait du lit ou gèlerait sur le matelas et ne se lèverait plus jamais. Fannie et Josephine lui avaient dit, lors de sa première nuit, de guetter le fantôme, la longue chemise de nuit blanche dans le couloir à l'étage. Elles avaient gloussé et frissonné, et s'étaient attendues à la même réaction de sa part. Mais le frisson, il le savait, n'était pas quelque chose qu'il avait rencontré dans le couloir. Il s'était déjà profondément engouffré dans son système sanguin.

Quelque chose ne tournait pas rond dans cette maison. Les fenêtres vous regardaient au lieu de regarder le monde.

Et voilà que les Lapins Blancs avaient coincé Marceline sur le canapé derrière Eddie, et se penchaient avec enthousiasme vers elle pour lui raconter l'histoire de Violet Devohr.

— Elle s'est enfermée dans le grenier, dit Fannie. Pour une raison qui n'est pas très claire.

— Eh bien, elle était folle ! s'écria Josephine. Pour quelle autre raison une femme s'enferme-t-elle dans un grenier ?

— Et le vieux, Augustus, celui qui a construit la maison pour elle, l'a suppliée de le laisser entrer, mais n'est pas allé jusqu'à enfoncer la porte à grands coups de pied. Il était trop distingué pour cela. Et il ne voulait pas que les domestiques entendent.

— Le scandale, voyez-vous.

— Il croyait qu'elle finirait par sortir. Il toquait à la porte trois fois par jour, et elle lui disait de partir. Et il s'est rendu compte…

— Non, tu as oublié de préciser que cela faisait cinq jours ! Cinq jours qu'elle était là-haut. Elle avait pris la clé. Tu l'as raconté, ça ?

— Oui, cinq jours. Et ce n'est qu'à ce moment-là qu'il s'est rendu compte qu'elle n'avait ni nourriture ni eau.

— Et alors il a défoncé la porte. Ou bien il a fait appel à un serrurier, je ne suis pas sûre. Mais il était trop tard. Elle n'était pas encore morte, mais ne survécut pas.

Zilla se joignit à temps pour entendre la fin.

— Vous essayez de la faire fuir ou quoi ? Elle va prendre ses jambes à son cou dans la nuit !

Mais sa voix était si douce et ondoyante qu'il ne s'agissait que d'une blague.

— Quoi qu'il en soit, poursuivit Fannie, c'était la mère de Gamby. Gamby, c'est Gamaliel, le type qui vient pour nous causer des ennuis à tous. Le pauvre chou, il n'avait que deux ans. Sa rancune à l'égard de Laurelfield n'est pas surprenante.

Au piano, Ludo avait commencé à jouer l'une de ses nouvelles chansons, un air sautillant avec un refrain conçu pour être repris par des garçonnes qui, dans des circonstances plus citadines, auraient certainement formé un cercle autour de son instrument. Ces dernières semaines, le fait que dans la conversation, l'anglais de Ludo pouvait être très torturé, mais d'une remarquable fluidité lorsqu'il chantait ses compositions, avait beaucoup amusé tout le monde. Il entonna avec une verve phénoménale :

Colomb guetta la rive depuis sa caravelle
Compta des indigènes à la pelle
S'écria : « Explorer, quelle misère
Alors que tout cela a déjà été découvert ! »

Ohhhh – Je vous le dis, aimables philosophes,
En ces temps très modernes
L'histoire ne se répète pas...
Elle rime, c'est déjà ça !

Il y avait tant de couches d'isolation rien que dans cette pièce. Les livres reliés en cuir, leurs rayonnages, puis les murs eux-mêmes, les briques extérieures et la couverture de lierre qui pouvait engloutir votre main jusqu'au poignet. Et ensuite, l'air estival épais, les bosquets d'arbres dépareillés – héritage, apparemment, de l'insistance de Violet Devohr pour la diversité horticole –, le mur d'enceinte en pierre et les bois. Cela aurait dû contribuer à créer une impression de sécurité, au lieu de quoi, c'était à la fois étouffant et froid.

Marlon s'appuya contre Eddie, qui était debout, et cala son derrière contre le dos du canapé, à quelques centimètres seulement de la tête de Marceline. Il portait, comme à son habitude, sa veste d'intérieur, nouée à la taille. Il sentait la brillantine.

— Croyez-vous au destin ? demanda-t-il.

— Bien sûr.

— Dès que j'ai posé les yeux sur vous, j'ai eu la conviction de vous avoir déjà vu auparavant.

— Je ne suis pas certain que ce soit tant le destin que la sensation de déjà-vu.

— Ah. Les Français n'ont pas d'imagination.

Eddie lui rendit son sourire, mais ignora tout le reste de ce que Marlon lui dit. Il regarda Armand apporter une boisson à Marceline. Armand habillé comme un étudiant : pull à losanges, chaussettes ornées du même motif joyeux et culotte de golf. D'après la rumeur de l'après-midi, Marceline avait perdu son statut d'actrice principale de la MGM, et avait été envoyée ici aux bons soins de M. Mayer pour s'essayer à l'écriture et retravailler deux vieux scénarios de films muets en vue de les convertir pour le cinéma parlant. Sa beauté exquise se dissipait, son carré strict n'était pas flatteur pour son nez, et cet accent, il était vrai, ne s'estomperait plus désormais. Tout le monde mourait d'envie de parler de cinéma, de lui demander si elle connaissait Gary Cooper. Eddie l'entendit dire à Armand :

— Vous defriez aller à Berlin tout de suite. Il y a à Berlin de formidables clubs pour pédales.

Dans le coin, Zilla et Viktor s'ignoraient mutuellement.

Samantha, vêtue d'un pantalon bouffant en tweed et d'un chemisier vert en drap fin, frottait les épaules de Ludo, chantait en chœur.

Dans la pièce, les gens, hilares, s'associaient à d'autres selon des combinaisons qui ne cessaient de varier, comme pendant un bal.

Armand, les mains posées sur les épaules des Lapins Blancs, se balançait près du piano. Ses manches étaient retroussées, ses bras recouverts de poils blond foncé. Les Lapins Blancs avaient entonné le refrain d'une nouvelle chanson :

Rends-moi mon baiser
Qui t'a dit de le garder ?

Eddie avait croupi dans la confusion pendant une semaine entière avant de demander enfin à Zilla pourquoi ces femmes étaient surnommées les Lapins Blancs. Mais il n'arrivait toujours pas à se sortir de la tête que ce sobriquet avait un lien avec leur nez, à la fois petit et rose, ou avec leurs cheveux grisonnants, ou avec les dents de Josephine, ou avec les petits yeux furtifs de Fannie.

Il se rendit compte que derrière lui, en dessous de lui, sur le canapé, Samantha Mays pleurait doucement, et que Zilla la consolait. Il avait cru que Samantha était le genre de femme qui ne pleurait pas. Quelque chose en elle évoquait un garçon de quatorze ans, tout en coudes, genoux et large menton, et il avait toujours imaginé que si elle tombait de cheval, elle rebondirait.

— Mais je n'avais pas imaginé qu'il avait écrit au conseil d'administration, confia-t-elle doucement. Oh, je n'en sais rien. Il cherche la moindre excuse.

La voix de Zilla, grave :

— Mais nous avons ici une pièce remplie de gens terriblement créatifs. Je suis sûre qu'on peut trouver une solution.

Marlon avait dû l'entendre aussi.

— Il faut lui dire que nous avons une star de cinéma ici ! Cela attirera son attention !

Samantha leva les yeux et rit.

— Oh. Oh, Marlon, ne m'écoutez pas. Je ne ferai que vous inquiéter. Mais non, cela n'aiderait pas. Au contraire, il s'en servirait pour prouver que nous sommes une bande d'hédonistes. Nous devrons nettoyer. Nous devrons cacher Ludo. Si on pose la question, Ludo est parti depuis deux ans.

À minuit, il ne restait plus que Marceline, Armand, Zilla et Eddie. Eddie aurait aimé être au lit, en train de dormir, mais il ne voulait pas se retrouver tout de suite seul dans sa petite chambre en haut des escaliers.

Marceline expliquait que Los Angeles était une ville dépourvue de greniers.

— À quoi serfiraient-ils ? Rien d'ancien, là-bas, pas une seule antiquité, à part celles ramenées pour être exposées dans les mussées. Che suis moi-même une antiquité, bien sûr.

Cris de protestation.

Eddie avait craint qu'elle soit hautaine, mais, à sa propre surprise, il appréciait cette femme et la ténacité avec laquelle elle cherchait à tourner la page de son art exceptionnel et silencieux, disparu.

— Comment est la fie à Chicago ? demanda-t-elle à Armand.

Autre trait forçant l'admiration : l'instinct qui la poussait à détourner la conversation d'elle-même.

Même si c'était Marceline qui lui avait posé la question, Armand sembla adresser sa réponse à Eddie.

— C'est formidable. Je vis à Towertown, et vraiment, je trouve ça mieux que New York. De toute façon, tous les gens intéressants de New York sont en réalité à Paris. Mais Chicago, c'est fabuleux. Et il y a de quoi faire pour les artistes. Pour les poètes aussi. Eddie, connaissez-vous Harriet Monroe ? Je pourrais vous présenter. Si vous venez un jour en ville. Et vous devriez ! Qu'est-ce qu'il y a, à Philadelphie ? Vous êtes en dehors du circuit, là-bas. Et puis quelle vie y a-t-il, même ? Pour les gens comme nous ? Vous devriez être à Towertown ou sur un bateau en partance pour Florence.

— Oh, Armie, tu l'as fait rougir ! s'écria Zilla.

C'était vrai. Il rougissait à cause de la facilité avec laquelle Armand avait lu en lui. À cause des sous-entendus évidents d'Armand. *Les gens comme nous.* Mais la chaleur sur son visage avait commencé avant cela, parce qu'Armand s'était rappelé Philadelphie – parce qu'il s'était rappelé le nom d'Eddie, tout simplement. Eddie s'était habitué à être le seul dans une pièce à tout remarquer, à noter les habitudes et les gestes de tous, glanant les détails qu'ils lâchaient sur leur vie. Voilà longtemps qu'il avait appris à se présenter au moins trois fois aux gens dont il avait mémorisé les noms, les boissons préférées et l'histoire depuis des lustres. Il se demanda si les gens à Chicago étaient comme Armand, comme lui – pas au sens où Armand l'entendait, mais avec des yeux écarquillés, absorbant tout.

Eddie s'efforça de trouver vite une réplique, mais juste à ce moment-là, la lampe sur le piano crépita, et la pièce fut plongée dans l'obscurité. Marceline hurla, et Zilla rit.

— Voilà, dit cette dernière. J'ignore pourquoi les Lapins se sont senties obligées de vous faire peur au sujet du grenier. Alors que clairement, le fantôme se trouve ici-même.

VENDREDI, 10 H 16

Debout sur le mur bordant la route, Marlon braque son Leica vers la maison du régisseur, qui servait de remise à voitures à l'époque où cet endroit était le domaine de cette pauvre Violet au destin tragique. Armand Cox est adossé au bâtiment et fume. Non loin de là, Alfie flaire le sol en décrivant de petits cercles. Le mur est plus étroit que ce à quoi s'attendait Marlon, et garder l'équilibre lui demande un gros effort. Il n'arrive pas vraiment à focaliser son objectif sur Armand, alors à la place, il s'exerce sur l'immense chêne entre les maisons. Après la photo, alors qu'il n'a pas encore sauté par terre, une voix lui parvient du trottoir.

— C'est quoi cet endroit, au juste ?

Marlon baisse les yeux vers la personne qui vient de parler, un jeune garçon muni d'un bâton.

— Un asile pour des gens qui se croient artistes.

Pas capté par l'objectif :

Samantha qui regarde par la fenêtre de sa chambre, écoutant le cliquetis apaisant de la machine à écrire de Beatrice. Derrière elle, l'odeur de quelque chose qui brûle. Elle se demande ce que cela peut bien être.

Ludo dans la maisonnette du compositeur, qui, de frustration, se tape la tête contre les touches du clavier.

Fannie et Josephine, allongées comme des points d'interrogation dans le lit, le soleil de l'après-midi sur leurs pieds. Fannie suivant les lignes qui l'entourent depuis un coin de la chambre jusqu'à l'épaule de Josephine, pensant la forme comme si c'était un son, le silence comme espace négatif.

Viktor dans le couloir, qui ramasse la boucle d'oreille bleue de Zilla sur le tapis et la replace sur son lobe, laissant son poignet toucher son cou, regardant ses yeux se fermer. Zilla brouillée comme un œuf.

Le contrebandier, qui roule doucement sur la route, et sait qu'il reconnaîtra Laurelfield au nombre de voitures garées devant.

Eddie Parfitt, au premier étage, qui essaie de se souvenir de ce qu'il écrit et de pourquoi il l'écrit, qui se demande en quelle substance froide et coagulée son sang s'est transformé.

John et Ralph, les deux frères qui s'occupent des terres, huilant la vieille brouette.

Marceline, installée à présent dans la chambre jaune, pestant en allemand contre un scénario jamais censé être mis en mots.

Gamby dans le train, sa fille pelotonnée contre ses genoux, ses cheveux blonds en cascade sur sa jambe, tout son corps se dilatant à chacune de ses respirations.

SAMANTHA DANS SES APPARTEMENTS

Eddie, qui ne savait pas entrer sans y être invité, avait toqué patiemment à la porte du rez-de-chaussée jusqu'à ce qu'Alfie aboie et trouve Samantha. Elle le conduisit à l'étage en passant par la cuisine, puis l'emmena dans ses appartements plutôt que dans son bureau afin de parler en toute intimité sans que Beatrice les entende. Elle lui proposa le fauteuil Morris et s'assit sur la chaise à bascule. Pauvre petit, si maladroit et solennel. Il était particulièrement nerveux, aspirant les lèvres de son petit visage au point de ressembler à une gargouille. Il balaya la pièce du regard, posa les yeux sur son bureau, sur ses classeurs à tiroirs, sur la lanterne chinoise, sur la rangée de pommes vertes qui mûrissaient sur le rebord de la fenêtre.

Il prit une grande inspiration et dit :

— Je ne devais pas partir avant la fin septembre. Mais je pense que je vais peut-être m'en aller demain matin.

Il avait les mains à plat sur les accoudoirs de son fauteuil. Cela le rapetissait.

— Oh, dit-elle. Oh mon Dieu.

Mais elle n'était pas du tout étonnée. Il était tellement resté au lit, avait été si silencieux au petit-déjeuner, et ne parlait au dîner qu'avec précipitation, de façon angoissée. (Zilla, qui remarquait tout, avait recommandé à Samantha de garder un œil sur lui. « Il a vingt et un ans, avait-elle dit. Tu imagines, venir ici à la sortie de l'école, et s'attendre à être exceptionnel ? » « Il est déjà brillant, avait protesté Samantha. Il a publié deux recueils à Princeton, et tout le monde parle de lui. » « Eh bien, il n'empêche, il est à vif. Et il a peur de la maison. »)

Samantha le regardait, notait que son visage avait minci depuis son arrivée.

— Vous pouvez partir quand vous en aurez besoin. J'espère cependant qu'il n'y a pas de problème.

— Je travaille bien ici, répondit-il. Vraiment bien. J'ai terminé douze poèmes, et ils sont différents de tout ce que j'ai écrit auparavant. Ils sont plus sombres, à vrai dire. Je ne travaille jamais aussi rapidement. Personne ne travaille aussi rapidement ! Mais on en arrive au problème. Je ne suis pas… Quelque chose ne tourne pas rond chez moi. J'ai l'impression que cet endroit va m'avaler tout rond.

— La maison peut produire un effet sur les gens.

— Cela n'a rien à voir avec la gestion des lieux.

— Eddie, pourquoi ne pas attendre de voir comment vous vous sentez demain matin ? Amusez-vous ce soir, tout simplement, détendez-vous un peu, et tenez-moi informée demain.

Ses épaules s'affaissèrent et il sourit.

— Je n'y manquerai pas.

— D'ailleurs, ce sera le bon moment pour partir. M. Devohr arrive ce soir, et Dieu sait ce qu'il adviendra de nous demain matin. J'ai bien peur qu'on ne nous jette par-dessus bord.

Elle lança cette phrase sur un ton léger, alors qu'en réalité, elle avait passé les derniers jours à évaluer frénétiquement la situation : les nouveaux artistes qui devaient arriver le mardi suivant, l'impossibilité de renvoyer Ludo à Mussolini, le nombre d'administrateurs qui seraient un jour disposés à soutenir une version reconfigurée de Laurelfield, peut-être dans une ferme, là-haut, dans le Wisconsin. Les toiles achevées qu'elle stockait toujours à la cave pour un peintre parti en juin. La perspective de n'avoir plus de toit. Gamby lui laisserait peut-être un mois pour quitter les lieux. Ou peut-être n'était-ce rien. Peut-être paniquait-elle pour rien.

Ils se levèrent et traversèrent la cuisine dans l'autre sens.

— Puis-je vous demander ce qui est arrivé à votre mur ? demanda-t-il.

Elle avait déjà oublié le vilain trou noir à côté de la glacière, de la taille d'un gros poing. Et autour, un plus grand cercle encore de mur noirci, de trente centimètres de diamètre.

— Il va falloir que je camoufle ça avant l'arrivée de M. Devohr. J'avais une lampe dépourvue d'abat-jour, et elle est tombée contre le mur ce matin. Au début, j'ai cru que j'avais brûlé mon repas – et puis je me suis souvenue que je n'avais rien sur le feu.

La voix de Beatrice leur parvint du bureau.

— Nous devrions creuser jusqu'à l'autre côté et installer le tube pneumatique le plus court au monde !

Eddie se mit à rire.

— Le fantôme a une dent contre les lampes, ces derniers temps. Elle a éteint la nôtre dans la bibliothèque hier soir, dit-il.

— Je suis donc hors de cause, n'est-ce pas ?

LES POTINS SUR MARCELINE

Elle se lève tôt pour travailler. Certains d'entre nous ont vu ses notes sur le premier scénario qui traînaient à côté de la cafetière. *Les Papiers d'Aspern*, un script inspiré d'une histoire de Henry James, échec dans sa première version filmée, et qui connaîtra assurément le même sort sous sa forme parlée. Parce que les seuls véritables personnages sont la vieille dame, sa nièce célibataire banale et l'homme obsédé par l'idée de récupérer les lettres d'amour de la première. Pas l'ombre d'un rôle pour Clara Bow ici, rien qui permette d'obtenir un WAMPAS Baby Star. Sauf que, si Marceline est maligne, et nous pensons qu'elle l'est, elle montrera aux spectateurs certaines scènes du passé, à l'époque où Juliana était encore jeune et amoureuse de l'écrivain Aspern. Mais non, objectent certains d'entre nous : tout l'intérêt réside dans la destruction des papiers qui sont brûlés à la fin, dans le fait que notre homme ne connaîtra jamais la vérité au sujet de cette histoire d'amour. Montrer le passé gâcherait tout !

L'autre scénario, celui que Marceline n'a pas encore commencé, c'est *Barbe-Bleue*. Elle nous l'a confié au petit-déjeuner. Non, pas le pirate. Sa barbe à lui était noire. Barbe-Bleue, c'était le tueur. Celui qui avait des tas d'épouses. Vous vous souvenez, la clé qu'elle ne parvient pas à laver de son sang ? Celui-là a du potentiel.

Quelqu'un a entendu dire que jadis, Marceline Horn a vécu dans le péché avec Ronald Coleman. Sauf qu'à Hollywood, ce n'est pas un péché, si ? Ils n'ont pas les mêmes dieux, là-bas.

Quelqu'un a entendu dire qu'elle a un jour dépensé deux mille dollars pour un tapis chinois. Nous sommes peu disposés à le croire.

ZILLA DANS LE GRENIER

Ici, elle pouvait se concentrer. Alors que là-bas, non seulement elle entendait les pas de Viktor à travers le mur de la Longère, son fredonnement, et à l'occasion le phonographe, mais surtout, elle pouvait le sentir, cela lui donnait froid, cela faisait vibrer son sang, et chaque jour, elle s'étiolait. Chaque bruit pouvait être la porte de Viktor qui se refermait ou qui s'ouvrait, ou lui qui tapait à sa fenêtre, ou une femme – l'une de ses jeunes danseuses, ou cette frêle poétesse qui était partie mardi dernier – qui venait le voir pour défaire sa chemise, le guider jusqu'au lit dans le coin. Donc Zilla avait demandé à Samantha la clé du grenier, que Samantha lui avait remise sans commentaire, alors qu'elle savait, ils savaient tous, qui n'aurait pas su ? Et donc, pour le quatrième jour d'affilée, elle travaillait sur un bout de drap qu'elle avait fixé au sol avec des punaises, faute d'un espace au mur à l'éclairage satisfaisant. Et puis parce que c'était différent. Surplomber les choses, sentir qu'elle regardait à travers le drap, dans le reste de la maison, la chambre de Fannie en dessous, et qu'y avait-il plus en dessous encore ? La salle à manger. Il faisait 38 °C ici, ce qui ne l'empêchait pas d'être complètement gelée.

Elle n'était pas sûre de ce que ce tableau voulait être. Elle avait essayé les pétales, les volants, le mouillé, mais au bout du compte, elle avait découvert qu'elle ne pouvait pas, dans son état, créer quelque chose de verdoyant et plein d'attente. Elle trouva dehors cinq feuilles de chêne sur le sol, des sauteuses précoces, collées ensemble par la pluie, pas tant marron que d'un rose opalescent, qui rougissaient de leur trépas prématuré.

Et voilà ce qu'elle voulait exprimer maintenant : un tas de charmantes et douces suicidées.

Elle avait reçu ce matin une lettre de Lemuel, qui se terrait à Madison, « se noyait dans les bains d'argent et de sulfite », et tâchait de terminer ses tirages pour son exposition. Il voulait qu'elle rentre à la maison. Il voulait qu'elle le protège de ses cauchemars. Il disait qu'il prendrait peut-être un avion avec Kneller pour la retrouver, ce qui était une menace, elle le savait, car il croyait que tous les avions s'écrasaient, et il croyait que lui, en particulier, était destiné à une mort explosive. Si elle le pouvait, elle resterait ici pour toujours. Elle serait comme Ludo, l'exil pour troubles politiques en moins. Elle supplierait Samantha de la laisser rester, et puis de la laisser rester plus encore, et encore, jusqu'à ce qu'elle fasse partie des meubles. Sa chambre, à l'image de celle de Ludo, serait barrée de façon permanente dans le tableau à couleurs de Samantha. Sauf que Lemuel mourrait, pour de vrai. Il cesserait de s'alimenter, comme Violet Devohr.

Les feuilles rendaient bien. Il y avait quelque chose de nouveau, une profondeur qu'elle n'aurait obtenu habituellement qu'avec plusieurs strates d'huile, mais qui, curieusement, se produisait là avec seulement quelques minces couches de badigeon. Maintenant qu'elle se trouvait si loin de lui, elle peignait, en un sens, pour Viktor. Même si jamais elle ne l'admettrait tout haut. Et si, à la fin de son séjour, il visitait son atelier avec tous les autres, pourquoi penserait-il que ce tas de feuilles de chêne avait un rapport avec lui ?

Quand, fatiguée par le voyage, elle était entrée dans la bibliothèque trois semaines auparavant et l'y avait vu, assis comme toujours, un cigare et un verre à la main, ses jambes occupant la moitié du tapis, elle avait été profondément ébranlée, mais d'une façon parfaitement familière. Cette fois-ci, elle aurait été plus surprise s'il n'avait pas été là. C'était leur troisième séjour ici à tous les deux, et la troisième fois que leurs visites coïncidaient. Il n'avait pas à lui dire que ce n'était pas intentionnel : son visage qui blêmissait suffisait à le prouver. Ce n'était pas le fait de Samantha non plus – Samantha qui, en 1927, leur avait demandé en toute sincérité s'il y avait déjà eu ce genre de chevauchement auparavant. Zilla en était venue à sentir que la maison elle-même était responsable, un champ magnétique qui les ramenait à elle à intervalles réguliers.

En mars 1925, juste après sa première exposition en solo, elle était venue ici pour récupérer, pour essayer de faire quelque chose qu'elle ne détestait pas autant que le travail qu'elle avait scruté au point de regretter de ne pas être aveugle. Lorsqu'elle le vit pour la première fois, Viktor était en retard pour le dîner. Il était à moitié gelé à cause du trajet depuis la gare, et il ne s'était pas rasé depuis des jours. Ses cheveux – elle avait cru qu'ils partaient dans toutes les directions à cause du givre. Il s'assit à côté d'elle et parla très peu. Elle lui demanda le sel sans même le regarder – un vieux dramaturge pérorait sur les hermaphrodites –, et Viktor prit sa main, déroula ses doigts, secoua la salière pour que les grains tombent doucement dans sa paume. Elle se tourna vers lui, et il enferma ses yeux dans une cage où se trouvaient les siens, de sorte qu'elle ne put détourner le regard. Tout le monde se mit à rire et trouva la plaisanterie excellente, mais vraiment, il se passait quelque chose de bien plus étrange, quelque chose en rapport avec la colonne vertébrale de Zilla et son avenir tout entier. Sa main devint lourde. Le sel commença à déborder sur les côtés et entre ses doigts. Il s'écoula un bon moment – une minute ? cinq minutes ? – avant qu'il secoue une dernière fois la salière et la repose, et elle resta assise là, groggy, ensevelie sous une montagne de millions de petites choses. Elle saupoudra quelques grains sur son ragoût, et garda la main ouverte, toujours chargée, jusqu'à la fin de son repas. Elle ne dit rien du tout, pour le plus grand plaisir du reste de la tablée. Ils essayèrent de se rappeler quelle déesse romaine elle évoquait, et s'il y avait pu avoir, un jour, un oracle portant du sel. Jusqu'à la fin de son séjour, on la surnomma L'Oracle. Elle recouvra l'usage de la parole le lendemain matin, et découvrit qu'elle était devenue un objet de fascination tel que tous voulaient entendre le moindre de ses propos. Ils voulaient que L'Oracle leur prédise leur avenir. « Le dîner sera-t-il très brûlé ? » « Quand mes poèmes seront-ils enfin aboutis ? » « Quel tableau se vendra ? »

Mais en attendant, elle n'avait d'autre choix que d'observer Viktor. Ses vêtements étaient toujours trop petits, ou trop grands, ou les deux. Il avait des yeux exorbités, d'un marron tellement foncé qu'on avait du mal à distinguer l'iris de la pupille. Elle trouva d'abord que pour un danseur, il manquait terriblement de grâce, jusqu'à ce qu'elle comprenne son problème : il était fait pour se déplacer dans des espaces vides et infinis, pas pour interagir avec des chaises, des lampes et des cuillères à soupe. Cependant, chacun de ses muscles était engagé dans le moindre de ses gestes. Aucun de ses mouvements ne se cantonnait uniquement à sa main ou à sa jambe. Chaque action avait derrière elle la force et l'éloquence de son corps tout entier.

La nuit suivante, il y eut un orage, l'un de ces supplices typiques du Midwest auxquels elle n'était toujours pas habituée. Ils étaient rassemblés dans la bibliothèque après le dîner, et alors qu'ils n'en étaient qu'à leurs premiers verres, Zilla confessa sa peur panique du tonnerre, sa crainte que la foudre tombe sur son lit pendant son sommeil. Viktor posa son cigare sur le cendrier avant de quitter la pièce. Ils rirent en imaginant ce qu'il était parti faire – il avait senti qu'une danse lui venait ! –, mais vingt minutes plus tard, il était de retour, trempé comme un marin après un naufrage, claquant des dents, les cheveux toujours dressés de façon improbable sur son crâne. Il ouvrit sa main, et au milieu se trouvait un gland mouillé et noir.

— Pour le rebord de votre fenêtre. Pour vous protéger, dit-il.

Il expliqua que c'était une tradition en lien avec Thor, qui était à la fois le dieu des chênes et de la foudre. Tous se mirent à rire, mais cette fois-ci, Zilla crut déceler une touche d'émerveillement, de connivence et de jalousie romantique générale. Cet homme devait être amoureux de cette femme. *Mais nous ne nous sommes pas encore parlé !* voulait-elle rétorquer. Plus tard, ils parleraient. Ils passeraient des heures sur la terrasse, toujours en compagnie des autres, à rire des faillites, des *rent parties* et d'un millier d'autres sujets.

Elle n'y avait pas pensé avant cet instant, mais c'était certainement la raison pour laquelle elle avait choisi de peindre des feuilles de chêne. Bien sûr. Il avait fallu qu'elle soit aveugle pour ne pas le voir.

On frappa en bas.

— Oui ! cria-t-elle. Oui, oui, oui.

Et voilà que Ludo et Samantha se pressaient à l'étage, suivis d'Armand, l'illustrateur, l'adorable garçon doré aux drôles de dents.

Les yeux de Samantha étaient brillants et humides.

— Nous allons devoir cacher Ludo ici. Ce soir, au dîner, et après. Tu sais que Gamby pense qu'il est parti. J'ai juré qu'il n'était plus là.

— Ça dérange pas toi ? demanda Ludo. Je touche pas ta peinture.

Il jaugea la pièce.

Zilla prit Samantha par le poignet et la guida doucement vers le tabouret à roulettes.

— Assieds-toi, dit-elle. Respire doucement et profondément.

Elle trouva des chaises pour les hommes et une caisse pour elle, et ils s'assirent près d'une lucarne ouverte, où un ventilateur électrique menait une bataille vouée à l'échec contre la chaleur.

— Je proposerai à Gamby le lit vacant dans la maison du régisseur, mais je suis certaine qu'il séjournera à l'hôtel. Dans les deux cas, Ludo devrait pouvoir dormir sans crainte dans sa chambre. Enfin, la nuit venue seulement. Je ne crois pas que Gamby restera plus d'un jour ou deux. Sauf s'il nous flanque tous dehors et reste pour toujours.

— Ça arrivera pas, affirma Ludo.

— Si, ça arrivera.

Ludo était un petit homme frénétique. Voilà deux ans que lui et Zilla avaient fait l'amour (l'amour, ha !) dans la maisonnette du compositeur, que, le lendemain, Viktor avait frappé le musicien sur la bouche avec une grande assiette, et aussi, cela n'avait rien d'un hasard, que Viktor avait adressé directement la parole à Zilla – elle avait alors complètement oublié la sensation du corps de Ludo, de son odeur, de sa langue. Il la regardait avec la même vacuité.

— Ce matin, j'ai écrit au conseil d'administration. Certains membres sont mes amis, mais la plupart ne le sont pas. J'ignore à quel point nous avons leur sympathie.

Armand, qui était resté muet jusqu'à présent, exhala un souffle bruyant, tel un dragon lâchant une bouffée de vapeur songeuse.

— Quel train prendra-t-il de New York ? Le Broadway Limited ou le Twentieth Century Limited ? Bon, non, cela n'a pas d'importance. Tous les deux entrent en gare de Chicago le matin. Disons qu'il est arrivé. Il devra prendre sa connexion, peut-être déjeunera-t-il avant. Nous avons quelques heures devant nous.

— Pour faire quoi ?

— Aucune idée.

— Je vous cite Ovide, mais je sais pas en anglais : la Fortune n'aide pas ceux qui prient mais ceux qui agissent.

— Ovide n'a pas été forcé à l'exil ?

— Ne bougez pas, dit Armand.

Il dévala les escaliers. Ils le regardèrent tous disparaître, perplexes, et puis, quelques secondes plus tard, il revint en courant. Il posa quelque chose sur le rebord de la fenêtre : un petit singe sculpté en jade vert. Bras loufoques, sourire maniaque.

— C'est le Seigneur de la Malice, expliqua-t-il. Une relique de mes années dissolues en Orient. Il sera notre totem.

Samantha regarda l'objet fixement.

— Je pensais que tu reviendrais avec une idée.

— Eh bien, non.

Zilla frotta le cou de Samantha.

— Nous pourrions soit le séduire, soit le kidnapper. Je crois que ce sont là les deux possibilités qui s'offrent à nous.

Armand :

— Nous le charmerons.

Samantha :

— Cela ne marchera pas. Et quoi, ensuite ?

— Ensuite, tout et n'importe quoi. Le désespoir.

VIKTOR DANS SON ATELIER : LE CONTE D'HIVER

C'est une danse à faire à un mur.

Sur scène, ce sera une danse à une statue, à Hermione, transformée en glace. Léonte dansera son chagrin, son désir pour la femme qu'il a trahie et tuée, et ensuite – ensuite ! –, la statue descend de son piédestal, Hermione vit, et il y aura un *pas de deux** des plus exquis, d'autant plus déchirant qu'ils auront été séparés pendant seize ans, qu'il y aura l'âge des danseurs. Si seulement il pouvait créer cette chose. Mais pour l'instant, dans la Longère, il vit à l'intérieur de la danse de désespoir de Léonte, la partition qui jonche le sol forme des icebergs autour de lui. Ses pieds sont nus. La musique est dans sa tête, et il danse face au mur ouest. Zilla se trouve de l'autre côté de ce mur, (Armand Cox, par-delà l'autre cloison), et parfois, il sait qu'elle se tient à un mètre à peine de lui, face à lui, un pinceau dans sa main gauche, un autre entre les dents, et peint sur sa mince toile. S'il n'y avait pas de mur, s'il n'y avait pas de toile, elle peindrait l'air dans lequel il danse.

Dans seize ans, il n'aura pas besoin de statue pour se souvenir de son corps, de son visage.

Il danse aussi loin que la danse est écrite.

Il presse ses hanches contre le mur.

VENDREDI, UNE HEURE

Armand et Ludo, qui traquent les autres artistes, leur distribuent leurs rôles.

Josephine à la fenêtre, à Fannie :

— C'est l'un des derniers endroits bien sur Terre, n'est-ce pas ? L'un des derniers.

Viktor, qui emmène Marlon faire un tour, afin que celui-ci dessoûle.

— Tu as vu ces photos de Zilla ? Celles que son mari a prises ? Et a montrées au public ! Elles sont… je vais te dire. Je vais te dire.

Viktor :

— Oui, je les ai vues.

Zilla et Samantha dans la cuisine de la maison du régisseur, gloussant comme des enfants, arrachant la fine couche de plâtre sur le mur autour du petit trou noir, jusqu'à ce que des pans se retrouvent dans leurs mains et qu'il y ait une ouverture de soixante centimètres carrés entre le plan de travail et la glacière.

— Là, tu vois ? Cette poutre transversale, là-bas, indique Samantha.

Elles déposent soigneusement dans le trou les bouteilles qu'elles ont ramenées de la bibliothèque, et les alignent le long de la poutre exposée : gin, bourbon, whiskey, scotch, vermouth, des bouteilles toutes neuves et remplies livrées par le contrebandier.

— C'est le bar clandestin le plus laid que j'aie jamais vu, dit Zilla.

— Ça fera l'affaire.

Elles clouent la planche par-dessus le trou, aussi doucement que possible, pour que les bouteilles ne tombent pas.

À l'extérieur, soleil et vent.

ARMAND ET EDDIE
DANS LA CHAMBRE À FLEURS

Il trouva Eddie roulé en boule sous le bureau, qui écrivait dans un petit carnet noir. Armand comprit immédiatement, et voulut le lui dire : que parfois, on se sentait mieux comme ça, enfoui dans quelque chose de solide, caché du monde. Au lieu de quoi, quand Eddie sortit à la hâte la moitié de son corps, il lui lança : « Tu ressembles à une tortue. »

Eddie rit et hocha la tête, mais ne sortit pas plus, alors Armand s'assit en tailleur par terre.

— Désolé de t'interrompre.

— Tu as bien fait. Je n'aime pas ce que j'écris.

Eddie était si calme, si prudent. Ses yeux, en revanche – leur façon de circuler dans la pièce avant de revenir à votre visage – donnaient l'impression de tout assimiler avec une force phénoménale, avec une soif immense. Il était fort probable que cela soit la raison de son calme. Tant de choses se déversaient en lui que rien ne pouvait sortir.

Armand lui détailla son rôle pour la soirée, et ajouta que rien ne serait déclenché avant que Samantha ne leur en donne le signal.

— Il est encore possible que nous nous trompions. Il s'agit peut-être d'une simple visite de courtoisie. Pour prendre un bol de culture, tu vois. Il veut peut-être apprendre à peindre. Ah !

Eddie resta coi.

— Le plan n'est pas parfait, je sais, mais c'est déjà quelque chose. Bon sang, j'adorerais te dessiner là-dessous. Les lignes sont fantastiques. Il n'y a que le bureau, ta tête et tes genoux.

Eddie rougit. Il était normal de rougir quand quelqu'un disait vouloir vous dessiner. C'était peut-être la chose la plus flatteuse au monde. Pas tant l'idée qu'on vous trouvait beau que cette révélation implicite : *Je te vois. Je te vois vraiment.*

— Tu es tellement silencieux, dit Armand.

Et sans savoir qu'il le ferait, il tendit la main, saisit la mâchoire d'Eddie et l'ouvrit comme s'il donnait une pilule à un chien. Il sortit une pièce de sa poche et la glissa sur la langue d'Eddie. Celui-ci ferma la bouche. Armand le lâcha.

— Pourquoi as-tu fait ça ? parvint à demander Eddie.

La pièce était toujours dans sa bouche. Armand l'entendait cliqueter contre ses dents.

— J'ai pensé qu'en mettant une pièce dans le piano mécanique, il ferait du bruit. Et tu vois ? Ça a marché.

LES LAPINS BLANCS JAUGENT GAMBY

M. Devohr a demandé qu'on serve le dîner à dix-sept heures – un mauvais signe, certainement. Il n'y aura pas de verres avant, pas de réunion dans la bibliothèque. Quand ils entrent dans la salle à manger à seize heures trente, Gamby Devohr est déjà là. Samantha est à ses côtés. Elle s'est forcée à mettre une robe.

Fannie murmure à Josephine :

— On dirait une étoile de mer. Engoncé dans son costume et flanqué de sa perruque noire.

Josephine à Fannie :

— Il ne ressemble pas du tout à sa mère.

Fannie :

— Pas du tout.

Elles jettent un coup d'œil à l'endroit sur le mur où est suspendue Violet, qui contemple sombrement le flot incessant d'hôtes qu'elle n'a pas invités.

— Il est terriblement jeune.

— Il a vingt-cinq ans.

— Parle moins fort.

— Il n'entend pas.

— Il s'est fait virer de Yale, m'a dit Samantha.

— Mais je croyais qu'il était parti pour épouser la fille. Et sept mois plus tard, surprise, un bébé !

— Incroyable la vitesse à laquelle on les fait pousser de nos jours.

— Regarde, quelqu'un a plié toutes les serviettes en forme de petits voiliers. Très chic !

Les artistes défilent pour serrer la main de Gamby, pour le remercier de sa générosité. Concession facétieuse au protocole, Armand a troqué ses knickerbockers contre des Oxford bags, un pantalon grotesquement large, et quand il se présente, Gamby regarde d'un air confus le vêtement aux allures de jupe qui frôle le sol. Lorsque Samantha présente Marceline, Gamby rougit.

— Mademoiselle Horn, dit-il. C'est un immense honneur. Je vous ai vue dans *Vieux Kentucky*, et vous étiez absolument formidable. N'était-ce pas vous dans *L'Homme d'État ?* Dans la robe, vous savez, cette robe ? J'adorerais… Ouah, j'adorerais entendre certaines de vos anecdotes !

Si Fannie regarde Josephine, elles risquent toutes deux d'éclater de rire. Gamby n'est rien qu'un petit garçon en costume. Le sobriquet ridicule lui sied tout à fait.

Marceline accepte le baiser qu'il dépose sur sa main.

— Tout l'honneur est pour moi.

Fannie, qui chuchote :

— Zilla a dit que son père essayait de virer Samantha depuis des années. Sauf que le conseil d'administration refuse.

— Augustus ? C'est lui, le père ?

— Et il a eu une attaque l'année dernière.

— Il a quelque chose à prouver, alors, n'est-ce pas ? Gamby.

— Se rendre au chevet du vieil homme et lui redonner la maison.

— Regarde comme ses mains sont lisses !

— Et grasses !

Ils s'asseyent pour manger.

Josephine à Fannie :

— Ce serait incroyable de le sculpter, non ?

Fannie à Josephine :

— Je le ferais en purée de pommes de terre. Avec un petit chapeau en beurre.

EDDIE AU DÎNER

La nourriture était élégante, la cuisinière n'avait pas ménagé ses efforts : un consommé à la julienne, un rôti de volaille du Surrey agrémenté de sauce au pain et accompagné de cœurs de céleri et de pommes de terre nouvelles à la crème. Eddie dut se forcer à manger.

Gamby les questionna tous, cordialement, sur leur travail.

— Vous avez probablement vu et tout de suite oublié mes couvertures de magazine. J'ai dessiné pas mal de filles qui se confondent avec le décor, quand c'était encore la mode, expliqua Armand.

— J'imagine qu'elles posent pour vous ! dit Gamby. Les filles.

— Parfaitement.

— Et en quoi le fait d'être ici, au milieu des bois, vous aide-t-il ? La ville n'est-elle pas la meilleure source d'inspiration qui soit pour les artistes ?

— Nous sommes comme les fleurs, monsieur Devohr, dit Zilla. Nous nous exposons peut-être dans les villes, mais nous poussons mieux dans les espaces sauvages.

Elle toucha son bras du bout de deux de ses doigts. Elle était tout de blanc vêtue.

— Hein.

— Nous n'avons même pas de véritable atelier en ce moment, Josephine et moi, expliqua Fannie. Nous nous efforçons de produire suffisamment d'œuvres ici dans le mois pour que cela nous dure jusqu'à la fin de l'année.

— Pour quoi, vendre ?

— C'est ce qui permet aux artistes de gagner leur vie.

Samantha avait dû se rendre compte que sa réplique était cinglante car elle but une grande gorgée d'eau et promena son regard autour de la table. Elle voulait que quelqu'un vole à son secours.

— J'ai écrit énormément, lors de ce séjour, dit Marlon. *Énormément.*

Gamby écouta patiemment, et ne tarda pas à porter de nouveau son attention sur Marceline, qu'il questionna sur les films parlants.

— La foix doit fenir de plus haut dans la gorge, expliqua-t-elle. Sinon, ça n'enregistre pas bien. Fous faites comme si fous parliez au téléphone.

— Il paraît qu'on peut reproduire les coups de feu, maintenant. Est-il vrai qu'on a inventé un pistolet tirant au ralenti uniquement pour pouvoir capter le son qu'il produit ?

— Oui, répondit Marceline. Cela oufre le champ des possibles.

Quelle femme courageuse, de parler avec autant d'amabilité de ce qui sonnait le glas de sa propre carrière.

Il revenait à Zilla, assise à la gauche de Gamby, d'évaluer la gravité de la mission de ce dernier, d'évaluer à quel point ils étaient tous fichus. S'il y avait bien quelqu'un capable de pousser un homme à trop en révéler, c'était elle – son empathie palpable, sa façon d'embrasser tout ce que vous disiez. Même Eddie se détendait quand il discutait avec elle, et le frisson disparaissait. Être à côté de Zilla, c'était être à côté d'un petit lac lisse.

Eddie s'obligea à manger un bout de pain. Il avait perdu du poids ici. S'il restait plus longtemps, il disparaîtrait peut-être complètement. Il entendit Zilla, sa voix un peu plus aiguë, un peu plus appuyée qu'à l'accoutumée.

— Oh, mais nous n'interagissons même pas avec la ville ! Cet endroit est comme un château de fées invisible ! C'est mon troisième séjour, et je n'ai mis les pieds hors du domaine qu'une seule fois, quand je me suis tordu le poignet et que j'ai dû me rendre en urgence chez le médecin. Je pense qu'ils n'ont aucun avis sur nous !

Une minute plus tard, Gamby riait tellement fort que toute la tablée l'entendait.

— Il va sans dire que si j'avais décidé d'être un *artiste*, un *poète*, ou autre… mon père m'aurait précipité du haut des chutes du Niagara dans un tonneau.

— Oui, dit Zilla entre ses dents. Nous avons une chance incroyable de faire ce que nous faisons.

Viktor faisait pivoter vers la gauche toute la nourriture sur son assiette. Il chorégraphiait ses légumes. Comment était-ce, se demanda Eddie, d'être habitué à de jeunes danseuses qu'il pouvait jeter en tous sens – littéralement jeter dans les airs ! –, et de tomber ensuite amoureux d'une femme comme Zilla ? Une femme si ancrée dans le sol, si imperturbable (et si mariée aussi), que lui, Viktor, serait inévitablement celui qui ploierait et se briserait. Cela devait être insupportable, à coup sûr.

Gamby disait :

— Donc quand vous débutez un tableau, est-ce que vous disposez tous vos fruits et autres sur une table, ou bien est-ce que vous inventez tout ?

Eddie regarda Armand et Marlon qui faisaient semblant de se parler. Marlon avait enlevé sa veste d'intérieur, pour une fois, et il était peut-être même sobre. Sa moustache était pommadée. À ses côtés, Armand avait les cheveux peignés en vagues dorées. Les dents d'Armand, qui semblaient avoir été collectées dans la bouche d'un autre homme, évoquaient une espèce d'ensemble arlequin. Eddie se souvint d'une arche romaine miniature qui, lorsque l'on tirait sur la clé de voûte, s'effondrait complètement. Il imagina que s'il tirait sur l'incisive d'Armand, quelque chose de semblable se produirait, les splendeurs du monde ancien céderaient tout d'un coup.

Quand vint le moment de servir le gâteau à l'orange à étages, Eddie s'excusa et sortit de table, prétextant un mal de tête qui l'obligeait à aller se coucher. Cela le chagrinait de devoir se montrer aussi indélicat, mais son unique mission ce soir était de ramener en douce son dîner à Ludo. Et ensuite, il préparerait sa malle. Il voulait partir le lendemain matin à la première heure.

Dans la cuisine, Eddie prit une assiette couverte que lui remit la cuisinière, et se faufila jusqu'à la porte de derrière en passant devant les éviers. Une petite fille blonde, qui n'avait pas plus de quatre ans, était assise sur un tabouret devant le plan de travail, et regardait avec désespoir une assiette de petits pois. Son verre de lait était vide.

— Grace, la fille de M. Devohr, murmura la cuisinière. J'ignore ce que je suis censée faire d'elle.

Lorsqu'il revint du grenier avec le plateau vide, la fillette était toujours là. Elle leva la tête avec des yeux emplis d'espoir, jusqu'à ce qu'elle constate qu'il n'était pas son père. Il se demanda si quelqu'un avait pensé à elle dans tous les plans qui avaient été élaborés. D'après lui, on n'avait pas trouvé de bonne pour la garder, pour la coucher.

— J'ai une mission importante. Il y a des poissons affamés derrière, et je vais leur servir leur dîner. J'imagine que tu ne sais pas émietter du pain en tout, tout petits bouts ?

Grace posa sur lui un regard profond et scrutateur semblable à celui d'une vieille dame.

— Oh, si, si, je sais !

— Eh bien, tu vas devoir m'aider, dans ce cas. Je ne suis malheureusement pas très doué. Les poissons se plaignent tout le temps de ce que je leur donne. Tu m'accompagnerais ?

Elle sauta du tabouret, et la cuisinière, avec un clin d'œil, tendit à Eddie deux tranches de pain du dîner. Il en posa une dans la main de Grace et lui dit :

— Celle-ci est trop lourde pour moi.

— Tes bras sont très maigres ?

— Oui, plutôt.

Ils s'installèrent sur les deux gros rochers au bord du bassin aux carpes, et Eddie lui montra comment détailler le pain en minuscules morceaux et les jeter dans l'eau après. Ils regardèrent les poissons gober les miettes, leurs bouches rondes incroyablement grandes.

— Celui avec les taches, c'est mon préféré, dit Grace. Comment il s'appelle ?

— Oh, c'est Elwood. Une aristocarpe terriblement distinguée.

— Est-ce que le pain est sa nourriture préférée ?

— Presque. Presque. Tu sais ce qu'il m'a confié, l'autre jour ? Plus que tout au monde, il aimerait un soda à la crème glacée.

Grace sembla sceptique.

— Ça s'écroulerait dans l'eau.

— C'est bien le problème. Son vœu ne se réalisera jamais.

— Mais je sais comment faire ! On le sort avec une grosse louche, et on le met dans le soda à la crème glacée. Comme ça, il pourra le manger de l'intérieur.

— Oh ! Tu es une jeune demoiselle qui déborde de bon sens. J'écrirai peut-être un poème sur toi.

Elle jeta une miette de pain dans l'eau et réfléchit quelques instants.

— Face.

— Pardon ?

— C'est ce qui rime avec Grace.

Il la convainquit, miracle parmi les miracles, d'aller se coucher avec un livre. Il lui lut l'histoire de Raiponce des frères Grimm qu'elle avait emmenée pour le train, lui mit sa chemise de nuit blanche et la borda dans le lit réservé aux invités dans la maison de Samantha, dans la chambre derrière le bureau où Gamby avait accepté, à la surprise générale, de dormir pour la nuit. Il tira les stores pour masquer le soleil du soir – il n'était que dix-sept heures cinquante –, et lui apprit qu'à Toronto, il était presque minuit.

— Tu te souviens de ce que je t'ai lu ? Tu peux regarder de nouveau toutes les images.

— Je sais lire les mots. Je sais même lire les grands mots !

— Comment ai-je pu en douter ? Sais-tu que si tu restes allongée sans bouger et que tu lis la même histoire dix fois, tu fais des rêves magiques ?

— Oui, je sais.

— Donc, quelqu'un t'a raconté le secret. Et Elwood rêvera de soda à la crème glacée, et moi, de toi.

Grace gloussa et remua les orteils sous le drap. Eddie lui rapprocha son verre d'eau et déposa un baiser sur sa tête. Elle sentait le soleil et l'herbe.

MARCELINE À LA FIN DU MONDE

Zilla laissa tomber bruyamment sa cuillère sur la table en marbre et dit un peu trop fort :

— Oh, que je suis maladroite !

Confirmation. Que Devohr était ici pour une mission d'euthanasie. Qu'il serait impossible de le charmer. Marceline n'avait pas saisi ses mots exacts, mais c'était inutile – les intentions de cet homme étaient claires. Et donc : ils se préparèrent tous psychologiquement, répétèrent leur rôle, aussi modeste soit-il, et essayèrent de poursuivre leurs différentes conversations comme si de rien n'était.

Zilla inspira et s'apprêtait à dire quelque chose quand on frappa fort au-dessus de leurs têtes. Une série de petits crissements durs semblèrent parcourir toute la longueur de la maison, et terminèrent leur course au-dessus de la fenêtre.

Josephine rit – un éclat nerveux.

Cela se produisit de nouveau. Dur et vite, sur le toit – la salle à manger se distingua vraiment du reste de la maison –, puis le bruit se dissipa au loin, comme s'il voulait que tous le suivent quelque part.

Devohr scruta le visage de chacun, en clignant ses petits yeux encore et encore.

Marceline se demanda si c'était l'un des effets qu'ils avaient préparés pour Devohr qui tombait à plat – un peu comme quand tous les feux d'artifice partent d'un coup avant le bouquet final. Elle ne percevait cependant que de la confusion autour d'elle, ainsi que de l'inquiétude. Fannie et Josephine se prirent la main.

Samantha finit par fournir une explication :

— Ce sont les glands. Ils sont précoces, cette année.

Cela ne faisait donc pas partie du plan. Quel avait été le plan ? Zilla aurait dû dire quelque chose. Mais elle se contentait de rester assise, le visage terreux. Elle était la seule qui ne riait pas, la seule qui ne semblait pas rassurée, et elle murmura dans ses mains en coupe :

— Mon Dieu.

On avait simplement demandé à Marceline de flirter, et elle l'avait fait de façon experte. Le grand art de la pantomime – fort probablement sa dernière performance du genre. Elle était malheureusement dans le vague sur d'autres détails. Mais elle pouvait flirter jusqu'au petit matin.

M. Devohr s'étira et se leva.

— Nous devrions mettre un terme à cette soirée. Je rentre à Chicago de bonne heure demain.

— C'en est fini, dit Samantha.

Mais c'était une question, et ils savaient tous qu'elle ne parlait pas du repas.

Il renifla.

— Vous en avez bien profité, mademoiselle Mays. Comme je dis toujours, il est important de savoir reconnaître quand la fête est finie. C'est tout un art.

— Que diable y connaissez-vous, à l'art ? demanda tout haut Armand.

Marceline crut un instant qu'ils allaient tous basculer dans la violence ou dans les pleurs. À la place, l'énergie déserta lentement la pièce. Une fuite dans le ballon.

Zilla aurait dû prendre le relais à ce moment-là, mais elle avait encore l'air absent, hanté.

Marlon finit par s'exprimer.

— Bon, où est donc l'alcool ? Quitte à renoncer à cet endroit, autant passer une bonne soirée, non ?

Le pauvre. Il était indéniablement agité de soubresauts. Marlon n'était pas au courant du plan – il avait passé l'après-midi à dessoûler, pas à répéter son rôle –, mais sans le vouloir, il allait droit au but, sautant l'invitation à visiter les ateliers que Zilla avait oublié de lancer, sautant la lente progression qui aurait dû tous les conduire à boire un dernier verre, puis un autre, et encore un autre. Le tout menant, cahin-caha, au cœur de Gamby Devohr.

— Il plaisante, monsieur Devohr, lança Fannie. Il n'y a pas la moindre goutte d'alcool ici !

Marceline supposa que cela faisait partie du script, mais que la réplique n'était pas sortie au bon moment. Elle avait l'impression de se retrouver sur un toit de Fort Lee, souvenirs furtifs de scènes estivales embarrassantes qui la ramenaient vingt ans plus tôt, avec des costumes qui sortaient des poubelles des théâtres, et des réalisateurs qui n'avaient jamais rien réalisé. Devohr était sur le point de rire. Marceline – elle sut enfin exactement quoi faire –, Marceline se leva et glissa sa main le long de sa cuisse. Elle pencha la tête de côté et baissa doucement les paupières.

— S'il vous plaît, venez boire un verre avec nous. Pour une dernière bacchanale. Combien de fois, au Canada, vivez-vous comme un artiste ? La nuit ne fait que commencer.

Et elle vit dans les yeux groggy de Gamby l'affirmation de ce qu'elle avait appris dès son tout premier film : le sexe élude tout, même un mauvais script et de mauvais acteurs.

Marceline marcha avec lui, bras dessus, bras dessous, entraînant dans son sillage Zilla, Samantha et Armand jusqu'à la maison du régisseur, puis en haut des marches. Marlon suivit à distance, apparemment encore moins au fait de ce qui se passait que Marceline. Alfie tournait autour d'eux. Ils trouvèrent Eddie assis seul à la petite table de la cuisine, un doigt sur les lèvres. La fillette, expliqua-t-il, était au lit.

Samantha prit un marteau sous l'évier, le retourna du côté de la dent, et commença à arracher les clous du vilain carré en bois derrière elle. Pendant que Marceline continuait à faire parler et rire Devohr, Armand et Eddie s'attaquèrent tour à tour à la planche. Celle-ci se détacha du mur, et les deux hommes sortirent à grand fracas du trou un nombre improbable de bouteilles d'alcool.

Le marteau à portée de main, la planche dont les clous cédaient si facilement – Marceline devina que ce dévoilement de bouteilles faisait partie du plan depuis le début. Si Devohr pensait qu'ils baissaient la garde, avaient complètement laissé tomber et révélaient leur vraie nature, peut-être baisserait-il lui aussi la garde.

— La terrasse ! s'écria Armand. Je vais chercher les cigares !

Eddie s'attarda pour s'assurer que l'enfant dormait. Marceline tira Devohr par la main et l'entraîna au rez-de-chaussée, sur le chemin qui faisait le tour de la grande maison. Le soleil brillait toujours fort, haut dans le ciel. Lorsqu'elle fut sûre qu'il était lancé dans la bonne direction, elle le lâcha et rejoignit Zilla et Armand, qui avaient à eux deux cinq bouteilles, et le chien sur leurs talons.

— Et maintenant, que dit le plan ?

— C'était ça, le plan. Il ne va pas plus loin.

TOUS ENSEMBLE

La quantité de glands qui jonchaient le sol paraissait improbable. Les chênes poussaient tous à l'avant de la propriété – les plus petits sur la gauche, le plus majestueux entre la maison du régisseur et la grande maison –, et malgré tout, leurs graines casquées tapissaient la pelouse tels des grêlons, la terrasse et les sentiers derrière la bâtisse. Encore verts, et dangereux : Josephine roula vers l'avant, et Fannie la rattrapa par les aisselles.

— Ils portent chance ! dit Marlon.

— Eh bien, il va nous en falloir beaucoup.

Atmosphère voilée et chaude, immobile et lourde.

— On fait un feu ? proposa Viktor. Derrière, sur le tas de bois ?

— Oh, oui, oui ! s'écria Fannie.

Tout le monde se rendit sur la terrasse. Même Ludo, qui n'avait plus rien à perdre, descendit du grenier pour donner une claque dans le dos de Gamby et lui dire qu'il allait lui apprendre à boire comme un Italien.

Armand prit possession de l'une des longues tables hautes et se mit à préparer des cocktails. Quelqu'un alla dans la cuisine et en rapporta des citrons, qu'Armand pressa dans un verre en prenant soin de récupérer les pépins avec ses doigts. Il mélangea ensuite le jus à du gin et du précieux cointreau pour concocter des Whites Ladies. (« Comme c'est fantomatique ! » s'écria Josephine, et Fannie se frotta les mains. « Oh ! On ramène le Ouija ? Il est toujours dans la bibliothèque ! »)

— Vous ne croyez pas aux fantômes, quand même ? demanda Gamby. À votre avis, pourquoi sont-ils toujours victimes de morts violentes ? Où est le spectre de la gentille vieille dame qui meurt dans son lit des suites d'une tumeur ?

— Elle repose en paix ! C'est l'énergie qui fait le fantôme, une énergie inassouvie. La colère, la peur, ou bien... ou bien...

— ... l'amour, compléta Josephine. Un amour unilatéral.

— Il y a plus de choses dans le ciel et sur Terre, monsieur Devohr, que n'en rêve votre philosophie, lança Armand.

Marlon et Viktor décrétèrent qu'ils étaient responsables du feu. Marlon enfila sa veste d'intérieur et, talonné par Alfie, joyeusement fraternel, courut en tous sens pour ramasser davantage de petit bois. Viktor développa la conviction que la qualité du feu dépendrait du nombre d'allumettes qu'on utiliserait pour l'allumer, et collecta les dons que les hommes sortirent de leurs poches.

Marceline et Zilla s'installèrent face à face sur le mur de la terrasse, jambes étendues le long de celui-ci. Des sylphes serre-livres. Samantha plaça une chaise juste devant elles pour Gamby, de façon à ce que ses yeux se retrouvent à hauteur de leurs jambes. Elle s'assit également, puis demanda à Ludo d'ouvrir la fenêtre du jardin d'hiver et d'allumer le Victrola. La musique ne tarda pas à leur parvenir. « A Shady Tree » et « Was it a Dream ». Ludo ne tarda pas non plus à revenir et à distribuer les cigares d'Armand. Ce dernier servit les boissons.

— Je suis allée à une charmante *garden party* le mois dernier, dans la maison de Mary Pickford. Monsieur Defohr, connaissez-fous ses films ? demanda Marceline.

— Mon Dieu, oui !

L'actrice baissa la voix.

— Je fais fous réféler la fraie raison pour laquelle elle s'est coupé les chefeux.

Derrière eux, Josephine était appuyée contre le lierre, et Fannie contre elle, sur son épaule moelleuse.

— Que ferions-nous sans cet endroit ? Quel genre de monde ce serait, sans les refuges ?

Au loin, le bûcher commençait à rougeoyer. D'abord, de petits points sur les contours inférieurs, puis de minces bras de feu. Et à présent, l'ensemble, un embrasement. Marlon rejoignit la terrasse en courant pour admirer de loin sa création.

— Un beau feu, lança-t-il. La meilleure œuvre que j'ai réalisée ici.

Et c'était vrai, il le voyait, maintenant. Il n'aurait pas dû s'autoriser à dessoûler. Soudain, il voyait tout son livre, sa forme, son volume. C'était une monstruosité, un enchevêtrement, un serpent qui se mordait la queue. Il prit un *White Lady* d'Armand, et, muni de son verre, regagna doucement le sentier, retrouva Viktor qui regardait la flambée.

Sur la terrasse, Armand remplissait le verre de Gamby avant même qu'il soit à moitié vide.

Gamby ne semblait pas douter que la bonne humeur ambiante était sincère. Que ces femmes voudraient naturellement l'entourer et le régaler d'histoires. Que ces artistes mouraient tout bonnement d'envie de partager leur alcool.

Quelqu'un trouva le Ouija. Marceline descendit du muret, tira une chaise à côté de Gamby, le convainquit de serrer ses genoux contre les siens avec la planche entre eux. Une note d'espoir se profilait : si Marceline était aussi douée pour l'improvisation qu'ils le pensaient tous, elle parviendrait peut-être à pousser la goutte vers un message utile. Quelque chose sur les fantômes des artistes passés ou sur le fantôme de sa mère. Laquelle pourrait dire qu'elle aimait l'art créé ici et voulait que la colonie reste. Mais tout ce que Marceline connaissait de la mère de Gamby était cette horrible histoire de grenier. Elle ne disposait d'aucun élément personnel susceptible de créer chez lui un choc et de le pousser à se montrer conciliant. Elle ne se souvenait même plus de son nom.

Derrière la tête de Gamby, Fannie articula silencieusement le prénom : « Violet ! Violet ! »

Josephine murmura :

— Tu vas voir qu'elle va nous épeler ça avec un « F ».

Les pâles doigts courts et boudinés de Gamby sur la goutte, les longs doigts de Marceline.

— J'ai déchà utilisé le Ouicha une fois. Lors d'une soirée à Hollyvood, avec mon cher ami Lon Chaney. Figurez-fous qu'il s'est serfi de la planche pour me demander en mariache !

Retour près du feu. Marlon et Viktor.

— Je vais peut-être brûler le roman. Tout entier, dit Marlon.

— Ne fais pas ça.

— C'est un butoir de porte. Je suis resté assis pendant six semaines, et j'ai créé un butoir de porte.

— Alors brûle-le.

Viktor le considérait avec une expression proche du mépris, à laquelle Marlon ne s'attendait pas.

— Tu savais qu'on ne pouvait pas brûler une danse ? Il existe pas mal de choses qu'on ne peut pas brûler à moins de se brûler soi-même, à moins de sauter soi-même dans le feu.

— Éloignons-nous du feu, suggéra Marlon.

— Regarde-la, là-haut, qui s'offre comme…

— Qui ça ? La sobriété ne te réussit pas. Bon sang.

Marlon lui tendit son verre.

— C'est délicieux, ajouta-t-il.

Viktor baissa les yeux vers la boisson.

— Je ne bois pas.

— Vraiment ?

Marlon repensa aux semaines passées et reprit son verre.

— Tu as mélangé la cuve hier soir. Et tu fais tout le temps tomber des objets. Tu es l'homme le plus ivre que je connaisse.

— Je n'ai jamais bu une goutte d'alcool. Je ne pourrais pas danser, sinon.

— Mais quand tu étais plus jeune ?

— J'ai commencé la danse à huit ans.

Viktor tisonna le feu à l'aide d'une branche.

— À ton avis, dit-il. À ton avis, pourquoi puis-je marcher dans une rue en ville et voir deux visages dans la foule. L'un d'eux – celui d'une inconnue, une belle femme, peut-être – pour l'un de ces visages, je ne ressens rien, je reste intact. Et l'autre, qui n'est ni plus beau ni plus spectaculaire : quand je vois cette femme, je dégringole à travers l'univers. Et uniquement à cause de notre passé, uniquement à cause d'une promesse que mon idiot de cœur s'est fait à lui-même des années auparavant.

— Pourquoi tu n'essayerais pas de boire un coup ?

— La vérité est que l'amour n'existe pas. Il n'y a que l'histoire.

Zilla vidait ses verres à l'autre bout du muret. Il fallait qu'elle garde les idées claires.

Alfie faisait des allers-retours en courant entre la terrasse et le feu, la terrasse et le feu.

— Le Ouija remonte à l'époque de Pythagore, déclara Ludo.

— Ludo est notre encyclopédie, expliqua Zilla.

Gamby rit.

— C'est amusant, ici il est écrit : *Planche parlante William Fuld.* M. Fuld était-il un disciple de M. Pythagore ?

Marceline sourit comme s'ils étaient les deux seuls à avoir saisi la plaisanterie. Gamby s'adressa à la planche.

— Sur quel cheval devrais-je miser à Saratoga l'été prochain ?

— Non, non, dit Marceline, qui s'efforçait de prononcer ce simple mot d'un ton enjôleur. Demandons le nom de l'esprit.

Elle visa le « V ». Elle avait pratiquement touché sa cible quand Gamby, d'un mouvement sec, déporta la goutte tout en bas, sur le numéro 2.

— Tu parles d'un nom ! s'exclama Gamby.

Il était content de sa blague.

— Vous devriez demander à M. Pythagore de vous rembourser.

— Cela signifie sûrement qu'il y a deux esprits ! suggéra Marceline.

Samantha ferma les yeux.

— Êtes-vous des hommes ou des femmes.

Avant que Marceline ait le temps de réfléchir, la goutte glissa sur le soleil avec un visage humain en haut à gauche, sous lequel était écrit OUI.

— Bien joué, mademoiselle Horn.

Devohr agita ses sourcils.

— Un de chaque, un homme et une femme ! Sommes-nous les esprits, par hasard ?

— Che ne bouche pas la goutte, monsieur Defohr. Et fous ?

Fannie et Josephine se balançaient au rythme de la musique. Ludo changea de disque, et en revenant sur la terrasse, il exécuta une petite danse sur l'air de « I'm Saving Saturday Night for You. »

Samantha, assise en silence à côté de Gamby, se reposait sur le savoir-vivre de Marceline et de Zilla. Elle passa ses mains autour des accoudoirs du fauteuil, laissa le métal refroidir le bout de ses doigts. Ou plutôt, ses doigts transférèrent leur chaleur, électron par électron, dans le fauteuil. La distinction était importante. Et quand elle partirait, quand il n'y aurait plus aucune trace visible d'elle à Laurelfield, quand la pelouse serait parsemée de matrones en train de boire du thé, ses électrons perdureraient dans le fauteuil. C'était quelque chose. Elle appuya plus fort. C'était quelque chose.

En dessous d'elle, Alfie s'endormit enfin.

Zilla regarda Marlon ramener Viktor sur la terrasse.

— Il nous faudrait de la guimauve.

Viktor ne disait rien. Il vacillait un peu. Marlon n'avait jamais vu un homme vaciller de sobriété. Il le guida jusqu'à Armand.

— Il faut qu'on fasse quelque chose pour ce monsieur.

Marceline avait de nouveau demandé le nom de l'esprit. Ils regardaient tous.

G

G

G

La goutte tourna autour de la lettre comme une abeille sur une fleur.

— Je crois que fous écrifez votre propre nom, monsieur Defohr.

Elle eut envie de tirer fort pour déplacer la goutte, mais l'idée était de lui faire croire que cette dernière avait bougé toute seule.

— Non, trop de « G ». Gagog. On dirait un nom d'homme des cavernes. Gagog le Terrible. Gilgamesh !

— Demandez comment elle… comment il est mort. L'esprit, suggéra Fannie.

Ce qu'ils firent.

S

C

R

F

C

— Scarface ! s'exclama Marlon.

Cela n'était pas d'un grand secours.

Josephine lui donna un coup de son coude dodu dans les côtes, mais il ne comprit pas.

— Peut-être que ce sont deux des types à qui Capone a fait la peau ! Demandez s'ils sont morts le 14 février ! Demandez si la dernière chose qu'ils ont vue, c'est un entrepôt !

Marceline essaya de réfléchir rapidement.

— Peut-être que cela feut dire *sacrifice*. Peut-être... est-ce quelqu'un qui a beaucoup sacrifié pour la colonie.

Mais elle faisait fausse route, n'est-ce pas ? Violet n'avait jamais eu aucun rapport avec la colonie. Elle sentit les regards autour d'elle, tel un filet de déception.

— Quand êtes-fous parti ? demanda-t-elle, pas certaine de parvenir à viser juste même en reprenant brutalement le contrôle de la goutte.

NON

— Eh bien, quel manque flagrant de coopération ! Dites-nous, braves esprits, quand avez-vous marché sur cette Terre ?

NON

NON

NON

AU REVOIR

La goutte s'arrêta et resta sur ce « au revoir » tout en bas, comme si son moteur avait lâché. Gamby leva les doigts.

— Mais le NON était sur le dessin de lune ! s'exclama Fannie. Je pense que cela signifie : *Il y a bien des lunes !* Pas vous ?

— Ça ne sert à rien, dit Josephine.

— Une dernière tentatife, proposa Marceline.

Gamby soupira et baissa les yeux.

— Eh bien, dit-il. Il y a une personne avec qui j'aimerais communiquer, je crois. C'est juste qu'elle a disparu depuis longtemps. Et elle... BOU !

Il tapa sur le plateau qui vola à travers la terrasse avec la goutte, et au moment où Fannie et Josephine poussèrent un cri et où Viktor tomba à la renverse dans le lierre, il éclata d'un rire tonitruant. Alfie se réveilla et aboya d'un ton désapprobateur.

Ludo se précipita derrière le Ouija. Marlon versa son propre verre dans celui de Gamby pendant que celui-ci regardait ailleurs, puis alla se resservir.

Quand la petite fille dormit enfin – ou en tout cas, fit semblant d'être assoupie –, et qu'Eddie les rejoignit, il ne vit pas l'intérêt de se mettre à boire. Jamais il ne les rattraperait, et à en juger par le spectacle qui s'offrait à lui, l'opération paraissait vraiment éreintante. Des visages échauffés et des conversations idiotes et braillardes. Il fallait qu'il plie bagage, mais il ferait chaud dans sa chambre. Il allait attendre que l'atmosphère se rafraîchisse. Il s'appuya contre le lierre, à côté des Lapins Blancs, et, ensemble, ils observèrent Gamby.

— Regarde-le, là, entouré de beauté. Qu'est-ce qu'il a fait pour mériter une chose pareille ?

— Et si on l'assassinait ? Et si on le jetait dans le feu ?

— Josephine !

— On pourrait envoyer de fausses lettres chez lui, au Canada. Où il raconterait qu'il se joignait aux artistes, qu'il avait toujours voulu être peintre.

— Il y a cette petite fille !

— Oh, je plaisante ! Eddie, Fannie me prend affreusement au sérieux, je le crains. Et je ne mérite pas que l'on écoute le moindre de mes mots.

— C'est vrai. Ce qu'elle raconte est sans queue ni tête.

Entre-temps, Gamby parlait fort, d'une voix perçante.

— Carte maîtresse ! cria-t-il.

— Il va lui lécher l'épaule, murmura Armand. Celle de Marceline.

— Tu penses qu'il est rond ?

— Comme une queue de pelle !

Eddie observa Zilla, toujours juchée sur le mur, observa sa façon de ne jamais vraiment lâcher Viktor des yeux. Il en avait saisi la moitié auparavant, mais s'apercevait être totalement passé à côté de quelque chose, quelque chose dans la façon dont ses yeux s'enfonçaient en eux-mêmes : elle était désemparée, brisée ou accablée de chagrin. Elle regardait fixement Viktor, comme une femme sur un bateau regarde un homme se noyer dans l'océan.

Marlon et Armand étaient appuyés contre le bar improvisé et Ludo faisait des claquettes sur la terrasse. Viktor était désormais assis en tailleur, un verre vide posé à côté de l'un de ses genoux. Il guettait – soit Zilla soit le feu. Peut-être que pour lui, c'était pareil.

En un clin d'œil, Eddie pêcha son Waterman dans la poche de son pantalon et attrapa la main de Viktor. Celui-ci ne sembla absolument pas le remarquer. Il écrivit sur ses veines, en bleu foncé : *Elle vous aime.* Il passa devant Samantha, devant Gamby, devant Marceline qui parlait des prête-plumes à Hollywood et de la passion du moment pour les confidences. Il attrapa la main de Zilla – elle au moins le regarda, interloquée – et écrivit : *Il vous aime.*

Il reboucha son stylo. Quelqu'un devait leur rendre ce service, lui semblait-il. Un service de traduction, en quelque sorte. Qu'était-ce donc que ce lieu, hormis une tour de Babel moderne ? Il y avait là une personne qui ne parlait que le langage de la danse, une autre, celui de la peinture, une autre, celui de la poésie, et une autre encore, celui de la musique. Et qu'essayaient-ils d'exprimer, hormis l'inexprimable ? S'il existait des mots, des mots normaux, pour dire ce qu'ils visaient, pourquoi auraient-ils besoin de faire ce qu'ils faisaient ? Pourquoi vivaient-ils tous ici, pourquoi toquaient-ils avec si peu d'efficacité aux portes du palais ? L'encre était aussi inapte que tout le reste, mais c'était peut-être un début. S'il avait été sculpteur, il l'aurait sculpté pour eux : Regardez ! Là ! L'amour.

Quelqu'un avait fait son apparition au bord de la terrasse : une petite fille en chemise de nuit blanche. Personne sauf Marceline ne remarqua sa présence jusqu'à ce qu'Eddie traverse en bondissant les briques, s'agenouille à côté d'elle et lui dise :

— Et si je te racontais encore une histoire, hein ?

Et il disparut avec la fillette à l'angle de la maison.

Gamby, qui riait les yeux fermés, ne l'avait même pas vue.

Le soleil était plus bas dans le ciel. Il plana longtemps au-dessus des arbres, projetant de grandes ombres vers la maison.

Fannie :

— Si on pouvait ralentir le temps, on pourrait réaliser une quantité infinie de travail avant que cet endroit ne soit détruit par la boule de démolition.

Armand :

— Je vais me déplacer très lentement quand je serai près de toi. Et tu croiras que ça s'est réalisé.

Josephine :

— Tu as une énergie tellement honnête, Armand. Tu vis à fleur de peau.

Et voilà qu'Armand s'éloignait en bondissant, partait verser plus de gin dans le verre de Gamby.

Zilla et Viktor regardaient tous les deux le dos de leur main en plissant les yeux tels des chiromanciens confus.

Marceline, un rire au son de hautbois :

— Eh bien, le croirez-fous ? Nous pensions tous que le cinéma parlant apporterait plus de trafail aux comédiens de théâtre. Mais à la place, ils feulent payer aux petits cheunes dans les soixante-quinze par semaine. Et leur confier des premiers rôles ! Et en faire des fedettes !

Zilla essaya de se concentrer sur cette conversation :

— Mais ici, c'est un endroit… ici, nous avons quelque chose de tellement différent de Hollywood. Ils ont bâti une ville, une industrie. Et nous, nous sommes dans nos ateliers. Vous comprenez, n'est-ce pas, monsieur Devohr ? Ce que nous faisons ici, et pourquoi c'est important. Un homme comme vous a tout ce qu'il veut : autos, serviteurs, terres… Et quelle est l'étape suivante pour lui ? Il achète de l'art !

— C'est vrai ! répondit Gamby.

Ses mots étaient confus.

— J'achète de l'art ! Je vous l'achèterai à vous ! Vous pouvez me peindre un portrait de Marcelot. De Marceline. De… ha ! Mlle Horn.

Eddie revint. Les choses donnaient l'impression de s'être effondrées – le Ouija avait été abandonné depuis longtemps, même la façon de flirter de Marceline et de Zilla était à présent étrangement mécanique et exagérée. Samantha était pétrifiée. Il aurait aimé trouver quelque chose pour aider. Trouver les mots magiques pour sauver cet endroit auquel lui-même ne voulait plus avoir affaire.

Mais Armand le regardait fixement, Armand lui souriait, Armand ne détournait pas les yeux.

L'instinct qui aurait dû pousser Eddie à se cacher avait été balayé par la catastrophe de Viktor et de Zilla. Voulait-il finir comme eux, devenir malade à cause de ce qu'il refusait d'admettre ? Alors il rendit son regard à Armand.

Ludo se déplaçait parmi eux tel un farfadet. La musique en provenance de la véranda était « Let's Fall in Love ». Ludo délogea Zilla du muret en l'attrapant par les deux mains, et l'entraîna dans une petite valse qui ne s'accordait pas du tout avec la musique.

— Où est ton appareil photo ? murmura-t-il. Tu n'as pas un appareil photo, quelque part ?

— Marlon a un Leica.

L'air du mois d'août, tellement épais qu'on pouvait l'escalader. Alfie, à moitié endormi.

Eddie regarda Armand droit dans les yeux. Et – acte le plus courageux qu'il ait jamais accompli de toute sa vie –, doucement, tout doucement, il tira la langue et lui révéla la pièce de monnaie qu'il avait gardée dans sa bouche depuis l'après-midi, ne s'en séparant que pour dîner. Puis il la fit sauter à l'intérieur de sa bouche et referma les lèvres.

Armand ne détourna pas le regard. Pendant les cinq minutes qui suivirent, il ne détourna pas le regard.

Le gin fractura le temps. Une rencontre au milieu de la pelouse, Fannie qui trébuchait – comment s'étaient-ils retrouvés là ? –, et une autre sur la terrasse, certainement plus tard. Marlon essayerait de se souvenir, le lendemain matin. Il portait sa veste d'intérieur, et ensuite il ne la portait plus. Eddie s'était trouvé tout près, puis loin, et ensuite, il y avait eu un sol de salle de bains. Et après, il y avait eu le feu, qui brûlait encore, même si c'était quelqu'un d'autre qui s'en occupait. Le soleil était bas mais toujours chaud, et Viktor pleurait. Pourquoi Viktor pleurait-il ? Qu'avait donc cet homme ?

Gamby qui traversait la pelouse en titubant et essayait de toucher la poitrine de Marceline. Elle était agile. Elle le tenait par le coude. Ils riaient et riaient.

Zilla avait l'appareil photo de Marlon.

— Tout le monde se rassemble ! Vite, avant les derniers rayons du soleil…

Fannie, qui essayait. Josephine qui tirait sur son bras.

— Monsieur Dev… monsieur Devohr. Votre mère, et sa mort. Ne croyez-vous pas… ne croyez-vous pas, quand même, qu'elle aurait voulu tout ça ? Tout cet art ?

— Eh bien, éfidemment, les danseurs de claquettes rencontrent un magnifique succès. Qui aurait pu le definer ?

— Eddie, que lui arrive-t-il ? Peux-tu aller chercher de l'eau pour Viktor ?

Samantha qui hochait la tête en regardant Armand. *Oui, vas-y, fais-le, quel que soit ton plan.*

— Mlle Horn se joindra à nous, oui ! Et Mlle Silverman aussi. Mais…

Armand, dévêtu, Gamby et Zilla également. Marceline battant en retraite vers la maison. Le soleil qui commençait à se coucher.

— C'est comme ça que pêchent les indigènes !

— Voilà, levez la tête, ne vous noyez pas !

Et tous les deux, Armand et Gamby, hors de l'eau. Qui avait alimenté le feu ? Des rires et des rires, et personne ne parvenait à s'arrêter de rire.

Armand, empoignant :

— Regardez ! J'ai attrapé un poisson !

Déplaçant la main dodue de l'autre :

— Regardez ! Vous aussi vous en avez pêché un !

Rires et déclic du Leica, et le soleil bas et rouge, et la lumière du feu. Personne ne parvenait à s'arrêter de rire.

La nuit tomba si vite, et ils ne se rappelaient plus comment.

Viktor, dehors, quelque part dans les ténèbres. Il était introuvable. Ils l'entendaient, mais il demeurait introuvable.

Dans la nuit humide, certains titubèrent ensemble, d'autres s'éloignèrent en titubant.

ZILLA DANS LA CHAMBRE NOIRE, GAMBY DANS LE NOIR

D'abord, elle braque l'objectif sur l'arrière de la grande maison et termine la pellicule. Treize photos de fenêtres abandonnées, que le soleil couchant illumine d'orange. En-haut, la chambre où elle a dormi lors de sa première visite, avant que la Longère soit meublée de lits. La chambre jaune à l'autre bout, où Viktor a séjourné une fois. L'atelier dans le jardin d'hiver, les sculptures de Josephine et de Fannie qui brillent telles des créatures vivantes. La salle à manger, où elle était d'une certaine façon tombée amoureuse de chaque artiste, compositeur et écrivain qui s'était assis en face d'elle.

Le soleil a disparu lorsqu'elle emprunte à tâtons le sentier menant à la cabane où se trouve la chambre noire. Elle développe les clichés de Lemuel depuis des années, réalisant en fait la moitié de son travail, et même dans cet espace qui ne lui est pas familier, il ne lui faut que peu de temps pour s'y retrouver. Toute la chimie dont elle a besoin est ici : un pactole de flacons pas tout à fait vides laissés par des photographes au moment du départ. Des cuves et des bobines. Une antique lumière rubis, et une drôle de petite porte. Mais pas de papier photographique. Peu importe, du moment que le négatif est net et convaincant. Elle prend son temps pour aligner des choses de gauche à droite sur la table. Révélateur, bain d'arrêt, fixateur. Elle vérifie que l'évier fonctionne.

(Au même moment, sur la pelouse : Gamby, bizarrement à la fois plus soûl et plus sobre, se jette sur Fannie. Il lui dit : « Hé, attendez, où est votre appareil photo ? Attendez ! » « Nom d'une pipe, ce n'était pas mon appareil », lui répond Fannie.)

Elle éteint la lampe électrique et retourne jusqu'à la table en tâtonnant. C'est un soulagement de ne plus voir ses mains, l'écriture à l'envers : *Il vous aime.* Eh bien, oui. Eddie ne savait pas ce qu'il faisait en écrivant sur eux de la sorte. Il imaginait souligner quelque chose que tous deux ne savaient pas déjà.

(Il s'est remis à pleuvoir, à verse. Marlon se réveille sur la terrasse et se demande pourquoi il est dans une mare, pourquoi il est sous l'eau, comment il fait pour respirer sous l'eau. Il se rendort. Gamby cherche Armand. Il crie.)

Ses mains tremblent tellement qu'elle ne parvient pas à fixer la pellicule sur la bobine. Elle ne sait pas du tout s'il y avait assez de lumière. Elle ne sait pas du tout si l'obturateur s'est déclenché au bon moment. Si tout est flou. Au moins, elle parvient à la placer, commence à la dérouler. Une longue bande grise. Les images cachées sous ce gris, qui attendent. À rebours. Cette première moitié sera la maison vide. Quelque part au milieu, ici, il y aura Gamby et Armand, les quatre clichés qu'elle est parvenue à prendre. Les derniers devraient être les photos de Marlon – hier, avant-hier, et avant-avant-hier. Elle termine, piège l'ensemble dans la boîte en aluminium, et espère, en versant, que la bouteille de révélateur est bien étiquetée, qu'il ne s'agit pas d'un vieux stock de gin de contrebande. L'odeur est la bonne, au moins. Elle referme la boîte et allume la lampe. Elle s'assied sur la table pour remuer. Elle se fie à sa montre pour chronométrer sa méditation en mouvement – l'avant de son poignet, l'arrière de son poignet – et les périodes de repos.

(Eddie et Armand, derrière l'abri du compositeur, sous la pluie. La pièce de monnaie a été remplacée par la langue d'Armand. Eddie Parfitt, en dépit de son succès considérable, de ses recueils de poésie, de ses récompenses – Eddie Parfitt a vingt et un ans. Il a vécu un millier d'années dans ces vingt et unes. Mais il n'a jamais été amoureux.)

Le bain d'arrêt, le fixateur, l'eau. Au moins, l'eau, elle peut lui faire confiance.

(Viktor, de retour à la maison, seul. Prenant le livre que Zilla a laissé dans la bibliothèque – les lettres de Keats –, ouvrant l'ouvrage au milieu. Il le hume.)

Elle sent qu'Eddie a cassé quelque chose ce soir. En l'écrivant de façon si crue, si stupide, sur leurs mains.

(Ils commencent sans elle. Ludo accompagne Gamby à l'intérieur, trempé et confus, son visage évoquant une taupe qu'on a obligée à aller à la surface. Il l'installe dans le jardin d'hiver au milieu des sculptures de Fannie et de Josephine.)

Elle peut enfin s'autoriser à regarder les négatifs, à voir les dégâts. Elle trouve d'abord des ciseaux, une bonne paire aiguisée pendue à un clou. Elle ouvre la boîte et débobine lentement. Les premières images, de la maison, elle les découpe. Un cliché flou des deux hommes, si peu clair qu'il pourrait très bien s'agir de singes. Le suivant, oui, tel qu'elle l'espérait : tout distinctement visible, tout anatomique et précis. Le visage de Gamby, aussi net que sur une photo de criminel. Et celui d'Armand, également, son corps, les tendons de ses jambes. Le bout de son pénis, gras et doux.

(Samantha dit : « Vous êtes un homme d'affaires, monsieur Devohr. »)

Elle découpe le bon cliché et l'accroche afin qu'il sèche. Ensuite, elle retourne sur la bobine à l'endroit où se trouvent les photos que Marlon a prises toute la semaine. Un gros plan sur un lys d'un jour, censé être artistique. Samantha sur son balcon. Le chêne géant, les deux maisons, Armand qui fume une cigarette. Eddie, qui sourit d'un air gêné, sur la terrasse. Fannie et Josephine qui marchent près de la fontaine, mais qui, de toute évidence, posent. Peut-être parce qu'elle est déjà dans un état d'agitation, peut-être à cause de la gaucherie des sujets, Zilla trouve que ces photos sont toutes excessivement glaçantes. Deux femmes qui marchent sur un sentier, en quoi est-ce troublant ? Elle est la seule à avoir le sentiment que ces photos existent depuis le début, attendent dans leur boîte depuis un millier d'années, et que les gens sur les images ont vécu toute leur vie uniquement dans le but de finir exactement dans cette position, de se placer au bon endroit tels des danseurs. C'est certainement ce qui est arrivé à Gamby, chaque instant de son existence l'a mené précisément dans cette photographie, dans ce piège. Ils ont réussi à ce qu'il se retrouve debout exactement à cet endroit. Ils ont réussi à ce qu'il se retrouve lié à Armand. Et il est devenu la photo.

(Eddie a été convoqué dans le jardin d'hiver pour servir de garde du corps. Du haut de son mètre soixante-huit. Avec ses bras de… eh bien, de poète. Armand se cache dans la bibliothèque, pour sa sécurité. Eddie glisse à nouveau la pièce de monnaie dans sa bouche, sa place désormais. Samantha, d'une voix moelleuse qu'Eddie ne lui connaissait pas : « Monsieur Devohr, Armand Cox est un homosexuel notoire. »)

Zilla prend conscience de quelque chose, et il lui faut une minute pour saisir l'idée. Elle a toujours considéré Laurelfield comme un aimant l'attirant encore et encore. Mais voilà : un aimant vous tire vers *l'avenir*. D'ordinaire, les objets sont le produit de leur passé, de leur composition et de l'inertie. Mais à proximité d'un aimant, ils sont attirés là où ils seront l'instant d'après. Et c'est cela, l'essence de l'étrange vertige qu'elle éprouve à proximité de Laurelfield. Ici, les gens ne sont pas tant hantés par leur passé que précipités à leur insu vers des destinations spécifiques et inexorables. Et peut-être cela donne-t-il l'impression d'être hanté. Mais il s'agit d'une traction, pas d'une poussée. Elle doute de pouvoir l'exprimer auprès de quiconque – et doute de devoir le faire.

(Gamby, livide, ratatiné dans sa chaise, encerclé : « Que voulez-vous, nom de Dieu ? » Samantha, toujours assise, mais elle pourrait très bien aussi être en train de voler au-dessus de lui, telle Athéna dans le ciel : « Nous voulons vingt-cinq ans. »)

Zilla accroche les photos de Marlon à côté de celles de Gamby. Il sera ravi que quelqu'un ait fait tout son travail à sa place.

(Grace, se retournant dans son lit, retournant l'oreiller côté frais. Rêvant de Raiponce et de poissons.)

Mais un instant plus tard, Zilla s'enfonce, et elle se rend compte de ce qui ne va pas, du problème. Il s'est écoulé beaucoup de temps, elle a accompli sa mission, et Viktor ne l'a pas suivie jusqu'ici. Après qu'Eddie a écrit ces mots, il y a eu une fenêtre d'environ une demi-heure au cours de laquelle Viktor aurait pu la rejoindre, chancelant, à travers l'obscurité, aurait pu frapper à sa porte, l'appeler. Mais il ne l'a pas fait, et l'air de la nuit s'est durci, se transformant en verre impénétrable.

(La tête de Gamby entre ses genoux. Il dit : « Vingt-cinq ? » Et s'assied pour signer les papiers qu'ils ont préparés.)

Zilla et Viktor se languiront peut-être pour le restant de leurs jours, mais n'iront pas plus loin que cela. Ils s'endurciront et se ramolliront jusqu'à atteindre la vieillesse, elle peindra pour lui cent tableaux, il créera pour elle cent danses, mais il n'y aura pas de mots, et il n'y aura pas d'union des corps.

(Ce n'est qu'une fois que Fannie a escorté Gamby dans la maison du régisseur que le jardin d'hiver exulte. Armand fait irruption dans la pièce et dit : « Nous avons changé le cours du destin ! Vous vous rendez compte de ce que nous avons accompli ? C'est... qu'est-ce que c'est ? La victoire de l'art sur l'avidité ! C'est ça ! Nous sommes parvenus à changer le cours du destin ! » Mais Eddie répond : « Ah bon ? » Parce pendant toute la soirée, il s'est senti aspiré dans un tourbillon d'inévitabilité. « Tu en es sûr ? »)

Oh, stupide Eddie avec son stupide stylo. Et stupide Zilla, aussi, et stupide Viktor. Elle s'assied par terre et étire ses jambes. Lemuel l'attend, à Madison. Elle le sent, allongé dans le lit où il ne dort pas, qui attend. Un aimant d'un autre genre.

(Samantha fait la roue, une roue complète, dans le salon. La jupe de sa robe jaune tombe sur sa tête comme un parachute.)

Au bout d'un moment, la pluie s'arrête.

Et quelque temps après, les négatifs sont secs.

Chère mademoiselle Mays,

Je vous en prie, s'il n'est pas trop tard, ne tenez pas compte de ma tentative prématurée de quitter Laurelfield.
(Et veuillez me pardonner de glisser ceci sous la porte. Il est tôt, et je ne voudrais surtout pas vous réveiller.)
Avant, j'éprouvais un malaise constant, mais à présent, je sais que c'est précisément ici que je devrais être, plus que n'importe où au monde. Je pense que j'abordais cet endroit du mauvais côté. Ou bien était-ce cet endroit qui m'abordait du mauvais côté. Quoi qu'il en soit, tout a changé, maintenant. Les choses sont comme elles doivent l'être.
Les poèmes que j'ai terminés – ils étaient trop sombres. Je ne vais plus écrire ce genre de choses. Ils étaient hantés. J'ai cru l'être, ou que la maison l'était, mais ce n'était que mon travail. Je vais recommencer.
Vous arrive-t-il de réfléchir au fait qu'en tant qu'artiste, nous avons la possibilité de recommencer à zéro ? Il ne me semble pas qu'un entrepreneur pourrait jeter son affaire et recommencer à zéro. Mais nous, nous le pouvons. Et c'est ce que j'espère faire, si vous n'avez pas attribué ma place à quelqu'un d'autre.

Honteusement, avec gratitude,

Eddie

LES FANTÔMES

Samantha arpenta le domaine. Elle avait envie de tout embrasser. L'herbe était détrempée.

Elle était restée cachée dans ses appartements lorsque Gamby était sorti à pas lourds de chez elle à l'aube. Alors ce ne fut pas avant midi, quand elle trouva Marlon en train de fumer sa pipe sur la terrasse, qu'elle eut vent du tohu-bohu dans la grande maison. Gamby y avait fait irruption, avait déposé sa fille sur la table du petit-déjeuner, et demandé à Josephine de veiller sur elle. Josephine lui avait posé des devinettes, et Fannie avait couru dans toute la maison pour trouver des choses qui pourraient tenir lieu de jouets : un crayon et un papier, les petits singes en jade d'Armand, une barrette.

Gamby parcourut la maison en ouvrant les portes sur son passage, surprenant Marceline à moitié dévêtue. Marlon se dirigeait vers sa chambre pour se recoucher lorsqu'il entendit un bruit au-dessus de lui dans les escaliers menant au grenier. Un bruit assourdissant, un fracas. Il pensa au fantôme. Mais non, c'était Gamby, qui dévalait les marches telle une avalanche. Haletant, l'homme s'appuya au chambranle de la porte.

— Le grenier ne doit pas servir d'atelier.

— Je suis écrivain, répliqua Marlon.

— Qui peint là-haut, nom de Dieu ?

Face au silence de Marlon – il aurait parlé, s'il connaissait la réponse à sa question –, Gamby explosa.

— Le grenier est un espace FAMILIAL ! Il ne vous a pas été offert !

— Je ne crois pas qu'il serve d'atelier.

Gamby claqua la porte et tourna la clé dans la serrure. Il regarda la clé d'un air horrifié que l'on réserve d'ordinaire aux couteaux maculés de sang. Il la glissa dans sa poche.

— Je ne suis qu'un écrivain.

Mais le temps que Marlon rapporte tout cela à Samantha, Gamby était parti depuis longtemps. Beatrice, fraîchement arrivée à Laurelfield pour travailler, avait été tellement intimidée lorsqu'elle l'avait croisé, furieux, devant la maison du régisseur, qu'elle était allée lui chercher les deux doubles des clés du grenier.

Dans la bibliothèque ce soir-là, Zilla était inconsolable.

— Nous pouvons forcer la serrure, dit Samantha. J'en suis sûre.

Mais ce n'était pas le problème. Le problème était les glands qui pleuvaient sur elle, les mots qui s'évanouissaient sur sa main, l'impression que Viktor – regardez-le, dans le coin, replié comme un parapluie – était un destin qu'elle avait contourné. Et qu'elle ignorait si cela serait son salut ou sa perte.

Même si, en effet, le tableau inachevé la contrariait également. Elle n'avait pas été en mesure de travailler de toute la journée. Elle était restée assise sur la fontaine qui débordait presque à cause de toute la pluie qui était tombée, et avait contemplé les lucarnes du grenier en songeant au fait qu'une part de son âme était restée enfermée là-haut, aussi certainement que Violet Devohr y était restée enfermée. Violet, Violet, traînée jusqu'ici contre son gré. Était-ce là la force magnétique derrière son fantôme ? Elle avait été attirée ici, alors elle attirait les autres. Vers leur ruine, vers la rédemption, vers l'amour, loin de ce dernier. Pourquoi ? Parce qu'elle le pouvait.

Fannie :

— Ne voit-il donc pas l'ironie de son geste ? Verrouiller le grenier !

Josephine :

— C'est dire à quel point il est bouché.

Dehors, l'orage était revenu – avec violence, cette fois-ci, des éclairs à toutes les fenêtres.

— En Lettres, c'est ce qu'on appellerait un corrélat objectif, fit remarquer Marlon. Des orages en tous genres, à l'extérieur et à l'intérieur.

Et comme pour illustrer son propos, un coup de tonnerre fracassant qui ne ressemblait à aucun de ceux qu'ils avaient entendus jusqu'alors. Les verres cliquetèrent sur la table.

Lorsque la pluie s'amenuisa, quand ils purent compter jusqu'à dix entre les éclairs et leur impact, une délégation s'aventura à l'avant de la maison : Zilla, Armand et Fannie – et Alfie, qui avait besoin de se soulager. Au début, ils ne virent rien. Puis Armand comprit :

— Le chêne.

Et il pointa du doigt l'endroit où le chêne géant, le plus vieux chêne, se dressait jadis, à l'ouest de la maison du régisseur, plus haut que n'importe quel bâtiment de Laurelfield, plus vieux que la plus vieille des tortues vivant sur cette Terre. L'arbre avait complètement disparu. Une souche déchiquetée se dressait à un mètre vingt de hauteur environ, et un épais paillis de branches, d'écorce et de feuilles avait formé un tapis dans un rayon de plusieurs mètres. Mais aucun des débris n'était plus épais qu'un os de bras, plus long qu'une jambe. Alfie renifla l'ensemble, se mit à aboyer et à gémir.

— Jésus Marie Joseph ! s'écria Fannie.

Zilla se plia en deux comme pour vomir, ce qu'elle ne fit pas. La pluie frappa son dos.

Très tard cette nuit-là, une fois tout le monde endormi, elle quitta Laurelfield sans dire un mot. Comme elle n'avait pas travaillé dans la Longère depuis des jours, ces tableaux-là étaient suffisamment secs pour qu'on les enroule. Le matin, on trouverait son atelier désert, à l'exception d'un petit tas sur la table : des cailloux, une plume et une abeille morte à l'intérieur d'un bocal.

En fait, le grenier ne serait pas rouvert avant août 1954, lorsque dans les derniers jours calamiteux de la colonie, quelqu'un fit appel à un serrurier de bonne volonté. Ceux qui étaient en bonne condition physique transportèrent les tables, le matériel bureautique et les classeurs à tiroirs contenant quarante-deux ans de documents à l'étage. Certains dossiers furent détruits à ce moment-là. Celui de Ludo, par exemple. Celui d'Eddie, également.

L'année suivante, Zilla se rendit sur la tombe de Laurelfield. Elle profita de l'absence de Grace et de George pour monter dans le grenier, mais son tableau représentant la feuille de chêne – celui qui avait été retenu prisonnier pendant toutes ces années – avait été cloué bien proprement sous une fenêtre. Son absence ne passerait pas inaperçue, et il était impossible de dire qui serait accusé. Elle décida alors que le tableau devait rester. Si elle ne pouvait revenir à Laurelfield, au moins, une part d'elle-même pourrait y demeurer pour toujours.

Dehors sur la terrasse à minuit, Marlon, terriblement pinté, les idées enfin claires :

— Seuls les chênes font ça. Ils se fendent toujours ou explosent. Et ils l'attirent, ils attirent réellement la foudre à eux. *Du chêne méfiez-vous, du tonnerre il attire les coups !*

Sur un ton affectueux, Josephine lui dit de se la boucler et d'écrire un livre sur la question.

Viktor refusait de parler.

En 1933, Zilla le verrait incarner Albrecht dans *Giselle,* son dernier rôle avant de disparaître. Elle s'assit à l'avant-dernier rang et fila à l'entracte.

Entre 1929 et 1954, quarante romans, sept symphonies, quinze danses, environ trois cents nouvelles et plus de cinq mille poèmes furent achevés à Laurelfield. Six fois plus furent commencés ou continués. Sans parler des concertos et mémoires, des photographies et croquis au fusain. Soixante-dix histoires d'amour y débutèrent, et quarante-deux se terminèrent là-bas.

Une femme mourut dans sa baignoire. Une poétesse se pendit dans les bois. Un violon fut jeté du haut d'un toit. Huit enfants furent conçus. Entre 1938 et 1945, sept artistes juifs originaires d'Europe de l'Ouest reçurent l'autorisation de séjourner indéfiniment à Laurelfield.

Certains de ces faits sont consignés, les archives de Laurelfield ayant été rendues publiques à l'automne 2000. D'autres histoires, d'autres suites d'événements, ne sont connues que des dieux de l'Olympe d'Eddie Parfitt (s'ils ont survécu à notre négligence), du sort, ou des fantômes qui montent la garde. Considérez cela comme la plus cruelle ironie de l'univers que les fantômes, qui seraient les seuls à même de reconstituer un récit complet, sont tout particulièrement incapables de le faire.

L'un de ces récits : le 8 octobre 1944, le lieutenant Armand Cox, photographe au sein des corps de transmission de l'armée, monta sur une barricade devant l'hôtel Quellenhof, en plein cœur de la sanglante bataille d'Aix-la-Chapelle. Son intérêt pour ce cliché était journalistique, pas tactique : un soldat allemand à une fenêtre. L'image, jamais développée, capturait le bras du soldat en plein mouvement. La grenade tua le lieutenant Cox, pas les gamins de dix-huit ans qui se trouvaient en contrebas dans la rue. Son appareil atterrit à côté de sa jambe droite et fut, de toute façon, écrasé peu après. Dans les bacs aux fenêtres de l'hôtel, les géraniums étaient toujours là.

Un an plus tard, en triant les affaires d'Armand dans leur appartement de Rush Street, Eddie trouva dans une boîte dans le placard une photo de l'amour de sa vie, nu, en train de rire, la nuit où il était tombé amoureux de lui pour la première fois. L'un des cinq tirages que Samantha avait disséminés à travers le monde pour empêcher Gamaliel Devohr de réduire Laurelfield en cendres. Ce soir-là, Eddie prit la route 41 jusqu'à Laurelfield, et s'attarda à l'arrière du domaine, à l'orée du bois, un pistolet posé sur la peau derrière l'os de son menton.

Il resta planté là pendant une heure, jusqu'à ce qu'il ne sente plus ses jambes, jusqu'à ce qu'il ait commencé à se fondre au sentier, jusqu'à ce qu'il finisse par croire que des feuilles allaient pousser sur lui. Les lumières à l'étage s'allumèrent, les unes après les autres, à mesure que les artistes finissaient leur verre et retournaient à leur ouvrage ou se rendaient à un rendez-vous galant. Quelqu'un regagna la Longère en titubant. Ce fut une révélation pour lui, ces lumières, ces ombres derrière les rideaux : des artistes étaient toujours debout dans ces pièces et y créaient de l'art. Le bien existait en ce monde. Et cela valait la peine d'y vivre, vraiment. En revanche, cela ne valait pas la peine d'être Eddie Parfitt. Il n'avait plus rien à écrire, plus personne à aimer, nulle part où aller. Son éditeur chez Holt, lui-même tout juste rentré du Pacifique, lui avait télégraphié que le public attendait sa prochaine œuvre, sa réaction à la guerre. La seule chose qui pouvait rendre son chagrin plus insupportable encore était le sentiment qu'on le scrutait, qu'on l'attendait. Alors qu'il avait toujours voulu se cacher de quelque chose, se faufiler à l'intérieur d'un meuble et devenir une souris.

Il se demanda s'il était capable de bouger son doigt sur la gâchette.

Mais regardez ces lumières.

Il s'allongea par terre et déposa l'arme sur les feuilles. Il dormit, et quand il se réveilla à l'aube, il se souvint d'une femme qu'il avait rencontrée lors de son dernier séjour, en 1941. Armand était déjà parti s'entraîner, et c'était la première fois qu'Eddie se rendait à Laurelfield sans lui. Son nom était Alma Nellis. Des cheveux comme les vrilles des sarments de vigne. Cette femme fracassait des assiettes contre la bouche de la fontaine avant de les réassembler avec du mortier de façon complètement illogique. L'assiette ainsi obtenue était vaguement ronde, mais dentelée et en pagaille. Alma Nellis détruisit et reconstruisit tout un service à thé selon cette méthode. Des tasses dans lesquelles personne n'osait boire.

— Vous n'utilisez que de la vaisselle ? s'enquit-il.

— La prochaine fois, ce sera une chaise.

Il se demanda si un homme, un homme brisé, pouvait être reconfiguré de la même façon.

Quand le soleil se leva, il alla frapper à la porte de Samantha. Elle tint son visage entre ses mains comme s'il revenait de parmi les morts, comme si c'était lui, la plaque d'identité et le bras gauche qui avaient été expédiés d'Aix-la-Chapelle.

Les cheveux de Samantha étaient plus longs, épars. Curieusement, elle était plus douce. Elle lui prépara des tartines. Ils s'assirent à sa table, et ils parlèrent, entre autres choses, des Lapins Blancs, du nouveau travail en solo de Josephine, du fait qu'elle occupait l'atelier au sixième étage du Fine Arts Building où Armand avait un jour campé.

— Elle est la digne héritière d'Armand, fit remarquer Eddie.

— Eddie, je suis mourante. J'ai un cancer au sein.

Il était vidé – la nuit l'avait complètement épuisé –, mais elle comprenait. Elle n'attendait rien de lui. Après le petit-déjeuner, ils arpentèrent ensemble le domaine.

— Il va bientôt falloir rentrer les poissons, dit-il.

— Eddie, cela devrait être toi. Le comité choisira une personne abominable. Pourquoi ce ne serait pas plutôt toi ?

Eddie repensa à l'assiette brisée. Il pensa à Protée, qui changeait de forme et qu'on ne parvenait pas à capturer.

— Tu ne voudrais pas ? Tu ne voudrais pas habiter ici ?

Quand ils s'arrêtèrent devant le banc près du bassin, il dit :

— Nous avons réalisé deux incroyables combines ici. L'assaut du Chippeway, et le guet-apens dans lequel nous avons attiré Gamby Devohr. Lançons-nous dans une dernière grande entreprise insensée.

— Je doute d'en avoir l'énergie.

— Ça s'intitule : « La Mort du poète Eddie Parfitt ».

Le 29 octobre, un petit cercle de poètes, d'artistes et d'écrivains – certains en résidence à Laurelfield à ce moment-là, d'autres plus lointains – rapportèrent à la police un suicide par noyade dans le lac Glinow, dans le Wisconsin, et l'enterrement saugrenu qui s'ensuivit. L'artiste Zilla Silverman et le compositeur Charles Ives payèrent à la mairie la grosse amende – seule sanction que trouva la police au terme d'une enquête infructueuse.

« Protée pleura », publié à titre posthume dans *The American Mercury*, fut largement remarqué, tout comme l'extraordinaire mot d'adieu que laissa l'homme avant de se suicider.

Avant sa mort au printemps suivant, Samantha écrivit une lettre à Gamby dans laquelle elle lui rappela le poète Max Perry :

« Vous avez fait sa connaissance au cours de l'été 1929. C'est lui qui a si bien veillé sur votre fille Grace lorsque vous n'étiez pas en état de vous occuper d'elle. Malheureusement, depuis ce séjour, il ne s'est pas particulièrement illustré en tant que poète, mais il se consacre aux Arts, et serait un extraordinaire intendant pour Laurelfield. Il a également en sa possession un document présentant un intérêt particulier pour vous. J'attends de vous que vous lui garantissiez un emploi et un logement de gardien au moins jusqu'à la fin de notre engagement le 1er septembre 1954. »

Quant aux artistes qui résidèrent dans la colonie au cours des dix années suivantes – seul un tout petit nombre d'entre eux étaient des amis et le reconnurent. Un écrivain, qui avait rencontré Parfitt à Chicago et qui avait pleuré sa mort, crut bien que son cœur le lâcherait avant la fin de son séjour. Cependant, après leur départ, les résidents ne parlaient jamais de lui – tous comprenaient le devoir de silence. Et après tout, l'entrée dans la colonie était sélective – par conséquent, partout en dehors de Laurelfield, Edwin Parfitt demeura mort.

Zilla Silverman, en revanche : la mort de Zilla fut un vrai suicide. En février 1956, un mot écrit par Lemuel les informant qu'elle s'était empoisonnée. Eddie savait que son geste n'avait rien à voir avec Viktor. Il y avait eu d'autres hommes depuis. Elle s'était jetée contre d'autres fenêtres fermées. Les fenêtres avaient résisté, mais son cœur avait fini par voler en éclats. (La dépression nerveuse de Viktor n'avait pas non plus le moindre rapport avec Zilla Silverman. À ceci près que s'il avait trouvé un amour, un grand amour dans sa vie, elle l'aurait empêché de se retrouver à la rue, l'aurait gardé au chaud, l'aurait nourri, lui aurait permis de rester sain d'esprit. Et Zilla aurait pu être cet amour.) Eddie ne sut jamais ce qui avait changé pour elle ce matin de février en particulier, au-delà de l'évidence, au-delà de ce que l'on peut supposer de tout suicide : que la tristesse de Zilla avait fini par l'emporter sur toute la beauté du monde. Lemuel apporta ses cendres à Laurelfield. Josephine Lizer sculpta une statue d'ours qui fut l'unique pierre tombale de Zilla – la dernière œuvre achevée de la sculptrice.

Quatre-vingts ans après l'explosion du chêne, le sol où se dressait jadis l'arbre était un terreau particulièrement fertile pour toutes ces petites fleurs qui s'épanouissent à l'ombre, sur des humus riches : muguet, trille, oignon sauvage, violette de Rivin, oxalis. Et il y avait une petite fille qui s'appelait Emma Grace Herriot, dont le père et la mère géraient les lieux. Quand ses parents veillaient tard pour travailler dans la maison du régisseur, elle cueillait les fleurs du moment, les attachait avec de la corde, et, sur la pointe des pieds, déposait ses bouquets devant la porte des ateliers. Elle avait les boucles de sa mère, le petit sourire de son père. Elle se croyait responsable des carpes koï. Elle s'éloignait des ateliers en courant sans un bruit, comme elle s'était entraînée à le faire. Elle espérait que les artistes croiraient que les fleurs étaient un cadeau du fantôme.

Mais on était encore en 1929. Et nous étions en train de dire : le chêne avait été transformé en cure-dents par la foudre. Quand Fannie, trempée jusqu'à sa combinaison, rejoignit la bibliothèque, elle essaya de raconter à Josephine :

— Tu verras par toi-même demain matin. Je n'ai jamais été aussi surprise par une absence, par une colonne de vide ! Si seulement nous pouvions le sculpter. Mais comment sculpter quelque chose qui n'est même pas là ?

SAMANTHA À SA FENÊTRE

Ralph et John, un *dimanche*, bénis soient-ils, transportaient sans relâche des brouettes remplies de tronçons de chêne jusqu'au bûcher. À peine quelques heures auparavant, celui-ci se réduisait à un cercle de cendres, et voilà qu'un tout nouveau tas de bois à brûler se dressait. Bizarrement, Eddie était là-bas. Il trifouillait la pile tout en parlant aux hommes. Hier, il avait semblé totalement métamorphosé, rose et dynamisé.

Elle ramassa une coccinelle sur le rebord de la fenêtre et la fit tomber doucement sur la feuille d'hortensia, où elle serait peut-être plus heureuse. Ils avaient du pain sur la planche. Le trou dans le mur était encore béant, et il fallait qu'elle donne à la bonne les draps des lits dans lesquels Gamby et Grace avaient dormi. Les Lapins Blancs partaient le lendemain, et trois nouveaux résidents arrivaient le jour suivant. Il fallait qu'elle téléphone à Zilla pour s'assurer qu'elle allait bien, qu'il n'était rien arrivé à Lemuel. Et puisque Zilla n'était plus là, elle devrait faire elle-même les tirages des négatifs, ceux qu'ils avaient affirmé avoir en leur possession à Gamby. Elle pouvait au moins nettoyer le bocal dans l'atelier de Zilla. Elle renversa l'abeille morte dans la poubelle, rinça le récipient et le laissa sécher.

Après le déjeuner, alors qu'elle promenait Alfie dans la boue, elle remarqua ce qui ressemblait à un nymphéa. Une fleur blanche repliée, au bord d'une flaque. Lorsqu'elle se rapprocha, elle vit que c'était du papier. Un poème, ou un fragment de poème. Tapé à la machine, avec quelques marques au stylo.

Un vers merveilleux sur un arbre enserré dans de la glace. Elle défroissa la feuille, la prit et alla trouver Eddie – il n'y avait pas d'autres poètes, ce texte devait être de lui. Elle se souvint alors de ce qu'il avait dit sur le fait de recommencer à zéro. Mais il avait terminé douze poèmes – il ne pouvait tout de même pas sous-entendre qu'il les avait tous abandonnés.

Et puis, tandis qu'Alfie et elle poursuivaient leur chemin derrière la maison, elle repensa au bûcher, à la façon qu'avait eue Eddie de rôder autour. Elle quitta péniblement le sentier, se dirigea vers le tas de bois, et aperçut, telles des décorations sur un sapin de Noël, les rouleaux blancs coincés entre les branches de chêne fendues. Elle regarda autour d'elle, ne vit personne – elle entendait le phonographe de Viktor, qui jouait trop fort dans la Longère –, et commença à récupérer les bouts de papier. Certains étaient difficiles à attraper, et tous étaient humides, mais elle ne pouvait les laisser là. Eddie était enclin à changer d'avis, après tout, et dans une semaine, peut-être pleurerait-il leur perte. Il y avait plus de vingt pages. La fin de chaque poème était signalée par ses initiales et la date, le début par des titres écrits à l'encre, qui avait bavé à cause de l'humidité. Elle trouva une autre feuille près de la maisonnette du compositeur, et une autre encore au pied du catalpa.

Elle fit sécher les pages sur la table de la cuisine, et lorsqu'elles furent sèches, elle résista à l'envie de les rapporter à Eddie. Elle les assembla à l'aide d'un trombone et les posa sur le plan de travail.

Le lendemain après-midi, quand John et Ralph vinrent clouer de nouveau la planche contre le mur, elle leur demanda de patienter un instant, et sur un coup de tête, elle plia en deux le tas de feuilles avant de l'enrouler de sorte à ce qu'il tienne dans le bocal de Zilla. Elle revissa fermement le couvercle et mit le bocal dans le trou, sur la poutre qui avait accueilli les bouteilles.

John tenait la planche pendant que Ralph la clouait. Ils avaient vu suffisamment de comportements étranges à Laurelfield pour ne plus poser de questions depuis des années.

Prologue

1900

Les terres vierges sont une chose belle et formidable. Le fermier irlandais qui avait vendu cette parcelle n'en avait fait aucun usage, laissant des décennies de feuilles en décomposition enrichir le sol. Augustus et son architecte, M. Ross, se déplacent rapidement lorsque les arbres le leur permettent. Lorsque le passage est étroit, M. Ross suit M. Devohr.

Cette parcelle de terre semble prometteuse, pas comme un endroit qu'il a déjà vu, mais comme un endroit qu'il était destiné à voir depuis toujours. Quel est le contraire d'un souvenir ? Quel est l'inverse d'un écho ?

— C'est très plat juste là-bas, dit Ross.

Ils se trouvent à moins de quatre cents mètres de la route, et Augustus avait originellement imaginé un endroit encore plus isolé, un long trajet en voiture sur une allée privée. Ils s'arrêtent au pied d'un immense chêne, un arbre suffisamment majestueux pour ancrer un domaine.

— Votre panorama serait donc essentiellement derrière la maison, explique Ross. Nous pourrons peut-être dégager toute une prairie ou bien créer des sentiers à travers bois.

— Violet voudra un jardin d'ornement.

Un lapin décharné les regarde, pétrifié. Augustus tape dans ses mains et la créature déguerpit. Il n'y a plus de neige depuis longtemps, mais la boue se craquelle en couches glacées sous les bottes des deux hommes. Le siècle a tout juste six semaines.

Violet, après le long voyage depuis la ville, a refusé de quitter la gare. Il l'a laissée assise sur le banc avec sa valise, toute recroquevillée à cause du froid, et a donné un dollar au chef de gare afin qu'il veille sur elle, qu'il s'assure qu'elle déjeune. Après sa visite dans le bureau de M. Ross, les deux hommes se sont arrêtés et ont vu qu'elle était toujours là, une statue assise, les mains fourrées dans son cache-nez. Elle ne cesse de répéter qu'il est en train de lui bâtir une prison au milieu de la nature sauvage. Et n'est-ce pas le cas ? Quel autre choix lui a-t-elle laissé ?

Sa bêtise : ne pas avoir réussi à comprendre, lorsqu'elle avait brutalement arrêté de mentionner Billy, le garçon resté dans le Surrey, le garçon qui lui avait offert des marguerites pour son quatorzième anniversaire et qui avait traversé le fleuve à la nage pour elle – que ce n'était peut-être pas bon signe, que ce n'était pas un consentement au mariage, mais tout le contraire en fait. Le Dr W.H. Lambert, médecin et compatriote britannique, fit son apparition cette année-là à Toronto, et Violet le consulta pour son cœur et ses problèmes féminins, nombreux dans les mois qui suivirent leur mariage. Les parents de Violet étaient morts avant que les jeunes mariés aient eu le temps de rentrer de Paris, le marché des céréales connut des difficultés, Violet perdit deux bébés in utero, et pour résumer, les ennuis furent si nombreux qu'Augustus dut s'excuser pour la malédiction des Devohr, et oublia de guetter plus de malchance. Ce fut au cours du bal de l'Ambulance Association l'été précédent que le frère de Violet, de retour en ville, s'était faufilé jusqu'à Augustus devant le bol de punch et avait hoché la tête en direction du médecin à l'autre bout de la pièce.

— Incroyable ! Ce vieux Billy Lambert qui se pointe ici, à Toronto.

Augustus était un homme mort.

M. Ross compte ses pas, arpentant ce qu'il imagine être le périmètre de la maison principale.

— Je voudrais un mur, crie Augustus. Si nous sommes aussi proches de la route.

— Et vous finirez par avoir des voisins.

Lorsqu'il rentrera à la gare, il lui dira que la maison sera parfaite. Il lui dira que dans ce nouveau siècle, sur cette terre vierge, ils commenceront quelque chose de noble et de bon. Que sera Billy Lambert, hormis un souvenir ? Que seront les bébés, hormis des choses qui n'ont jamais vécu ? *Car l'homme est homme et maître de sa destinée*[1]. Tous les garçons devraient mémoriser ces vers à l'école.

Et il a gagné l'argent qui a rendu possible la fuite. L'argent, c'est la liberté, et plus tard, il lui expliquera de nouveau en quoi ce changement est le triomphe de l'argent sur le destin et le souvenir – argent, qui, pour sa part, marque le triomphe de durs labeurs. Car qu'est-ce donc que l'argent si ce n'est une matérialisation du travail placée à la banque ?

Il imagine la ramener à Toronto uniquement pour le printemps, le temps d'organiser le déménagement, et ensuite, ils resteront à Chicago, pendant la construction du nouveau domaine. Ils regarderont peut-être, demain, les maisons le long d'Astor Street. Hier, elle lui a reproché de vouloir l'enfermer. Et il a répliqué :

— Tu préférerais que je renvoie ton cher médecin dans un tonneau ? Je fais les choses convenablement.

Elle l'a regardé droit dans les yeux et lui a rétorqué :

— Tu peux m'enfermer dedans, mais moi, je peux t'enfermer dehors. Toute porte dispose de deux côtés, Augustus.

Ses yeux étaient sombres et acérés, et il eut l'impression, à cet instant, d'être un dompteur de lions. Comme un homme qui contrôle encore les choses parce que pour l'heure, pour quelques jours encore, les lions le veulent bien.

Il doit lui pardonner. Billy Lambert avait la primeur de son cœur. Elle ne peut pas voir Lambert pour ce qu'il est, un type dans le sang et l'urine toute la journée, toujours vêtu d'un manteau aux manches trop courtes. Et Augustus lui-même n'est pas tout blanc.

Violet, des veines bleues sur les poignets, comme une carte. Mais où peut-il les suivre ? Ses yeux, aussi : des fenêtres qui donnent sur quoi, précisément ? Il pense à la toile de Sargent que son père a brièvement eu en sa possession – un petit tableau, pas un de ces grands chefs-d'œuvre, Mme de Quelque chose –, il se rappelle que lui-même, à douze ans, regardait fixement ses yeux, de simples taches de peinture noires et imprécises, et pourtant, il la connaissait, sentait qu'elle serait en mesure de voir que lui

1. Lord Alfred Tennyson, *Les Idylles du roi.*

et lui seul l'aimait véritablement. Et il lisait dans ses pensées, qui changeaient tous les jours. Mais maintenant qu'il possède une vraie femme, sa chair entière, les yeux de celle-ci ne sont que du verre opaque. Lentement, il apprend qu'il y a peut-être plus d'honnêteté dans l'art que chez une femme.

Ross est revenu.

— Vous ne trouverez pas mieux. C'est une excellente parcelle, dit-il.

— Je pensais que vous la marqueriez à la craie. Qu'il y aurait quelque chose d'officiel.

Ross sourit avec indulgence.

— Pourquoi ne pas casser une branche pour marquer la porte d'entrée ?

Il montre l'emplacement à Augustus, et un petit arbre rabougri, nu, condamné à mourir avec ses cousins quand le chantier démarrera. Augustus saisit une branche basse, à hauteur de son visage, assez mince pour craquer, mais assez épaisse pour que les hommes la retrouvent plus tard.

— Je devrais dire des mots de bon augure. Ne sommes-nous pas censés jeter du vin et du sel ?

Ross lève la main comme s'il brandissait une coupe.

— Je vous souhaite d'avoir une pleine lune pour les nuits noires, et une route qui descend jusqu'à votre porte !

— Cela devrait faire l'affaire.

La branche se casse nettement avec un bruit sec qui résonne, et reste à se balancer là, suspendue à une bande de peau. C'est décidé.

— Je reviendrai pour signaler l'endroit. Avec un ruban rouge.

Il sort sa montre et la brandit avec une grimace à Devohr. Il est presque quinze heures trente. Les hommes s'empressent de rejoindre les chevaux, lesquels, froids et pas préparés, se hâtent du mieux qu'ils peuvent jusqu'en ville.

À la gare, Devohr jette la bride de son cheval à Ross, descend de sa monture et court, mais il voit, à l'approche du quai, que le train bouge non pas pour s'arrêter, mais pour repartir. Des voyageurs qui viennent de descendre de voiture tiennent leur chapeau sur leur tête et attendent pour traverser la voie. Et Violet n'est pas sur le banc où il l'a laissée. À la place, il trouve une rangée de glands marron sur l'accoudoir, disposés à intervalles réguliers. Elle amasse de petites choses, les rassemble en colonnes et en tas : pièces, cailloux et ailes de scarabée. Jadis, il trouvait cela charmant. Désormais, il se demande à quel calcul étrange elle se livre avec ces breloques. Le monde est son boulier. Elle calcule contre lui.

Il cherche désespérément le chef de gare, mais il aperçoit alors, qui passe en glissant au-dessus de lui, plus lentement que si elle marchait, le visage de Violet à travers la vitre.

Il crie son nom, et elle baisse la tête, mais juste un peu, et il n'est pas sûr qu'elle le voie. Il refuse de courir sur le quai comme un idiot dans un roman français. Il peut tenir le rythme en marchant, pendant un moment au moins, et réfléchit à ce qui peut être fait. Il pourrait emprunter le cheval de Ross, mais il faut compter une cinquantaine de kilomètres jusqu'à la ville. Il pourrait trouver une automobile. Il peut en tout cas envoyer un télégramme à Palmer pour s'assurer de son arrivée, pour s'assurer qu'on s'occupe d'elle.

Le train gagne un peu en vitesse, et Augustus trottera, mais à peine, quelque temps encore. Au-dessus de lui, elle pose ses articulations blanches contre la vitre et toque, doucement, mollement. Elle le regarde désormais droit dans les yeux, sans aucune expression. Elle toque inutilement et cruellement : pas pour sortir ni pour l'inviter à entrer. Comme pour démontrer, simplement, que la vitre est épaisse.

Il entend presque les coups sur la vitre, par-dessus le sifflement de vapeur et le son des pistons. Mais c'est impossible, il sait que c'est impossible. C'est dans sa tête. Le train fait de plus en plus de bruit, et ne fait qu'avancer.

Il la verra demain, en ville, mais a l'impression, pour une raison qu'il ne s'explique pas, de l'apercevoir pour la dernière fois : pâle et insondable derrière la vitre, son regard le traverse.

Oh, Violet, Violet ! Il a envie de crier ces mots, mais ne le fera pas.

Laisse-moi entrer.

Laisse-moi entrer.

Laisse-moi entrer.

Remerciements

Ce roman décrit, entre autres choses, à quel point les artistes ont besoin d'une communauté. Voici certaines des communautés qui m'ont accueillie pendant que j'écrivais ce livre :

Les gens merveilleux de chez Viking et Penguin : Kathryn Court, Lindsey Schwoeri, Scott Cohen, Veronica Windholz, Nina Hnatov, Nancy Resnick et Kristen Haff. Sans oublier Josh Cochran, qui a doté Laurelfield du ciel rouge dont le domaine avait besoin.

La prodigieuse Nicole Aragi (La Reine des Pentacles) et Duvall Osteen.

Une phalange d'éditeurs précoces : les écrivains M. Molly Backes, Alex Christensen, John Copenhaver, Tim Horvath, Brian Prisco et Emily Gray Tedrowe, ainsi que les lectrices Shelley Gentle, Margaret Kelley et Pamela Minkler – le monde a besoin de davantage de lecteurs de ce genre.

Les amis qui m'ont autorisée à les enquiquiner au sujet de détails techniques (et qui ne sont pas responsables de mes erreurs) : l'écrivain David M. Harris sur les prête-plumes auteurs de séries ; l'écrivaine Margaret Zamos-Monteith et le photographe Matthew Monteith sur l'histoire de la photographie et sur les chambres noires dans les années 1920 ; Edward McEneely sur l'histoire de la Seconde Guerre mondiale (tant de travail pour si peu de mots !) ; et l'intelligence collective sur les réseaux sociaux à propos de tout – du temps de séchage de la peinture à l'huile à la décomposition des souches de chêne en passant par les pieds de biche.

La Sewanee Writers' Conference, où l'on a encouragé mes premiers chapitres, et où la lecture bienveillante de Christine Schutt m'a convaincue de continuer à travailler sur ce livre.

Les universités de la North Shore de Chicago, qui ont eu l'amabilité, dès que j'ai commencé à écrire la première partie de ce roman, de m'accueillir sur leurs campus ou de me laisser enseigner. L'université décrite dans ces pages n'est clairement pas inspirée de l'un de ces établissements.

La Ragdale Foundation et la Corporation of Yaddo, ainsi que tous les gens que j'ai rencontrés dans ces deux institutions, dont le travail – du sonnet, à la peinture jusqu'aux tasses de thé éclatées – ont inspiré mes dernières années. Quel genre de monde ce serait, sans les refuges ?

Ma famille, Jon, Lydia, Heidi, maman, qui ont été de formidables éditeurs et/ou ont eu moins besoin qu'on leur change leurs couches que trois ans auparavant.

Aussi, les cinq personnes que j'ai oubliées.

Le point de départ de ce livre était une nouvelle sur l'anorexie masculine. Ne me demandez pas ce qui s'est passé entre-temps.

Dernières parutions

Domaine étranger

Jeffrey Archer
Qui ne tente rien

M. J. Arlidge
À la folie, pas du tout

Fatima Bhutto
Comme des lions

Lesley Kara
La Rumeur

Kiese Laymon
Balèze

Gilly Macmillan
La Nanny

Aimee Molloy
Bonne nuit mon ange

Alice Nelson
La Consolation des inconnus

Kate Elizabeth Russell
Ma sombre Vanessa

Renia Spiegel
Le Journal de Renia

Rosa Ventrella
La Liberté au pied des oliviers

Joost de Vries
Leurs ailes de géants

Elizabeth Wetmore
Glory

Domaine français

Catherine Bardon
Et la vie reprit son cours

Fabienne Betting
La Théorie des poignées de main

Nicole Giroud
Par la fenêtre

Caroline Laurent
Rivage de la colère

Anne de Rochas
La Femme qui reste

Ivan Nabokov et Philippe Aronson
La Vie, les gens & autres effets secondaires

Pour en savoir plus sur l'actualité des Escales,
vous pouvez nous suivre sur les réseaux sociaux

Editions Les Escales

@LesEscales

@LesEscales

MIXTE
Papier issu de sources responsables
FSC® C003309

L'éditeur de cet ouvrage s'engage dans une démarche de certification FSC® qui contribue à la préservation des forêts pour les générations futures.

Pour en savoir plus :
www.editis.com/engagement-rse/

Achevé d'imprimer en décembre 2020
par Normandie Roto Impression s.a.s.
N° d'impression : 2004322

Imprimé en France